ORGULLO Y PREJUICIO Y ZOMBIS

Algunos invitados, que habían tenido la desgracia de estar demasiado cerca de las ventanas, fueron atacados y devorados de inmediato.

Jane Austen y Seth Grahame-Smith

Orgullo y prejuicio y zombis

La clásica novela romántica de la Regencia, aderezada con unos zombis ultraviolentos que siembran el terror

Umbriel Editores

Argentina • Chile • Colombia • España
Estados Unidos • México • Uruguay • Venezuela

Título original: *Pride and Prejudice and Zombies*
Editor original: Quirk Books, Philadelphia, Pennsylvania
Traducción: Camila Batlles Vin

Cover zombification and design by Doogie Horner
Cover art courtesy the Bridgeman Art Library International Ltd.
Interior illustrations by Philip Smiley

First published in English by Quirk Books, Philadelphia, Pennsylvania
This book was negotiated through Ute Körner Literary Agency

Aribau, 142, pral. – 08036 Barcelona
www.umbrieleditores.com

ISBN: 978-84-89367-71-5
Depósito legal: B. 37.232 - 2009

Fotocomposición: APG Estudi Gràfic, S.L.
Impreso por Romanyà Valls, S.A. – Verdaguer, 1 – 08786 Capellades (Barcelona)

Impreso en España – *Printed in Spain*

Lista de ilustraciones

1

Es una verdad universalmente reconocida que un zombi que tiene cerebro necesita más cerebros. Esa verdad nunca fue más evidente que durante los recientes ataques acaecidos en Netherfield Park, en los que dieciocho miembros de una familia y sus sirvientes fueron asesinados y devorados por una legión de muertos vivientes.

—Querido señor Bennet —le dijo su esposa un día—, ¿te has enterado de que Netherfield Park vuelve a estar ocupado?

El señor Bennet respondió negativamente y continuó con su labor matutina, consistente en afilar su daga y pulir su mosquete, pues en las últimas semanas los ataques de los innombrables se habían producido con alarmante frecuencia.

—Pues lo está —afirmó su esposa.

El señor Bennet no contestó.

—¿No quieres saber quién lo ha alquilado? —preguntó su esposa irritada.

—Estoy puliendo mi mosquete, mujer. Sigue hablando si quieres, ¡pero deja que me ocupe de la defensa de mi propiedad!

La señora Bennet lo interpretó como una invitación a proseguir.

—Verás, querido, la señora Long dice que Netherfield ha sido alquilado por un joven de gran fortuna, que huyó de Londres en una calesa de cuatro ruedas cuando la extraña plaga atravesó la línea Manchester.

—¿Cómo se llama?

—Bingley. Un soltero de cuatro o cinco mil libras anuales. ¡Qué gran partido para nuestras hijas!

—¿En qué sentido? ¿Es capaz de adiestrarlas en el manejo de la espada y el mosquete?

—¡No seas pesado! Debo decirte que he decidido que se case con una de ellas.

—¿Casarse? ¿Con los tiempos que corren? No creo que ese tal Bingley tenga esas intenciones.

—¡Intenciones! ¡No digas tonterías! Es muy probable que se enamore de una de nuestras hijas, por lo que conviene que vayas a visitarlo en cuanto llegue.

—No veo la necesidad. Además, no debemos circular por las carreteras más de lo imprescindible, no sea que perdamos más caballos y coches a manos de esa condenada plaga que asuela desde hace tiempo nuestro amado Hertfordshire.

—¡Pero piensa en tus hijas!

—¡Estoy pensando en ellas, boba! Preferiría que se dediquen a instruirse en las artes mortales en vez de tener la mente ofuscada con sueños de matrimonio y fortuna, como evidentemente lo está la tuya. Ve a ver a ese tal Bingley si quieres, aunque te advierto que ninguna de nuestras hijas tiene gran cosa que ofrecer; todas son estúpidas e ignorantes como su madre, a excepción de Lizzy, que posee un instinto asesino más agudo que sus hermanas.

—Señor Bennet, ¿cómo puedes criticar a tus propias hijas de esa forma? Te complace contrariarme. No tienes ninguna compasión por mis pobres nervios.

—Te equivocas, querida. Siento un gran respeto por tus nervios. Son viejos amigos míos. Hace por lo menos veinte años que apenas oigo hablar de otra cosa.

El señor Bennet era una mezcla tan singular de ingenio, sentido del humor sarcástico, reserva y autodisciplina, que la experiencia de veintitrés años no había bastado para que su esposa comprendiera su carácter. La mentalidad de la señora Bennet era menos complicada de descifrar. Era una mujer de pocas luces, escasa información y mal genio. Cuando estaba enojada, decía que estaba nerviosa. Y cuando estaba nerviosa —como lo estaba casi siempre desde su juventud, cuando la extraña plaga había aparecido por primera vez—, buscaba solaz en las tradiciones que a los demás les parecían absurdas.

La misión del señor Bennet en la vida era mantener a sus hijas vivas. La de la señora Bennet era casarlas.

2

El señor Bennet fue una de las primeras personas en presentar sus respetos al señor Bingley. Siempre había tenido la intención de visitarlo, aunque hubiese asegurado a su esposa que no lo haría. La señora Bennet no se enteró de esa visita hasta la tarde después de que su marido hubiera ido a ver al señor Bingley. Su marido se lo comunicó de la siguiente forma. Mientras observaba a su segunda hija tallar el blasón de los Bennet en la empuñadura de una nueva espada, el señor Bennet dijo inopinadamente:

—Espero que al señor Bingley le guste, Lizzy.

—No podemos saber qué le gusta al señor Bingley puesto que no hemos ido a visitarlo —replicó irritada la madre de la joven.

—Olvidas, mamá —apuntó Elizabeth—, que lo conoceremos con ocasión del próximo baile.

La señora Bennet no se dignó responder, pero, incapaz de contenerse, comenzó a regañar a una de sus hijas.

—¡Por lo que más quieras, Kitty, deja de toser! ¡Parece que estés a punto de sufrir un ataque!

—¡Mamá! ¿Cómo se te ocurre decir semejante cosa rodeados como estamos de zombis? —replicó Kitty disgustada—. ¿Cuándo se celebra tu próximo baile, Lizzy?

—Dentro de quince días.

—¡Ay, sí! —apostilló su madre—. No podremos presentárselo a nuestras amistades, puesto que no lo conocemos. ¡Ojalá no hubiera oído nunca el nombre de Bingley!

—Lamento oírte decir eso —dijo el señor Bennet—. De haberlo sabido esta mañana, no habría ido a presentarle mis respetos. Es una lástima, pero puesto que he ido a visitarlo, no podremos fingir que no lo conocemos.

El asombro de las damas fue exactamente como el señor Bennet había imaginado. El de la señora Bennet quizá fue mayor que el de sus hijas, aunque, cuando el primer tumulto de alegría se disipó, afirmó que ya había supuesto que iría a verlo.

—¡Has hecho muy bien, señor Bennet! Pero ya sabía yo que acabaría convenciéndote. ¡Qué contenta estoy! Ha sido muy ocurrente por tu parte ir a verlo esta mañana y no decirnos una palabra hasta ahora.

—No confundas mi tolerancia con un relajamiento en materia de disciplina —respondió el señor Bennet—. Las chicas continuarán con su adiestramiento como hasta ahora, con o sin señor Bingley.

—¡Desde luego, desde luego! —exclamó la señora Bennet—. Serán tan peligrosas como atractivas.

—Y tú, Kitty, tose cuanto quieras —dijo el señor Bennet. Tras lo cual abandonó la habitación cansado del entusiasmo de su esposa.

—¡Tenéis un padre excelente, hijas mías! —dijo la señora Bennet cuando se cerró la puerta—. No abundan estas alegrías desde que el Señor decidió cerrar las puertas del infierno y condenar a los muertos a rondar entre nosotros. Lydia, cariño, aunque eres la menor, estoy segura de que en la próxima fiesta el señor Bingley bailará contigo.

—Eso me tiene sin cuidado —respondió Lydia con firmeza—, porque aunque sea la menor, soy la más hábil en el arte de atraer al sexo opuesto.

El resto de la velada la pasaron conjeturando sobre cuánto tardaría el señor Bingley en devolver la visita del señor Bennet, y cuándo deberían invitarle a comer.

3

No todo lo que la señora Bennet, con ayuda de sus cinco hijas, preguntó sobre el asunto bastó para sonsacar a su marido una descripción satisfactoria sobre el señor Bingley. Lo atacaron de varias formas, con preguntas descaradas, suposiciones ingeniosas y remotas conjeturas; pero el señor Bennet consiguió eludir la astucia de todas ellas, y su esposa y sus hijas tuvieron por fin que aceptar la información de segunda mano de su vecina, lady Lucas. El informe de ésta fue más que favorable. El señor Bingley había causado a sir William una excelente impresión. Era muy joven, extraordinariamente apuesto y, para remate, iba a asistir al próximo baile acompañado por un nutrido grupo de amigos. ¡Qué maravilla!

—Si lograra ver a una de mis hijas instalada en Netherfield —comentó la señora Bennet a su marido—, y a las otras bien casadas, no podría pedir más.

—Y si yo lograra ver a las cinco sobrevivir a las vicisitudes que afligen actualmente a Inglaterra, yo tampoco podría pedir más —respondió el señor Bennet.

Al cabo de unos días el señor Bingley devolvió la visita del señor Bennet, permaneciendo unos diez minutos con él en su biblioteca. El señor Bingley había confiado en ver a las jóvenes Bennet, sobre cuya belleza y dotes guerreras había oído hablar, pero sólo vio al padre. Las jóvenes fueron más afortunadas, pues pudieron observar desde una ventana superior que el señor Bingley lucía una casaca azul, montaba en un caballo negro y portaba una carabina francesa a la espalda, un arma muy exótica para un inglés. No obstante, a juzgar por la torpeza con que la manipulaba, Elizabeth dedujo que había recibido escasa instrucción en el manejo de un mosquete o en la práctica de las artes mortales.

A los pocos días los Bennet enviaron al señor Bingley una invitación para almorzar. La señora Bennet había planificado el menú que la acreditaría como una excelente ama de casa, cuando llegó una respuesta que dio al traste con sus planes. El señor Bingley tenía que trasladarse al día siguiente a la ciudad, por lo que no podía aceptar el honor de su invitación, etcétera. La señora Bennet estaba desconcertada. No imaginaba qué asunto podía llevar al señor Bingley a la ciudad a los pocos días de haber llegado a Hertfordshire. Lady Lucas aplacó un poco sus temores sugiriendo que el joven habría ido a Londres para reunir a un numeroso grupo de amigos con los que asistir al baile; y a los poco días se enteraron de que el señor Bingley iba a acudir a la fiesta acompañado por doce damas y siete caballeros. Las jóvenes Bennet se lamentaron del nutrido número de damas, pero se consolaron al averiguar que en lugar de doce, el señor Bingley había traído sólo a seis damas desde Londres: sus cinco hermanas y una prima. Y cuando la comitiva entró en el baile, resultó que el grupo se componía sólo de cinco personas: el señor Bingley, sus dos hermanas, el marido de la mayor, y otro caballero.

El señor Bingley era apuesto y ofrecía el aspecto de un caballero; tenía un rostro agradable y un talante afable y educado. Sus hermanas eran muy distinguidas, vestidas a la moda, pero con un aire que revelaba escasa formación en materia de combate. Su cuñado, el señor Hurst, presentaba simplemente el aspecto de un caballero; pero su amigo, el señor Darcy, no tardó en atraer todas las miradas de los presentes debido a su elevada estatura, su elegancia, sus armoniosas facciones y su porte aristocrático. A los cinco minutos de que apareciera empezó a circular la noticia de que había exterminado a más de un millar de innombrables desde la caída de Cambridge. Los caballeros comentaron que era un hombre de aspecto distinguido, las damas declararon que era mucho más guapo que el señor Bingley y lo contemplaron con gran admiración, hasta que la actitud de éste hizo que su popularidad mermara, pues comprobaron que era arrogante, que se creía superior a todos los presentes, y mostraba un aire de evidente disgusto.

El señor Bingley se apresuró a saludar a todas las personas más importantes que había en la sala; era un joven alegre y extravertido, no se perdió un baile, se mostró contrariado de que la fiesta terminara tan pronto y dijo que organizaría un baile en Netherfield. Y aunque no poseía la destreza del señor Darcy con la espada y el mosquete, sus admirables cualidades bastaron para granjearle la admiración de los asistentes. ¡Que diferencia con el señor Darcy! Éste era el hombre más arrogante y desagradable del mundo, y todos confiaban en que no volviera a poner los pies allí. La señora Bennet fue una de las personas que se manifestó con más virulencia contra el señor Darcy, no sólo por la pésima impresión que le causó su comportamiento sino porque había desairado a una de sus hijas.

Elizabeth Bennet se había visto obligada, debido a la escasez de caballeros, a permanecer sentada durante dos bailes; y durante buena parte de ese rato el señor Darcy había estado lo suficientemente cerca de ella para que la joven oyera una conversación entre éste y el señor Bingley, que había abandonado la pista de baile unos minutos para animar a su amigo a que sacara a bailar a alguna dama.

—Vamos, Darcy —dijo el señor Bingley—, tienes que bailar. Me disgusta verte solo, es una estupidez.

—Me niego a bailar. Sabes que lo detesto, a menos que conozca a mi pareja. En una reunión como esta me resultaría insoportable. Tus hermanas están ocupadas, y no hay otra mujer en la habitación que no representara para mí un castigo invitarla a bailar.

—¡Palabra que jamás había visto a tantas jóvenes agradables como esta noche! —exclamó el señor Bingley—. Y algunas de ellas son muy bonitas.

—Tú bailas con la única chica bonita que hay en la habitación

—respondió el señor Darcy mirando a la hija mayor de los Bennet.

—¡Sí, es la mujer más bella que he visto en mi vida! Pero una de sus hermanas está sentada detrás de ti. Es muy bonita y parece muy agradable.

—¿A cuál te refieres? —preguntó el señor Darcy volviéndose y mirando a Elizabeth unos instantes, hasta que ésta le devolvió la mirada y el joven desvió la vista y respondió con frialdad—: Es pasablemente atractiva, pero no lo suficiente para tentarme. En estos momentos no me apetece entablar conversación con jóvenes que otros hombres menosprecian.

Cuando el señor Darcy se alejó, Elizabeth sintió que se le helaba la sangre en las venas. Jamás se había sentido tan ofendida. El código guerrero le exigía vengar su honor. Se llevó la mano al tobillo, procurando no llamar la atención. Palpó la daga que llevaba oculta debajo de su vestido, decidida a seguir al altivo señor Darcy cuando se marchara y rebanarle el cuello.

Pero en cuanto asió el mango del arma se oyó un coro de gritos en el salón de baile, seguido de inmediato por el estrépito de cristales rotos. Unos innombrables irrumpieron en la sala, moviéndose con torpeza pero con rapidez; la vestimenta con que habían sido enterrados presentaba diversos grados de deterioro. Algunos llevaban unas ropas tan andrajosas que dejaban al aire sus vergüenzas; otros, unos ropajes tan cochambrosos que parecían componerse sólo de poco más que sangre seca y asquerosa. Su carne mostraba una fase más o menos avanzada de putrefacción; la de los fallecidos recientemente tenía un aspecto fofo y verdoso, mientras que la de los que habían muerto hacía tiempo era gris y frágil. Sus ojos y sus lenguas habían quedado reducidos a polvo, y sus labios estaban contraídos en una perenne sonrisa macabra.

Algunos invitados, que habían tenido la desgracia de estar demasiado cerca de las ventanas, fueron atacados y devorados de inmediato. Cuando Elizabeth se levantó, vio a la señora Long tratando de liberarse de dos monstruos hembras que le mordían la cabeza, partiéndole el cráneo como si fuera una nuez y haciendo que brotara un chorro de sangre oscura que alcanzó a los candelabros.

Mientras los invitados huían despavoridos, se oyó la voz de la señora Bennet a través del tumulto:

—¡Niñas! ¡El Pentagrama de la Muerte!

Elizabeth se unió de inmediato a sus cuatro hermanas, Jane, Mary, Catherine y Lydia, en el centro de la pista de baile. Las jóvenes sacaron la daga que llevaban oculta en el tobillo y se colocaron formando una estrella imaginaria de cinco puntas. Desde el centro de la habitación empezaron a avanzar al unísono, esgrimiendo una daga afilada como una navaja de afeitar con una mano y ocultando la otra modestamente a la espalda.

Desde un rincón de la sala, el señor Darcy observó a Elizabeth y a sus hermanas avanzar a través de la habitación, decapitando a un zombi tras otro. Sólo conocía a otra mujer en Gran Bretaña capaz de manejar una daga con semejante destreza, gracia y mortífera precisión.

Cuando las jóvenes alcanzaron las paredes del salón de baile, el último de los innombrables yacía inmóvil en el suelo.

Aparte del ataque, la velada resultó muy agradable para toda la familia. La señora Bennet había observado que su hija mayor había sido objeto de gran admiración por parte del grupo de Netherfield. El señor Bingley había bailado con ella en dos ocasiones, y las hermanas de éste le habían hecho el honor de conversar con ella. Jane se sentía tan complacida de ello como su madre, aunque lo manifestó con más discreción. Elizabeth notó la satisfacción de Jane. Mary había oído a alguien comentar a la señorita Bingley que era la joven más inteligente de la comarca; y Catherine y Lydia habían tenido la fortuna de no andar escasas de parejas, que era lo único que les preocupaba en un baile. Por consiguiente regresaron muy animadas a Longbourn, el pueblo donde vivían, y en el que eran los habitantes principales.

El señor Darcy observó a Elizabeth y a sus hermanas avanzar a través de la habitación, decapitando a un zombi tras otro.

4

Cuando Jane y Elizabeth se quedaron solas, la primera, que hasta el momento se había mostrado cauta a la hora de elogiar al señor Bingley, manifestó a su hermana lo mucho que le admiraba.

—Es tal como debería ser un joven —dijo—, sensato, jovial, alegre. ¡Nunca he conocido a nadie con mejores modales! ¡Qué desenvoltura, qué educación más exquisita!

—Sí —respondió Elizabeth—, pero en el fragor de la batalla, no le vi ni a él ni al señor Darcy empuñar un cuchillo o un palo.

—Me sentí muy halagada cuando me sacó a bailar por segunda vez. No esperaba semejante honor.

—Es ciertamente un joven muy agradable, y comprendo que te guste, pese a su falta de valor. Te han gustado muchos jóvenes mentecatos.

—¡Querida Lizzy!

—Sabes que tienes tendencia a que todo el mundo te caiga bien. Nunca ves un defecto en nadie. Jamás te he oído hablar mal de ningún ser humano.

—No me gusta precipitarme en criticar a nadie.

—Me choca que con tu buen juicio seas tan ciega ante los desatinos y las estupideces de los demás. ¿También te han caído bien las hermanas de ese joven? No tienen sus modales.

Lo cierto es que eran unas damas muy distinguidas, que sabían mostrarse agradables cuando querían, aunque eran orgullosas y engreídas. Eran bastante agraciadas, habían sido educadas en uno de los mejores colegios privados de la ciudad, pero apenas sabían nada sobre las artes mortales en las que Jane y sus hermanas habían sido perfectamente adiestradas, tanto en Inglaterra como durante sus viajes a Oriente.

En cuanto al señor Bingley, entre él y Darcy existía una buena amistad, pese a lo distintos que eran de carácter. Bingley no era estúpido, pero Darcy era muy inteligente, al tiempo que era altivo, reservado y quisquilloso, y su talante, aunque era bien educado, no resultaba agradable. Bingley sabía que caía bien en todas partes; Darcy, por el contrario, ofendía siempre a todo el mundo.

Pero lo que nadie sabía —ni siquiera el señor Bingley— era el motivo que se ocultaba detrás del frío talante de Darcy. Hasta hacía poco, había sido la viva imagen de la simpatía; un joven de temperamento alegre y extremada amabilidad. Pero una traición sobre la que se negaba a hablar había alterado su carácter para siempre.

5

A poca distancia a pie de Longbourn, por un camino corto pero peligroso, vivía una familia con la que los Bennet mantenían una profunda amistad. Sir William Lucas había sido anteriormente un fabricante de vestiduras de enterramiento tan exquisitas que el Rey le había concedido el título de caballero. Sir William había ganado una relativa fortuna, hasta que la extraña plaga había hecho que sus servicios fueran innecesarios. Pocos estaban dispuestos a pagar una elevada suma en vestir a los muertos con una suntuosa mortaja cuando ésta quedaría hecha una pena en cuanto abandonaran sus sepulturas. Sir Lucas se había mudado con su familia a una casa situada a menos de dos kilómetros de Meryton.

Lady Lucas era una mujer muy bondadosa, no demasiado inteligente para serle útil como vecina a la señora Bennet. Los Lucas tenían siete hijos. La mayor, una joven sensata e inteligente, de unos veintisiete años, era amiga íntima de Elizabeth

—Empezó usted la velada con buen pie, Charlotte —comentó la señora Bennet a la señorita Lucas con admirable autodominio—. Fue la primera que eligió el señor Bingley.

—Sí, pero la segunda le gustó más.

—Ah, supongo que se refiere a Jane, porque bailó con ella dos veces, y porque Jane luchó valerosamente contra los innombrables.

—¿No les he contado la conversación que escuché entre él y el señor Robinson? El señor Robinson preguntó al señor Bingley si le gustaban nuestras fiestas en Meryton, si no creía que había muchas mujeres bonitas presentes, y cuál le parecía la más guapa. Y el señor Bingley respondió a la última pregunta sin vacilar:

«¡La mayor de las señoritas Bennet, por supuesto! No cabe la menor duda».

—¡Caramba! Es una afirmación muy categórica.

—El señor Darcy no es tan amable como su amigo —dijo Charlotte—. ¡Pobre Eliza! ¡Dijo que era «pasablemente» atractiva!

—Le ruego que no disguste a Lizzy comentándole lo que el señor Darcy ha dicho de ella. El señor Darcy es un hombre tan desagradable que sería una desgracia conquistar sus simpatías. La señora Long me contó anoche... —A la señora Bennet se le quebró la voz al recordar a la pobre señora Long, con el cráneo aplastado entre las fauces de esas monstruosas criaturas. Las damas guardaron silencio unos momentos, absortas en sus pensamientos.

—La señorita Bingley me contó que su hermano apenas despega los labios —dijo Jane por fin—, salvo cuando está con sus amigos íntimos. Con ellos se muestra extraordinariamente amable.

—Su orgullo —observó la señorita Lucas— no me ofende tanto como suele ofenderme el orgullo, porque tiene motivos. No es de extrañar que un joven como él, con familia, fortuna y todo a su favor, sea tan orgulloso. Si se me permite decirlo, creo que tiene derecho a mostrarse orgulloso.

—Es cierto —respondió Elizabeth—, yo podría perdonar fácilmente su orgullo si no hubiera herido mi amor propio. Os aseguro que de no haber estado ocupada peleando contra los innombrables le habría rebanado el cuello.

—El orgullo —terció Mary, que se ufanaba de la solidez de sus observaciones—, es un defecto muy común. Según lo que he leído, estoy convencida de que es muy frecuente.

Elizabeth no pudo por menos de poner los ojos en blanco mientras Mary proseguía:

—La vanidad y el orgullo son dos cosas muy distintas, aunque a menudo la gente utiliza esas palabras como sinónimos. Una persona puede ser orgullosa sin ser vanidosa. El orgullo tiene que ver con la opinión que tenemos de nosotros mismos, la vanidad con lo que creemos que los demás piensan de nosotros.

En ese momento Elizabeth emitió un sonoro bostezo. Aunque admiraba la valentía de Mary a la hora de pelear, siempre la había considerado un tanto aburrida cuando estaba en un ambiente distendido.

6

Las damas de Longbourn no tardaron en presentar sus respetos a las de Netherfield. Los agradables modales de Jane conquistaron las simpatías de la señora Hurst y la señorita Bingley; y aunque la madre les parecía insoportable, y consideraban que no merecía la pena conversar con las hermanas menores, ambas expresaron el deseo de profundizar en su trato con las dos mayores. Jane recibió esa noticia con gran satisfacción, pero Elizabeth seguía viendo cierta altanería en el trato que ambas damas dispensaban a todo el mundo. Quedó muy claro, cuando se reunieron, que el señor Bingley sentía admiración por Jane, tanto o más que el hecho de que Jane se estaba enamorando profundamente de él, pero se alegraba al pensar que no era probable que los demás se dieran cuenta de ello. Elizabeth se lo comentó a su amiga, la señorita Lucas.

—Quizá sea agradable —respondió Charlotte—, pero a veces es una desventaja mostrarse tan reservada. Si una mujer oculta con tanta habilidad su afecto al hombre merecedor de él, es posible que pierda la oportunidad de cazarlo. Nueve veces de diez conviene que una mujer muestre más afecto del que siente. No cabe duda de que a Bingley le gusta tu hermana, pero si ésta no le alienta, puede que el asunto no pase de una mutua atracción.

—Jane le alienta en la medida en que su carácter se lo permite. Recuerda, Charlotte, que ante todo es una guerrera, y luego una mujer.

—En fin— contestó Charlotte—, deseo de todo corazón que Jane tenga éxito en esa empresa; y si se casara mañana con Bingley, creo que tendría tantas probabilidades de ser feliz como si se pasara doce meses estudiando el carácter del joven. La felicidad en un matrimonio depende totalmente de la suerte, y es mejor conocer los menos defectos posibles de la persona con quien pretendes compartir tu vida.

—Me haces reír, Charlotte, pero lo que dices es una insensatez. Lo sabes bien, y tú jamás te comportarías de esa forma.

—Ten presente, Elizabeth, que no soy una guerrera como vosotras. Soy simplemente una chica tonta de veintisiete años y soltera.

Ocupada como estaba en observar las atenciones del señor Bingley hacia su hermana, Elizabeth estaba lejos de sospechar que ella misma era objeto de cierto interés a los ojos del amigo de Bingley. Al principio el señor Darcy había pensado que Elizabeth apenas era físicamente agraciada; durante el baile la había mirado sin admiración; y cuando habían vuelto a encontrarse, la había observado sólo con ánimo de crítica. Pero tan pronto como el señor Darcy llegó a la conclusión y dijo a sus amigos que Elizabeth no tenía unas facciones bonitas, empezó a pensar que su rostro mostraba una expresión de inusitada inteligencia debido a la hermosa expresión de sus ojos oscuros y a su insólita destreza con la espada. Ese descubrimiento fue seguido de otros, no menos humillantes. Aunque el señor Darcy había detectado más de un fallo en la simetría de los rasgos de Elizabeth, no podía por menos de reconocer que tenía un cuerpo esbelto y agraciado, con unos brazos sorprendentemente musculosos, aunque ello no mermaba un ápice su femineidad.

Sintió deseos de conocer más cosas sobre ella, y a tal fin empezó a prestar atención a la conversación que Elizabeth mantenía con los demás. Elizabeth se dio cuenta de ello. Ocurrió en casa de sir William Lucas, donde daban una fiesta con muchos invitados.

—¿Qué pretende el señor Darcy —preguntó Elizabeth a Charlotte— al escuchar mi conversación con el coronel Forster?

—Es una pregunta que sólo el señor Darcy puede responder.

—Pues si vuelve a hacerlo, le diré que me he percatado de su maniobra. Aún no le he perdonado por haber herido mi amor propio, y es posible que coloque su cabeza sobre la repisa de mi chimenea.

Al poco rato el señor Darcy se acercó a ellas. Elizabeth se volvió hacia él y preguntó:

—¿No cree, señor Darcy, que hace unos momentos me expresé muy acertadamente al insistirle al coronel Forster que nos invitara a un baile en su mansión de Meryton?

—Lo hizo con gran energía, pero los bailes son un tema que siempre infunde energía a las damas.

—Depende de quién los ofrece, señor Darcy.

—Bien —terció la señorita Lucas sonrojándose de pronto—, abriré el piano. Ya sabes lo que te toca, Eliza.

—¡Eres una amiga muy extraña! ¡Siempre quieres que toque y cante delante de todo el mundo!

La actuación de Elizabeth fue grata pero no excepcional. Después de un par de canciones, fue sustituida al piano por su hermana Mary, quien, tras concluir un largo concierto, se apresuró a reunirse con sus hermanas menores, algunas de las jóvenes Lucas y dos o tres oficiales, para bailar en un extremo de la habitación.

El señor Darcy permaneció de pie cerca del grupo, sumido en un indignado silencio ante ese modo de pasar la velada, que excluía toda conversación. Estaba tan absorto en sus pensamientos que no se percató de la presencia de sir William Lucas junto a él hasta que éste dijo:

—¡Qué diversión tan encantadora es para los jóvenes el baile, señor Darcy!

—Ciertamente, señor; y tiene la ventaja de estar de moda entre las clases menos refinadas del mundo. Cualquier salvaje puede bailar. Imagino que incluso los zombis pueden hacerlo medianamente bien.

Sir William se limitó a sonreír, sin saber cómo departir con un caballero tan maleducado, y sintió un gran alivio al ver que Elizabeth se acercaba a ellos.

—Estimada señorita Eliza, ¿cómo es que no baila? Señor Darcy, permítame que le presente a esta señorita para que sea su pareja. Estoy seguro de que no se negará a bailar con una joven tan hermosa. —Sir William tomó la mano de la señorita Bennet y se la ofreció al señor Darcy, quien la tomó sin vacilar. Pero Elizabeth la retiró enseguida y respondió a sir William con cierta indignación:

—No tengo la menor intención de bailar, señor. Le ruego que no suponga que me he acercado a ustedes en busca de pareja.

El señor Darcy le pidió, con expresión seria y educada, que le ofreciera su mano, pero fue inútil. Elizabeth estaba decidida. Le miró con arrogancia y dio media vuelta. Su negativa no había influido de forma negativa en el señor Darcy, quien pensaba en Elizabeth con cierta complacencia cuando se le acercó la señorita Bingley.

—Creo adivinar el tema de sus reflexiones.

—No lo creo.

—Piensa en lo insoportable que sería pasar muchas veladas como esta... La insipidez, el ruido, la vacuidad y el engreimiento de estas personas. ¡Daría cualquier cosa por oír sus críticas sobre ellas!

—Le aseguro que sus conjeturas son erróneas. Pensaba en cosas más agradables. Meditaba sobre el profundo placer que producen unos ojos hermosos e inteligentes en el rostro de una mujer bonita.

La señorita Bingley fijó enseguida sus ojos en el rostro del señor Darcy, rogándole que le revelara qué dama le había inspirado esas reflexiones. El señor Darcy respondió:

—La señorita Elizabeth Bennet.

—¿La señorita Elizabeth Bennet? —repitió la señorita Bingley—. ¿La defensora de Longbourn? ¿La heroína de Hertfordshire? Me asombra usted. Tendrá una suegra encantadora, y, claro está, con la destreza que usted y Elizabeth poseen en las artes mortales conseguirán eliminar a un sinfín de innombrables.

El señor Darcy la escuchó con profunda indiferencia mientras la señorita Bingley seguía parloteando; y cuando la compostura del señor Darcy convenció a la joven de que tenía el campo libre, siguió perorando durante largo rato.

7

Los bienes del señor Bennet consistían casi enteramente en una propiedad rural de dos mil libras anuales de renta, la cual, lamentablemente para sus hijas, pasaría, en ausencia de unos herederos varones, a manos de un pariente lejano; y, desafortunadamente para todos, estaba rodeada por los cuatro costados por un terreno elevado, por lo que era difícil de defender. La fortuna de la madre, aunque suficiente para su posición, apenas podía suplir los escasos recursos de su marido. El padre de la señora Bennet, que había sido procurador en Meryton, le había dejado cuatro mil libras.

La señora Bennet tenía una hermana casada con un tal señor Philips, que había trabajado de pasante para su padre y le había sucedido en el bufete, y un hermano que vivía en Londres, donde se había licenciado en ciencias, y era propietario de un par de fábricas destinadas al esfuerzo bélico.

La aldea de Longbourn estaba sólo a dos kilómetros de Meryton; una distancia muy conveniente para las jóvenes, que solían ir a Meryton tres o cuatro veces a la semana, pese a los innombrables que con frecuencia atacaban a los viajeros en la carretera, para visitar a su tía y una sombrerería cerca de donde vivía ésta. Las dos hijas menores de la familia, Catherine y Lydia, frecuentaban ese establecimiento a menudo; eran más frívolas que sus hermanas, y cuando no tenían nada mejor que hacer, daban un paseo hasta Meryton para entretener sus horas matutinas y, de vez en cuando, practicar sus habilidades. En esos momentos estaban eufóricas por la noticia de que dentro de poco llegaría un regimiento militar a la comarca, donde permanecería todo el invierno, excavando tumbas en la tierra endurecida y prendiéndoles fuego. El regimiento iba a acuartelarse en Meryton.

Las visitas de las jóvenes a la señora Philips les proporcionaban unas noticias de lo más interesantes. Cada día se enteraban de algo nuevo que agregar a los nombres y amistades de los oficiales, así como las novedades sobre los campos de batalla en Derbyshire, Cornwall y Essex, donde se libraba un combate feroz. Las jóvenes Bennet no hablaban de otra cosa que de los oficiales; y la enorme fortuna del señor Bingley, cuyo mero nombre animaba visiblemente a su madre, no tenía valor alguno a sus ojos en comparación con la enseña de un regimiento, y con el fervor con que el señor Bingley afirmaba haber decapitado a los muertos vivientes con un solo toque de su espada.

Una mañana, después de escuchar las efusiones de sus hijas sobre el tema, el señor Bennet observó fríamente:

—Por vuestra forma de expresaros, deduzco que debéis ser las dos chicas más tontas del país. Hace tiempo que vengo sospechándolo, pero ahora estoy convencido.

—Me asombra, querido —dijo la señora Bennet—, que pienses que tus hijas son tontas.

—Si mis hijas son tontas, espero ser siempre consciente de ello.

—Sí, pero resulta que todas son muy listas. Olvidas lo rápidamente que dominaron esos trucos orientales que insististe en que aprendieran.

—Tener la habilidad de matar a unos cuantos de esos monstruos no significa que sean inteligentes, tanto más cuanto que la mayoría de las veces utilizan su destreza para divertir a apuestos oficiales.

—Mamá —exclamó Lydia—, la tía dice que el coronel Forster y el capitán Carter no frecuentan la casa de la señorita Watson tan a menudo como cuando llegaron. Ahora los ve a menudo quemando las criptas en el cementerio de Shepherd's Hill.

La aparición del lacayo con una nota para la señorita Bennet, procedente de Netherfield, impidió a su madre contestar. El criado esperó una respuesta.

—Bien, Jane, ¿de quién es? ¿De qué se trata?

—Es de la señorita Bingley —respondió Jane, tras lo cual leyó la nota en voz alta.

> QUERIDA AMIGA:
>
> Si no nos hace el favor de venir a comer con Louisa y conmigo, corremos el riesgo de odiarnos el resto de nuestras vidas, pues una entrevista entre dos mujeres no puede terminar nunca sin una disputa. Venga tan pronto como reciba esta nota, siempre y cuando la carretera esté libre de la amenaza de los innombrables. Mi hermano y los caballeros almorzarán con los oficiales.
>
> Atentamente,
>
> CAROLINE BINGLEY

—Qué mala suerte que salgas a almorzar —comentó la señora Bennet—, dados los problemas con que puedes encontrarte camino de Netherfield.

—¿Puedo ir en el carruaje? —preguntó Jane.

—No, querida, es mejor que vayas a caballo, pues todo indica que va a llover, y los innombrables surgen de la tierra húmeda con gran facilidad. Prefiero que el viaje transcurra tan rápidamente como sea posible. Además, si llueve, tendrás que quedarte a pasar la noche en Netherfield.

—Ese sería un buen ardid —dijo Elizabeth—, siempre que estés segura de que no se ofrezcan a conducirla de regreso a casa.

—Preferiría ir en carruaje —insistió Jane, evidentemente preocupada por la idea de partir sola a caballo.

—Querida, tu padre no puede cederte los caballos. Los necesita en la granja, ¿no es así, señor Bennet?

—Los necesito en la granja con más frecuencia de la que los

tengo a mi disposición. Hemos perdido a muchos a causa de los ataques de los innombrables en la carretera.

De modo que Jane no tuvo más remedio que partir a caballo. Su madre la acompañó hasta la puerta con numerosos y animados pronósticos de mal tiempo. Sus esperanzas se cumplieron. Al poco rato de partir la joven empezó a llover torrencialmente, y la mullida tierra dio paso a un sinfín de criaturas abominables, vestidas aún con sus elegantes ropajes hechos jirones, pero sin dar muestra de la exquisita educación que habían recibido en vida.

Sus hermanas se mostraron preocupadas, pero su madre estaba eufórica. La lluvia no remitió en toda la tarde, por lo que era imposible que Jane regresara a casa.

—¡Qué idea tan afortunada la mía! —exclamó la señora Bennet en más de una ocasión, como si hubiera sido ella quien había hecho que lloviera. Pero no fue hasta la mañana siguiente cuando la dama comprendió lo acertado de su ardid. Apenas habían terminado de desayunar cuando se presentó un criado de Netherfield con el siguiente mensaje para Elizabeth:

> QUERIDA LIZZY:
> Esta mañana me siento indispuesta, lo cual cabe achacarlo al ataque que sufrí mientras me dirigía a Netherfield a manos de varios innombrables recién desenterrados. Mis amables amigas se niegan a permitirme regresar hasta que esté mejor. Asimismo, insisten en que me vea el señor Jones, por lo que no debéis preocuparos si os enteráis de que me ha visitado el médico, y salvo unas contusiones y una pequeña puñalada, mi estado no reviste gravedad.
>
> TU HERMANA QUE TE QUIERE...

—Bien, querida —observó el señor Bennet después de que Elizabeth leyera la nota en voz alta—, si tu hija se muere, o lo que es peor, sucumbe a esa extraña plaga, será un consuelo saber que ha sido en aras de conquistar al señor Bingley, y por orden tuya.

—No temo que Jane se muera. La gente no se muere debido a unos cortes y contusiones. Estoy segura de que la atenderán perfectamente.

Elizabeth, que estaba muy preocupada por su hermana, decidió ir a verla, aunque no podía ir en coche; y puesto que no era una buena amazona, no tenía más remedio que ir andando. La joven comunicó a sus padres su intención de ir a Netherfield.

—¿Cómo se te ocurre una idea tan absurda —replicó su madre—, sabiendo que la carretera estará cubierta de barro y plagada de esos monstruos? ¡Cuando te presentes allí, suponiendo que llegues viva, estarás hecha una pena!

—Olvidas que soy una discípula de Pei Liu, del templo de Shaolin, madre. Además, por cada innombrable que te encuentras en la carretera, te encuentras a tres soldados. Regresaré a la hora de cenar.

—Te acompañaremos hasta Meryton —dijeron Catherine y Lydia.

Elizabeth aceptó su propuesta y las jóvenes partieron juntas, armadas sólo con las dagas que llevaban adheridas al tobillo. Los mosquetes y las katanas eran unas armas eficaces para protegerse, pero consideradas poco apropiadas para unas damas, y como no disponían de sillas de montar donde ocultarlas, las tres hermanas se rindieron al recato.

—Si nos apresuramos —dijo Lydia mientras avanzaban con cautela—, quizá veamos al capitán Carter antes de que se marche.

Al llegar a Meryton se dividieron; las dos menores se dirigieron a la vivienda de la esposa de uno de los oficiales, y Elizabeth continuó sola, atravesando un prado tras otro a paso rápido, saltando cercas y charcos. Durante esa frenética actividad, se le desató el cordón de una de las botas. Como no quería ofrecer un aspecto desaliñado al llegar a Netherfield, se arrodilló para atárselo.

De pronto oyó un terrible chillido, semejante al que emiten los

Elizabeth se levantó la falda, prescindiendo de todo recato, y asestó rápidamente una patada al monstruo en la cabeza.

cerdos cuando los sacrifican. Elizabeth comprendió en el acto de qué se trataba, y se apresuró a tomar la daga que llevaba sujeta al tobillo. Al volverse, empuñando el arma, se topó con los siniestros rostros de tres innombrables, que tenían los brazos extendidos y la boca abierta. El que estaba más cerca daba la impresión de haber muerto recientemente, pues su traje de enterramiento no estaba manchado ni cubierto de polvo. Avanzó hacia Elizabeth a una velocidad pasmosa, y cuando se hallaba a medio metro de distancia, Elizabeth le clavó la daga en el pecho y tiró de ella hacia arriba. La hoja atravesó el cuello y la cara del monstruo y salió por la parte superior del cráneo. El innombrable cayó al suelo, inmóvil.

El segundo innombrable era una dama, la cual llevaba más tiempo muerta. Echó a correr hacia Elizabeth, agitando torpemente en el aire sus dedos como garras. Elizabeth se levantó la falda, prescindiendo de todo recato, y asestó rápidamente una patada al monstruo en la cabeza, que estalló en una nube de fragmentos de piel y huesos. La innombrable cayó también al suelo, y no volvió a levantarse.

El tercer monstruo era extraordinariamente alto, y aunque hacía mucho que había muerto, conservaba una gran fuerza y agilidad. Elizabeth aún no había recobrado el equilibrio después de la patada que había asestado a la innombrable cuando el monstruo la agarró del brazo y la obligó a soltar la daga. Elizabeth se libró del innombrable antes de que le clavara los dientes y asumió la postura de la grulla, creyendo que era la más adecuada para enfrentarse a un contrincante de esa estatura. El monstruo avanzó hacia ella, y Elizabeth le propinó un contundente golpe en los muslos. Las piernas del innombrable se desprendieron y se desplomó en el suelo, inerme. Recuperó su daga y decapitó al último de sus adversarios, asiendo la cabeza por el pelo y emitiendo un grito de guerra que se oyó a varias leguas a la redonda.

Por fin divisó la casa, a la que llegó sintiendo que las piernas le flaqueaban, con las medias sucias y el rostro encendido debido al esfuerzo.

Un sirviente la condujo a la salita del desayuno, donde se hallaban reunidos todos menos Jane. Su presencia causó una gran sorpresa. A la señora Hurst y a la señorita Bingley les pareció increíble que hubiese recorrido casi cinco kilómetros por unos caminos repletos de innombrables, con un tiempo tan infecto y sola. Elizabeth estaba convencida de que la menospreciaban por ello. No obstante, la recibieron cortésmente. El hermano de las damas la acogió con un talante más agradable que la mera educación, con buen humor y amabilidad. El señor Darcy apenas despegó los labios, y el señor Hurst no dijo nada. El señor Darcy experimentaba a un tiempo admiración por la luminosidad que el esfuerzo había conferido al cutis de Elizabeth, y la duda de que la ocasión justificara el que ésta se hubiera arriesgado a venir sola, armada únicamente con una daga. El señor Hurst pensaba sólo en su desayuno.

Sus preguntas sobre el estado de su hermana obtuvieron unas respuestas algo inquietantes. La señorita Bennet había dormido mal, y aunque se había levantado, tenía mucha fiebre y no se sentía con ánimos de abandonar su habitación. Elizabeth fue a atenderla, preocupada, aunque sin manifestarlo, de que su hermana hubiera contraído la extraña plaga.

Después del desayuno, las hermanas se reunieron con sus anfitriones. Elizabeth empezó a sentir simpatía por ellos al observar el afecto y la solicitud que demostraban hacia Jane. Al poco rato llegó el boticario, y tras examinar a la paciente, dijo, para alivio de todos, que no había contraído la extraña plaga, sino que padecía un fuerte catarro, sin duda debido a haber peleado contra los innombrables bajo la lluvia.

Cuando el reloj dio las tres, Elizabeth decidió que había llegado el momento de irse. La señorita Bingley le ofreció su carruaje. Como Jane se mostró preocupada al despedirse de su hermana, la señorita Bingley se vio obligada a convertir su oferta en una invitación a permanecer en Netherfield de momento. Elizabeth accedió con profunda gratitud, y la señorita Bingley envió un criado a

Longbourn para informar a la familia de que la joven iba a quedarse en Netherfield, y a recoger unas ropas para que se cambiara y, a instancias, de Elizabeth, su mosquete favorito.

8

A las cinco Elizabeth se retiró para reflexionar y vestirse, y a las seis y media le anunciaron que la cena estaba servida. Jane no había mejorado. Al enterarse de ello, las hermanas Bingley repitieron tres o cuatro veces lo profundamente que lo lamentaban, lo horrible que era estar acatarrada y lo mucho que les disgustaba ponerse enfermas, tras lo cual no volvieron a mencionar el asunto. Su indiferencia hacia Jane cuando ésta no se hallaba presente restituyó la animadversión que Elizabeth había sentido hacia ellas en un principio.

El hermano de las damas, el señor Bingley, era el único del grupo que inspiraba a Elizabeth cierta simpatía. Su preocupación por Jane era palmaria, y la atención que dedicaba a Elizabeth muy grata, impidiendo que la joven se sintiera como una intrusa, que al parecer era como los demás la consideraban.

Después de cenar, Elizabeth regresó junto a Jane, y la señorita Bingley empezó a criticarla en cuanto la joven abandonó la habitación. Declaró que tenía unos modales pésimos, una mezcla de orgullo y descaro; carecía de conversación, de estilo y de belleza. La señora Hurst, que opinaba lo mismo, añadió:

—En resumidas cuentas, no posee ninguna cualidad, salvo estar bien instruida en los métodos de combate. Nunca olvidaré el aspecto que presentaba esta mañana. Parecía casi una salvaje.

—Tienes razón, Louisa. ¿Qué necesidad tiene de andar por ahí sola, con los tiempos tan peligrosos que corren, simplemente porque su hermana está resfriada? ¡Con esas greñas y ese desaliño!

—Sí, por no hablar de sus enaguas. Supongo que te fijaste en sus enaguas, con un palmo del bajo manchado de barro, y con unos fragmentos de carne muerta adheridos a la manga, sin duda de sus atacantes.

—Puede que tu descripción sea cierta, Louisa —dijo Bingley—, pero no reparé en esos detalles. Pensé que la señorita Elizabeth Bingley ofrecía un aspecto magnífico cuando apareció esta mañana. No me fijé en sus enaguas manchadas.

—Estoy segura de que usted sí se percató, señor Darcy —comentó la señorita Bingley—, y me inclino a pensar que no le gustaría que su hermana exhibiera ese aspecto.

—Desde luego que no.

—¡Recorrer a pie cinco kilómetros, o los que sean, hundida en el lodo hasta los tobillos, y sola! ¡Con la amenaza de los innombrables atacando y asesinando día y noche a pobres incautos en los caminos! ¿Por qué se comporta así? Lo considero una abominable muestra de arrogante independencia, una indiferencia hacia el decoro digna de una palurda.

—Demuestra un afecto por su hermana muy reconfortante —apuntó Bingley.

—Me temo, señor Darcy —observó la señorita Bingley casi en un susurro—, que esta aventura habrá empañado la admiración que le inspiran los bonitos ojos de la joven.

—En absoluto —respondió el señor Darcy—. El esfuerzo que había realizado hacía que parecieran más luminosos.

Tras la breve pausa que siguió a esas palabras, la señora Hurst dijo:

—Siento una gran estima por la señorita Jane Bennet, que es muy dulce, y deseo de todo corazón que haga una buena boda. Pero con un padre y una madre como los suyos, y unas amistades tan poco refinadas, me temo que no tiene la menor oportunidad.

—Creo haberle oído decir que el tío de las señoritas Bennet es un procurador en Meryton.

—En efecto, y tienen otro tío que vive cerca de Cheapside.

—Una circunstancia primordial —añadió su hermana, y ambas damas se rieron a carcajadas.

—Aunque tuvieran tantos tíos como para llenar todo Cheapside —terció Bingley—, ello no haría que fueran menos agradables. ¿No sentís la menor admiración por esas jóvenes guerreras? Jamás he visto a unas damas tan diestras a la hora de luchar.

—Pero eso reducirá sensiblemente sus posibilidades de que se casen con hombres de cierta posición —observó Darcy. Bingley no respondió al comentario, pero sus hermanas asintieron con vehemencia.

No obstante, al abandonar el comedor regresaron a la habitación de Jane con muestras de renovada ternura, y le hicieron compañía hasta que un criado anunció que el café estaba servido. Jane seguía muy acatarrada, y Elizabeth no se separó de ella hasta última hora de la tarde, cuando observó aliviada que su hermana se había dormido y pensó que tenía el deber, por más que le desagradara, de bajar a reunirse con los demás. Al entrar en el salón vio que estaban jugando a las cartas. Enseguida la invitaron a unirse a ellos, pero sospechando que las apuestas eran muy elevadas, Elizabeth declinó la invitación y, utilizando a su hermana como disculpa, dijo que durante el breve rato que podía permanecer en el salón se distraería leyendo un libro. El señor Hurst la miró asombrado.

—¿Prefiere la lectura a jugar a las cartas? —le preguntó—. Qué curioso.

—Prefiero muchas cosas a jugar a las cartas, señor Hurst —respondió Elizabeth—. Como por ejemplo la sensación de un cuchillo recién afilado al hundirse en el abultado vientre de un hombre.

El señor Hurst no volvió a despegar los labios durante el resto de la velada.

—Me consta que el hecho de atender a su hermana le proporciona una gran satisfacción —comentó el señor Bingley—; y espero que su satisfacción aumente al comprobar que la señorita Bennet mejora.

Elizabeth le dio las gracias, tras lo cual se acercó a una mesa en la que había unos libros. El señor Bingley se ofreció de inmediato a traerle otros, todos los que hubiera en su biblioteca.

—Ojalá tuviera una biblioteca mayor, para complacerla y ufanarme de ella, pero soy perezoso y, aunque no poseo muchos libros, tengo más de los que he hojeado.

Elizabeth le aseguró que le bastaban los que había en la habitación.

—Me sorprende —dijo la señorita Bingley— que mi padre dejara una colección de libros tan exigua. ¡Su biblioteca en Pemberley es magnífica, señor Darcy!

—Es natural que esté bien surtida —respondió éste—, ya que representa la labor de muchas generaciones.

—Pero usted la ha ampliado mucho, y adquiere nuevos volúmenes continuamente.

—No comprendo, dados los tiempos que corren, que alguien descuide la biblioteca familiar. ¿Qué podemos hacer salvo quedarnos en casa y leer hasta que alguien descubra una cura contra esa plaga?

Elizabeth alzó la vista del libro que estaba hojeando y se acercó a la mesa de juego, situándose entre el señor Bingley y su hermana mayor, para observar la partida.

—¿Ha crecido mucho la señorita Darcy desde la primavera? —preguntó la señorita Bingley—. ¿Llegará a ser tan alta como yo?

—Creo que sí. Ahora tiene aproximadamente la estatura de la señorita Elizabeth Bennet, o quizá sea un poco más alta.

—¡Estoy deseando volver a verla! No conozco a nadie que me deleite tanto como su hermana. ¡Qué porte, qué modales! ¡Y qué instruida para una muchacha de su edad!

—No deja de asombrarme —comentó el señor Bingley— la paciencia que tenéis todas las jóvenes para adquirir tantos conocimientos.

—¿A qué te refieres, querido Charles? ¡Todas las jóvenes no poseemos los mismos conocimientos!

—Todas pintáis mesas, tapizáis biombos y tejéis bolsos. No conozco a ninguna joven que no sepa hacer esas cosas, y nunca me han hablado de ninguna que no fuera extraordinariamente instruida.

—Ese término se aplica a muchas mujeres que no lo merecen —observó Darcy—, puesto que sólo saben tejer bolsos o tapizar biombos. No obstante, mi hermana Georgiana sí merece esa distinción, ya que no sólo domina las artes femeninas, sino las artes mortales. No creo conocer a más que a media docena de mujeres, entre mis amistades, que sean tan instruidas.

—Yo tampoco —apostilló la señorita Bingley.

—En tal caso, señor Darcy —observó Elizabeth—, su idea de una mujer instruida debe de englobar numerosos conocimientos.

—Una mujer debe poseer buenos conocimientos de música, canto, dibujo, baile y lenguas modernas; debe de estar perfectamente adiestrada en los estilos de combate de los maestros de Kyoto y en las tácticas y armas europeas modernas. Además, debe poseer cierta cualidad en su aire y modo de caminar, el tono de su voz, su forma de hablar y expresarse, para poder considerarla una mujer instruida. Aparte de esas cualidades, debe añadir algo más sustancial, en virtud del perfeccionamiento de su mente a través de una lectura exhaustiva.

—No me sorprende que no conozca más que a media docena de mujeres instruidas. Lo que me extraña es que conozca a alguna.

—¿Tan severa es usted con su propio sexo para dudar de esa posibilidad?

—Jamás he conocido a una mujer semejante. Según mi experiencia, una mujer o está bien adiestrada o es muy refinada. En estos tiempos una no puede permitirse el lujo de poseer ambas cualidades. En cuanto a mis hermanas y a mí, nuestro querido padre creyó más conveniente que dedicáramos menos tiempo a los libros y a la música, y más a protegernos contra los innombrables.

La señora Hurst y la señorita Bingley protestaron por lo injusto del comentario de Elizabeth, afirmando conocer a muchas mujeres que respondían a esa descripción, cuando el señor Hurst las llamó al orden. Eso puso fin a la conversación, y al cabo de unos minutos Elizabeth abandonó la estancia.

—Elizabeth Bennet —dijo la señorita Bingley cuando la puerta se cerró—, es una de esas jóvenes que pretenden seducir al sexo opuesto menospreciando el suyo. Quizá tenga éxito con muchos hombres, pero a mi modo de ver es una vil artimaña, un arte despreciable.

—Sin duda —respondió Darcy, a quien iba dirigido principalmente el comentario—, existe cierta vileza en todas las artes que las damas emplean a veces para cautivar. Todo cuanto se asemeje al artificio es despreciable.

La respuesta no satisfizo a la señorita Bingley lo suficiente como para insistir en el tema.

Elizabeth se reunió de nuevo con ellos para informarles de que su hermana había empeorado y no podía abandonarla. Bingley ordenó que mandaran llamar al señor Jones de inmediato; mientras sus hermanas, convencidas de que el consejo de una persona que vivía en el campo no podía ser útil, propusieron enviar recado urgente para que acudiera uno de los médicos más eminentes de la ciudad. Elizabeth se negó en redondo, alegando que era demasiado peligroso enviar a un jinete a esas horas de la noche; pero accedió a la propuesta del señor Bingley, por lo que decidieron mandar llamar al señor Jones a primera hora de la mañana, en caso de que la señorita Bennet no mostrara una clara mejoría. Bingley se sentía profundamente incómodo; sus hermanas declararon estar consternadas. No obstante, aplacaron su consternación cantando unos duetos después de cenar, mientras que el señor Bingley no halló mejor forma de aliviar sus sentimientos que ordenar a su ama de llaves que prestara todas las atenciones a la joven enferma y a su hermana.

9

Elizabeth pasó buena parte de la noche en la habitación de su hermana, y por la mañana tuvo la satisfacción de poder enviar una respuesta aceptable a las preguntas que le remitió el señor Bingley a través de una criada. La joven pidió que enviaran una nota a Longbourn, expresando el deseo de que su madre visitara a Jane y juzgara por sí misma la situación. La nota fue enviada de inmediato, pero el jinete se topó en la carretera con un grupo de zombis que acababan de salir de sus tumbas, los cuales probablemente le arrastraron a la muerte.

La nota fue enviada por segunda vez con más éxito, y su contenido rápidamente acatado. La señora Bennet, acompañada por sus dos hijas menores armadas con sus arcos, llegó a Netherfield poco después de que la familia terminara de desayunar.

De haber encontrado a Jane en claro peligro de contraer la extraña plaga, la señora Bennet se habría llevado un gran disgusto; pero al comprobar que la enfermedad que la aquejaba no era alarmante, deseó que su hija no se recobrara de inmediato, ya que su restablecimiento probablemente la obligaría a abandonar Netherfield. Así pues, se negó a atender la propuesta de su hija de llevarla de regreso a casa; y el boticario, que llegó al mismo tiempo, opinó también que no era conveniente. Bingley las saludó y expresó su deseo de que la señora Bennet no hubiera hallado a la señorita Bennet peor de lo que había supuesto.

—Lo cierto es que la he encontrado muy desmejorada, señor Bingley —respondió la señora Bennet—. Jane está demasiado enferma para moverse. El señor Jones dice que no debemos trasladarla. Por lo que debemos abusar un poco más de su amabilidad, señor.

—¿Trasladarla? —exclamó Bingley—. ¡Ni pensarlo!

La señora Bennet se deshizo en muestras de gratitud.

—De no tener Jane tan buenos amigos —añadió—, no sé qué sería de ella, pues está muy enferma y sufre mucho, aunque con toda la paciencia del mundo, sin duda debido a los muchos meses que pasó bajo la tutela del maestro Liu.

—¿Es posible que llegue a encontrarme con ese caballero aquí en Hertfordshire? —inquirió Bingley.

—No lo creo —respondió la señora Bennet—, porque nunca ha abandonado los límites del templo de Shaolin en la provincia de Henan. Nuestras hijas pasaron allí muchos días, siendo adiestradas para soportar todo género de vicisitudes.

—¿Puedo preguntar qué tipo de vicisitudes?

—Desde luego —contestó Elizabeth—, pero prefiero hacerle una demostración.

—¡Lizzy! —protestó su madre—. Recuerda dónde estás y no te comportes de forma tan atolondrada como haces en casa.

—Ignoraba que tuviera usted tanto carácter —dijo Bingley.

—Mi carácter carece de importancia —replicó Elizabeth—. Lo que me inquieta es el carácter de los demás. Dedico muchas horas a su estudio.

—El campo —terció Darcy— ofrece escasas probabilidades para llevar a cabo esa clase de estudios. En una comarca rural uno se mueve en un círculo muy estrecho y poco variado.

—Excepto, claro está, cuando el campo está tan plagado de innombrables como la ciudad.

—Desde luego —convino la señora Bennet, ofendida por la forma en que Darcy se había referido a una comarca rural—. Le aseguro que esa situación se da en el campo con tanta frecuencia como en la ciudad.

Todos se mostraron sorprendidos, y Darcy, después de observarla durante unos momentos, se volvió en silencio. La señora Bennet, que creía haberle derrotado, prosiguió triunfante:

—No veo que Londres tenga una gran ventaja sobre el campo,

especialmente desde que construyeron la muralla. Quizá sea una fortaleza repleta de tiendas, pero no deja de ser una fortaleza, nada beneficiosa para los frágiles nervios de una dama. El campo es mucho más agradable, ¿no es así, señor Bingley?

—Cuando estoy en el campo —respondió éste—, no siento deseos de abandonarlo; y cuando estoy en la ciudad, me ocurre lo mismo. Ambos tienen sus ventajas, tanto en relación con la plaga como otras cosas. Pues aunque duermo mejor y me siento más seguro en la ciudad, el entorno que me rodea en estos momentos mejora mi buen humor.

—Sí, pero eso se debe a que está predispuesto a ello. Ese caballero —agregó la señora Bennet mirando a Darcy—, parece menospreciar el campo.

—Te equivocas, mamá —terció Elizabeth sonrojándose por el comentario de su madre—. Juzgas mal al señor Darcy. Se refería a que en el campo no tienes tantas posibilidades de conocer a diversas personas como en la ciudad, lo cual debes reconocer que es cierto. Al igual que el señor Darcy sin duda reconocerá que la escasez de cementerios hace que el campo resulte más agradable en estos tiempos.

—Ciertamente, querida, pero en cuanto a conocer a pocas personas en esta comarca, a mi entender existen pocas comarcas más grandes. Nosotros tenemos trato con veinticuatro familias. Es decir, veintitrés... Que Dios acoja en su gloria a la pobre señora Long.

Darcy se limitó a sonreír, y la pausa que se produjo a continuación hizo que Elizabeth se echara a temblar. Deseaba decir algo, pero no se le ocurría nada. Tras un breve silencio, la señora Bennet empezó a reiterar sus muestras de gratitud al señor Bingley por su amabilidad hacia Jane, disculpándose por tener que acoger también a Lizzy. El señor Bingley respondió con un tono sencillo y cortés, obligando a su hermana menor a mostrarse también cortés, la cual dijo lo que requería la ocasión. La señorita Bingley desempeñó su papel sin excesiva amabilidad, pero la señora Bennet se sintió satisfecha, y al poco rato pidió que trajeran su coche. Ante esa señal, la menor de sus hijas se adelantó. Las dos hermanas no habían dejado de cuchichear durante toda la visita, y, en consecuencia, la menor se encargó de recordar al señor Bingley la promesa que había hecho al llegar al campo de ofrecer un gran baile en Netherfield.

Lydia era una muchacha de quince años, robusta y muy desarrollada para su edad, con un bonito cutis y un semblante risueño. Poseía las habilidades mortíferas de Lizzy, aunque no su sentido común, y había derrotado a su primer innombrable a la asombrosa edad de siete años y medio. Por tanto, era más que capaz de plantear al señor Bingley el asunto del baile, recordándole bruscamente su promesa y añadiendo que sería vergonzoso que no la cumpliera. La respuesta de Bingley a ese inopinado ataque le sonó a la señora Bennet a música celestial.

—Le aseguro que estoy más que dispuesto a cumplir mi palabra; y cuando su hermana se haya restablecido, usted misma puede fijar la fecha del baile. No creo que le apetezca asistir a un baile estando su hermana enferma.

Lydia declaró que se sentía satisfecha.

—¡Sí, es preferible esperar a que Jane esté bien! Para entonces es probable que el capitán Carter haya regresado a Meryton. Y cuando usted celebre el baile —añadió la joven—, insistiré en que los oficiales organicen también uno. Diré al coronel Forster que sería vergonzoso que no lo hiciera.

Al cabo de un rato la señora Bennet y sus hijas partieron, y Elizabeth regresó de inmediato junto a Jane, dejando que las dos damas y el señor Darcy comentaran su conducta y la de su madre y hermanas. No obstante, pese a los comentarios irónicos de la señorita Bingley sobre los «hermosos ojos» de Elizabeth, el señor Darcy se negó a participar en las críticas contra la joven.

10

El día transcurrió como el anterior. La señora Hurst y la señorita Bingley habían pasado unas horas por la mañana con la enferma, que seguía recuperándose, aunque lentamente; y por la tarde Elizabeth se reunió con ellos en el salón. Sin embargo, la mesa de juego no apareció. El señor Darcy estaba escribiendo, y la señorita Bingley, sentada junto a él, observaba cómo escribía la carta al tiempo que le distraía con repetidos mensajes para su hermana. El señor Hurst y el señor Bingley jugaban al piquet, y la señora Hurst observaba el desarrollo del juego.

Elizabeth se puso a engrasar la culata de su mosquete, escuchando divertida la conversación entre Darcy y su acompañante.

—¡La señorita Darcy estará encantada de recibir esa carta!

Darcy no contestó.

—Escribe usted muy deprisa.

—Y usted no deja de parlotear.

—¡Debe de escribir muchas cartas en un año! ¡Me refiero también a cartas de negocios! ¡Que odioso que se me haya ocurrido pensar en ellas!

—Y qué odioso que tenga que escribirlas a menudo en su presencia.

—No olvide decir a su hermana que estoy impaciente por verla.

—Ya se lo he dicho una vez, tal como me pidió que hiciera.

—¿Cómo consigue escribir con una letra tan pareja?

Darcy guardó silencio.

—Diga a su hermana que me alegra saber que ha mejorado

con el arpa, y que su maravilloso boceto para una mesa me ha encantado.

—Señorita Bingley, los gemidos de un centenar de innombrables serían más gratos a mis oídos que otra palabra salida de sus labios. Si no se calla, me veré forzado a cortarle la lengua con mi sable.

—Da lo mismo. Veré a su hermana en enero. ¿Siempre le escribe unas cartas tan largas y encantadoras, señor Darcy?

—Suelen ser largas, pero soy el menos indicado en decir si son encantadoras.

—Siempre me guío por la máxima de que una persona capaz de escribir una carta larga, no puede escribir cosas desagradables.

—Tu comentario no halagará al señor Darcy, Caroline —dijo su hermano—, porque lo cierto es que no escribe con facilidad. Estudia demasiado para emplear palabras de cuatro sílabas, ¿no es así, Darcy?

El señor Darcy siguió escribiendo en silencio, aunque Elizabeth notó que estaba irritado con sus amigos.

Cuando terminó de escribir, el señor Darcy pidió a la señorita Bingley y a Elizabeth que le complacieran ofreciéndole un poco de música. La señorita Bingley se acercó con cierta desgana al piano y, tras rogar educadamente a Elizabeth que fuera la primera en tocar una pieza, se sentó.

La señora Hurst cantó con su hermana mientras Elizabeth tocaba.

Cuando la Tierra estaba en calma y los muertos en silencio,
y Londres estaba sólo ocupada por seres vivos,
la plaga cayó violentamente sobre nosotros
obligándonos a defender a nuestra amada Inglaterra.

Mientras las jóvenes ofrecían su recital de música, Elizabeth no pudo por menos de observar que el señor Darcy la miraba con frecuencia. La joven no suponía que fuera un objeto de admiración para un hombre tan distinguido; pero le chocaba que éste la mirara porque le inspiraba antipatía. Elizabeth sólo alcanzaba a suponer que Darcy la observaba con insistencia porque tenía algún rasgo defectuoso, o más desagradable, según el concepto que el señor Darcy tenía sobre la belleza, que cualquiera de las personas presentes. Esa suposición no la hirió, pues el señor Darcy le desagradaba hasta el extremo de que su aprobación la tenía sin cuidado.

A continuación tocó la señorita Bingley, variando el encanto del momento al interpretar un alegre aire escocés. Poco después, el señor Darcy se acercó a Elizabeth y le dijo:

—¿No siente el deseo, señorita Bennet, de aprovechar esta oportunidad para bailar una giga?

Elizabeth sonrió sin responder. Darcy repitió la pregunta, sorprendido por el silencio de la joven.

—Ya le he oído —dijo Elizabeth—, pero en esos momentos no sabía qué responder. Sé que usted deseaba que dijera «sí», para gozar criticando mis gustos; pero a mí me divierte echar por tierra esas artimañas e impedir que la persona en cuestión se dé el lujo de humillarme. Por tanto, he decidido responder que no tengo el menor deseo de bailar una giga. Y ahora censúreme si se atreve.

—Lo cierto es que no me atrevo.

La gallardía de Darcy sorprendió a Elizabeth, que había supuesto que sus palabras le ofenderían. En cuanto a Darcy, nunca se había sentido tan cautivado por una mujer como por Elizabeth. Estaba convencido de que, de no ser por la inferioridad de las amistades de la joven, corría el riesgo de enamorarse de ella, y que de no ser por su gran habilidad en las artes mortales, se exponía a que Elizabeth le superara en ellas, pues jamás había conocido a una dama más diestra a la hora de derrotar a los muertos vivientes.

La señorita Bingley observó, o sospechó lo suficiente como para sentirse celosa; y a su sincero anhelo de que su querida amiga

Jane se restableciera se unió su deseo de librarse de Elizabeth. Se esforzó en repetidas ocasiones en indisponer a Darcy contra su invitada, refiriéndose al supuesto matrimonio entre ellos y planeando la felicidad de Darcy en esa unión.

—Confío —dijo la señorita Bingley al día siguiente mientras daban un paseo por el jardín—, que ofrezca a su suegra algunos consejos, cuando tenga lugar el feliz acontecimiento, sobre la ventaja de mantener la boca cerrada; y si se cree capaz de conseguirlo, procure impedir que las hermanas menores persigan a los oficiales. Y, si me permite abordar un asunto tan delicado, trate de reprimir la poco femenina afición de la señorita Bennet por los mosquetes, las espadas, el ejercicio, y todas esas tonterías más propias de hombres, o de mujeres de baja alcurnia.

—¿Tiene alguna otra sugerencia que hacer en aras de mi felicidad doméstica?

En esos momentos se encontraron con la señora Hurst y Elizabeth, que caminaban por otro sendero.

—No sabía que iban a salir a dar un paseo —dijo la señorita Bingley, confundida y temiendo que la hubieran oído.

—Os habéis portado muy mal con nosotras —contestó la señora Hurst—, desapareciendo sin decirnos que ibais a salir.

Luego, tomando el brazo que el señor Darcy tenía libre, la señora Hurst dejó que Elizabeth continuara sola, pues el sendero sólo admitía tres personas. Al percatarse de su descortesía, el señor Darcy se apresuró a decir:

—Este sendero no es lo bastante ancho para que paseemos los cuatro por él. Será mejor que tomemos por la avenida.

Pero Elizabeth, a quien no le apetecía seguir con ellos, contestó risueña:

—No es necesario que se muevan. Forman un grupo encantador, y así podrán pasear cómodamente. La presencia de una cuarta persona estropearía el pintoresco cuadro. Además, sospecho que este sendero está repleto de zombis, y hoy no tengo ganas de pelear con ellos. Adiós.

Acto seguido se alejó alegremente, confiando, mientras paseaba, en regresar a casa dentro de uno o dos días. Jane estaba muy recuperada e iba a abandonar su habitación durante un par de horas esa tarde.

11

Cuando las damas se retiraron después de cenar, Elizabeth corrió junto a su hermana y, al verla muy recuperada, la acompañó hasta el salón, donde la señorita Bingley y la señora Hurst recibieron a Jane con profusas muestras de gozo. Elizabeth nunca las había visto comportarse de forma tan amable como durante la hora que transcurrió hasta que aparecieron los caballeros. Pese a la falta de adiestramiento de ambas damas en los métodos de combate, Elizabeth tuvo que reconocer que poseían una gran habilidad como conversadoras.

«Si las palabras pudieran decapitar a un zombi —pensó—, en estos momentos me hallaría en presencia de las dos guerreras más grandes del mundo.»

Pero cuando entraron los caballeros, la señorita Bingley dirigió la vista de inmediato hacia Darcy y le dijo unas palabras antes de que éste hubiera avanzado unos pasos. Darcy saludó a Jane, felicitándola educadamente por su recuperación; el señor Hurst hizo también una leve reverencia y dijo que «se alegraba mucho de que se tratara sólo de un catarro, en lugar de la extraña plaga». Pero fue Bingley quien la saludó más efusivamente, mostrándose encantado de su mejoría y colmándola de atenciones. Bingley se afanó en atizar el fuego durante media hora, no fuera que Jane empeorara debido al cambio de habitación. Luego se sentó junto a la joven, sin apenas dirigirse a nadie más. Elizabeth se sentó junto a la pequeña rueda de afilar situada en un extremo de la habitación y observó divertida la escena mientras afilaba las espadas de los caballeros, las cuales había comprobado que estaban escandalosamente romas.

Después del té, el señor Hurst recordó a su cuñada la mesa de juego, pero fue en vano. La señorita Bingley había averiguado secretamente que el señor Darcy no era aficionado a las cartas, por lo que la abierta petición del señor Hurst fue rechazada. La joven le aseguró que nadie deseaba jugar a las cartas, y el silencio de todos los presentes sobre el asunto pareció confirmar sus palabras. De modo que al señor Hurst no se le ocurrió otra cosa que sentarse en uno de los sofás y descabezar un sueñecito. Darcy tomó un libro; la señorita Bingley hizo lo propio; y la señora Hurst, que se entretenía jugando con una de las estrellas voladoras de Elizabeth, participaba de vez en cuando en la conversación entre su hermano y la señorita Bennet.

La señorita Bingley estaba más pendiente de observar al señor Darcy mientras éste leía que en la lectura de su propio libro; y no cesaba de hacerle preguntas o de mirar la página que leía Darcy. Pero no logró obligarle a entablar conversación con ella. El señor Darcy se limitaba a responder a sus preguntas y seguía leyendo. Por fin, agotada por el esfuerzo de tratar de distraerse leyendo su libro, que había elegido sólo porque era el segundo volumen del señor Darcy, emitió un sonoro bostezo y dijo:

—¡Qué agradable es pasar la velada de esta forma! ¡No hay nada más entretenido que la lectura!

—Dicho por alguien que jamás ha conocido el éxtasis de sostener un corazón que aún palpita en su mano —observó Darcy.

La señorita Bingley —que estaba acostumbrada a que le echaran en cara su falta de adiestramiento en los métodos de combate— se abstuvo de responder. Bostezó de nuevo, dejó el libro y miró a su alrededor en busca de algo con qué distraerse. Al oír a su hermano mencionar a la señorita Bennet un baile, se volvió hacia él y dijo:

—A propósito, Charles, ¿piensas en serio organizar un baile en Netherfield? Te aconsejo que consultes los deseos de los presentes. O mucho me equivoco, o para algunos sería más un castigo que un placer.

—Si te refieres a Darcy —contestó su hermano—, si lo desea puede irse a la cama antes de que comience, pero en cuanto al baile, está decidido; y cuando la tierra se haya endurecido y haya disminuido la insólita cantidad de innombrables, enviaré las invitaciones.

—Los bailes me gustarían más —dijo la señorita Bingley— si se organizaran de otra forma.

—Los bailes le gustarían más —replicó Darcy— si supiera algo sobre ellos.

Elizabeth se sonrojó y reprimió una sonrisa, un tanto sorprendida de que el señor Darcy hubiera rozado la descortesía, y admirada de que coqueteara con ésta. La señorita Bingley, que no había comprendido el significado de sus palabras, no respondió, y al cabo de unos minutos se levantó y dio una vuelta por la habitación. Tenía una figura elegante, y caminaba airosamente; pero Darcy, a quien pretendía impresionar, seguía enfrascado en la lectura. Exasperada por no conseguir su propósito, decidió intentarlo por última vez y, volviéndose hacia Elizabeth, dijo:

—Señorita Bennet, permítame que le proponga imitarme y dar un paseo por la habitación. Le aseguro que es muy tonificante después de permanecer sentada tanto tiempo.

Aunque no necesitaba sentirse tonificada —en cierta ocasión le habían ordenado que hiciera el pino durante seis días bajo el sol abrasador de Beijing—, Elizabeth accedió en el acto. El señor Darcy alzó la vista y cerró el libro distraídamente. La señorita Bingley le invitó a que se uniera a ellas, pero Darcy declinó la invitación, haciendo la observación de que sólo se le ocurrían dos motivos por los que hubieran decidido dar un paseo por la habitación, y no quería desbaratarlos acompañándolas.

—¿A qué se refiere? —La señorita Bingley, que estaba muerta de curiosidad por averiguar el significado de ese comentario, preguntó a Elizabeth si lo había entendido.

—No —respondió Elizabeth—, pero créame, el señor Darcy

pretende censurarnos con severidad, y la mejor forma de impedir que se salga con la suya es no hacer ninguna pregunta.

Pero la señorita Bingley era incapaz de semejante autodisciplina, e insistió en pedir a Darcy que les explicara sus dos motivos.

—No tengo ningún inconveniente en explicárselos —respondió Darcy—. Si han elegido esa forma de pasar la velada es o bien porque son incapaces de permanecer sentadas tranquilamente, o bien porque saben que al pasearse por la habitación ponen de realce sus figuras. En el primer caso, demuestran ser unas jóvenes necias y no merecen que me ocupe de ustedes, y en el segundo, puedo admirarlas mejor desde aquí. De hecho, el resplandor del fuego proyecta una silueta muy reveladora contra el tejido de sus vestidos.

—¡Eso es de muy mal gusto! —protestó la señorita Bingley alejándose del fuego—. Jamás había oído nada tan abominable. ¿Cómo podemos castigarlo por esas palabras?

—Se me ocurren varias ideas —respondió Elizabeth—, pero me temo que ninguna obtendría la aprobación de los presentes. ¿No conoce ninguna de sus debilidades, habida cuenta de la estrecha amistad que la une al señor Darcy?

—Palabra que no. Le aseguro que mi estrecha amistad con él no me ha permitido averiguarlo. El señor Darcy posee un talante sosegado, presencia de ánimo y valor a la hora de luchar.

—Sí, ¿pero no posee también vanidad y orgullo?

—En efecto, la vanidad es una debilidad —contestó la señorita Bingley—, pero el orgullo... Las personas con un intelecto superior saben siempre modular su orgullo.

Elizabeth volvió la cabeza para ocultar una sonrisa.

—Si ha terminado de analizar al señor Darcy —dijo la señorita Bingley—, le ruego que nos diga a qué conclusión ha llegado.

—Mi análisis me ha convencido de que el señor Darcy no tiene ningún defecto.

—Se equivoca, tengo muchos —objetó Darcy—, pero espero que ninguno relacionado con la ignorancia. De mi mal genio no puedo responder. He dado muerte a muchos hombres por unas ofensas que a otros les parecerían insignificantes.

—¡Eso es decididamente un fallo! —exclamó Elizabeth—. Pero ha acertado al elegir ese defecto, el cual comparto. Yo también me atengo al código guerrero, y estaría dispuesta a matar para vengar mi honor. Por tanto, no represento una amenaza para usted.

—Creo que cualquier persona es propensa a un determinado defecto, un fallo natural, que ni la educación más esmerada puede eliminar.

—Y su defecto, señor Darcy, es detestar a todo el mundo.

—Y el suyo —replicó éste sonriendo—, es malinterpretar adrede a los demás.

—¡Un poco de música! —exclamó la señorita Bingley, cansada de una conversación en la que no participaba—. Louisa, ¿te importa que despierte al señor Hurst?

Su hermana no opuso la menor objeción, y la señorita Bingley abrió el piano. A Darcy no le disgustó. Empezaba a advertir el riesgo de prestar demasiada atención a Elizabeth.

12

Debido a un acuerdo entre las hermanas, Elizabeth escribió a la mañana siguiente a su madre para rogarle que les enviara el coche durante el día. Pero la señora Bennet, que había calculada que sus hijas siguieran en Netherfield hasta el martes siguiente, con lo cual Jane habría permanecido allí una semana, no estaba dispuesta a acogerlas con los brazos abiertos si regresaban antes. Por tanto, su respuesta dio al traste con los planes de las jóvenes. Les envió recado diciendo que no podían disponer del carruaje antes del martes, pues estaba muy deteriorado por haber recibido unos disparos de mosquete durante una escaramuza entre soldados y un grupo de zombis cerca del campamento en Meryton.

Eso era en parte cierto, pues el vehículo había quedado atrapado en un fuego cruzado cuando Catherine y Lydia lo habían utilizado para visitar a un grupo de oficiales; pero los daños eran menos graves de lo que la señora Bennet daba a entender. En su posdata añadió que si el señor Bingley y su hermana les rogaban que se quedasen unos días más, debían aceptar. No obstante, con el fin de no prolongar su estancia, Elizabeth instó a Jane a que pidiera prestado de inmediato el coche al señor Bingley. Por fin decidieron manifestar su intención de abandonar Netherfield y pedir que les prestaran el faetón.

Dicha petición suscitó numerosas manifestaciones de preocupación, y Bingley y su hermana rogaron a las jóvenes que se quedaran al menos hasta el día siguiente para dejar que la tierra se endureciera más. Elizabeth y Jane accedieron a aplazar su partida hasta el día siguiente. La señorita Bingley se arrepintió enseguida de haberles pedido que se quedaran, pues sus celos y antipatía hacia Elizabeth superaban en mucho su afecto por Jane.

El señor Bingley se mostró sinceramente consternado al averiguar que deseaban partir tan pronto, y trató reiterada e infructuosamente de convencer a la señorita Bennet de que era una imprudencia, de que aún no estaba lo bastante restablecida para pelear en caso de que unos innombrables atacaran el coche; pero Jane le recordó que Elizabeth era una guardaespaldas tan eficaz como cualquiera en Inglaterra.

El señor Darcy acogió la noticia con agrado, pues opinaba que Elizabeth había permanecido demasiado tiempo en Netherfield. La joven le atraía más de lo conveniente, y la señorita Bingley se mostraba grosera con ella y no dejaba de lanzarle pullas a él. Darcy decidió no mostrar la menor señal de admiración. Firme en su empeño, durante todo el sábado apenas dirigió diez palabras a Elizabeth, y aunque en cierta ocasión se quedaron solos durante media hora, Darcy se enfrascó deliberadamente en la lectura de su libro, sin siquiera mirarla.

El domingo, después del servicio religioso, llegó el momento de las despedidas. La amabilidad de la señorita Bingley hacia Elizabeth aumentó rápidamente, así como su afecto por Jane; y cuando se separaron, después de asegurar a ésta que siempre sería un placer para ella verla en Longbourn o Netherfield, abrazándola con ternura, la señorita Bingley incluso estrechó la mano de Elizabeth. Elizabeth se despidió de todos con aire jovial.

El trayecto a Longbourn fue muy agradable, salvo por el breve encuentro con un pequeño grupo de niños zombis, sin duda procedentes del orfanato de la señora Beechman, que había caído recientemente junto con la parroquia de St. Thomas. El cochero del señor Bingley no pudo por menos de vomitar encima de su corbata al ver a los diablillos devorando unos cadáveres endurecidos por el sol en un campo cercano. Elizabeth echó mano de su mosquete, por si las atacaban. Pero tuvieron suerte, y los condenados chiquillos no prestaron atención al coche.

Cuando llegaron, su madre las recibió con escasa cordialidad. La señora Bennet opinaba que habían hecho mal en regresar tan pronto, y estaba segura de que Jane había vuelto a acatarrarse. Sus protestas arreciaron al ver la corbata del cochero manchada de vómitos, una prueba irrebatible de que se habían topado con unos innombrables en la carretera. Pero su padre se mostró muy contento de verlas, pues la ausencia de Elizabeth y Jane restaba aliciente a las sesiones vespertinas de adiestramiento en las artes mortales.

Las jóvenes hallaron a Mary, como de costumbre, absorta en el estudio de la naturaleza humana; Catherine y Lydia tenían otro tipo de noticias para ellas. En el regimiento se habían producido muchas novedades desde el miércoles anterior; varios oficiales habían comido recientemente con el tío de las hermanas Bennet, un soldado raso había sido azotado por cometer actos licenciosos con un cadáver, y corría el rumor de que el coronel Forster iba a casarse.

13

—Espero, querida —dijo el señor Bennet a su esposa a la mañana siguiente mientras desayunaban—, que hayas encargado una suculenta cena, porque tengo motivos para creer que tendremos un invitado.

—¿A qué te refieres, querido? No creo que vaya a presentarse nadie, a menos que Charlotte Lucas decida visitarnos. Además, estoy segura de que mis cenas son lo suficientemente suculentas para ella, dado que es una solterona de veintisiete años y, por tanto, sólo puede esperar muy poco más que un mendrugo de pan regado con una copa de soledad.

—La persona a la que me refiero es un caballero, un extraño.

—¡Un caballero y un extraño! —exclamó la señora Bennet con ojos chispeantes—. ¡Estoy segura de que se trata del señor Bingley! Estaré encantada de recibir al señor Bingley, pero... ¡Cielo santo! ¡Qué mala suerte! Hoy no hemos comprado pescado. Lydia, cariño, toca la campanilla, debo hablar inmediatamente con Hill.

—No se trata del señor Bingley, necia —replicó su marido—; es una persona a la que no he visto en mi vida.

Después de divertirse un rato con la curiosidad de su esposa y sus hijas, el señor Bennet les explicó:

—Hace aproximadamente un mes recibí esta carta; y hace quince días la contesté. Es de mi primo, el señor Collins, el cual, cuando yo haya muerto, puede echaros de esta casa cuando le plazca.

—¡Dios bendito! —exclamó su esposa—. No menciones a ese hombre tan odioso. ¡Me parece la mayor injusticia del mundo que a tus hijas les arrebaten su propiedad!

Jane y Elizabeth trataron de explicar que las cinco hermanas eran más que capaces de defenderse solas; que, en caso necesario, podían ganarse la vida medianamente bien trabajando de guardaespaldas, asesinas o mercenarias. Pero ese era un tema que la señora Bennet no conseguía asimilar, por lo que siguió despotricando contra la crueldad de arrebatar una finca a una familia de cinco hijas, a favor de un hombre por el que nadie sentía el menor afecto.

—En efecto, es una vil injusticia —dijo el señor Bennet—, y nada podrá librar al señor Collins de los remordimientos de heredar Longbourn. Pero si me dejáis que os lea su carta, quizás el tono de la misma suavice vuestra opinión sobre él.

Hunsford, cerca de Westerham, Kent
15 de octubre

ESTIMADO SEÑOR:
La desavenencia que persistió entre usted y mi llorado padre me produjo siempre una gran consternación. Mi padre era un gran guerrero, al igual que usted, y sé que recordaba con afecto la época en que ambos peleaban juntos, en los tiempos en que la extraña plaga no era más que una contrariedad aislada. Desde su muerte he deseado con frecuencia subsanar esa enemistad, pero durante un tiempo mis dudas me lo impidieron, temiendo que pareciera irrespetuoso hacia la memoria de mi padre el que yo tuviera tratos con alguien a quien él había jurado castrar algún día. No obstante, he tomado una decisión al respecto, pues después de ordenarme sacerdote, he tenido la fortuna de contar con el patronazgo de la honorable lady Catherine de Bourgh...

—¡Cielos! —exclamó Elizabeth—. ¡Trabaja para lady Catherine!

—Permíteme terminar —dijo el señor Bennet con severidad.

... cuya habilidad con la espada y el mosquete es incomparable, y que ha matado a más innombrables que ninguna otra mujer que conozco. Como sacerdote, considero mi deber promover y establecer la bendición de la paz en todas las familias. Si no tiene inconveniente en recibirme en su casa, será para mí una gran satisfacción visitarlo a usted y a su familia el lunes 18 de noviembre, a las cuatro, abusando probablemente de su hospitalidad hasta el sábado siguiente. Le ruego que transmita mis respetuosos saludos a su esposa y a sus hijas.

Se despide de usted cordialmente su amigo,

WILLIAM COLLINS

—De modo que hoy a las cuatro llegará ese caballero que desea hacer las paces —dijo el señor Bennet mientras doblaba la carta—. Parece ser un joven muy escrupuloso y educado, a quien sin duda nos conviene frecuentar, especialmente dada su amistad con lady Catherine.

El señor Collins llegó a las cuatro en punto y fue recibido con gran cortesía por toda la familia. El señor Bennet habló poco, pero las damas no pararon de parlotear. El señor Collins no parecía ni necesitar que le animaran a conversar ni propenso a guardar silencio. Era un joven de 25 años, bajo y grueso. Tenía un aire grave y solemne, y un talante ampuloso. Poco después de sentarse felicitó a la señora Bennet por sus hermosas hijas; dijo que había oído hablar de su belleza, pero que en este caso los elogios no hacían honor a la verdad; y añadió que estaba impaciente por contemplar una exhibición de su legendaria habilidad como guerreras.

—Es usted muy amable, pero preferiría verlas con unos maridos que con unos mosquetes, pues el día de mañana no tendrán un céntimo. Las cosas han sido dispuestas de forma muy extraña.

—¿Se refiere al vínculo al que está sujeta esta propiedad?

—En efecto, señor. Debe reconocer que es un asunto muy perjudicial para mis pobres hijas.

—Soy muy sensible, señora, a la apurada situación de mis estimadas primas, y podría abundar en el tema, pero no deseo parecer impertinente y precipitarme. Pero les aseguro, señoritas, que he venido dispuesto a admirarlas. De momento no diré más, pero quizá, cuando nos conozcamos mejor...

El anuncio de que la cena estaba servida interrumpió al señor Collins. Las hermanas se miraron sonriendo. No eran los únicos objetos de la admiración del señor Collins, que examinó y elogió el salón, el comedor y los muebles. Sus comentarios sobre cuanto veía habrían complacido a la señora Bennet de no tener la mortificante sospecha de que el clérigo estaba calibrando sus futuros bienes. El señor Collins elogió también la comida, y preguntó a cuál de sus bellas primas debía el placer de degustar una cena tan exquisita.

Olvidando brevemente sus modales, Mary tomó su tenedor y saltó de su silla a la mesa. Lydia, que estaba sentada junto a ella, la sujetó del tobillo antes de que su hermana se abalanzara sobre el señor Collins y, presumiblemente, le clavara el tenedor en la cabeza y el cuello por semejante ofensa. Jane y Elizabeth volvieron la cabeza para que el señor Collins no viera que se reían.

La señora Bennet sacó al señor Collins de su error, asegurándole no sin aspereza que podían permitirse contratar a una cocinera, y que sus hijas estaban demasiado ocupadas entrenándose en las artes mortales para trajinar en la cocina. El señor Collins rogó que le perdonaran por haber disgustado a Mary. Ésta le aseguró, suavizando el tono, que no se sentía ofendida, pero el señor Collins siguió disculpándose durante aproximadamente un cuarto de hora.

14

Durante la cena el señor Bennet apenas despegó los labios; pero cuando los sirvientes se retiraron, decidió que había llegado el momento de mantener una conversación con su convidado, de modo que abordó un tema en el que supuso que el señor Collins brillaría, observando que era muy afortunado de tener una benefactora tan importante. Lady Catherine de Bourgh no sólo era una de las servidoras más ricas del Rey, sino una de las más peligrosas. El señor Bennet no pudo haber elegido un tema más apropiado. El señor Collins se mostró elocuente en sus elogios de lady Catherine, afirmando que nunca había visto semejante autodisciplina en una persona de su rango. Lady Catherine era considerada una mujer orgullosa por muchas personas que el señor Collins conocía, pero jamás había visto tal entrega al arte de matar zombis. Lady Catherine siempre le había tratado como a cualquier otro caballero; nunca ponía ningún reparo a que el señor Collins la observara mientras se adiestraba en las artes mortales, ni que éste abandonara de vez en cuando la parroquia durante un par de semanas, para visitar a sus parientes. Incluso le había aconsejado que se casara lo antes posible, a condición de que eligiera a su futura esposa con buen criterio.

—A menudo he soñado con observar a lady Catherine adiestrarse con las armas —dijo Elizabeth—. ¿Vive cerca de usted, señor?

—El jardín de mi modesta vivienda está separado tan sólo por un sendero de Rosings Park, la residencia de lady Catherine.

—¿Ha dicho usted que es viuda? ¿Tiene familia?

—Sólo una hija, la heredera de Rosings, y de unos bienes cuantiosos.

—¡Ah! —dijo la señora Bennet meneando la cabeza—. En tal caso es más afortunada que muchas jóvenes. ¿Cómo es esa señorita? ¿Es guapa?

—Es una joven encantadora. La misma lady Catherine dice que, con respecto a la verdadera belleza, la señorita De Bourgh es muy superior a la mujer más hermosa, porque sus rasgos poseen la cualidad que distingue a una joven de noble cuna. Lamentablemente, tiene una salud frágil, que le ha impedido seguir el ejemplo de su madre en lo referente a las artes mortales. Me temo que apenas es capaz de alzar un sable, y mucho menos blandirlo con la destreza de lady Catherine.

—¿Ha sido presentada en sociedad? No recuerdo haber oído su nombre entre las damas de la corte.

—Por desgracia su quebradiza salud le impide ir a la ciudad, lo cual, como comenté un día a lady Catherine, ha privado a la corte inglesa de su adorno más bello. Como pueden imaginar, me satisface ofrecer estos delicados halagos que siempre son aceptados de buen agrado por las damas.

—Su juicio es muy atinado —dijo el señor Bennet—. ¿Puedo preguntarle si esas gratas lisonjas obedecen al impulso del momento o son el resultado de un análisis previo?

—Principalmente son fruto de lo que ocurre en un momento determinado, y aunque a veces me divierte hacer unas sugerencias y emitir unos elegantes cumplidos adaptados a las ocasiones ordinarias, me gusta ofrecerlos con un aire lo menos calculador posible.

Las expectativas del señor Bennet quedaron plenamente confirmadas. Su primo era tan absurdo como había supuesto, y le escuchó con profundo regocijo, mostrando al mismo tiempo una expresión absolutamente seria.

Después del té, el señor Bennet invitó a su primo a leer en voz alta a las damas. El señor Collins se apresuró a aceptar, y le ofrecieron un libro. Pero al verlo (pues todo indicaba que procedía de una biblioteca circulante), el señor Collins retrocedió y empezó a disculparse, alegando que nunca leía novelas. Kitty le miró desconcertada, y Lydia emitió una exclamación de asombro. Le ofrecieron otros libros, y después de reflexionar unos momentos eligió los *Sermones* de Fordyce. Lydia le miró boquiabierta cuando el señor Collins abrió el volumen, y antes de que hubiese leído tres páginas con monótona solemnidad, la joven le interrumpió diciendo:

—¿Sabes, mamá? El tío Philip dice que no tardará en llegar otro batallón para unirse al del coronel Forster. La tía me lo contó el sábado. Mañana me acercaré a Meryton dando un paseo para averiguar más detalles, suponiendo que una de mis hermanas esté dispuesta a acompañarme.

Sus dos hermanas mayores rogaron a Lydia que se callara, pero el señor Collins, profundamente ofendido, dejó el libro y dijo:

—Observo con frecuencia el escaso interés que muestran las damiselas por los libros serios. No deseo importunar a mi joven prima.

Luego, volviéndose hacia el señor Bennet, se ofreció como contrincante en una partida de *backgammon*. El señor Bennet aceptó el desafío, observando que había obrado muy juiciosamente al dejar que las chicas se distrajeran con sus frívolas aficiones. La señora Bennet y sus hijas se disculparon por la interrupción de Lydia, la cual, según dijo la señora Bennet, de estar todavía bajo la tutela del maestro Liu le habría valido diez azotes con una vara húmeda de bambú. A continuación prometió al señor Collins que, si accedía a seguir leyendo, no volvería a ocurrir; pero el señor Collins, después de asegurarles que no estaba enojado con su joven prima, y que no había interpretado su conducta como una ofensa, se sentó en otra mesa con el señor Bennet, dispuesto a disputar la partida de *backgammon*.

15

El señor Collins no era un hombre sensato, y la deficiencia en su naturaleza apenas había sido compensada por su educación o capacidad de desenvolverse en sociedad; buena parte de su vida la había pasado bajo la tutela de un padre valeroso pero ignorante, y aunque había asistido a una de las universidades, con frecuencia había tenido que soportar el desprecio de sus coetáneos por su falta de sed de sangre. El sometimiento en el que su padre le había criado le había proporcionado unos profundos conocimientos sobre el arte de la lucha, pero éstos habían sido contrarrestados por su débil intelecto, su figura corpulenta y, en la actualidad, su holgada situación. Por una feliz casualidad le habían recomendado a lady Catherine de Bourgh, la cual se había visto obligada a decapitar al rector anterior cuando éste había sucumbido a la muerte viviente.

El señor Collins, que disponía de una buena casa y una renta más que suficiente, había decidido casarse; y en su afán de reconciliarse con la familia de Longbourn tenía previsto elegir esposa, pues se proponía ofrecer matrimonio a una de las hijas, si le parecían tan guapas y amables como le habían asegurado que eran. Este era su plan de desagravio, para compensarlas por el hecho de heredar la propiedad de su padre, lo cual le parecía excelente, oportuno y adecuado, amén de excesivamente generoso por su parte.

Su plan no varió al ver a las jóvenes. El hermoso rostro y admirable tono muscular de la hija mayor confirmó las esperanzas del señor Collins, y desde la primera noche decidió proponerle matrimonio. No obstante, a la mañana siguiente se produjo una alteración en sus planes, pues durante un cuarto de hora de conversación en privado con la señora Bennet antes del desayuno, una conversación que comenzó con su vivienda, la casa del párroco, y condujo de forma natural a que el señor Collins le expresara su deseo de hallar en Longbourn una esposa, la señora Bennet, entre sonrisas complacidas y muestras de aprobación, le previno con respecto a Jane, la joven en la que el señor Collins se había fijado. En cuanto a sus hijas más jóvenes, la señora Bennet no podía asegurárselo —no podía responder con certeza—, pero no le constaba que ninguna de ellas se sintiera atraída por algún joven; pero consideraba su deber advertirle que era muy probable que su hija mayor no tardara en comprometerse en matrimonio.

Elizabeth, que no tenía nada que envidiar a Jane en cuando a educación y belleza, y a la que tal vez superaba en habilidad como guerrera, era la que quedaba como hermana mayor. La señora Bennet era consciente de esa circunstancia, y confiaba en que no tardaría en ver a dos hijas suyas casadas. El hombre cuyo nombre no soportaba mencionar hasta ayer, ahora gozaba de su favor.

La intención de Lydia de ir caminando a Meryton no había caído en el olvido; todas las hermanas, salvo Mary, accedieron a acompañarla, decididas a que Lydia sobreviviera al viaje. El señor Bennet, que estaba impaciente por librarse del señor Collins y tener su biblioteca para él solo, le instó a que fuera con ellas.

El señor Collins utilizó el paseo hasta Meryton en beneficio propio, caminando durante buena parte de él junto a Elizabeth, que no cesaba de observar el bosque circundante, dispuesta a afrontar la primera señal de peligro con su mosquete Brown Bess. Los seguían Jane y las otras hermanas, empuñando también sus mosquetes. El señor Collins, que se consideraba un hombre pacífico, no portaba ni arma de fuego ni espada, sino que fumaba satisfecho su pipa de marfil y madera de castaño, «un regalo de lady Catherine», como alardeaba a cada oportunidad.

Apenas habían avanzado medio kilómetro más allá del campo de críquet, cuando Elizabeth percibió el olor a muerte. Al verla tensarse, las otras jóvenes alzaron sus mosquetes y cerraron filas, dispuestas a repeler cualquier ataque.

—¿Hay algún... problema? —preguntó el señor Collins, que parecía estar a punto de perder el conocimiento.

Elizabeth se llevó un dedo a los labios, indicando a sus hermanas que la siguieran. Las condujo por un sendero surcado por roderas de coches, avanzando con tanto sigilo que apenas removían la tierra del camino. Las huellas del carruaje se prolongaban unos metros hasta virar de repente hacia el bosque, donde unas ramas partidas señalaban el lugar exacto donde el coche había volcado precipitándose por un barranco situado en diagonal junto al sendero. Elizabeth se asomó por el borde. Unos veinte metros más abajo vio a ocho o nueve zombis empapados en sangre encaramados sobre los restos de un carruaje y unos barriles de los que caía un líquido viscoso. La mayoría se dedicaba a devorar los intestinos del caballo, pero uno de los monstruos engullía satisfecho los últimos pedazos del cráneo destrozado de la conductora, una joven que las hermanas reconocieron de inmediato.

—¡Cielo santo! —murmuró Jane—. ¡Penny McGregor! ¡Dios mío, pobre chica! ¿Cuántas veces le habíamos advertido que no debía viajar sola?

Casi desde que sabía andar, Penny McGregor llevaba aceite para lámparas a Longbourn, y a la mayoría de propiedades dentro del radio de unos cincuenta kilómetros en torno a Meryton. Los McGregor poseían una modesta casa no lejos de la ciudad, donde recibían a diario una remesa de grasa de ballena, que procesaban y transformaban en aceite de lámparas y exquisitos perfumes. El hedor era insoportable, especialmente en verano, pero sus productos eran muy necesarios, y los McGregor eran unas de las personas más amables de todo Hertfordshire.

—Que Dios se apiade de la pobre chica —dijo el señor Collins, que se había reunido con ellas.

—¿Por qué no seguimos adelante? —preguntó Lydia—. No podemos hacer nada por Penny. Además, nuestros vestidos quedarán hechos una pena si tenemos que pelear en ese espantoso barranco. —Mientras Jane expresaba su disgusto ante el comentario de su hermana, y Kitty la apoyaba, Elizabeth arrebató la pipa de labios del señor Collins, sopló sobre el tabaco encendido y la arrojó al suelo.

—¡Era un regalo de lady Catherine! —protestó el señor Collins, lo suficientemente alto para atraer la atención de los zombis que había en el barranco. Los monstruos alzaron la vista y profirieron sus siniestros gruñidos, que cesaron bruscamente debido a la explosión que se produjo cuando la pipa alcanzó el aceite. Los zombis, rodeados por las llamas, se movían frenéticamente, agitando los brazos y chillando mientras se abrasaban. Jane empuñó su Brown Bess, pero Elizabeth la obligó a bajar el arma.

—Déjalos que ardan —dijo—, así sabrán lo que significa la eternidad.

Volviéndose hacia su primo, que había desviado la mirada, Elizabeth añadió:

—Como ve, señor Collins... Dios no tiene misericordia. Y nosotras tampoco.

Aunque enfadado por la blasfemia, el señor Collins decidió abstenerse de hacer un comentario al respecto, porque observó en los ojos de Elizabeth una tenebrosidad, una ausencia, como si su alma la hubiera abandonado, de forma que la compasión y el calor no podían intervenir.

Al llegar a Meryton, después de pasar por casa de los McGregor para darles la trágica noticia, las hermanas menores comenzaron de inmediato a recorrer las calles en busca de los oficiales, sin que nada, salvo un bonito sombrero o el alarido de los no muertos, lograra distraer su atención.

Pero todas las hermanas se fijaron en un joven, al que no habían visto nunca, que tenía el porte de un caballero y caminaba junto a otro oficial por el otro lado de la calle. Lydia conocía al otro oficial, el señor Denny, quien la saludó inclinando la cabeza cuando se cruzaron.

Todas quedaron impresionadas por el aire del forastero, preguntándose quién sería. Kitty y Lydia, decididas a averiguarlo, atravesaron la calle, fingiendo querer mirar algo en el escaparate de una tienda. Por fortuna, apenas alcanzaron la acera cuando los dos caballeros se volvieron y se dirigieron hacia el mismo lugar. El señor Denny saludó a las jóvenes, pidiéndoles permiso para presentarles a su amigo, el señor Wickham, que había regresado el día anterior con él de la ciudad, y, según les informó satisfecho, había aceptado un destino en su regimiento. Y es justo que fuera así, pues el uniforme del regimiento no hacía sino realzar la apostura del joven. Su aspecto jugaba a su favor; tenía unos rasgos armoniosos, un rostro agraciado, buena planta y un talante muy agradable. Después de las presentaciones el forastero se mostró encantado de departir con las jóvenes, con suma corrección y sin pretensiones. El grupo seguía charlando en la calle amigablemente cuando el sonido de unos cascos los hizo volverse y vieron a Darcy y a Bingley avanzando por la calle a caballo. Al ver a las damas que integraban el grupo, ambos caballeros se dirigieron hacia ellas, saludándolas cortésmente. Bingley fue el principal portavoz, y Jane Bennet el objeto principal. Bingley le informó de que precisamente se dirigía a Longbourn para interesarse por ella. El señor Darcy lo corroboró asintiendo con la cabeza, y estaba pensando en no mirar a Elizabeth cuando de pronto se fijó en el forastero.

Elizabeth se percató de la expresión de ambos caballeros cuando se miraron, tan fugaz que sólo ella, con sus perspicaces ojos, la captó. Ambos mudaron de color: uno palideció, el otro enrojeció. Al cabo de unos instantes, el señor Wickham se llevó la mano al sombrero, un saludo que el señor Darcy apenas se dignó devolver. Elizabeth comprendió por los minúsculos movimientos de la espada de Darcy que éste había pensado brevemente en desenfundarla. ¿A qué se debía su reacción?

Al cabo de un minuto, el señor Bingley, sin que al parecer

se hubiera percatado de lo ocurrido, se despidió y partió con su amigo.

El señor Denny y el señor Wickham acompañaron a las damas hasta la puerta de la casa de la señora Philips, tras lo cual se despidieron, pese a la insistencia con que la señorita Lydia les rogó que entraran, e incluso pese a que la señora Philips levantó la ventana del salón y secundó sonoramente la invitación.

La señora Philips siempre se alegraba de ver a sus sobrinas, y en esta ocasión acogió a las dos mayores, tras su reciente ausencia, con especial cariño. Acto seguido saludó amablemente al señor Collins, a quien se lo presentó Jane. La señora Philips lo trató con gran cortesía, que el señor Collins devolvió multiplicada, disculpándose por la intromisión sin tener el honor de conocerla. La señora Philips quedó impresionada por sus exquisitos modales; pero al cabo de unos instantes dejó de contemplar al extraño cuando sus sobrinas la asediaran a preguntas sobre el otro personaje. La señora Philips sólo podía contarles lo que las jóvenes ya sabían, que el señor Denny lo había traído de Londres, y que iba a servir como teniente en el regimiento que se hallaba acuartelado en el norte. Ella le había estado observando durante una hora, según dijo, mientras el señor Denny se paseaba arriba y abajo por la calle, y de haber aparecido el señor Wickham, Kitty y Lydia sin duda habrían continuado con esa ocupación, pero lamentablemente hoy en día ya no pasaba nadie frente a las ventanas salvo algunos oficiales, quienes, en comparación con el forastero, resultaban unos jóvenes «extremadamente estúpidos y desagradables». Al día siguiente algunos oficiales irían a cenar con los Philips, y su tía prometió a las Bennet pedir a su marido que fuera a visitar al señor Wickham para invitarlo también, si la familia de Longbourn accedía a venir por la tarde. Las jóvenes aceptaron y la señora Philips les aseguró que después de una cena caliente se entretendrían jugando al divertido y estrepitoso juego de Cripta y Ataúd. La perspectiva entusiasmó a las hermanas, que se despidieron alegremente de su tía.

Mientras caminaban de regreso a casa, Elizabeth relató a Jane lo que había observado entre los dos caballeros; pero por más que Jane no habría dudado en defender a cualquiera de ellos o a ambos, de suponer que estaban equivocados, la joven, al igual que su hermana, no se explicaba su conducta.

16

Comoquiera que nadie puso ninguna objeción a la cita que habían concertado con su tía, el coche transportó al señor Collins y a sus cinco primas, a una hora apropiada, a Meryton.

Cuando pasaron frente al campo de críquet y el abrasado bosque que señalaba la última morada de Penny McGregor, la cháchara intrascendente que habían mantenido los ocupantes del carruaje cesó bruscamente, pues ninguno de los seis podía dejar de pensar en la noticia que habían recibido esa mañana en Longbourn. El padre de Penny, enloquecido de dolor, se había arrojado a una tina que contenía perfume hirviendo. Cuando sus aprendices habían conseguido sacarlo de la tina, el hombre estaba gravemente desfigurado y ciego. Los médicos no estaban seguros de que lograra sobrevivir, o desprenderse del hedor. Los seis guardaron un respetuoso silencio hasta que llegaron a las afueras de Meryton.

Al alcanzar su destino, el señor Collins se entretuvo mirando a su alrededor con admiración, tan impresionado por el tamaño y los muebles del apartamento, que dijo que era casi como hallarse en uno de los salones de lady Catherine. La señora Philips sintió todo el impacto del cumplido, conociendo como conocía la propensión de lady Catherine a liquidar a los innombrables, la cual, según creía la señora Philips, excedía incluso la de sus sobrinas.

Mientras describía a la señora Philips la grandeza de lady Catherine y su mansión, en la que había hecho importantes mejoras, incluyendo un suntuoso *dojo,** así como unas nuevas dependencias

* Espacio habilitado para practicar artes marciales. *(N. de la T.)*

para su guardia personal de ninjas, el señor Collins pasó un rato muy agradable hasta que los caballeros se reunieron con ellos. El señor Collins halló en la señora Philips a una interlocutora muy atenta, cuya opinión sobre la valía de éste aumentó a medida que averiguaba más datos, y que estaba decidida a contárselo todo a sus vecinas en cuando tuviera ocasión. A las jóvenes, que no podían escuchar a su primo sin enumerar en silencio los incontables métodos que podían utilizar para matarlo, el rato de espera se les hizo interminable. Por fin concluyó. Los caballeros se acercaron a ellas, y cuando el señor Wickham entró en la habitación, Elizabeth sintió como si le hubieran asestado un fortísimo golpe. Le causó una impresión tan honda, que pese a su exhaustivo adiestramiento, su naturaleza femenina seguía siendo susceptible al influjo del caballero en cuestión. Los oficiales del condado eran por lo general unos jóvenes muy agradables y caballerosos; pero el señor Wickham los superaba con creces en cuanto a su persona, talante, aire y forma de caminar, del mismo modo que los oficiales eran superiores al envarado tío Philips, un hombre de rostro amplio cuyo aliento olía a oporto, que entró al cabo de unos momentos en la estancia.

El señor Wickham fue el afortunado caballero hacia el cual prácticamente todos los ojos femeninos se volvieron, y Elizabeth fue la afortunada dama junto a la cual éste se sentó. La facilidad con que el señor Wickham entabló inmediatamente conversación con ella, aunque comentara tan sólo que esa noche hacía mucha humedad, hizo que Elizabeth pensara que su interlocutor, en virtud de su habilidad, era capaz de hacer que el tema más trillado, aburrido e insulso resultara interesante.

Con semejantes rivales como el señor Wickham y los oficiales con quienes competir por la atención de las damas, el señor Collins pareció hundirse en la insignificancia; las jóvenes no le prestaron la menor atención, pero de vez en cuando la señora Philips le escuchaba amablemente y se afanaba en ofrecerle generosas raciones de café y bollos. Cuando instalaron las mesas de juego, el señor

Collins tuvo la oportunidad de devolverle su cortesía, sentándose para jugar una partida de Cripta y Ataúd.

El señor Wickham no participó en el juego de Cripta y Ataúd, y se sentó a la otra mesa, entre Elizabeth y Lydia, donde fue acogido con profundo gozo. Al principio corrió el peligro de que Lydia le acaparara, pues era una joven muy locuaz; pero como también era muy aficionada a las cartas, no tardó en centrar su atención en el juego, impaciente por saber si los jugadores hallarían sus «criptas» tristemente vacías o sus «ataúdes» felizmente ocupados. Al margen de las demandas lógicas del juego, el señor Wickham pudo conversar amplio y tendido con Elizabeth, que estaba más que dispuesta a escucharle, aunque no esperaba que éste le dijera lo que deseaba oír principalmente: la historia de su amistad con el señor Darcy. Elizabeth no se atrevió siquiera a mencionar el nombre de dicho caballero. No obstante, su curiosidad quedó inesperadamente satisfecha cuando fue el propio señor Wickham quien abordó el tema. Preguntó a qué distancia quedaba Netherfield de Meryton, y cuando Elizabeth se lo dijo, el señor Wickham, tras dudar unos instantes, inquirió cuánto tiempo llevaba el señor Darcy allí.

—Aproximadamente un mes —respondió Elizabeth—. Tengo entendido que es un hombre de muchas habilidades.

—En efecto —contestó el señor Wickham—. Su talento como guerrero es irreprochable. No encontrará una persona más capaz de proporcionarle cierta información sobre ese tema que yo, pues mantengo una amistad especial con su familia desde que era niño.

Elizabeth no pudo por menos de mirarle sorprendida.

—Comprendo que mis palabras la sorprendan, señorita Bennet, después de observar, como seguramente hizo dado su excelente adiestramiento, la frialdad con que ambos nos saludamos ayer. ¿Ha tenido oportunidad de conocer al señor Darcy?

—Más de lo que habría deseado —contestó Elizabeth con vehemencia—. He pasado cuatro días bajo el mismo techo que él y me parece un hombre muy desagradable.

—No tengo derecho a expresar mi opinión —dijo Wickham—,

en cuanto a si Darcy es agradable o no. No estoy capacitado para ello. Le conozco desde hace demasiado tiempo y demasiado bien para emitir un juicio ecuánime. No puedo ser imparcial. Pero creo que su opinión sobre el señor Darcy asombraría a mucha gente, y quizá no la expresaría con tanta firmeza en otro lugar aparte de aquí, donde usted está con su familia.

—Le aseguro que no he expresado aquí más de lo que expresaría en cualquier casa de la comarca, salvo Netherfield. El señor Darcy no es popular en Hertfordshire. Su orgullo desagrada a todo el mundo. Espero que los planes que le han traído a este condado no se vean afectados por el hecho de que el señor Darcy esté aquí.

—¡En absoluto! El señor Darcy no me obligará a marcharme. Si no quiere toparse conmigo, es él quien debe irse. No mantenemos una relación amistosa, y siempre me duele verlo, pero no tengo motivos para eludirle. A fin de cuentas, ambos somos guerreros, y el honor de un guerrero le impide rehuir a un hombre. Su padre, señorita Bennet, el difunto señor Darcy, era uno de los aniquiladores de zombis más diestro que jamás ha existido, y el amigo más fiel que he tenido. No puedo estar en presencia del señor Darcy sin que un millar de amables recuerdos me hieran. Su conducta hacia mí ha sido escandalosa, pero creo que podría perdonarle cualquier cosa antes que defraudar las esperanzas de su padre y mancillar su memoria.

Elizabeth sintió que su interés en el tema iba en aumento y escuchó con atención al señor Wickham; pero lo delicado del asunto le impedía hacerle preguntas al respecto.

El señor Wickham se puso a hablar sobre otros temas, Meryton, la comarca, la sociedad, mostrándose muy complacido por todo lo que había visto, salvo, como es natural, por el creciente número de innombrables, sin duda una consecuencia directa de la caída de Manchester.

—Yo no estaba destinado a una vida militar, pero las circunstancias han hecho que fuera inevitable, como para tantos hombres que se proponían dedicarse a otras ocupaciones. Mi profesión debía ser la Iglesia, pues me habían educado para ello, y en estos momentos me ganaría la vida desahogadamente, de habérmelo permitido el caballero del que hablamos hace un rato.

—¿De veras?

—Sí, el difunto señor Darcy me regaló la posibilidad de vivir holgadamente a su muerte. Era mi padrino, y sentía un gran cariño por mí. Jamás podré hacer honor a su bondad conmigo. Deseaba que yo viviera sin estreches, y creyó que su voluntad se cumpliría, pero cuando murió en combate durante la Segunda Batalla de Kent, el legado que pretendía dejarme fue a parar a otras manos.

—¡Santo cielo! —exclamó Elizabeth—. ¿Cómo es posible? ¿Cómo es posible que no atendieran a su última voluntad? ¿Por qué no consultó usted con un abogado?

—Los términos del legado contenían un defecto formal que me impidió apelar a la justicia. Un hombre honorable no habría dudado de la intención, pero el señor Darcy decidió dudar de ella, o considerarla una simple recomendación condicional, aduciendo que yo había renunciado a todo derecho debido a mi afán derrochador e imprudencia; en resumidas cuentas, me quedé sin nada. Pero lo cierto es que Darcy y yo somos muy distintos, y me detesta sobremanera.

—¡Es espantoso! El señor Darcy merece ser abatido por una espada de bambú zatoichi!

—Alguna vez lo será, pero no por mí. Hasta que yo consiga olvidar a su padre, jamás podré denunciarlo o retarlo a un duelo.

Elizabeth le admiró por esos sentimientos, y cuando le oyó expresarlos le pareció más apuesto que nunca.

—¿Pero qué motivos tiene el señor Darcy para comportarse así? —preguntó tras una pausa—. ¿Qué le indujo a mostrarse tan cruel con usted?

—Un profundo e intenso desprecio hacia mí, un desprecio que no puedo sino achacar a la envidia. De haber mostrado el difunto señor Darcy menos afecto por mí, su hijo me habría tolerado mejor; pero, a mi entender, el insólito cariño que su padre sentía por mí le irritó desde muy joven. El difunto señor Darcy no hallaba defecto alguno en mí, y supongo que eso hizo que su hijo me detestara intensamente. Y cuando su padre falleció, Darcy vio la oportunidad de castigarme por los años de injusticia que según él había sufrido.

—No pensé que el señor Darcy fuera tan pérfido, aunque nunca me cayó bien. No sospeché que fuera capaz de una venganza tan vil, de semejante injusticia, de semejante crueldad.

El señor Wickham relató a Elizabeth un episodio de su juventud, que según él ilustraba perfectamente la naturaleza de esa crueldad. Cuando Darcy y él era unos niños de siete años, el anciano Darcy decidió ocuparse personalmente del adiestramiento de ambos. Un día, durante una sesión de adiestramiento al amanecer, el joven Wickham asestó a Darcy una contundente patada que lo derribó al suelo. El anciano Darcy imploró a Wickham que «rematara» a su hijo con un golpe en el cuello. Cuando el chico se negó, en lugar de castigarlo por su insolencia, el anciano alabó su generosidad de espíritu. El joven Darcy, más avergonzado por la clara preferencia de su padre que por su derrota, atacó a Wickham cuando éste estaba de espaldas, golpeándole en las piernas con una lanza larga y partiéndole los huesos de ambas. El joven Wickham tardó casi un año en volver a caminar sin ayuda de un bastón.

—¿Es posible que ese abominable orgullo le haya beneficiado en algún momento?

—Sí. Con frecuencia hace que se comporte de forma desprendida y generosa, que sea dadivoso con su dinero, que se muestre hospitalario, que ayude a sus arrendatarios y asista a los pobres. Asimismo, tiene un orgullo fraternal que, junto con un afecto fraternal, hace que sea un cariñoso y guardián amable y celoso de su hermana.

—¿Qué clase de joven es la señorita Darcy?

Wickham meneó la cabeza.

—Me gustaría decir que es afable. Me duele hablar mal de un miembro de la familia Darcy. Pero se parece mucho a su hermano, es muy orgullosa. De niña, era afectuosa y agradable, y sentía un gran afecto por mí. Yo dedicaba horas a entretenerla. Pero ya no significa nada para mí. Es una joven atractiva, de unos quince o dieciséis años, y, según tengo entendido, muy hábil en las artes mortales. Desde la muerte de su padre, reside en Londres con una dama de compañía que se ocupa de su adiestramiento.

Después de numerosas pausas y de abordar diversos temas, Elizabeth no pudo evitar retomar el primero.

—¡Me choca que el señor Darcy tenga una amistad tan estrecha con el señor Bingley! —comentó—. ¿Cómo es posible que el señor Bingley, que parece tener tan buen carácter y es tan amable, sea amigo de ese hombre? ¿Cómo es posible que se lleven bien? ¿Conoce usted al señor Bingley?

—No.

—Es un hombre cordial, amable, encantador. No debe de saber cómo es el señor Darcy.

Al poco rato los que jugaban a Cripta y Ataúd terminaron la partida y se congregaron alrededor de la otra mesa. El señor Collins se situó entre su prima Elizabeth y la señora Philips, quien le preguntó cómo le había ido. El señor Collins respondió que no muy bien, pues había hallado la mayoría de sus criptas llenas de zombis. Pero cuando la señora Philips se mostró consternada por ello, el señor Collins le aseguró con gravedad que no tenía la menor importancia, que el dinero no era importante para él, y le rogó que no se preocupara.

—Sé muy bien, señora —dijo el señor Collins—, que cuando unas personas se sientan a jugar a Cripta y Ataúd, saben a lo que se exponen, y por suerte no me hallo en unas circunstancias que hagan que me inquiete perder cinco chelines en un juego. Sin duda, muchos no podrían decir lo mismo, pero gracias a lady Catherine de Bourgh, estoy muy lejos de tener que preocuparme por esas cuestiones.

Sus palabras sorprendieron al señor Wickham, y después de observar unos momentos al señor Collins, preguntó a Elizabeth en voz baja si su primo tenía estrecha amistad con la familia De Bourgh.

—Lady Catherine de Bourgh —respondió la joven— le ha proporcionado hace poco un medio de vida. Ignoro cómo conoció el señor Collins a la dama, pero me consta que no hace mucho que la conoce.

—Supongo que usted sabe que lady Catherine de Bourgh y lady Anne Darcy eran hermanas, por lo que la primera es tía del actual señor Darcy.

—Pues no, no lo sabía. Sólo sé que lady Catherine afirma haber aniquilado a más sirvientes de Satanás que ninguna mujer en Inglaterra.

—Su hija, la señorita De Bourgh, heredará una cuantiosa fortuna, y se dice que ella y su primo tienen el propósito de unir sus patrimonios.

Esta información hizo sonreír a Elizabeth al pensar en la pobre señorita Bingley. Todas sus atenciones eran en vano, tan inútiles como su afecto por la hermana del señor Darcy y sus elogios hacia éste, sin saber que iba a casarse con otra mujer.

—El señor Collins habla maravillas de lady Catherine y su hija —comentó Elizabeth—, pero sospecho que su gratitud le ciega, y que pese a que lady Catherine es su benefactora y una magnífica guerrera, es una mujer arrogante y engreída.

—A mi entender posee ambos defectos muy acentuados —respondió Wickham—. Hace años que no la he visto, pero recuerdo que nunca me cayó bien, y que tenía un talante despótico e insolente. Tiene fama de ser muy hábil, pero sospecho que parte de su fama se debe a su posición y su fortuna.

Elizabeth pensó que el señor Wickham había ofrecido una descripción muy atinada del tema. Ambos siguieron conversando con mutua satisfacción, hasta que la cena puso fin a la partida de cartas y permitió que el resto de las damas gozaran de las atenciones del señor Wickham. Durante la cena los convidados de la señora Philips armaron demasiado bullicio para poder conversar tranquilamente, pero los modales del señor Wickham complacieron a todos. Todo cuanto decía lo decía bien, y todo cuanto hacía lo hacía con elegancia. Elizabeth se despidió de él gratamente impresionada. Durante el trayecto de regreso a casa no pensó en otra cosa que en el señor Wickham y en lo que éste le había contado; pero apenas tuvo ocasión de mencionar su nombre, pues tanto ella como sus hermanas oyeron los gemidos de los innombrables que resonaban a través del bosque, oscuro como boca de lobo, a ambos lados del carruaje. Los monstruos se hallaban lo suficientemente lejos como para no suscitar el temor de un ataque inminente, pero lo bastante cerca como para requerir que el ruido se redujera al mínimo. Los ocupantes del coche permanecieron en silencio, las jóvenes con sus armas de fuego sobre el regazo. Por una vez, el señor Collins no dijo esta boca es mía.

17

Al día siguiente Elizabeth relató a Jane la conversación que había mantenido con el señor Wickham. Jane la escuchó con asombro y preocupación; le costaba creer que el señor Darcy pudiera ser indigno de la estima del señor Bingley; sin embargo, no tenía por costumbre poner en tela de juicio la veracidad de un joven de traza tan amable como Wickham. La posibilidad de que Darcy le hubiera partido las piernas bastó para conmover sus sentimientos más tiernos, pero no podía hacer nada salvo tratar a ambos con respeto, defender su conducta, y atribuir a un accidente o error lo que no pudiera explicarse.

—Ambos han sido engañados de una forma otra —dijo Jane—. Personas interesadas quizá hayan metido cizaña entre ellos. Nosotras no podemos descifrar las causas que pueden haberlos distanciado, sin culpar a uno u otro.

—Es muy cierto. Bien, querida Jane, ¿qué tienes que decir en favor de las personas que quizá hayan estado involucradas en este asunto? ¿Las defiendes también, o debemos juzgar mal a alguien?

—Ríete cuanto quieras, pero no lograrás hacerme cambiar de opinión. Querida Lizzy, piensa en la perjudicial situación que coloca al señor Darcy el hecho de haber tratado tan despreciablemente al predilecto de su padre, a un joven a quien su padre había instruido en las artes mortales y había prometido ocuparse de él económicamente. Es imposible.

—Me resulta más fácil creer que el señor Bingley se engaña a que el señor Wickham se haya inventado la historia sobre sí mismo que me contó anoche; me ofreció nombres, datos y demás pormenores sin andarse con ceremonias. De no ser cierta, deberá ser el señor Darcy quien le contradiga. Por lo demás, su expresión denotaba sinceridad.

—Es realmente complicado... Es angustioso. Una no sabe qué pensar.

—Disculpa, pero una sabe muy bien qué pensar.

Pero Jane sólo sabía una cosa con certeza: que el señor Bingley, suponiendo que Darcy le hubiera engañado, sufriría mucho si el asunto salía a luz, y quizá decidiera que debía batirse en duelo para defender su honor. Jane no soportaba pensar en esa posibilidad.

La aparición de la persona sobre la que habían estado hablando hizo que las jóvenes abandonaran el *dojo*, donde habían mantenido esa charla. El señor Bingley y sus hermanas se presentaron para invitarlas personalmente al ansiado baile en Netherfield, que se celebraría el martes siguiente. Jane y Elizabeth se sintieron turbadas al recibir a los visitantes vestidas con su atuendo de adiestramiento, pero su insólito aspecto no les impidió mostrarse encantadas de verlos, sobre todo su estimada amiga Jane. Las damas afirmaron que había transcurrido un siglo desde que se habían visto, y ellos preguntaron a Jane reiteradamente por su estado de salud desde que se habían separado por última vez. Al resto de la familia prestaron escasa atención, evitando a la señora Bennet cuanto pudieron, apenas dirigiéndose a Elizabeth, y sin decir una palabra a los demás. Al poco rato se marcharon, levantándose de sus asientos tan bruscamente que su hermano se sorprendió, y partiendo apresuradamente, como si quisieran zafarse de los cumplidos de la señora Bennet.

La perspectiva del baile en Netherfield entusiasmó a todas las mujeres de la familia. La señora Bennet decidió considerarlo un cumplido a su hija mayor, y se sintió especialmente halagada al recibir la invitación del señor Bingley en persona, en lugar de una ceremoniosa tarjeta. Jane imaginó la grata velada que pasaría en compañía de sus dos amigas, y las atenciones del hermano de éstas; y Elizabeth pensó con satisfacción en la posibilidad de bailar numerosos bailes con el señor Wickham, y de observar una confirmación de todo cuanto éste le había contado en la expresión y conducta del señor Darcy.

Elizabeth se sentía tan animada en esta ocasión, que aunque no solía hablar innecesariamente con el señor Collins, no pudo por menos preguntarle si iba a aceptar la invitación del señor Bingley, y en tal caso, si le parecía conveniente participar en la diversión de la velada; y se quedó un tanto sorprendida al averiguar que Collins no tenía el menor escrúpulo sobre el particular, y estaba muy lejos de temer una reprimenda por parte del arzobispo o de lady Catherine de Bourgh si se aventuraba a bailar.

—No creo que un baile de ese género —dijo el señor Collins—, organizado por un hombre de principios, tenga ninguna tendencia perversa. Confío en que todas mis bellas primas me concedan el honor de bailar conmigo, y aprovecho la oportunidad para pedirle, señorita Elizabeth, que me conceda los dos primeros bailes, una preferencia que espero que mi prima Jane atribuya al verdadero motivo y no lo interprete como una ofensa personal.

Elizabeth se sintió atrapada. Se había propuesto bailar los dos primeros bailes con el señor Wickham, ¡y ahora tendría que hacerlo con el señor Collins! Su alegría nunca había sido tan inoportuna. No obstante, el asunto no tenía remedio. La dicha del señor Wickham y la suya propia tendrían que esperar un poco más, de modo que aceptó la propuesta del señor Collins con tanta amabilidad como le fue posible. Al cabo de unos minutos sintió unos deseos casi palpables de vomitar, y se cubrió educadamente la boca con las manos para evitar el repugnante espectáculo a su primo. Por suerte, los deseos remitieron rápidamente, pero la sensación que los habían provocado persistió. ¿Acaso se proponía ese cura bajo y gordo casarse con ella? A Elizabeth le horrorizaba la idea de casarse con un hombre cuya única habilidad con un cuchillo era cortar unas lonchas de queso gorgonzola.

De no ser por los preparativos para el baile en Netherfield, las menores de las señoritas Bennet habrían caído en un estado de ánimo deplorable, pues desde el día de la invitación hasta el día del baile no dejó de llover, impidiéndoles ir andando hasta Meryton. La tierra estaba de nuevo blanda y abundaban los innombrables. No podían ir a ver a su tía ni a los oficiales, ni averiguar las últimas noticias. Incluso Elizabeth habría podido sentirse irritada debido al mal tiempo, que le impedía llevar más adelante su amistad con el señor Wickham; y sólo la perspectiva del baile el martes hizo soportables el viernes, sábado, domingo y lunes para Kitty y Lydia.

18

Hasta que Elizabeth entró en el salón de Netherfield y buscó en vano al señor Wickham entre el numeroso grupo de oficiales que se había reunido allí, no había dudado de que asistiría al baile. La joven se había vestido con más esmero de lo habitual, y se sentía optimista y dispuesta a conquistar los recovecos del corazón del caballero que aún no se hubieran rendido a ella, confiando en que la empresa no resultara más ardua de lo que fuera capaz de conseguir en el transcurso de una velada. Pero de pronto la asaltó la angustiosa sospecha de que Bingley hubiera omitido invitar al señor Wickham para complacer a Darcy; y aunque ese no era el caso, el motivo de su ausencia fue aclarada por Denny, el amigo de Wickham, que les explicó que éste se había visto obligado a partir el día anterior a la ciudad para asistir a la demostración de un nuevo carruaje que ostentaba la ventaja de ser inmune a los ataques de los infames monstruos. Eso aseguró a Elizabeth que Darcy no era responsable de la ausencia de Wickham, y la inquina que sentía hacia el primero se vio intensificada por su profundo desengaño. La joven decidió abstenerse de conversar con él.

Tras relatar sus cuitas a Charlotte Lucas, a quien no había visto desde hacía una semana, no tardó en abandonar voluntariamente su tristeza y entretenerse señalando a su amiga las rarezas de su primo. Los dos primeros bailes, sin embargo, sumieron de nuevo a Elizabeth en la desolación, pues fueron humillantes. El señor Collins, patoso y exageradamente obeso, le produjo tanta vergüenza y congoja como puede proporcionarlas una desagradable pareja durante un par de bailes. El momento en que logró librarse de él le produjo una intensa alegría.

A continuación bailó con un oficial, y tuvo la satisfacción de hablar de Wickham y de enterarse de que sus compañeros sentían gran simpatía por él. Cuando esos bailes concluyeron, regresó junto a Charlotte Lucas, con quien se hallaba conversando cuando se le acercó el señor Darcy, que sorprendió a la joven pidiéndole que bailara con él. Sin darse cuenta de lo que hacía, Elizabeth aceptó. Posteriormente el señor Darcy se alejó de inmediato, dejando a Elizabeth preocupada por su falta de presencia de ánimo. «¡Si el maestro Liu hubiera presenciado ese desliz...! —pensó—. Me habría propinado al menos veinte azotes y me habría obligado a subir y bajar veinte veces los mil escalones de Kwan Hsi!»

—Estoy segura de que acabarás comprobando que el señor Darcy es muy agradable —comentó Charlotte para consolar a su amiga.

—¡Dios me libre! —replicó Elizabeth—. ¡Esa sería la peor desgracia!

No obstante, cuando el baile recomenzó y Darcy se acercó de nuevo para sacarla a bailar, Charlotte no pudo por menos de advertir a Elizabeth en voz baja que no fuera boba y dejara que su atracción por Wickham la hiciera parecer antipática a los ojos de un hombre diez veces más distinguido que éste. Elizabeth no respondió, y ocupó su lugar en la pista de baile. Durante un rato ni Darcy ni ella dijeron una palabra. Elizabeth empezó a pensar que su silencio se prolongaría durante los dos bailes. Al principio decidió no romperlo; hasta que pensando que para su pareja sería un mayor castigo verse obligado a hablar, hizo una observación intrascendente sobre el baile. Tras responder, Darcy volvió a guardar silencio. Al cabo de unos minutos, se dirigió de nuevo a él diciendo:

—Ahora le toca hablar a usted, señor Darcy. Yo he hablado sobre el baile, y usted debería hacer un comentario sobre el tamaño del salón, o el número de parejas.

Darcy sonrió y le aseguró que estaba dispuesto a decir lo que Elizabeth deseara que dijese.

—Muy bien. De momento me conformo con esa respuesta.

Quizá dentro de un rato yo decida observar que los bailes privados son infinitamente más agradables que los públicos.

—Por el contrario, a mi entender los bailes son más divertidos cuando no son privados.

Elizabeth no pudo por menos de sonrojarse, pero estaba decidida a evitar que su rostro revelara el más mínimo indicio de regocijo. En lugar de ello, respondió secamente:

—He observado siempre una gran similitud en nuestra forma de pensar. Los dos tenemos un carácter poco social, taciturno, somos reacios a hablar, por decirlo así, a menos que vayamos a decir algo que asombre a todos los presentes, o que haga que nos consideren excepcionalmente inteligentes.

—No me parece que esa sea un fiel retrato de su carácter —respondió Darcy—. No puedo afirmar si se aproxima al mío. Sin duda usted cree que es una descripción exacta.

—No puedo juzgar mis propias palabras.

Darcy no respondió, y cuando volvieron a pasar bailando frente a las otras parejas que integraban la rueda, preguntó a Elizabeth si ella y sus hermanas se encontraban a menudo con zombis durante sus paseos a Meryton. Elizabeth respondió afirmativamente e, incapaz de resistir a la tentación, añadió:

—El otro día, cuando se encontró con nosotras allí, acabábamos de trabar una nueva amistad.

El efecto fue inmediato. El semblante de Darcy adoptó una expresión altanera más acentuada, pero se abstuvo de hacer ni el menor comentario, y Elizabeth, aunque enojada consigo misma por su debilidad, no pudo proseguir. Al cabo de un rato Darcy dijo con tono seco:

—El señor Wickham tiene la suerte de poseer un talante tan agradable que no le cuesta ningún esfuerzo hacer amigos, aunque no estoy seguro de que sea capaz de conservarlos.

—Según tengo entendido, tuvo la desgracia de perder su amistad —replicó Elizabeth con vehemencia—, y de pasarse doce meses sin poder caminar.

Darcy, que no respondió, parecía deseoso de cambiar de tema. En esos momentos apareció junto a ellos sir William Lucas, quien se disponía a pasar a través de las parejas de baile para dirigirse al otro lado de la habitación; pero al ver al señor Darcy, se detuvo y le saludó con una amplia reverencia para felicitarle por su habilidad como bailarín y por su pareja.

—Me ha complacido mucho observarlo, estimado señor. No es frecuente ver a alguien bailar con tal maestría. Está claro que pertenece a los círculos más distinguidos. No obstante, permítame añadir que su bella pareja no le deshonra, pues es tan feroz como bonita. Confío en volver a tener este placer, especialmente cuando se produzca un feliz acontecimiento, querida Eliza (añadió mirando a Jane y a Bingley). ¡Todos lo celebraremos! Pero no le entretengo más, caballero. No deseo robarle la compañía de esta encantadora joven. ¡Ay, pensar en la forma en que sus numerosas habilidades podían ser empleadas en el juego amoroso!

Darcy dirigió los ojos hacia Bingley y Jane, que bailaban juntos, con una expresión muy seria. Pero recobrando enseguida la compostura, se volvió hacia su pareja y dijo

—La interrupción de sir William me ha hecho olvidar de qué estábamos hablando.

—No creo que estuviéramos hablando. Sir William no pudo haber interrumpido a dos personas en la habitación que tuvieran menos que decirse. Hemos abordado un par de temas sin éxito, y no se me ocurre otra cosa sobre la que podamos hablar.

—¿Qué piensa de los orientales? —preguntó el señor Darcy sonriendo.

—¿Los orientales? Pues... No; estoy segura de que no hemos conocido a los mismos, ni tenemos la misma opinión sobre ellos.

—En tal caso, podemos comparar nuestras opiniones diferentes. A mí me parecen muy extraños, tanto de aspecto como en sus usos y costumbres, aunque dado que he estudiado sólo en Japón, reconozco que mi opinión es limitada. Me gustaría que me hablara del tiempo que pasó en compañía de chinos.

—No puedo hablar sobre los orientales en un salón de baile; mi mente está llena de otras cosas.

—El presente siempre es lo que la ocupa en estos casos, ¿no es así?

—En efecto, siempre —respondió Elizabeth sin darse cuenta de lo que decía, pues sus pensamientos se habían alejado del tema y pensaba en el dolor que le producía el hierro candente del maestro Liu al abrasarle la carne; a las sesiones de adiestramiento con sus hermanas sobre una barra no más ancha que sus espadas, mientras unas estacas aguardaban para castigarlas si resbalaban. Tras regresar al presente, Elizabeth exclamó de pronto—: Recuerdo haberle oído decir en cierta ocasión, señor Darcy, que jamás perdona, que cuando alguien suscita su rencor es implacable. Supongo que aplicará la cautela a la hora de verificar que se ha creado esa situación.

—En efecto —respondió Darcy con voz firme.

—Y que no se deja cegar por los prejuicios.

—Desde luego.

—Es imprescindible que quienes no cambian nunca de parecer sean capaces de juzgar a los demás con tino.

—¿Puedo preguntarle qué propósito tienen estas preguntas?

—Simplemente ilustrar su carácter —contestó Elizabeth procurando no mostrarse solemne—. Estoy tratando de descifrarlo.

—¿Y lo ha conseguido?

Elizabeth negó con la cabeza.

—No he hecho ningún progreso. He oído unas historias tan dispares sobre usted que constituyen un enigma para mí.

—Doy por supuesto —dijo Darcy poniéndose serio—, que los informes sobre mí son muy variados; y me gustaría, señorita Bennet, que en estos momentos no se dedicara a descifrar mi carácter.

—Pero si no hago su retrato ahora, quizá no vuelva a tener otra oportunidad.

—No pretendo robarle ningún placer —replicó Darcy fríamente.

Elizabeth no dijo nada, y cuando el baile concluyó se separaron en silencio. Ambos estaban consternados, aunque no en igual medida, pues Darcy experimentaba un poderoso sentimiento hacia Elizabeth, el cual hizo que la perdonara al poco rato y dirigiera su enojo contra otra persona.

Elizabeth se reunió con su hermana mayor.

—Deseo saber qué has averiguado sobre el señor Wickham. Pero quizá has estado ocupada en otros menesteres tan agradables, que no has pensado en una tercera persona, en cuyo caso te perdono.

—No —respondió Jane—. No me he olvidado de él; pero no puedo decirte nada satisfactorio. El señor Bingley no conoce toda la historia, e ignora las circunstancia que hizo que el señor Darcy se sintiera ofendido, pero da fe de la conducta honrosa, la rectitud y el honor de su amigo. Lamento decirte que, por lo que tiene entendido, el señor Wickham no es un joven respetable.

—¿El señor Bingley no conoce al señor Wickham personalmente?

—No lo había visto nunca hasta la otra mañana en Meryton.

—No dudo de la sinceridad del señor Bingley —declaró Elizabeth con vehemencia—, pero debes disculparme si no me dejo convencer por meras afirmaciones. La defensa que hizo el señor Bingley de su amigo es muy hábil, pero puesto que ignora varias partes de la historia, sigo pensando lo mismo de ambos caballeros.

A continuación Elizabeth cambió de tema, pasando a otro más agradable para ambas. Jane escuchó con regocijo las optimistas aunque modestas esperanzas que albergaba su hermana con respecto al señor Bingley, y dijo cuanto pudo para animarla. Cuando el señor Bingley se reunió con ellas, Elizabeth regresó junto a la señorita Lucas, a cuya pregunta sobre el carácter agradable de Darcy apenas había respondido antes de que su obeso primo, el señor Collins, se acercara a ellas, informándoles eufórico de que acababa de hacer un descubrimiento muy importante.

—¡Ah! ¿Puedo suponer que ha descubierto la ubicación del bufé? —preguntó Elizabeth groseramente.

—¡No! He averiguado —respondió el señor Collins—, por una extraña casualidad, que está presente un pariente cercano de mi benefactora. Escuché al caballero en cuestión mencionar a la joven que hace los honores de la casa los nombres de su prima, la señorita De Bourgh, y de su madre lady Catherine. ¡Es fantástico que ocurran esas cosas! ¿Quién iba a decirme que iba a encontrarme en esta fiesta con un primo de lady Catherine de Bourgh? Me alegro de haberlo averiguado y poder presentarle mis respetos, lo cual haré ahora mismo.

—¡No irá a presentarse al señor Darcy!

—Desde luego. Le pediré perdón por no haberlo hecho antes. Según creo, es primo de lady Catherine.

Elizabeth trató de disuadirle de su empeño, asegurándole que el señor Darcy consideraría el hecho de que le abordara sin haber sido presentados como una impertinencia, en lugar de un cumplido hacia su tía; que correspondía al señor Darcy, un caballero más distinguido que el señor Collins, presentarse a él. Cuando Elizabeth dejó de hablar, el señor Collins respondió:

—Querida señorita Elizabeth, su excelente criterio en todos los asuntos que domina me merece el máximo respeto, especialmente en el exterminio de los ejércitos de Satanás; pero permita que le diga que existe una gran diferencia entre las formas establecidas de ceremonia entre los legos y las que rigen en el clero. A fin de cuentas, por más que usted esgrima la espada de Dios, yo esgrimo Su sabiduría. Y es la sabiduría, estimada prima, la que en última instancia nos permitirá librarnos de los problemas que nos causan los innombrables.

—Perdone que le diga que jamás he visto a nadie decapitar a un zombi con palabras, ni espero verlo nunca.

—Permita que en esta ocasión siga los dictados de mi conciencia, los cuales me obligan a llevar a cabo lo que considero mi deber.

Tras una profunda reverencia, el señor Collins dejó a su prima para acometer al señor Darcy, cuya reacción ante tamaña impertinencia Elizabeth observó atentamente, y cuyo asombro al ser abordado por el señor Collins era más que evidente. El primo de la joven prologó su perorata con una solemne reverencia, y aunque Elizabeth no alcanzaba a oír una palabra, tuvo la sensación de oírlo todo y de observar en el movimiento de los labios del señor Collins las palabras «disculpa», «Hunsford» y «lady Catherine de Bourgh». A Elizabeth le disgustó verle ponerse en ridículo ante ese hombre. El señor Darcy le observó con evidente estupor, y cuando el señor Collins le permitió por fin meter baza, respondió con aire de distante cortesía. Pero lejos de amedrentarse, el señor Collins tomó de nuevo la palabra. El desprecio del señor Darcy parecía aumentar a medida que el primo de Elizabeth se alargaba en su discurso, al término del cual Darcy se limitó a hacer una breve reverencia y se alejó.

Comoquiera que Elizabeth no tenía otra cosa en qué entretenerse, centró su atención casi exclusivamente en su hermana y el señor Bingley. Observó en su hermana toda la felicidad que un matrimonio basado en un sincero afecto podía proporcionar; e incluso se sintió capaz, en esas circunstancias, de esforzarse por sentir simpatía por las dos hermanas de Bingley. Era evidente que su madre pensaba lo mismo, y Elizabeth decidió no acercarse a ella para no soportar su incesante cháchara. De modo que cuando se sentaron a cenar, consideró que era una desafortunada perversidad el que las hubieran colocado juntas, y le disgustó comprobar que su madre no hacía otra cosa que hablar con lady Lucas abiertamente, sin disimulo, de sus esperanzas de que Jane no tardara en casarse con el señor Bingley. Era un tema estimulante, y la señora Bennet no se cansaba de enumerar las ventajas de ese enlace. El hecho de que el señor Bingley fuera un joven tan encantador, tan rico y que viviera tan sólo a un par de kilómetros de ellos era lo que más la complacía, amén del alivio que suponía para ella saber que las dos hermanas estimaban profundamente a Jane, y la certeza de que deseaban esa unión tanto como ella. Por lo demás, era algo muy prometedor para sus hijas menores, puesto que el hecho de que Jane hiciera una boda tan excelente permitiría a las jóvenes conocer a otros hombres ricos.

—¡Ah! ¡Qué alegría verlas a todas bien casadas! Verlas recibir en sus mansiones y criar a sus hijos en lugar de esos absurdos adiestramientos y peleas. —La señora Bennet concluyó expresando el deseo de que lady Lucas tuviera la misma fortuna, aunque pensando evidente y triunfalmente que no existía la menor probabilidad.

Elizabeth trató en vano de reprimir la torrencial perorata de su madre, o persuadirla para que describiera su felicidad en un tono menos audible; pues, para su inexplicable consternación, se percató de que el señor Darcy, que estaba sentado frente a ellas, había oído buena parte de lo que su madre había dicho. La señora Bennet, cuyo aliento apestaba a carne y oporto, la reprendió por ser tan boba.

—¿Qué me importa el señor Darcy? ¿Por qué he de temer que oiga lo que digo? No creo estar en la obligación de no decir nada que no le complazca oír.

—Por lo que más quieras, mamá, baja la voz. ¿Qué sacas con ofender al señor Darcy?

Pero nada de lo que Elizabeth dijo logró convencerla. La joven se sonrojó de nuevo, tan avergonzada como enojada. No podía evitar mirar con frecuencia al señor Darcy, aunque cada mirada le confirmaba lo que temía, pues aunque dicho caballero no miraba fijamente a su madre, Elizabeth estaba convencida de que estaba pendiente de cuanto decía. La expresión del rostro del caballero mudó, pasando progresivamente de un indignado desprecio a una gravedad serena y persistente.

Por fin, la señora Bennet calló, y lady Lucas, que había estado bostezando ante los reiterados y entusiasmados comentarios que no podía compartir, pudo gozar del excelente jamón y pollo frío. Elizabeth empezó a animarse. Pero ese intervalo de tranquilidad no duró mucho; pues cuando la cena terminó, no se acercó ningún criado para retirar los platos vacíos. Al ver que sus convidados se impacientaban, el señor Bingley se levantó de su asiento, sin duda para regañar a su mayordomo por aquel bochorno.

Cuando regresó, Elizabeth se apresuró a tomar la daga que llevaba adherida al tobillo. El semblante pálido y la preocupada expresión del señor Bingley bastaron para provocar esa reacción en la joven.

—Señor Darcy, si me lo permite deseo hablar unos momentos con usted en la cocina —dijo Bingley.

Darcy se levantó, procurando no moverse demasiado apresuradamente, no fuera que alarmara a los comensales. Elizabeth decidió seguirle. Cuando Darcy reparó en ello, se volvió hacia ella y murmuró:

—Señorita Bennet, preferiría que se quedara sentada. Soy perfectamente capaz de atender yo solo al señor Bingley.

—No me cabe duda, señor Darcy. Del mismo modo que no tengo duda de mi capacidad para formarme mi propia opinión al respecto. ¿Desea provocar un revuelo o nos dirigimos a la cocina?

El señor Bingley los condujo por una escalera oculta hasta el sótano, que estaba dividido en dos mitades por un largo pasillo: un lado correspondía a las dependencias de los criados y el arsenal, y el otro a la sala de adiestramiento y la cocina. Fue en este último lugar donde contemplaron un espectáculo siniestro. Dos innombrables adultos —ambos varones— estaban dándose un festín con los cadáveres de los sirvientes. Elizabeth no se explicaba cómo dos zombis habían conseguido matar a una docena de criados, cuatro doncellas, dos cocineras y un mayordomo, pero sabía cómo habían entrado. Los sirvientes habían abierto la puerta del sótano para dejar que penetrara el aire fresco nocturno y aliviar el bochorno de las cocinas de leña.

—Bien, supongo que deberíamos decapitarlos a todos, para impedir que se conviertan en hijos de las tinieblas —dijo Elizabeth.

Dos innombrables adultos —ambos varones— estaban dándose un festín con los cadáveres de los sirvientes.

El señor Bingley observó los postres que sus desdichados sirvientes habían estado preparando en el momento de su muerte, un delicioso surtido de tartas, frutas exóticas y pasteles, que lamentablemente estaban cubiertos de sangre y sesos y, por tanto, no eran aprovechables.

—¿Me concede el honor de permitir que me ocupe yo solo de ese menester? —preguntó Darcy—. Jamás me lo perdonaría que se manchara el vestido.

—Le cedo encantada ese honor, señor Darcy.

Elizabeth creyó detectar una fugaz sonrisa en el rostro del caballero.

Observó a Darcy desenfundar su espada y abatir a los dos zombis con unos movimientos feroces pero elegantes. A continuación Darcy se apresuró a decapitar a los sirvientes asesinados, tras lo cual el señor Bingley vomitó educadamente en sus manos. Las habilidades de Darcy como guerrero eran innegables.

«Ojalá poseyera las mismas habilidades como caballero», pensó Elizabeth.

Cuando regresaron al baile, encontraron a los demás profundamente trastornados. Mary procuraba distraerlos tocando el piano, pero su estridente voz no hacía sino irritar a todos los presentes. Elizabeth miró a su padre implorándole que interviniera, no fuera que Mary se pasara el resto de la velada cantando. El señor Bennet captó la insinuación, y cuando Mary concluyó su segunda canción, dijo en voz alta:

—Lo has hecho muy requetebién, hija mía. Nos has deleitado con tus canciones. Pero ahora deja que las otras jóvenes tengan oportunidad de exhibir su talento.

Elizabeth pensó que, de haber acordado los miembros de su familia esforzarse en hacer el ridículo durante la velada, no habrían podido desempeñar sus respectivos papeles con mayor acierto.

El resto de la velada no le ofreció ningún alivio. El señor Collins no la dejó tranquila en toda la noche, y aunque Elizabeth supuso que no le pediría que bailara de nuevo con él, éste le impidió bailar con otros caballeros utilizando su abultada barriga para ocultar a Elizabeth a los demás. Elizabeth trató en vano de presentarle a otras jóvenes. Su primo le aseguró que éstas le eran totalmente indiferentes; que su principal objetivo era conquistarla con delicadas atenciones, por lo que se proponía permanecer junto a ella durante toda la velada. Era imposible hacerle desistir de su empeño. Elizabeth sintió una infinita gratitud hacia su amiga la señorita Lucas cuando ésta se unió a ellos y comenzó a charlar animadamente con el señor Collins.

Al menos Elizabeth ya no tendría que soportar la humillación de sentirse observada por el señor Darcy, quien con frecuencia se hallaba muy cerca de ella, aunque no se acercó en ningún momento lo suficiente para entablar conversación. Elizabeth supuso que la causa se debía a sus alusiones sobre el señor Wickham, de lo cual se alegró.

Cuando por fin se levantaron para marcharse, la señora Bennet manifestó con insistencia la esperanza de ver de nuevo a toda la familia en Longbourn, y se dirigió especialmente al señor Bingley, para asegurarle lo feliz que les haría que fuera a comer con ellos cuando lo considerara oportuno, sin la ceremonia de una invitación formal. Bingley le dio las gracias complacido, respondiendo que aprovecharía la primera oportunidad para aceptar su invitación, cuando regresara de Londres, adonde debía ir al día siguiente para asistir a una reunión de la *Sociedad de caballeros para una solución pacífica a nuestros presentes problemas*, de la que era miembro y patrocinador.

Satisfecha, la señora Bennet abandonó la casa con la deliciosa convicción de que vería a su hija instalada en Netherfield, tras abandonar sus armas para siempre, dentro de tres o cuatro meses. La dama albergaba la misma certeza sobre el hecho de tener a otra hija casada con el señor Collins, una perspectiva que le proporcionaba un considerable placer, aunque no tanto como en el primer caso. Elizabeth era la hija a la que estimaba menos; y aunque el señor Collins era un buen partido para ella, su valía quedaba eclipsada por el señor Bingley y Netherfield.

19

Al día siguiente se produjo una nueva escena en Longbourn. El señor Collins declaró formalmente sus intenciones. Al encontrarse con la señora Bennet, Elizabeth y una de las hermanas menores juntas, poco después de desayunar, se dirigió a la madre con estas palabras:

—Confío, señora, que tenga en cuenta el interés de su bella hija, Elizabeth, al solicitarle el honor de mantener una entrevista privada con ella durante la mañana.

Antes de que Elizabeth pudiera hacer otra cosa que sonrojarse de la sorpresa, la señora Bennet respondió al instante:

—¡Desde luego! Estoy segura de que Lizzy aceptará encantada, de que no pondrá objeción alguna. Vamos, Kitty, acompáñame arriba.

—Querida mamá, no te vayas. Te ruego que no te vayas. Ruego al señor Collins que me disculpe. No creo que tenga nada que decirme que no pueda oír nadie más. ¡Yo también tengo que marcharme!

—No digas tonterías, Lizzy. Deseo que te quedes aquí. —Al ver que Elizabeth, que traslucía una expresión de profunda turbación y disgusto, estaba a punto de huir, la señora Bennet agregó—: Lizzy, insisto en que te quedes y escuches al señor Collins.

La señora Bennet y Kitty se alejaron, y en cuanto se fueron el señor Collins dijo:

—Créame, querida señorita Elizabeth, que su modestia no hace sino realzar sus otras cualidades. De no haberse mostrado un tanto reacia, me habría sentido menos atraído hacia usted. Pero permita que le asegure que tengo el autorizado permiso de su madre para decirle lo que me propongo decirle. No creo que dude sobre el significado de mi discurso, pues por más que le preocupe agilizar la retirada del Diablo, cosa que aplaudo sinceramente, mis atenciones han estado demasiado claras para llamarse a engaño. Prácticamente desde que puse el pie en esta casa, la elegí para ser mi futura compañera de vida. Pero antes de relatarle mis sentimientos al respecto, quizá convenga que exponga mis razones por las que deseo casarme, y, especialmente, el haber venido a Hertfordshire con el deseo de elegir esposa, como he hecho.

La idea de que el señor Collins, con su solemne compostura, le relatase sus sentimientos, hizo que Elizabeth estuviera a punto de soltar una carcajada, por lo que no pudo utilizar la breve pausa que hizo su primo con el fin de impedir que continuara.

—Mis razones para casarme —continuó el señor Collins—, son, en primer lugar, que creo conveniente que un clérigo dé el ejemplo en su parroquia contrayendo matrimonio. Segundo, que estoy convencido de que contribuirá en gran medida a mi felicidad; y tercero, que es lo que me ha aconsejado y recomendado la noble dama que tengo el honor de que sea mi patrocinadora. El sábado por la noche, antes de que yo partiera de Hunsford, lady Catherine me dijo: «Señor Collins, debe casarse. Un sacerdote como usted debe casarse. Por mi bien, elija a una dama de alcurnia, y por el suyo, elija a una mujer activa, útil, que no se haya criado en un ambiente aristocrático, sino que sea capaz de sacar provecho de una modesta renta. Este es mi consejo. Busque una mujer de esas características en cuanto pueda, tráigala a Hunsford e iré a visitarla». A propósito, permítame observar, querida prima, que considero el apoyo y la bondad de lady Catherine de Bourgh una de las principales ventajas que puedo ofrecerle. Como usted misma podrá comprobar, posee unas aptitudes para la lucha tan extraordinarias que no alcanzo a describirlas; y me consta que la habilidad que usted posee a la hora de matar a innombrables complacerá a la distinguida dama, aunque, como es natural, debo pedirle que abandone esa práctica como parte de su sumisión conyugal.

Elizabeth comprendió que había llegado el momento de interrumpir al señor Collins.

—Se precipita usted, señor —dijo—. Olvida que no he respondido a su oferta. Pero lo haré sin dilación. Le agradezco el cumplido que me ha hecho. Soy muy sensible al honor de su propuesta, pero es imposible para mí hacer otra cosa que rechazarla.

—Sé muy bien —contestó el señor Collins— que es natural que las jóvenes rechacen la oferta del hombre que en el fondo se proponen aceptar, cuando éste les hace la propuesta por primera vez; y que en ocasiones repiten su negativa una segunda, e incluso, una tercera vez. Por tanto no me siento desanimado por lo que acaba de decirme, y confío en conducirla dentro de poco al altar.

—Olvida, señor, que soy una discípula del templo de Shaolin. ¡Maestra en las siete estrellas! Mi negativa es totalmente seria. Usted no podría hacerme feliz, y estoy convencida de que soy la última mujer en el mundo capaz de hacerle feliz a usted. No, si su amiga lady Catherine me conociera, estoy segura de que no me consideraría adecuada para esa situación, pues soy una guerrera, señor, y lo seré hasta que entregue mi alma a Dios.

—Suponiendo que lady Catherine pensara así... —replicó el señor Collins muy serio—. Pero no puedo creer que su señoría la desaprobaría. Y sepa que cuando tenga el honor de volver a verla, le hablaré de usted elogiando su modestia, su frugalidad y demás amables virtudes.

—Todo elogio de mi persona es innecesario, señor Collins. Permita que juzgue por mí misma, y hágame el favor de creer lo que le he dicho. Deseo que sea muy feliz y muy rico, y al rechazar su mano, contribuiré a que sea así. —Poniéndose de pie mientras hablaba, Elizabeth se dispuso a salir de la habitación, pero el señor Collins se apresuró a decir:

—Cuando tenga el honor de volver a hablar con usted sobre el particular, espero recibir una respuesta más favorable que la que acaba de darme. Sé que es costumbre que las mujeres rechacen a un hombre la primera vez que éste les propone matrimonio.

—Francamente, señor Collins —contestó Elizabeth—, no le comprendo. Si lo que he dicho lo interpreta como una muestra de aliento, no sé cómo expresarle mi negativa para convencerle de que lo es.

—Permítame pensar, querida prima, que su rechazo de mi propuesta constituye un mero trámite.

Elizabeth se abstuvo de responder a tan empecinado deseo de engañarse, retirándose de inmediato y en silencio, decidida a que, si el señor Collins persistía en considerar sus reiteradas negativas un estímulo, recurriría a su padre, cuya negativa sería expresada de modo decisivo, y cuyo talante no podría ser erróneamente interpretado como la afectación y coquetería de una dama elegante.

20

El señor Collins no estuvo mucho rato meditando en silencio sobre el éxito de su conquista amorosa, pues —tan pronto como Elizabeth abrió la puerta, pasó junto a su madre y se dirigió como una exhalación hacia la escalera—, la señora Bennet, que deambulaba por el vestíbulo en espera de que la entrevista terminara, entró en la habitación del desayuno y felicitó calurosamente al señor Collins y a sí misma por la feliz perspectiva de convertirse pronto en suegra y yerno. El señor Collins recibió y devolvió esas felicitaciones no menos complacido, tras lo cual procedió a relatar los pormenores de su entrevista con Elizabeth.

Esa información sorprendió a la señora Bennet, quien se habría alegrado de pensar que su hija había pretendido alentar al señor Collins rechazando su propuesta, pero no se atrevía a pensarlo, y no pudo por menos de decírselo.

—Pero tenga la seguridad, señor Collins —añadió la señora Bennet—, que haré que Lizzy entre en razón. Hablaré con ella inmediatamente. Es una chica muy terca y tonta, que no sabe lo que le conviene... Pero yo se lo haré comprender.

Y se dirigió apresuradamente en busca de su marido, exclamando al entrar en la biblioteca:

—¡Ay, señor Bennet! Debes venir enseguida, estamos consternados. Debes venir y obligar a Lizzy a que se case con el señor Collins, pues ha rechazado su propuesta.

El señor Bennet alzó la vista del libro que leía cuando su esposa entró en la habitación y la miró con expresión serena.

—No tengo el placer de comprenderte —dijo cuando su esposa concluyó su discurso—. ¿De qué estás hablando?

—Del señor Collins y Lizzy. Lizzy afirma que no se casaré con el señor Collins, y el señor Collins empieza a decir que no se casará con Lizzy.

—¿Y qué quieres que haga yo? Al parecer, el asunto no tiene remedio.

—Habla con Lizzy. Dile que insistes en que se case con él.

—Llámala para que baje. Le diré lo que opino.

La señora Bennet tocó la campanilla, y un criado dijo a la señorita Elizabeth que sus padres la esperaban en la biblioteca.

—Acércate, hija mía —dijo su padre cuando Elizabeth apareció—. Te he mandado llamar para hablar de un tema importante. Tengo entendido que el señor Collins te ha propuesto matrimonio. ¿Es verdad?

Elizabeth respondió afirmativamente.

—Muy bien. ¿Y has rechazado esa propuesta?

—Sí, padre.

—Muy bien. Vayamos al asunto. Tu madre insiste en que la aceptes. ¿No es así, señora Bennet?

—Sí, o no volveré a dirigirle la palabra.

—Lo cual presenta una difícil alternativa, Elizabeth. A partir de hoy serás una extraña para tu madre. Tu madre no volverá a dirigirte la palabra si no te casas con el señor Collins, y yo no volveré a dirigírtela si lo haces; pues me niego a que mi hija más diestra en las artes mortales se case con un hombre más gordo que Buda y más aburrido que el filo de una espada de adiestramiento.

Elizabeth no pudo por menos de sonreír ante semejante conclusión nada más abordar la cuestión, pero la señora Bennet, que estaba convencida de que su marido compartía su opinión sobre la misma, se mostró profundamente decepcionada.

—¿Cómo es posible que digas eso, señor Bennet?

—Querida —respondió su marido—, debo pedirte dos pequeños favores. Primero, que me ahorres la molestia de coserte los labios; y segundo, que me permitas estar solo en mi biblioteca. Te agradeceré que la abandones cuanto antes.

Pero la señora Bennet no estaba dispuesta a ceder. Habló con Elizabeth repetidamente, unas veces tratando de convencerla y otras amenazándola. Se esforzó en ganarse la complicidad de Jane, pero Jane, pese a su carácter afable, se negó a inmiscuirse. Elizabeth, a veces en serio y otras en broma, respondió a los ataques de su madre. Aunque su talante variaba, su determinación permanecía inmutable.

Mientras la familia se hallaba sumida en la confusión, Charlotte Lucas fue a pasar el día con ellos. Fue recibida en el vestíbulo por Lydia, que murmuró:

—¡Qué bueno que hayas venido, pues tenemos una buena diversión! ¿A que no adivinas qué ha ocurrido esta mañana? El señor Collins ha propuesto matrimonio a Lizzy y ella lo ha rechazado.

Lydia observó que Charlotte estaba acalorada debido al esfuerzo y mostraba una expresión desconcertada.

—¿Te sientes mal, Charlotte?

Charlotte apenas tuvo tiempo de responder cuando se les acercó Kitty, deseosa de contar la noticia a la recién llegada. En cuanto entraron en la habitación del desayuno, donde la señora Bennet se hallaba sola, ésta empezó a hablar del tema, apelando a la compasión de la señorita Lucas y rogándole que convenciera a su amiga Lizzy de que hiciera lo que toda su familia deseaba.

—Le imploro que haga lo que le pido, querida señorita Lucas —añadió con tono melancólico—, pues nadie está de mi lado, nadie toma partido conmigo. Me utilizan cruelmente, nadie se compadece de mis pobres nervios.

La entrada de Jane y Elizabeth ahorró a Charlotte el tener que responder.

—Ahí está —continuó la señora Bennet—, tan tranquila, mostrando tan poco afecto por nosotros como por los innombrables a los que se dedica a matar. Pero te aseguro, señorita Lizzy, que si te empeñas en rechazar todas las propuestas de matrimonio, no conseguirás nunca un marido, y no sé quién te mantendrá cuando tu padre haya muerto.

21

La discusión sobre la oferta del señor Collins casi había llegado a su fin. El caballero en cuestión apenas dirigió la palabra a Elizabeth, y durante el resto del día dirigió sus asiduas atenciones a la señorita Lucas, cuya educación al escucharle constituyó un grato alivio para todos ellos, y especialmente para su amiga. Charlotte parecía halagar al señor Collins prestándole una atención casi inaudita.

El día siguiente no mejoró el mal humor ni la mala salud de la señora Bennet. El señor Collins mostraba también el mismo aire de orgullo herido. Elizabeth confiaba en que su resentimiento le obligara a acortar su visita, pero sus planes no parecían verse afectados por lo ocurrido. El señor Collins tenía previsto irse el sábado, y se proponía quedarse hasta el sábado.

Después de desayunar, las jóvenes se retiraron al *dojo* para desmontar y limpiar sus mosquetes, una tarea que llevaban a cabo cada semana. Armadas con ellos, partieron para Meryton para averiguar si el señor Wickham había regresado, y para lamentar su ausencia del baile en Netherfield.

Apenas se habían alejado un kilómetro de Longbourn cuando Kitty, que había decidido llevar la delantera, se detuvo bruscamente, indicando a las otras que hicieran lo propio. Kitty empuñó su mosquete, pero ni Elizabeth ni sus otras hermanas sabían contra qué apuntaba, pues la carretera estaba despejada y nada hacía sospechar que fueran a atacarlas. Al cabo de unos momentos, salió un chimpancé apresuradamente del bosque a la derecha de las jóvenes. El animal echó a correr a través del sendero con notable rapidez, antes de desaparecer entre los árboles a la izquierda. Al verlo, Lydia no pudo por menos de romper a reír.

—Querida Kitty, ¿cómo podemos darte las gracias por evitar que nos hicieran cosquillas en los dedos de los pies?

Pero Kitty no depuso su mosquete, y al cabo de unos instantes apareció un segundo chimpancé, que atravesó el camino con idéntica celeridad. A los pocos segundos aparecieron un par de comadrejas, seguidas por una mofeta y una zorra y sus cachorros. Siguieron apareciendo otros animales, en un número creciente; parecía como si Noé los hubiera llamado, ofreciéndoles refugio contra un diluvio invisible. Cuando aparecieron unos ciervos brincando a través del sendero, las otras hermanas apuntaron con sus mosquetes hacia los árboles, dispuestas a enfrentarse a la legión de zombis que sospechaban que no tardarían en aparecer.

El primero era una mujer joven, que había muerto recientemente, ataviada con un vestido de novia de encaje blanco, el cual, al igual que su piel, era de una blancura sorprendente, casi sobrenatural, a excepción de los brillantes rubíes rojos que caían de su boca sobre el encaje que cubría su pecho. Kitty abatió a la criatura con un disparo contra su rostro, tras lo cual Lydia apoyó el cañón de su arma contra la cabeza de la innombrable y la envió rápidamente al infierno. El disparo hizo que la pólvora prendiera fuego al pelo de la novia.

—Es una lástima —dijo Lydia al tiempo que brotaba una nube de humo acre— desperdiciar un vestido tan bonito como ese...

El alarido de otro zombi la interrumpió. Tenía una larga barba blanca y un rostro medio devorado adherido a un fornido cuerpo, e iba cubierto con un mandil de herrero manchado de sangre. Elizabeth y Jane apuntaron y dispararon sus mosquetes; la bala de Jane se incrustó en uno de los ojos del monstruo, y la de Elizabeth le hirió en el cuello, atravesando la frágil carne y separando la cabeza del cuerpo.

A esos zombis siguieron otros, cada uno de los cuales fue abatido tan rápidamente como el último, hasta que el estruendo de la pólvora cesó. Intuyendo que el peligro había pasado, las hermanas depusieron sus armas y decidieron proseguir hacia Meryton. Pero un ruido procedente del bosque las obligó a retrasar sus planes. Era un grito agudo, ni humano ni animal, pero distinto de cualquier alarido de un zombi que las hermanas hubieran oído. El ruido se intensificó a medida que se aproximaba, y las jóvenes empuñaron de nuevo sus mosquetes. Pero cuando apareció la fuente del extraño ruido, enseguida los depusieron.

—¡No! —exclamó Jane—. ¡No es posible!

Una mujer zombi que había muerto hacía tiempo salió del bosque, cubierta con unas ropas modestas y andrajosas, su quebradizo pelo estirado en un moño tan tenso que había empezado a arrancarle la piel de la frente. En sus brazos sostenía algo extraordinariamente raro, algo que ninguna de las hermanas había visto jamás, ni deseaba volver a ver: un bebé innombrable. El pequeño agitaba sus manitas arañando la piel de la mujer al tiempo que emitía unos berridos atroces. Elizabeth alzó su mosquete, pero Jane se apresuró a asir el cañón del arma.

—¡No debes hacerlo!

—¿Has olvidado tu juramento?

—¡Es un bebé, Lizzy!

—Un bebé zombi, tan muerto como el mosquete con que me propongo silenciarlo.

Elizabeth empuñó de nuevo su arma y apuntó. La mujer innombrable había atravesado la mitad de la carretera. Elizabeth apuntó a la cabeza de ésta, su dedo acariciando el gatillo. Decidió bajar el arma, cargarla de nuevo y liquidarlos a ambos. Sólo tenía que apretar el gatillo. Pero... era incapaz de hacerlo. Sintió que una extraña fuerza se lo impedía, una sensación que recordó vagamente de su infancia, antes de viajar al templo de Shaolin. Era una sensación extraña, semejante a la vergüenza, pero sin el deshonor de la derrota, una vergüenza que no exigía venganza. «¿Puede haber honor en la misericordia?», se preguntó. Contradecía todo cuanto le habían enseñado, el instinto de guerrera que poseía. ¿Por qué no podía disparar? Confundida y perpleja, Elizabeth depuso su mosquete, y los zombis se adentraron en el bosque hasta que desaparecieron.

Las hermanas acordaron no volver a hablar del asunto.

Cuando entraron en la ciudad, se encontraron con el señor Wickham, el cual las acompañó hasta la casa de su tía, y donde, al enterarse de la lamentable suerte que habían corrido los sirvientes del señor Bingley, manifestó su consternación e inquietud. No obstante, confesó a Elizabeth que su ausencia del baile había sido deliberada.

—Conforme se acercaba la fecha —le dijo—, pensé que era mejor no encontrarme con el señor Darcy. No soportaba la idea de estar en la misma habitación con el hombre que me había dejado incapacitado durante un año, y que las escenas que podían provocar ese encuentro podían incomodar a otras personas.

Elizabeth alabó su paciencia, que era mayor que la suya, pues reconoció que de haber estado en su lugar sin duda habría retado a Darcy a un duelo. Wickham y otro oficial las acompañaron de regreso a Longbourn, y durante el trayecto se mostró muy solícito con Elizabeth. El hecho de que Wickham las acompañara suponía una triple ventaja: el placer de gozar de su atención, la ocasión de presentárselo a sus padres, y la presencia de otro guerrero, por si se topaban con más contratiempos en la carretera.

Poco después de que regresaran, un criado entregó una carta a la señorita Bennet. Procedía de Netherfield. El sobre contenía una pequeña hoja de un papel elegante, prensado en caliente, cubierta con la bonita y armoniosa letra de una distinguida dama. Elizabeth se percató de que la expresión de su hermana mudaba al leer la carta, y observó que se detenía en algunos párrafos.

—Es de Caroline Bingley. Su contenido me ha sorprendido mucho. A estas horas todos habrán partido de Netherfield, camino de la ciudad, y al parecer no tienen intención de volver. Te leeré lo que dice.

A continuación Jane leyó la primera frase en voz alta, que comprendía la información de que las Bingley habían decidido seguir a su hermano a la ciudad, y que cenarían en Grosvenor Street, donde el señor Hurst tenía una casa. La próxima frase decía lo siguiente: «No fingiré que lamento todo cuanto dejo en esa peligrosa campiña repleta de zombis, salvo a usted, mi querida amiga; pero confío que en el futuro podamos gozar de nuevo de nuestras deliciosas charlas, y, entretanto, que una correspondencia frecuente y franca nos consuele del dolor de la separación. Espero que me escriba». Elizabeth escuchó esas frases altisonantes con insensibilidad y desconfianza; y aunque lo inesperado de su partida la sorprendió, no se lamentó de ella.

—Qué mala suerte —dijo— que no puedas ver a tus amigas antes de que se marchen. Pero esperemos que ese período de futura dicha en el que confía la señorita Bingley se produzca antes de lo que cree, y que los gratos momentos que habéis compartido como amigas se renueven con mayor satisfacción aún como hermanas. Las señoritas Bingley no detendrán a su hermano mucho tiempo en Londres.

—Caroline afirma decididamente que ninguno de ellos regresará a Hertfordshire este invierno. Te leeré lo que dice: «Cuando mi hermano partió ayer, suponía que resolvería los asuntos que le llevaban a Londres en tres o cuatro días; pero estamos seguras de que no será así. Muchas de mis amistades ya se han instalado allí para pasar el invierno. Ojalá recibiera noticias de usted, querida amiga, informándome de que se propone reunirse con nosotros en la ciudad, pero no tengo ninguna esperanza al respecto. Espero sinceramente que su Navidad en Hertfordshire sea tan alegre como suele serlo esa época, y que no se parezca a la Navidad de hace dos años, cuando ocurrieron numerosos incidentes desagradables». Es evidente —añadió Jane—, que el señor Bingley no piensa regresar este invierno.

—Lo único evidente es que la señorita Bingley no desea que lo haga —replicó Elizabeth.

—El señor Bingley, sin duda alguna, es dueño de sí mismo.

Quizás el espectáculo de sus sirvientes asesinados y ensangrentados fue demasiado para su delicado carácter. Pero no lo sabes todo. Te leeré el párrafo que me ha dolido más. «El señor Darcy está impaciente por ver a su hermana, y nosotras estamos también deseosas de encontrarnos de nuevo con ella. No creo que Georgiana Darcy tenga rival en cuanto a belleza, elegancia y habilidad en las artes mortales; y el afecto que nos inspira a Louisa y a mí se incrementa con la esperanza que albergamos de que se convierta en nuestra hermana. Mi hermano la admira mucho; y ahora tendrá numerosas oportunidades de frecuentarla en un ambiente íntimo. Con tantas circunstancias en favor de una relación, y sin que nada lo impida, ¿me equivoco, querida Jane, en confiar en que se produzca un acontecimiento que hará felices a tantos?»

»¿Qué te parece esa frase, querida Lizzy? —preguntó Jane cuando terminó de leer—. ¿No es lo suficientemente clara? ¿Acaso no manifiesta con claridad que Caroline ni espera ni desea que me convierta en su hermana, que está convencida de la indiferencia de su hermano hacia mí, y que si sospecha la naturaleza de mis sentimientos hacia él, está decidida a ponerme (amablemente) en guardia? ¿Cabe alguna opinión al respecto?

—Sí, la mía, que es totalmente distinta. ¿Quieres oírla?

—Desde luego.

—Te la diré en pocas palabras. La señorita Bingley observa que su hermano está enamorado de ti, y desea que se case con la señorita Darcy. Me atrevo a decir que se propone impedir que lo veas. Tu honor exige que la mates.

Jane meneó la cabeza.

—Te equivocas, Lizzy.

—Jane, nadie que os haya visto juntos puede dudar del afecto del señor Bingley por ti. Y menos la señorita Bingley. Puede que no sea una guerrera, pero es muy astuta. Querida hermana, te lo imploro... La mejor forma de aliviar tu desdicha es degollándola con un alfanje lo antes posible.

—Si ambas pensáramos de igual manera —respondió Jane—,

restituiría mi honor a expensas de perder el afecto del señor Bingley para siempre. ¿Y con qué propósito? Caroline es incapaz de engañar deliberadamente a nadie; y espero que en este caso se engañe a sí misma.

—¿Crees que es ella quien se engaña, o tú? Eres tú quien se equivoca, Jane, has dejado que tus sentimientos por el señor Bingley ablanden los instintos que nos confirieron nuestros maestros orientales.

Aunque las hermanas no se pusieron de acuerdo en lo que convenía hacer, Jane y Elizabeth acordaron informar a la señora Bennet tan sólo de que la familia había partido, pero incluso esta comunicación parcial causó a ésta una profunda preocupación, afirmando que era una lástima que las Bingley se hubieran marchado precisamente cuando todas empezaban a consolidar su amistad. No obstante, después de lamentarse durante un rato, la señora Bennet se consoló pensando que el señor Bingley no tardaría en regresar y comería con ellos en Longbourn; y el episodio concluyó con la declaración por parte de la señora Bennet de que aunque sólo lo había invitado a una comida familiar, se esmeraría en ofrecerle dos platos.

22

Los Bennet fueron a cenar donde los Lucas, y de nuevo, durante buena parte del día, la señorita Lucas tuvo la amabilidad de escuchar al señor Collins. Elizabeth aprovechó la oportunidad para darle las gracias.

—Eso le pone de buen humor —le dijo—, y no puedo expresarte lo agradecida que te estoy.

En efecto, había sido muy amable por parte de Charlotte, pero su bondad superaba el concepto que Elizabeth tenía de ella. El objeto de la señorita Lucas no era otro que impedir que el señor Collins reiterase a Elizabeth su propuesta de matrimonio, haciendo que el clérigo dirigiera sus atenciones hacia ella. Tal era el ardid de la señorita Lucas, y las apariencias eran tan favorables, que cuando se despidieron esa noche, Charlotte habría estado convencida de su éxito de no haber tenido el señor Collins que abandonar Hertfordshire dentro de poco. Pero la joven no había tenido en cuenta la pasión e independencia de carácter del señor Collins, que llevó a éste a escapar a la mañana siguiente de Longbourn House con admirable sigilo, y apresurarse hacia Lucas Lodge para postrarse a los pies de Charlotte. El señor Collins deseaba a toda costa evitar que sus primas se enterasen de su marcha, pues si le veían partir, no podrían por menos de imaginar sus intenciones, y el señor Collins no quería que se supiera hasta lograr su empeño, pues aunque estaba casi seguro de su éxito, y con razón, dado que Charlotte le había animado tímidamente durante todo el rato, sentía ciertos recelos desde la aventura del rechazo por parte de Elizabeth. Pero la satisfacción con que fue acogido resultó muy halagadora. Al verlo dirigirse hacia la casa, la señorita Lucas, que estaba asomada a una ventana superior, salió de inmediato para encontrarse casualmente con él en el sendero. Pero Charlotte no podía siquiera imaginar el amor y la elocuencia que la aguardaban allí.

En un espacio de tiempo tan breve como permitían las largas peroratas del señor Collins, todo quedó decidido entre ellos; y cuando entraron en la casa, éste rogó a Charlotte encarecidamente que fijara el día que le convertiría en el hombre más feliz del mundo.

El señor Collins y Charlotte solicitaron a sir William y a lady Lucas su consentimiento, que éstos se apresuraron a conceder. Las circunstancias presentes del señor Collins hacían que fuera un excelente partido para su hija, a la que no podían dejar una gran fortuna; y la perspectiva de que adquiriera una mayor riqueza eran más que razonables. Lady Lucas empezó enseguida a especular, con mayor interés en el tema del que éste había suscitado nunca, cuántos años más cabía suponer que viviría el señor Bennet, y sir William manifestó su firme opinión de que cuando el señor Collins tomara posesión de Longbourn, su esposa y él debían instalarse allí a la mayor brevedad y eliminar el grotesco *dojo*. En suma, toda la familia mostró el debido entusiasmo por la noticia. La circunstancia menos grata del asunto era la sorpresa que se llevaría Elizabeth Bennet, cuya amistad Charlotte valoraba más que la de ninguna otra persona. ¿Desaprobaría Elizabeth su enlace? O peor aún, ¿decidiría cortar toda relación con ella? Charlotte decidió comunicarle la noticia personalmente, por lo que pidió al señor Collins que a su regreso a Longbourn para cenar no dijera ni una palabra a nadie de lo ocurrido. Como es natural, el señor Collins le prometió guardar el secreto, lo cual no le resultó tan fácil, pues la curiosidad suscitada por su larga ausencia se tradujo a su regreso en unas preguntas tan directas, que el señor Collins tuvo que aplicar todo su ingenio para esquivarlas.

Dado que el señor Collins iba a partir a la mañana siguiente muy temprano y no vería a ningún miembro de la familia, la ceremonia de la despedida tuvo lugar antes de que las damas se retirasen a dormir. La señora Bennet, con exquisita cortesía y cordialidad, dijo que les complacería verlo de nuevo en Longbourn, si sus compromisos le permitían ir a visitarlos.

—Estimada señora —respondió el señor Collins—, su invitación me complace mucho, porque esperaba recibirla, y puede tener la seguridad de que vendré a verlos en cuanto pueda.

Todos se quedaron asombrados; y el señor Bennet, que no deseaba en modo alguno volver a ver al señor Collins dentro de poco, dijo de inmediato:

—Espero que no corra usted el riesgo de que lady Catherine desapruebe su decisión. Le aconsejo que suspenda toda relación que pueda ofender a su benefactora.

—Estimado caballero —respondió el señor Collins—, le agradezco su amable consejo, y puede estar seguro de que no daré un paso sin la aprobación de su señoría.

—Toda cautela es poca. Debe evitar a toda costa incurrir en el desagrado de lady Catherine. Y si teme que eso ocurra si viene a vernos de nuevo, cosa que creo muy probable, sepa que no nos sentiremos ofendidos si se abstiene de hacerlo.

—Créame, estimado caballero, que su afectuosa amabilidad no hace sino incrementar mi gratitud hacia usted; y tenga la seguridad de que no tardará en recibir una carta mía dándole les gracias por esta y otras muchas muestras de estima durante mi estancia en Hertfordshire. En cuanto a mis bellas primas, permítame que me tome la libertad de desearles salud y felicidad, sin excluir a mi prima Elizabeth.

Elizabeth, que esperaba que el señor Collins le hiciera un desaire, había decidido no mostrarse ofendida para evitar que su primo creyera haber conquistado cierta victoria sobre ella. De modo que sonrió y dijo:

—Y yo, señor Collins, le deseo que llegue a su destino sano y salvo, pues de un tiempo a esta parte las carreteras están tan atestadas de innombrables, que parece inevitable toparse con ellos. No obstante, estoy segura de que usted será una excepción.

Después de despedirse cortésmente del señor Collins, las damas se retiraron, sorprendidas de que éste pensara regresar pronto. La señora Bennet decidió interpretarlo como un signo de que el clérigo se proponía cortejar a una de sus hijas menores, y pensó que quizá lograra convencer a Mary para que lo aceptara. Pero a la mañana siguiente sus esperanzas se disiparon. Poco después del desayuno la señorita Lucas fue a visitarlos, y durante una entrevista privada con Elizabeth le relató los hechos del día anterior.

Durante los dos últimos días a Elizabeth se le había ocurrido la posibilidad de que el señor Collins creyera estar enamorado de su amiga; pero que Charlotte le alentara le parecía una perspectiva muy remota.

—¡Comprometida con el señor Collins! ¡Querida Charlotte, es imposible!

La señorita Lucas respondió con calma:

—¿Por qué te sorprende, querida Eliza? ¿Te parece increíble que el señor Collins sea capaz de atraer a una mujer por el simple hecho de que a ti te parezca demasiado insignificante como marido de una mujer tan importante como tú?

De haberse tratado de otra persona, una ofensa de ese calibre habría provocado una violenta reacción por parte de Elizabeth, pero el afecto que sentía por su amiga era mayor incluso que su honor. En vista de que era imposible disuadir a Charlotte de su empeño, Elizabeth deseó a su amiga toda la felicidad del mundo.

—Comprendo cómo te sientes —respondió Charlotte—. Debe sorprenderte mucho lo ocurrido, dado que hace poco el señor Collins manifestó su deseo de casarse contigo. Pero cuando hayas tenido tiempo de meditarlo, espero que apruebes lo que he hecho. No soy una romántica, como sabes; nunca lo he sido. Sólo pretendo tener un hogar cómodo; y teniendo en cuenta el carácter, las amistades y la situación económica del señor Collins, estoy convencida de que tengo tantas probabilidades de ser feliz con él como puedan tenerlas otras personas al casarse, por lo que te ruego, querida Elizabeth, que no te enfades conmigo ni me retires tu amistad. Pero no puedo ocultarte nada, Elizabeth, y debo confesarte que me he contagiado de la plaga.

Elizabeth se quedó estupefacta. ¡Su mejor amiga, contagiada de la plaga! ¡Condenada a servir a Satanás! Su instinto le exigía que se apartara. Elizabeth escuchó a Charlotte mientras ésta le refería el desdichado acontecimiento, ocurrido durante su caminata de los miércoles a Longbourn. Atreviéndose a partir desarmada, se había apresurado por la carretera sin que nadie la molestara, hasta encontrarse con una calesa de cuatro ruedas que había volcado. Al no ver a ningún innombrable, Charlotte se había acercado y arrodillado junto al coche, dispuesta a contemplar el macabro rostro del cochero aplastado por el peso del coche. Pero en lugar de ello había sentido horrorizada que un zombi que había quedado atrapado debajo del coche la agarraba por la pierna con sus huesudos dedos. Charlotte había gritado cuando el monstruo la había mordido y había conseguido liberarse y continuar hasta Longbourn, pero el siervo de Satanás había conseguido su propósito.

—No dispongo de mucho tiempo, Elizabeth. Sólo pido ser feliz durante mis últimos meses de vida, y que mi esposo se encargue de que me decapiten y entierren como cristiana.

23

Elizabeth estaba con su madre y sus hermanas, reflexionando sobre lo que había oído, y decidida a no contárselo a nadie, cuando apareció sir William Lucas, enviado por su hija, para anunciar el compromiso de ésta a la familia. Tras saludarlas cordialmente, procedió a explicar el motivo de su visita a un público que no sólo se mostró asombrado sino incrédulo; pues la señora Bennet, con más perseverancia que cortesía, declaró que sir William debía de estar en un error; y Lydia, siempre imprudente y a menudo grosera, exclamó estentóreamente:

—¡Cielo santo! ¿Cómo se le ocurre contarnos esa historia, sir William? ¿Acaso no sabe que el señor Collins desea casarse con Lizzy?

Afortunadamente, sir William tenía la formación de sastre y no de guerrero, pues sólo la paciencia de un hombre que había enhebrado diez mil agujas podía soportar semejante trato sin enfurecerse.

Elizabeth, considerando que tenía el deber de echarle una mano en una situación tan desagradable, se apresuró a confirmar las palabras de sir William, diciendo que la propia Charlotte le había comunicado la noticia. La señora Bennet se sentía demasiado abrumada para decir gran cosa durante el rato que sir William permaneció; pero tan pronto como éste se fue, la dama se apresuró a dar rienda suelta a sus sentimientos. En primer lugar, seguía sin dar crédito al asunto; segundo, estaba segura de que el señor Collins había sido víctima de una encerrona; tercero, confiaba en que éste y Charlotte no fueran felices juntos; y cuarto, esperaba que la boda se suspendiera. Con todo, cabía hacer dos deducciones de lo ocurrido: primero, que Elizabeth era la verdadera causa de la absurda historia; y segundo, que ella había sido bárbaramente manipulada por todos; y a esos dos puntos se aferró durante el resto del día. Nada podía consolarla ni tranquilizarla. Y el transcurso del día no logró mitigar su resentimiento.

Las emociones del señor Bennet eran mucho más sosegadas, pues, según dijo, le reconfortaba comprobar que Charlotte Lucas, a la que había considerado medianamente sensata, era tan necia como la señora Bennet, y más necia que su hija.

En cuanto a Elizabeth, cada vez que pensaba en ello rompía a llorar, pues sólo ella conocía la triste verdad. Pensó en varias ocasiones matar a Charlotte, calzarse sus botas japonesas *tabi*, entrar sigilosamente en su dormitorio bajo el amparo de la oscuridad y poner fin a la desdicha de su amiga con el Beso de la Pantera. Pero había dado su palabra, y su palabra era sagrada. No podía intervenir en la transformación de Charlotte.

Su dolor por su amiga hizo que Elizabeth se apoyara con afecto en su hermana, cuyas perspectivas de felicidad eran motivo para ella de profunda preocupación, pues Bingley llevaba ausente una semana y no sabían nada sobre su regreso.

Jane había enviado a Caroline una pronta respuesta a su carta, y contaba los días que tendría que esperar hasta volver a recibir noticias de ella. La prometida carta de gratitud del señor Collins (cuyo viaje, contra el pronóstico de Elizabeth, no se había visto turbado por unos zombis), llegó el martes, dirigida al padre de las jóvenes, y escrita con toda la solemnidad de una gratitud que habría propiciado una estancia de un año en casa de la familia. Tras aplacar su conciencia a ese respecto, el señor Collins procedió a informarles de lo feliz que se sentía por haber conquistado el afecto de su amable vecina, la señorita Lucas, explicándoles que era tan sólo con el fin de gozar de su compañía que había decidido satisfacer el amable deseo de los Bennet de volver a verlo en Longbourn, donde confiaba llegar del lunes en quince días. Lady Catherine, añadió el señor Collins, se había mostrado tan complacida con el enlace, que había expresado su deseo de que se celebrase cuanto antes, y el señor Collins confiaba en que su dulce Charlotte no dudaría en fijar pronto la fecha que lo convertiría en el hombre más feliz del mundo. Elizabeth no pudo por menos de pensar que el desgraciado y obeso señor Collins era un necio, que no tenía remota idea del sufrimiento que le aguardaba.

El regreso del señor Collins a Hertfordshire era una cuestión que ya no complacía a la señora Bennet. Antes bien, la contrariaba tanto como a su marido. Era muy extraño que el clérigo hubiera decidido alojarse en Longbourn en lugar de Lucas Lodge, a la par que inoportuno y fastidioso. La señora Bennet detestaba tener huéspedes en casa cuando su salud dejaba tanto que desear, y los enamorados eran los peores. No cesaba de farfullar esas quejas, que sólo cedían ante el contratiempo más grave de la prolongada ausencia del señor Bingley. Apenas pasaba una hora sin que la dama se refiriera a Bingley, expresara su impaciencia por verlo de nuevo, y pidiera incluso a Jane que confesara que si el joven no regresaba se consideraría engañada por él. Jane tuvo que echar mano de su adiestramiento a manos del maestro Liu para soportar esos ataques con relativa tranquilidad.

El señor Collins regresó puntualmente el lunes al cabo de quince días, pero el recibimiento que le dispensaron en Longbourn no fue tan amable como la primera vez que se había presentado allí. Con todo, se sentía demasiado feliz para exigir muchas atenciones; y por suerte para los demás, los frecuentes ratos que pasaba con su amada les evitaba tener que soportar constantemente su compañía. Pasaba buena parte del día en Lucas Lodge, y a veces regresaba a Longbourn tan tarde que sólo tenía tiempo de disculparse por su ausencia antes de que la familia se acostara.

El estado de la señora Bennet era lamentable. El mero hecho de que alguien mencionara algo referente al enlace la sumía en un profundo malhumor, y fuera adonde fuera, estaba segura de que la gente no hacía sino hablar de la dichosa boda. El hecho de ver a la señorita Lucas la irritaba. Como su sucesora en esa casa, le inspiraba envidia y repugnancia. Cada vez que Charlotte iba a verlos, la señora Bennet lo interpretaba como una muestra de impaciencia por tomar posesión de la finca; y cada vez que la muchacha y el señor Collins charlaban en voz baja, se convencía de que hablaban sobre Longbourn, y estaba decidida a abandonar la casa junto con sus hijas en cuanto el señor Bennet muriera. De todo esto se quejó con amargura a su marido.

—Señor Bennet —dijo—, me es tan duro pensar que Charlotte Lucas será algún día dueña y señora de esta casa, que me veré obligada a marcharme para dejarle el sitio, y ver cómo ella ocupa mi lugar.

—Querida, no te tortures con esos pensamientos tan sombríos. Esperemos que ocurra algo más halagüeño. Consolémonos confiando en que el señor Collins, que siempre está hablando del Cielo, sea enviado allí por una legión de zombis antes de que yo muera.

24

La carta de la señorita Bingley llegó, poniendo fin a las dudas. La primera frase les aseguraba de que estaban todos instalados en Londres para pasar el invierno, y concluía con el pesar de su hermano por no haber tenido tiempo de presentar sus respetos a sus amigos en Hertfordshire antes de abandonar la campiña.

Las esperanzas se habían ido al traste definitivamente; y cuando Jane fue capaz de leer el resto de la carta, halló escaso alivio, salvo el afecto que su autora le aseguraba que sentía por ella. Los elogios dirigidos a la señorita Darcy ocupaban buena parte de la misiva. Caroline abundó de nuevo en sus numerosas cualidades, alardeando alegremente de la creciente amistad que se había fraguado entre ellas.

Elizabeth, a quien Jane no tardó en comunicar buena parte del contenido de la carta, la escuchó con silenciosa indignación. Su corazón estaba dividido entre la preocupación por su hermana y la idea de trasladarse de inmediato a la ciudad para acabar con todos ellos.

—¡Querida Jane, eres demasiado buena! —exclamó Elizabeth—. Tu dulzura y generosidad son auténticamente angelicales; deseas creer que todo el mundo es respetable, y te duele que yo hable de matar a alguien por el motivo que sea. No temas que me exceda, que traspase los límites de tu buena voluntad universal. Son pocas las personas por las que siento un profundo cariño, y menos las que me caen bien. Cuanto más conozco el mundo, más me desagrada; y cada zombi confirma mi convicción de que Dios nos ha abandonado como castigo por las vilezas de gente como la señorita Bingley.

—Querida Lizzy, no debes albergar esos sentimientos. Destrozarán tu vida. No tienes en cuenta la diferencia de situación y temperamento. Para alguien que habla con frecuencia de nuestro querido maestro, temo que has olvidado su sabiduría. ¿No nos enseñó a moderar nuestros sentimientos? No debemos precipitarnos en creer que alguien nos ha ofendido intencionadamente. A menudo es nuestra vanidad la que nos engaña.

—Estoy muy lejos de achacar la conducta del señor Bingley a un intento deliberado por su parte de hacer daño —respondió Elizabeth—, pero uno puede cometer un error y causar sufrimiento sin ofender o herir a alguien adrede. La irreflexión, la desconsideración por los sentimientos de los demás y la falta de firmeza constituyen graves ofensas contra el honor de uno.

—¿Atribuyes su conducta a alguno de esos fallos?

—Sí, al último. Pero si continúo, te disgustaré diciendo lo que pienso sobre unas personas a las que estimas. De modo que es mejor que me calle.

—¿De modo que persistes en creer que sus hermanas influyen en él?

—Estoy tan segura de ello como para ofrecerte mi espada para que las elimines.

—Me cuesta creerlo. ¿Por qué iban a influir en él? No pueden sino desear su felicidad; y si el señor Bingley está enamorado de mí, ninguna otra mujer puede proporcionársela.

—Tu primer postulado es falso. Las Bingley pueden desear muchas otras cosas aparte de la felicidad de su hermano; quizá deseen que aumente su fortuna y su posición; quizá deseen que se case con una joven que posee la importancia que da el dinero, amistades influyentes y orgullo.

—Sin duda, sus hermanas desean que el señor Bingley elija a la señorita Darcy —respondió Jane—, pero quizá se deba a unos sentimientos más nobles de lo que supones. Conocen a su hermano desde hace mucho más tiempo que yo, por lo que es lógico que le quieran más. En todo caso, sean cuales sean los sentimientos del señor Bingley, no es probable que sus hermanas se opongan a ellos. ¿Qué hermana se atrevería a hacer semejante cosa? Si creen que el señor Bingley está enamorado de mí, no tratarán de separarnos; por más que lo intentaran, fracasarían. Con tus sospechas haces que parezca que todo el mundo se comporta de forma antinatural y perversa, y que me sienta desdichada. No me aflijas con tus ideas. No me avergüenza haberme equivocado. Deja que trate de sobrellevarlo de la mejor forma posible.

Elizabeth apenas pudo contener su ira; pero Jane era su hermana mayor, la líder de las Hermanas Bennet. No tenía más remedio que obedecer. A partir de ese momento apenas volvieron a mencionar el nombre del señor Bingley.

La señora Bennet seguía lamentándose y dándole vueltas al hecho de que éste no regresara, y aunque no pasaba un día sin que Elizabeth se lo explicara con toda claridad, era poco probable que sus explicaciones lograran disipar la perplejidad de su madre. La matrona se consolaba confiando en que el señor Bingley regresaría en verano.

El señor Bennet se tomó el asunto de forma distinta.

—De modo, Lizzy —dijo un día—, que he averiguado que tu hermana sufre mal de amores. La felicito. Aparte de casarse, a una chica le conviene llevarse un desengaño amoroso de vez en cuando. Le da motivos para reflexionar, y hace que destaque entre sus amigas. ¿Cuándo te tocará a ti? No creo que soportes durante mucho tiempo verte eclipsada por Jane. Ahora te toca a ti. En Meryton hay suficientes oficiales para decepcionar a todas las chicas de la comarca. ¿Por qué no eliges a Wickham? Es un joven agradable, y quizá te enseñe algo sobre los deberes conyugales de una esposa, los cuales tú, más que tus hermanas, rechazas.

—Gracias, señor, pero me conformo con ser la novia de la muerte. No todas podemos tener la suerte de Jane.

—Cierto —respondió el señor Bennet—, pero no deja de ser un consuelo pensar que, por más que un desengaño amoroso te haga sufrir, tienes una madre afectuosa que le sacará el máximo partido.

25

Después de una semana dedicada a declaraciones de amor y proyectos para alcanzar la felicidad, la llegada del sábado obligó al señor Collins a separarse de su dulce Charlotte. Se despidió de sus parientes en Longbourn con tanta solemnidad como la vez anterior, deseó de nuevo a sus bellas primas salud y felicidad, y prometió al padre de las jóvenes escribirle otra carta de agradecimiento.

El lunes siguiente, la señora Bennet tuvo el placer de recibir a su hermano y la esposa de éste, los cuales fueron como siempre para pasar las navidades en Longbourn. El señor Gardiner era un hombre sensato y caballeroso, muy superior a su hermana, tanto por naturaleza como por educación. A las damas de Netherfield les habría costado creer que un hombre que vivía del comercio, y a pocos pasos de sus almacenes, podía ser tan bien educado y agradable. La señora Gardiner, que tenía varios años menos que la señora Bennet, era una mujer amable, inteligente y elegante, y muy apreciada por todas sus sobrinas de Longbourn. Entre ella y las dos mayores, especialmente, existía una profunda estima. La señora Gardiner las había animado a continuar con su adiestramiento en los momentos más duros, y había sido un consuelo para ellas cuando las burlas de su madre sobre la «naturaleza salvaje» de las jóvenes se habían hecho intolerables.

Lo primero que hizo la señora Gardiner a su llegada fue distribuir los regalos que llevaba y describir lo que ocurría en la ciudad; habló de varios temas tan diversos como las nuevas modas y las victorias recientes contra los innombrables. Cuando concluyó, su papel fue menos activo, pues le tocó escuchar. La señora Bennet tenía muchas quejas que exponer, y muchas protestas que formular. Desde la última vez que había visto a su hermana, ella y su familia habían sido objeto de un trato muy desconsiderado. Dos de sus hijas habían estado a punto de casarse, pero todo había quedado en agua de borrajas.

—No culpo a Jane —prosiguió la señora Bennet—, pues de haber podido, habría logrado conquistar al señor Bingley. ¡Pero Lizzy! ¡Ay, hermana! Es muy duro pensar que, de no ser por su contumacia, en estos momentos estaría casada con el señor Collins. Éste le ofreció matrimonio en esta habitación, y ella le rechazó. El resultado es que lady Lucas tendrá a una hija casada antes que yo, y que perderemos la propiedad de Longbourn. Los Lucas son muy ladinos, hermana. Son capaces de todo con tal de sacar algún provecho. Lamento decir eso, pero es la verdad.

La señora Gardiner, que estaba enterada de esas novedades, debido a la correspondencia que mantenía con Elizabeth, ofreció a su hermana una breve respuesta, y sus sobrinas, compadeciéndose de ella, dieron un giro a la conversación.

Más tarde, cuando se quedó a solas con Elizabeth, la señora Gardiner abordó el asunto.

—Al parecer era un buen partido para Jane —dijo—. Lamento que no diera resultado. Pero esas cosas ocurren con frecuencia. Un joven, como el señor Bingley del que me habéis hablado, se enamora con facilidad de una joven bonita durante unas semanas, y cuando ocurre algo que los obliga a separarse, se olvida de ella con la misma facilidad.

—Un excelente consuelo en cierto modo —respondió Elizabeth—, pero no nos sirve. No es frecuente que la intromisión de unos amigos convenza a un joven independiente económicamente para que deje de pensar en una joven de la que estaba perdidamente enamorado hace unos días.

—Dime, ¿estaba muy perdidamente enamorado el señor Bingley?

—Tan perdidamente como violentos pueden ser los monjes de la Montaña del Dragón. Cada vez que ambos se veían, era más firme y evidente.

—¡Pobre Jane! Lo lamento por ello, porque, con su carácter, tardará un tiempo en superarlo. Habría sido mejor que te hubiese ocurrido a ti, Lizzy; sospecho que le habrías rajado el vientre al señor Bingley y lo habrías estrangulado con sus propios intestinos. ¿Crees que lograremos convencer a Jane para que regrese con nosotros? Un cambio de aires le sentará bien, y quizá le convenga alejarse un tiempo de su casa.

Elizabeth se mostró muy complacida con esa propuesta, convencida de que su hermana accedería de buen grado. Hacía mucho que no contemplaba las maravillas de Londres, la cual, aunque en cuarentena por unas murallas gigantescas y dividida en sectores por el ejército del Rey, seguía siendo una ciudad incomparable debido a su capacidad de excitar los sentidos.

—Confío —añadió la señora Gardiner—, en que Jane no se deje influir por ninguna consideración con respecto a ese joven. Salimos tan poco, que es muy improbable que se encuentren, a menos que él venga a visitarla.

—Eso es imposible, pues en estos momentos el señor Bingley está bajo la custodia de su amigo, y el señor Darcy no permitirá que vaya a visitar a Jane en el Sector Seis Este.

—Mejor que mejor. Espero que no se encuentren.

Los Gardiner permanecieron una semana en Longbourn. La señora Bennet se esmeró tanto en agasajar a su hermano y su hermana, que no tuvieron ni una sola vez cena en familia. Cuando celebraban una fiesta en casa, siempre invitaban a algunos oficiales, entre los cuales se encontraba el señor Wickham. En esas ocasiones, la señora Gardiner, sospechando que los efusivos comentarios de Elizabeth sobre dicho caballero ocultaban algo, se dedicó a observar atentamente a ambos jóvenes. La preferencia que mostraban por su mutua compañía era lo bastante evidente para hacer que la señora Gardiner se sintiera un tanto preocupada, y decidió hablar con Elizabeth del asunto antes de partir de Hertfordshire.

Para la señora Gardiner, Wickham poseía un medio de complacerla, aparte de sus habilidades en general. Hacía unos diez o doce años, antes de casarse, la señora Gardiner había vivido mucho tiempo en la zona de Derbyshire de la que procedía Wickham. Por consiguiente, tenían muchas amistades en común; y aunque Wickham apenas había puesto los pies allí desde la muerte del padre de Darcy, pudo dar a la señora Gardiner noticias sobre sus antiguas amistades, de las que hacía tiempo que ella no sabía nada.

La señora Gardiner había visto la propiedad del señor Darcy, Pemberley, y había oído hablar de la fama de caballero y poderoso exterminador de innombrables que tenía el difunto señor Darcy. Lo cual ofrecía un tema inagotable de conversación. Al enterarse de la forma en que el actual señor Darcy trataba a Wickham, la señora Gardiner trató de recordar lo que había oído sobre el talante de dicho caballero, y estaba segura de haber oído decir que el señor Fitzwilliam Darcy era un joven muy orgulloso y de mal carácter.

26

En la primera oportunidad que tuvo de hablar a solas con Elizabeth, la señora Gardiner advirtió puntual y amablemente a su sobrina sobre el asunto, exponiéndole sinceramente lo que opinaba al respecto.

—Eres una chica demasiado sensata, Lizzy, para enamorarte de un joven simplemente porque te aconsejen que no lo hagas. Por tanto, no temo hablarte francamente. Te aconsejo muy en serio que te andes con cuidado. No tengo nada que decir contra ese joven; ha matado a muchos zombis, y si dispusiera de la fortuna que le corresponde, sería un excelente partido para ti. Pero no debes dejarte llevar por un capricho.

—Qué seria te pones, querida tía.

—Sí, y espero que tú también te lo tomes en serio.

—No debes preocuparte. Sé cuidar de mí misma, y también del señor Wickham. Trataré por todos los medios de impedir que se enamore de mí.

—Déjate de frivolidades, Elizabeth.

—Te ruego que me disculpes, lo intentaré de nuevo. Soy una guerrera, he sobrevivido a las treinta y seis cámaras del templo de Shaolin, he visto los pergaminos de Gan Xian Tan. En estos momentos no busco amor. No estoy enamorada del señor Wickham, aunque sin duda es el hombre más agradable que he conocido en cuanto a su persona y carácter, y en su destreza con el mosquete. No obstante, entiendo que no me conviene enamorarme de un hombre sin fortuna. Prometo no apresurarme a creer que soy el objeto de su amor. Cuando esté con él, procuraré no hacerme ilusiones. En suma, obraré con cautela.

—Deberías evitar que el señor Wickham venga por aquí tan a menudo. En todo caso, no recuerdes a tu madre que debe invitarlo.

—Ya conoces las ideas de mi madre sobre la necesidad de ofrecer una compañía constante a sus amigos. Pero te doy mi palabra de honor de que haré lo que crea más prudente. Confío en que te sientas satisfecha.

Su tía le aseguró que sí, y después de que Elizabeth le diera las gracias por sus amables recomendaciones, se separaron. Era magnífico que Elizabeth hubiera aceptado sin protestar los consejos que le había dado su tía sobre el asunto.

El señor Collins regresó a Hertfordshire poco después de que los Gardiner y Jane se marcharan; pero como se alojó en casa de los Lucas, su llegada no causó ninguna contrariedad a la señora Bennet. El señor Collins estaba a punto de contraer matrimonio, y la señora Bennet por fin se había resignado a considerarlo inevitable, repitiendo incluso, con tono malhumorado, que «deseaba que fueran felices». La boda iba a celebrarse el jueves, y el miércoles la señorita Lucas fue a visitarlas para despedirse de ellas. Cuando se levantó para marcharse, Elizabeth, avergonzada de la grosería de su madre y la desgana con que había expresado sus deseos de felicidad para la pareja, acompañó a su amiga hasta la puerta. Mientras bajaban la escalera, Charlotte dijo:

—Prometo escribirte mientras sea capaz de hacerlo. Espero recibir a menudo noticias tuyas, Eliza.

—Cuenta con ello.

—Espero que nos veamos a menudo en Hertfordshire.

—No tengo previsto abandonar Kent durante un tiempo. Por tanto, prométeme que vendrás a Hunsford.

Elizabeth no podía negarse, aunque no le apetecía ir a visitar a su amiga. Charlote empezaba a mostrar los primeros signos de transformación, por más que procuraba ocultarlos a todos salvo a los observadores más perspicaces. Su piel había adquirido cierta palidez, y le costaba hablar.

—Mi padre y María vendrán a verme en marzo —añadió Charlotte—, y confío en que accedas a acompañarlos. Me alegraré tanto de verte a ti como a ellos.

La boda se celebró según lo previsto, y nadie, excepto Elizabeth, parecía sospechar el estado de la novia. El señor Collins se mostró más feliz que nunca, pese a que durante el almuerzo tuvo que recordar a Charlotte en repetidas ocasiones que utilizara su tenedor. Los novios partieron para Kent desde la puerta de la iglesia, y todos los presentes hicieron, y escucharon, los habituales comentarios.

Elizabeth no tardó en recibir carta de su amiga. La correspondencia entre ambas era tan regular y frecuente como en otros tiempos, aunque, como es natural, menos afectuosa. Las primeras cartas de Charlotte fueron recibidas con impaciencia por Elizabeth, que no podía por menos de sentir curiosidad por lo que su amiga le contaba sobre su nuevo hogar, su opinión sobre lady Catherine y el desarrollo de su transformación. Todo, la casa, los muebles, la comarca y las carreteras, representaba una novedad para Charlotte, y lady Catherine se comportaba con ella con exquisita amabilidad. Era la versión un tanto suavizada del cuadro que el señor Collins les había pintado de Hunsford y Rosings; y Elizabeth dedujo que tendría que ir a visitarlos para conocer el resto. El único signo de que el estado de salud de Charlotte empeoraba era su caligrafía.

Jane había escrito unas líneas a su hermana para decirle que habían llegado sanos y salvos a Londres. Elizabeth confiaba en que cuando volviera a escribirle, Jane podría decirle algo sobre los Bingley.

Su impaciencia por recibir la segunda carta no tardó en verse satisfecha, como suele ocurrir en estos casos. Jane llevaba una semana en la ciudad sin saber nada de Caroline. No obstante, lo justificaba suponiendo que la carta que había escrito a su amiga desde Longbourn se había extraviado.

«Mi tía —seguía diciendo Jane— se propone ir mañana a esa

La boda se celebró según lo previsto, y nadie, excepto Elizabeth, parecía sospechar el estado de la novia.

zona de la ciudad, y aprovecharé la oportunidad para visitar el Sector Cuatro Central.

Jane escribió de nuevo después de efectuar la visita, diciendo que había visto a la señorita Bingley.

«Caroline parecía un tanto decaída —dijo Jane—, pero se mostró muy contenta de verme y me reprochó el que no le hubiera comunicado mi viaje a Londres. Como es natural, le pregunté por su hermano. Caroline me dijo que estaba bien, pero que tenía tantos compromisos con el señor Darcy que apenas le veían. Averigüé que esperaban a la señorita Darcy a cenar. Me hubiera gustado verla. Mi visita no se prolongó, puesto que Caroline y la señora Hurst tenían que salir. Espero volver a verlas pronto aquí.»

Elizabeth meneó la cabeza mientras reflexionaba sobre la carta. Jane era una excelente guerrera, pero no sabía juzgar a la gente. Su único fallo era su excesivamente generoso corazón. Elizabeth estaba convencida de que Caroline Bingley no tenía la menor intención de informar a su hermano acerca de la visita, ni de que Jane estaba en la ciudad. De nuevo, Elizabeth pensó en la satisfacción de ver cómo los últimos rubíes de la señorita Bingley brotaban de su cuello y manchaban su corpiño.

Tal como Elizabeth había pronosticado, transcurrieron cuatro semanas sin que Jane viera al señor Bingley. La joven trató de convencerse de que no lo lamentaba; pero no podía permanecer ciega a las intenciones de la señorita Bingley. Después de esperar en casa cada mañana durante quince días, la visitante apareció por fin; pero la brevedad de su visita y el cambio en su talante impedían que Jane siguiera engañándose. La carta que escribió a su hermana demostraba lo que sentía.

QUERIDA LIZZY:

Sé que no te alegrarás de haber sido más perspicaz que yo, a expensas de mi dolor, cuando te confiese que me engañaba al creer que la señorita Bingley sentía estima por mí. Pero, querida hermana, aunque la realidad ha demostrado que tenías razón, no me tomes por obstinada si sigo afirmando que mi confianza era tan natural como tus sospechas. Caroline no me devolvió la visita hasta ayer, y entretanto no recibí ni una nota, ni una línea. Cuando por fin se presentó, estaba claro que la visita no la complacía. Se disculpó breve y formalmente por no haber venido antes, no expresó su deseo de verme de nuevo, y se mostró tan distinta de otras veces, que cuando se marchó estaba completamente decidida a seguirla hasta la calle para encararme con ella, tal como me aconsejaste, y de haber estado vestida para salir, lo habría hecho. Me consta que el señor Bingley sabe que estoy en la ciudad, por algo que dijo Caroline; pero por la forma en que ésta se expresó, parecía como si quisiera convencerse de que su hermano está realmente enamorado de la señorita Darcy. No alcanzo a comprenderlo. Si no temiera juzgarla demasiado duramente, me sentiría tentada de pedirle una explicación. Pero trataré de desterrar todo pensamiento doloroso, y pensar sólo en lo que me hace feliz: tu cariño y la invariable bondad de mis queridos tíos. Espero recibir carta tuya muy pronto. La señorita Bingley comentó que su hermano no regresaría a Netherfield, que iban a dejar la casa, pero no lo afirmó con certeza. Es mejor que no digamos nada. Me alegro mucho que hayas recibido buenas noticias de nuestros amigos en Hunsford. Ve a verlos, con sir William y María. Estoy segura de que te sentirás muy a gusto allí.

TU HERMANA QUE TE QUIERE...

La carta causó a Elizabeth cierto pesar, pero enseguida se animó al pensar que Jane ya no se dejaría engañar por los Bingley y que volvería a centrarse en el combate. Toda esperanza de resolver su situación con el señor Bingley se había disipado. Ni siquiera desearía que éste renovara sus atenciones hacia ella. Cualquier análisis del carácter de Bingley ponía de realce sus numerosos defectos;

y como castigo para él, y una posible ventaja para Jane, Elizabeth confió de todo corazón que Bingley se casara con la hermana del señor Darcy, pues a tenor de lo que había dicho Wickham, la joven haría que Bingley se arrepintiera de lo que había despreciado.

Por esa época la señora Gardiner escribió a Elizabeth recordándole su promesa referente a cierto caballero, y pidiéndole que le informara. Elizabeth le aseguró que las atenciones de Wickham hacia ella habían cesado, pues admiraba a otra joven. El encanto más notable de la señorita a quien Wickham cortejaba ahora era la repentina adquisición de diez mil libras; pero Elizabeth, quizá menos perspicaz en este caso que en el de Charlotte, no discutió con Wickham cuando éste le expresó su deseo de conservar su independencia. Por el contrario, nada podía ser más natural, y aunque Elizabeth supuso que le había costado cierto esfuerzo renunciar a ella, consideró que era una medida sensata y aconsejable para ambos, y le deseó que fuera muy feliz.

Eso fue lo que Elizabeth le contó a la señora Gardiner; y después de relatar las circunstancias, prosiguió: «Estoy convencida, querida tía, de que nunca he estado muy enamorada; pues de haber experimentado esa pasión pura y enriquecedora, en estos momentos detestaría el mero nombre de ese caballero y le desearía todo género de desgracias. Pienso con frecuencia en la protección de nuestra amada Inglaterra, pues no existe un propósito más noble; los sentimientos de una joven parecen insignificantes en comparación. Mis talentos y mi tiempo exigen que sirva a mi patria, y creo que a la Corona le complacerá más que esté en el frente que en el altar.»

27

Enero y febrero transcurrieron sin que se produjesen unos acontecimientos más importantes que esos en la familia Longbourn, amenizados por poco más que los paseos a Meryton (interrumpidos en menos ocasiones por zombis debido a que en invierno la tierra se endurecía). En marzo Elizabeth tenía previsto ir a Hunsford. Al principio no había pensado seriamente en ir allí; pero Charlotte, según había averiguado, se esforzaba en conservar sus últimas fuerzas, y Elizabeth pensó que su visita sería un justo tributo a su antigua amistad. Había comprobado que la ausencia, y la compasión, habían mitigado asimismo la inquina que le inspiraba el señor Collins. Por lo demás, el viaje le permitiría echar un vistazo a Jane. En suma, conforme se aproximaba la fecha, Elizabeth confió en que no ocurriese ningún contratiempo que la obligara a aplazarlo. Pero todo transcurrió sin novedad, y decidieron que Elizabeth acompañaría a sir William y a su segunda hija. A última hora añadieron el grato detalle de pasar una noche en Londres, con lo que el plan resultaba tan perfecto como cabía desear.

La despedida entre Elizabeth y el señor Wickham fue muy amigable, especialmente por parte de él. Su actual conquista no podía hacerle olvidar que Elizabeth había sido la primera en suscitar y merecer sus atenciones, la primera en escucharle y compadecerse de él, la primera a quien él había admirado.

Los compañeros de viaje de Elizabeth, al día siguiente, no eran precisamente el tipo de personas que la hicieran pensar que la compañía de Wickham era menos grata. Sir William Lucas, y su hija María, una chica simpática pero tan vacía e ignorante como él, no tenían nada que decir que mereciese la pena, y Elizabeth les prestó tanta atención como al traqueteo de la calesa. El trayecto era sólo de cuarenta kilómetros, y partieron tan temprano, que a mediodía llegaron al Sector Seis Este. El cochero, como era costumbre en esos viajes, había contratado a dos jóvenes de Meryton para que le acompañaran con unos mosquetes, pese a que Elizabeth también iba armada y era más que capaz de defenderlos en caso de que sufrieran algún contratiempo.

Cuando se hallaban a unos cinco kilómetros de Londres, y sir William peroraba sobre los pormenores de su título de sir por segunda vez en dos horas, la calesa se detuvo bruscamente. La sacudida hizo que María diera un bandazo de un lado a otro del coche, tras lo cual se oyeron unos gritos de alarma y unos disparos. De no poseer Elizabeth unos nervios de acero y una entereza fruto de muchos años de adiestramiento, se habría quedado estupefacta al apartar una de las cortinillas y comprobar que estaban rodeados por un centenar de innombrables. Los monstruos se habían apoderado violentamente de uno de los jóvenes armado con un mosquete y lo estaban devorando, mientras los dos hombres que seguían vivos disparaban torpemente contra la muchedumbre al tiempo que los muertos los aferraban por las perneras. Elizabeth tomó su Brown Bess y su katana y dijo a sir William y a María que no se movieran.

Abrió la portezuela de una patada y se encaramó sobre el coche. Desde allí comprobó lo apurada de la situación en que se hallaban, pues en lugar de un centenar de innombrables, observó que había el doble. La pierna del cochero estaba en posesión de varios zombis, los cuales se disponían a hincar sus dientes en el tobillo del desdichado. Comoquiera que no había alternativa, Elizabeth alzó la katana y le amputó la pierna, salvando así la vida del cochero. A continuación lo alzó con un brazo y lo depositó en el coche, donde el pobre hombre se desmayó mientras la sangre manaba a chorros del muñón. Lamentablemente, esa acción impidió a Elizabeth salvar al segundo joven armado con un mosquete, que había sido derribado de su asiento. El joven no cesaba de gritar mientras los monstruos le sujetaban y empezaban a arrancarle los órganos del vientre y a devorarlos. Acto seguido los zombis se volvieron hacia los aterrorizados caballos. Elizabeth sabía que si los caballos caían en manos de Satanás, sus acompañantes y ella estaban condenados a una muerte lenta, de modo que dio un gigantesco salto, disparando su mosquete mientras volaba por el aire y sus balas traspasaban las cabezas de varios innombrables. Aterrizó de pie junto a uno de los caballos, tras lo cual empezó a abatir con su espada a los agresores, mostrando toda la gracia de Afrodita y le ferocidad de Herodes.

Sus pies, sus puños y su espada eran demasiado ágiles para la torpe horda de monstruos, que empezaron a batirse en retirada. Agarrando la oportunidad al vuelo, Elizabeth enfundó la katana, se sentó en el pescante y empuñó las riendas. Los zombis comenzaron a reagruparse mientras Elizabeth hacía restallar el látigo del cochero, espoleando a los caballos y conduciéndolos por la carretera a una velocidad vertiginosa, hasta cerciorarse de que el peligro había pasado.

Poco después llegaron a la fachada sur de la muralla de Londres. Aunque Elizabeth había caminado en cierta ocasión por la Gran Muralla china, siempre le impresionaba contemplar la Barrera de Inglaterra. Analizadas por separado, las secciones no tenían nada de particular. La muralla tenía una altura y un aspecto semejantes a los de muchos castillos antiguos, aderezada por alguna torre fortificada o tronera. Pero vista en su conjunto, la muralla era tan descomunal que parecía increíble que hubiera sido construida por manos humanas. Detuvo el carruaje junto a la torre vigía del lado sur. Frente a ellos había aproximadamente una docena de calesas, esperando mientras los guardas las registraban en busca de contrabando y comprobaban si alguno de los pasajeros mostraba síntomas de padecer la extraña plaga. Sir William asomó la cabeza e informó a Elizabeth que el cochero había muerto, preguntándole si le parecía oportuno que dejara su cadáver junto a la carretera.

Cuando se dirigían en coche a casa del señor Gardiner, vieron a Jane asomada a la ventana del salón, esperando su llegada. Cuando entraron en el vestíbulo, la joven se apresuró a recibirlos, sorprendida al ver a Elizabeth sentada en el pescante. Ésta se animó al ver a su hermana, que tenía un aspecto saludable y estaba tan hermosa como siempre. Le relató los pormenores de su accidentado viaje tan rápidamente como pudo, rogándole que no volvieran a hablar de ello, salvo para decir que jamás había visto tal cantidad de innombrables en la comarca, asombrada de que un número tan elevado hubiera atacado un carruaje. El día transcurrió agradablemente: la mañana, rodeada de una febril actividad y dedicada a las compras; y la velada, en uno de los teatros.

Elizabeth se las arregló para sentarse junto a su tía. Su primer tema era su hermana, y se mostró más apenada que sorprendida al averiguar, en respuesta a sus numerosas preguntas, que aunque Jane se esforzaba por mostrarse animada, a veces se hundía en la tristeza. Con todo, era razonable confiar que esos períodos no se prolongarían mucho tiempo. La señora Gardiner refirió a Elizabeth los pormenores de la visita de la señorita Bingley al Sector Seis Este, y repitió las conversaciones que habían tenido lugar en diversos momentos entre ella y Jane, lo cual confirmaba que ésta había renunciado en su fuero interno a su amistad con los Bingley.

A continuación interrogó a su sobrina sobre la ruptura con Wickham, felicitándola por sobrellevarlo con tanta entereza.

—Pero mi querida Elizabeth —añadió—, ¿qué clase de muchacha es el nuevo objeto de su afecto? Lamentaría pensar que a nuestro amigo sólo lo mueve el interés económico.

—¿Qué diferencia hay, quería tía, en los asuntos conyugales entre el motivo económico y el prudente? Las Navidades pasadas temías que me casara con él, porque no te parecía prudente; y ahora, por el mero hecho de que va a casarse con una joven que sólo posee diez mil libras, le consideras un aprovechado.

—Si me dijeras cómo es esa joven, podría formarme una opinión.

—Tengo entendido que es una joven muy respetable. No he oído nada negativo sobre ella.

Antes de separarse al terminar la función, Elizabeth recibió la inesperada y grata invitación de acompañar a sus tíos en un viaje de placer que se proponían hacer en verano.

—Aún no hemos decidido adónde iremos —dijo la señora Gardiner—, pero quizá visitemos los lagos.

Ningún plan podía atraer más a Elizabeth, que aceptó de inmediato y encantada la oferta.

—Querida tía —exclamó eufórica—, ¡qué delicia! ¡Qué felicidad! Me habéis procurado renovada vitalidad y energía. Adiós a los desengaños y la melancolía. ¿Qué son los hombres comparados con las rocas y las montañas? ¡Ah! ¡Cómo nos divertiremos entrenándonos en la cima de una montaña! ¡Cuántos ciervos abatiremos tan sólo con nuestras dagas y nuestra agilidad! ¡Cómo le complacerá a Buda vernos en comunión con la Tierra!

28

Cada detalle en el viaje que emprendieron al día siguiente representaba una interesante novedad para Elizabeth. Con un nuevo cochero y el doble de hombres armados con mosquetes, partieron velozmente hacia Hunsford. Cuando llegaron (por fortuna sin mayores contratiempos), todos escudriñaron atentamente el paisaje, confiando en que al doblar un recodo avistarían la rectoría. Rosings Park, en un lado, señalaba el límite. Elizabeth sonrió al recordar lo que había oído decir de sus habitantes.

Por fin divisaron la rectoría. El jardín que se extendía ondulante hasta la carretera, la casa en medio de él, las estacas verdes, el seto de laurel, todo anunciaba que los visitantes estaban llegando a su destino. Elizabeth se tranquilizó al instante, pues hacía varios años que nadie había visto a zombis en Hunsford. Muchos lo atribuían a la presencia de lady Catherine, que tenía fama de ser una enemiga tan poderosa que los monstruos no se atrevían a acercarse a su mansión.

El señor Collins y Charlotte salieron a recibirlos, y el coche se detuvo ante la pequeña puerta que conducía a través de un breve camino de grava hasta la casa, entre muestras de satisfacción y sonrisas de todos. Al cabo de unos momentos los viajeros se apearon de la calesa, alegrándose de ver a sus anfitriones. Pero cuando la señora Collins saludó a Elizabeth, a ésta le impresionó su aspecto. Hacía meses que no veía a Charlotte, unos meses que se habían cebado en su amiga, pues tenía la piel de un color ceniciento y cubierta de pupas, y tenía que hacer grandes esfuerzos para hablar. Elizabeth atribuyó el hecho de que los otros no se percataran de ello a su estupidez, en particular la del señor Collins, quien por lo visto no se había percatado de que su esposa tenía un pie en la tumba.

Los viajeros fueron conducidos a la casa por sus anfitriones, y en cuanto entraron en el salón, el señor Collins, con ostentosa ceremonia, les dio por segunda vez la bienvenida a su modesta vivienda, repitiendo puntualmente el ofrecimiento de su esposa de servirles un refrigerio.

Elizabeth estaba preparada para verlo en su elemento, y no pudo por menos de pensar que al mostrar las espaciosas proporciones de la estancia, su aspecto y sus muebles, el señor Collins se dirigía en particular a ella, como deseando que se lamentara por haberlo rechazado. Pero aunque todo tenía un aspecto pulcro y confortable, Elizabeth no pudo satisfacerle mostrando el menor atisbo de arrepentimiento. Tras permanecer en el salón el tiempo suficiente para poder admirar cada objeto en la habitación, el señor Collins los invitó a dar un paseo por el jardín. Uno de sus mayores placeres era trabajar en ese jardín; y Elizabeth admiró los esfuerzos de Charlotte para explicarles lo saludable que era ese ejercicio, aunque costaba entender lo que decía.

Desde el jardín, el señor Collins propuso mostrarles sus dos prados; pero las damas, que no llevaban un calzado apropiado para afrontar los restos de una escarcha, retrocedieron. Sir William acompañó al señor Collins, mientras Charlotte conducía a su hermana y a su amiga hacia la casa. Era pequeña, pero de buena construcción y cómoda. Aunque Elizabeth se alegró de ver que su amiga se sentía a gusto allí, no pudo por menos de entristecerse al pensar que Charlotte no podría disfrutar mucho tiempo de su felicidad.

Elizabeth sabía que lady Catherine seguía en la comarca. Volvieron a abordar el tema durante la cena, cuando el señor Collins intervino en la conversación para observar:

—Sí, señorita Elizabeth, tendrá el honor de ver a lady Catherine de Bourgh el domingo que viene en la iglesia. Huelga decir que le encantará conocerla. Su trato hacia mi querida Charlotte no podría ser más exquisito. Cenamos en Rosings dos veces a la semana, y lady Catherine jamás permite que regresemos a casa andando, sino que nos ofrece su carruaje. Mejor dicho, uno de sus carruajes, pues su señoría tiene varios.

—Ueidy Caferine e' una m-mujer muy uespetable... y cenzata —dijo Charlotte articulando las palabras con dificultad—, y una uecina muy amable.

—Cierto, querida, es justamente lo que pienso yo. Es el tipo de mujer para la que todos los elogios son pocos.

Mientras la cena se desarrollaba de esa forma, Elizabeth no apartaba la vista de Charlotte, que utilizaba una cuchara para recoger los bocados de carne de oca y salsa y llevárselos a la boca, con escaso éxito. De pronto, una de las pupas debajo de su ojo estalló, haciendo que un hilo de pus sanguinolenta se deslizara por su mejilla y cayera dentro de su boca. Al parecer, a Charlotte le gustó el sabor añadido, pues siguió comiendo con renovada fruición. Sin embargo, Elizabeth no pudo por menos de vomitar discretamente en su pañuelo.

El resto de la velada lo pasaron comentando las noticias de Hertfordshire y lo que ya se habían comunicado por carta. Cuando se retiraron, Elizabeth meditó, en la soledad de su dormitorio, sobre el grave estado de salud de Charlotte, asombrada de que nadie —ni siquiera lady Catherine, que tenía fama de ser la mayor exterminadora de zombis— hubiera reparado en ello.

Al mediodía del día siguiente, cuando Elizabeth estaba en su habitación preparándose para ir a dar un paseo, oyó de pronto un ruido abajo que provocó una tremenda confusión en la casa. Tras aguzar el oído unos momentos, Elizabeth oyó a alguien subir apresuradamente la escalera, pronunciando su nombre a voz en cuello. Elizabeth tomó su katana, abrió la puerta y vio a María en el rellano.

—¡Ay, querida Eliza! —exclamó la joven—. ¡Baja corriendo

al comedor! ¡Verás un espectáculo que te dejará boquiabierta! No te diré de qué se trata. Apresúrate, baja enseguida.

María se negó a darle más detalles, y ambas bajaron rápidamente y entraron en el comedor, que daba al sendero de acceso. Elizabeth estaba muy intrigada, pero comprobó que se trataba tan sólo de dos damas que se habían detenido en un landó frente a la verja.

—¿No es más que eso? —preguntó Elizabeth—. Supuse que vería al menos a una docena de innombrables, pero sólo se trata de lady Catherine y su hija.

—¡Pero querida! —protestó María asombrada del error cometido por Elizabeth—. No es lady Catherine. Es la anciana señora Jenkinson, que vive con ellas; la otra es la señorita De Bourgh. Fíjate en ella. Parece una figurita. ¡Es increíblemente delgada y menuda!

—Es abominablemente grosera por obligar a Charlotte a permanecer fuera con el viento que sopla. ¿Por qué no entra en la casa?

—Charlotte dice que casi nunca lo hace. Las pocas veces en que la señorita De Bourgh le hace el favor de entrar, Charlotte se siente muy honrada.

—Me gusta su aspecto —dijo Elizabeth, a quien se le habían ocurrido otras ideas—. Tiene un semblante enfermizo y huraño. Sí, hace buena pareja con el señor Darcy. Será una esposa muy adecuada para él.

El señor Collins y Charlotte se hallaban junto a la verja departiendo con las damas. Elizabeth observó con profundo regocijo que sir William se había apostado a la puerta, contemplando maravillado la escena que se desarrollaba ante sus ojos e inclinándose ceremoniosamente cada vez que la señorita De Bourgh dirigía la vista hacia él.

Al cabo de un rato, cuando terminaron de conversar, las damas partieron y los otros entraron en la casa. Tan pronto como el señor Collins vio a las dos jóvenes, empezó a felicitarlas por su buena fortuna, pues les informó de que estaban todos invitados a cenar en Rosings al día siguiente. Al parecer abrumada por la emoción, Charlotte se arrojó al suelo y empezó a engullir puñados de hojas secas otoñales.

29

—Confieso —dijo el señor Collins— que no me habría sorprendido que su señoría nos hubiese invitado el domingo a tomar el té y pasar la velada en Rosings. Conociendo como conozco su afabilidad, suponía que lo haría. ¿Pero quién iba a imaginar tantas atenciones? ¿Quién iba a decir que recibiríamos una invitación para cenar allí inmediatamente después de que ustedes llegaran?

—A mí no me sorprende lo ocurrido —terció sir William—, pues la extraordinaria destreza en las artes mortales y exquisita educación de su señoría son conocidas en todas las cortes europeas.

Durante el resto del día y la mañana siguiente apenas hablaron de otra cosa que de su visita a Rosings. El señor Collins les informó puntualmente sobre lo que verían, a fin de que las suntuosas habitaciones, el elevado número de sirvientes, una guardia personal compuesta por veinticinco ninjas y la espléndida cena no los abrumara.

Cuando las damas se retiraron para arreglarse, el señor Collins dijo a Elizabeth:

—No se preocupe, querida sobrina, por su atuendo. Lady Catherine no nos exige que vistamos tan elegantemente como ella y su hija. Le aconsejo que se ponga simplemente sus mejores ropas, con eso basta. Lady Catherine no la juzgará por ir vestida con sencillez, al igual que no la juzgará por poseer unas habilidades en materia de combate muy inferiores a las suyas.

Ofendida, Elizabeth crispó las manos, pero por afecto por su amiga que tenía un pie en la tumba, se abstuvo de responder y de echar mano de su espada.

Mientras se vestían, el señor Collins se acercó dos o tres veces a las puertas de sus habitaciones, para recomendarles que se apresuraran, pues a lady Catherine le desagradaba que la hicieran esperar para cenar.

Como hacía buen tiempo, dieron un agradable paseo de un kilómetro a través del parque.

Cuando subieron los escalones de la mansión, la inquietud de María aumentaba por momentos, e incluso sir William parecía un tanto nervioso. A Elizabeth no le flaquearon las fuerzas, por más que le había oído incontables historias sobre las proezas de lady Catherine desde que tenía edad suficiente para esgrimir su primera daga. La mera majestuosidad del dinero o del rango no la impresionaba, pero la presencia de una mujer que había aniquilado a noventa innombrables tan sólo con una funda empapada por la lluvia era una perspectiva capaz de intimidar a cualquiera.

Siguieron a los sirvientes a través de la antesala hasta la habitación donde se hallaba lady Catherine, su hija y la señora Jenkinson. Su señoría se levantó, con gran condescendencia, para recibirlos; y dado que la señora Collins y su marido habían decidido que las presentaciones corrieran a cargo de ella, Charlotte procedió a llevarlas a cabo con no pocas dificultades y esforzándose en hablar de una forma comprensible a los demás.

Pese a haber estado en el palacio de St. James, sir William se sentía tan abrumado por la suntuosidad que le rodeaba, que apenas tuvo valor para hacer una profunda reverencia y sentarse sin decir palabra. Su hija, aterrorizada, se sentó en el borde de su silla, sin saber adónde mirar. Elizabeth, que no se sentía cohibida, se dedicó a observar tranquilamente a las tres damas. Lady Catherine era una mujer alta y corpulenta, con unos rasgos pronunciados, y en su juventud debió de ser muy guapa. El paso del tiempo había redondeada su figura, antaño perfecta, pero sus ojos eran tan hermosos como Elizabeth había oído decir. Eran los ojos de una mujer que tiempo atrás había sostenido la ira de Dios en sus manos.

Elizabeth se preguntó si esas célebres manos seguían poseyendo la misma agilidad.

Después de examinar a la madre, en cuyo rostro y porte halló cierta similitud con el señor Darcy, Elizabeth fijó los ojos en la hija. Su asombro fue casi análogo al de María al observar lo delgada y menuda que era. La señorita De Bourgh no se parecía a su madre ni de cuerpo ni de cara. Tenía un aspecto pálido y enfermizo; sus rasgos, aunque no eran feos, eran insignificantes; apenas hablaba, salvo en voz baja, con la señora Jenkinson, cuyo aspecto no tenía nada de notable, y que se limitaba a escuchar a la joven.

Al cabo de unos minutos, todos se levantaron y se acercaron a las ventanas para admirar las vistas. El señor Collins señaló la belleza del paraje, y lady Catherine les informó amablemente que en verano se apreciaba más.

La cena fue tan exquisita como abundante, servida por el número de criados y en una vajilla tan lujosa como les había prometido el señor Collins. Éste, como les había anticipado, se sentó al otro extremo de la mesa, por deseo de su señoría, sintiéndose y mostrando un aspecto de lo más satisfecho, como si la vida no pudiera ofrecerle nada más grato. Los comensales apenas conversaron. Elizabeth estaba dispuesta a intervenir cada vez que pudiera meter baza, pero estaba sentada entre Charlotte y la señorita De Bourgh: a la primera hubo que recordarle repetidas veces que utilizara los cubiertos, y la última no despegó los labios durante toda la cena.

Cuando las damas regresaron al salón, apenas hicieron otra cosa que escuchar a lady Catherine relatar sus intentos de crear un suero que ralentizara —o incluso eliminara— los efectos de la extraña plaga. A Elizabeth le sorprendió averiguar que su señoría se dedicaba a semejante empeño, pues el intento de descubrir un remedio contra la plaga era considerado el último refugio de los ingenuos. Durante cincuenta y cinco años las mentes más preclaras en Inglaterra se habían devanado los sesos con tal propósito. Lady Catherine preguntó a Charlotte sobre sus labores domésticas con desenvoltura y minuciosidad, ofreciéndole muchos consejos sobre cómo afrontarlas y recalcando que todo debía estar tan perfectamente regulado como en una familia linajuda como la suya. Elizabeth comprobó que nada escapaba a la atención de la elegante dama, quien en ocasiones se dedicaba a dar órdenes a los demás. Durante su conversación con la señora Collins, su señoría formuló varias preguntas a María y Elizabeth, pero específicamente a esta última, sobre la cual sabía menos.

—El señor Collins me ha informado que posee una gran pericia en las artes mortales, señorita Bennet.

—Sí, aunque no llego ni a la mitad del nivel de su señoría.

—¡Ah! En tal caso me encantaría asistir a una exhibición de lucha entre usted y uno de mis ninjas. ¿Sus hermanas están también adiestradas en esas artes?

—Sí.

—¿Se formaron en Japón?

—No, señoría. En China.

—¿En China? ¿Siguen esos monjes vendiendo sus absurdos métodos de *kung fu* a los ingleses? Supongo que se refiere al templo de Shaolin.

—Sí, su señoría, estudiamos con el maestro Liu.

—Supongo que no tuvieron otra opción. De haber tenido su padre más recursos, las habría enviado a Kyoto.

—Mi madre no se habría opuesto, pero mi padre detesta Japón.

—¿Las han abandonado sus ninjas?

—Nunca hemos tenido ninjas.

—¡Que no han tenido ninjas! ¿Cómo es posible? ¡Criar a cinco hijas en una casa sin ninjas! Jamás había oído nada igual. Su madre debía de ser una esclava de su seguridad y de la de sus hermanas.

Elizabeth no pudo evitar sonreír al tiempo que aseguraba a lady Catherine que ese no era el caso.

—¿Entonces quién las protegió cuando participaron en su

primer combate? Sin ninjas, sospecho que debían de ofrecer un espectáculo lamentable.

—Comparadas con otras familias, supongo que sí; pero nuestro deseo de sobrevivir, y el afecto que nos une, nos permitió vencer sin mayores problemas incluso a nuestros primeros contrincantes.

—De haber conocido a su madre, le habría aconsejado enérgicamente que contratara a un equipo de ninjas. Siempre he dicho que no se consigue nada en materia de educación sin un adiestramiento constante y regular. De haber poseído mi hija una constitución más robusta, la habría enviado cuando hubiese cumplido los cuatro años a los mejores *dojos* de Japón. ¿Sus hermanas menores han sido presentadas en sociedad, señorita Bennet?

—Sí, señora.

—¿Cómo es posible? ¿Las cinco hermanas presentadas en sociedad al mismo tiempo? ¡Qué raro! Y usted es sólo la segunda. ¡Las más jóvenes presentadas en sociedad antes de que las mayores se hayan casado! Sus hermanas menores deben de ser muy jóvenes.

—En efecto, mi hermana menor no ha cumplido los dieciséis años. Quizá sea demasiado joven para frecuentar la compañía de personas adultas. Pero creo, señora, que sería muy duro para las hermanas menores no poder divertirse asistiendo a fiestas y reuniones por el hecho de que sus hermanas mayores no tuvieran los medios o el deseo de casarse a una edad temprana. La hermana menor tiene tanto derecho de gozar de las diversiones propias de la juventud como la mayor. ¡Y no hay que obligarla a abstenerse debido a semejante motivo! Creo que no contribuiría a fomentar el cariño entre hermanas o la delicadeza de pensamiento.

—Caramba, manifiesta usted sus opiniones con mucha firmeza para una muchacha tan joven —dijo su señoría—. Dígame, ¿cuántos años tiene?

—Con tres hermanas menores ya muy crecidas —respondió Elizabeth sonriendo—, su señoría no puede pretender que confiese mi edad.

Lady Catherine parecía asombrada de no recibir una respuesta directa, y Elizabeth sospechó que era la primera persona que se atrevía a enojar a una mujer tan digna aunque impertinente.

—Estoy segura de que no debe de tener más de veinte años, por lo que no tiene por qué ocultar su edad.

—No he cumplido aún los veintiún años.

Cuando los caballeros se reunieron con ellas, y después de tomar el té, instalaron las mesas de juego. Lady Catherine, sir William y el señor y la señora Collins se sentaron a jugar a Cripta y Ataúd; y comoquiera que la señorita De Bourgh decidió jugar a Azotar al Vicario, Elizabeth y María tuvieron el honor de ayudar a que la señora Jenkinson reuniera a su equipo. Su mesa era de una estupidez pasmosa. Apenas pronunciaron una sílaba que no estuviera relacionada con la partida, salvo cuando la señora Jenkinson expresó su temor de que la señorita De Bourgh tuviera demasiado frío o calor, o demasiada o poca luz. La otra mesa era mucho más interesante. Lady Catherine era quien llevaba la voz cantante, poniendo de relieve los errores de los otros tres, o refiriendo alguna anécdota sobre sí misma. El señor Collins se dedicaba a asentir a todo cuando decía su señoría, dándole las gracias por cada cripta vacía que él ganaba, y disculpándose si creía que ganaba demasiadas.

Después de derramar por tercera vez una taza de té en su regazo, Charlotte se levantó y se disculpó por abandonar la mesa, sujetándose el vientre y mostrando una expresión acongojada.

—Le uego me disculpe, señoría.

Lady Catherine no respondió, y el señor Collins y sir William estaban demasiado absortos en la partida para darse cuenta de lo que ocurría.

Elizabeth observó a Charlotte inclinarse ligeramente y dirigirse renqueando hasta el rincón más alejado de la habitación, donde alzó el borde de su vestido y se acuclilló. Elizabeth se apresuró a disculparse, se levantó y (procurando no llamar la atención) agarró a Charlotte por el brazo y la condujo al lavabo, donde observó a su atribulada amiga soportar durante un cuarto de hora una indisposición tan grave, que el decoro impide abundar en los detalles en estas páginas.

Poco después los jugadores terminaron sus partidas, lady Catherine ofreció su carruaje a la señora Collins, que lo aceptó agradecida, y su señoría ordenó que lo trajeran de inmediato. A continuación el grupo se congregó alrededor del fuego para escuchar a lady Catherine decidir qué tiempo haría al día siguiente. La llegada del coche interrumpió esas instrucciones, y tras numerosas frases de gratitud por parte del señor Collins y no menos reverencias por parte de sir William, partieron. En cuando se alejaron de la mansión, el primo de Elizabeth preguntó a ésta su opinión sobre lo que había visto en Rosings; por el bien de Charlotte, la joven trató de que fuera más favorable de lo que era en realidad. «Lady Catherine la Grande» había sido una decepción en el sentido más amplio del término, y Elizabeth no podía perdonarle la ofensa contra su templo y su maestro.

30

Sir William permaneció sólo una semana en Hunsford, pero su visita fue lo suficientemente larga para convencerle de que su hija se sentía muy a gusto allí. El señor Collins dedicó las mañanas a pasear a su suegro en su calesa, para enseñarle la campiña; pero cuando sir William partió, toda la familia reanudó sus quehaceres habituales.

De vez en cuando tenían el honor de recibir la visita de lady Catherine, a quien no se le escapaba detalle durante esas visitas. Le preguntaba sobre sus menesteres, inspeccionaba sus trabajos y les aconsejaba lo que debían hacer; criticaba la disposición de los muebles, o detectaba los descuidos de la doncella; y cuando se dignaba aceptar un refrigerio, parecía hacerlo sólo con el fin de averiguar si los cuartos de carne que compraba la señora Collins eran demasiado grandes para la familia.

Elizabeth no tardó en percatarse de que, aunque esa imponente dama ya no participaba en la defensa diaria de su país, era una autoridad muy activa en su parroquia. Los detalles más nimios de ésta le eran referidos por el señor Collins, y cuando le contaba que un aldeano era un pendenciero, un insatisfecho o demasiado pobre, su señoría visitaba la aldea para implorarles que resolvieran sus diferencias, blandiendo su poderosa espada y amenazándolos con resolverlos ella misma.

Las cenas en Rosings se repetían unas dos veces a la semana; y, teniendo en cuenta la ausencia de sir William, y puesto que sólo se montaba una mesa de juego por la noche, cada cena era una copia exacta de la anterior. En cierta ocasión, lady Catherine pidió a Elizabeth que los entretuviera ofreciéndoles una exhibición de lucha con uno de los ninjas de su señoría.

La exhibición tuvo lugar en el gran *dojo* de lady Catherine, por el que su señoría había pagado una fortuna para que fuera trasladado desde Kyoto, ladrillo a ladrillo, a lomos de unos campesinos. Los ninjas lucían sus tradicionales vestiduras, máscaras y botas *tabi* negras. Elizabeth lucía su traje de adiestramiento y su fiel katana. Cuando lady Catherine se levantó para señalar el comienzo del combate, Elizabeth, en un gesto desafiante, se vendó los ojos.

—Le aconsejo, estimada joven —dijo su señoría—, que se tome este combate en serio. Mis ninjas no se compadecerán de usted.

—Ni yo de ellos, señoría.

—Señorita Bennet, le recuerdo que no posee una instrucción adecuada en las artes mortales. Su maestro era un monje chino, estos ninjas proceden de los mejores *dojos* en Japón.

Elizabeth plantó los pies firmemente en el suelo, y lady Catherine, al comprender que no lograría convencer a esa joven tan testaruda y especial, chasqueó los dedos. El primer ninja desenfundó su espada y emitió un grito de guerra al tiempo que se abalanzaba hacia Elizabeth. Cuando su espada se hallaba tan sólo a unos centímetros del cuello de Elizabeth, ésta se apartó a un lado y rajó el vientre de su contrincante con su katana. El ninja cayó al suelo, sus intestinos salían por la hendidura más rápidamente de lo que éste era capaz de introducirlos de nuevo. Elizabeth enfundó su espada, se arrodilló detrás de él y lo estranguló con su propio intestino grueso.

Lady Catherine chasqueó de nuevos los dedos y apareció otro ninja, el cual avanzó hacia Elizabeth al tiempo que lanzaba estrellas voladoras. Elizabeth desenfundó su katana y se escudó con ella de las tres primeras armas voladoras, tras lo cual atrapó la cuarta en el aire y la arrojó contra su atacante, hiriéndole en el muslo. El ninja soltó un alarido de dolor y se sujetó la herida con ambas manos, pero Elizabeth lo golpeó con su espada, amputándole no sólo las manos, sino la pierna que se sujetaba con firmeza. El ninja se desplomó en el suelo, y Elizabeth se apresuró a decapitarlo.

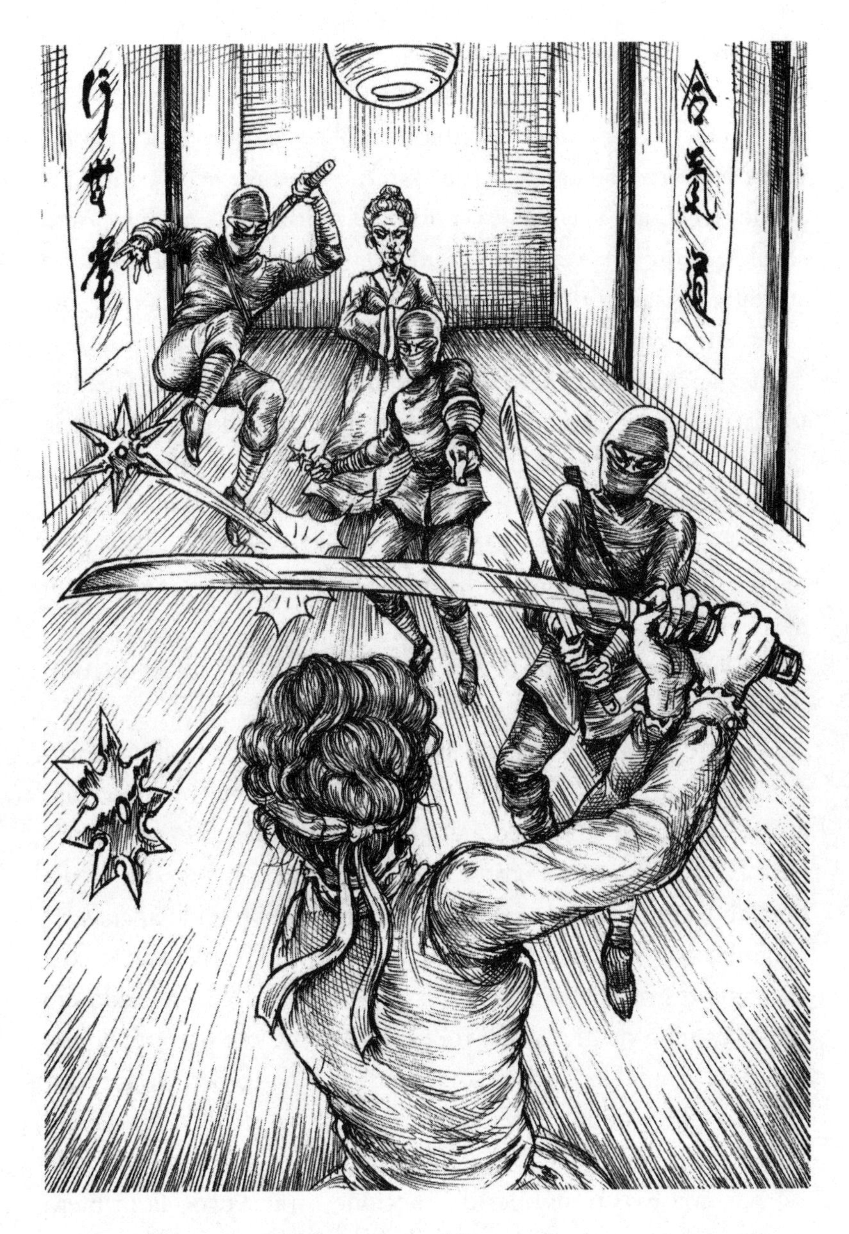

Le aconsejo, estimada joven —dijo su señoría—, que se tome este combate en serio. Mis ninjas no se compadecerán de usted.

Aunque contrariada por semejante comienzo, lady Catherine albergaba la esperanza de que su tercero y último ninja, el más feroz, venciera a su rival. Pero no bien hubo chasqueado los dedos, Elizabeth arrojó su katana a través del *dojo*, atravesando con ella el pecho del ninja y clavándolo contra una columna de madera. Acto seguido se quitó la venda de los ojos y miró a su contrincante, que sujetaba el mango de la espada al tiempo que boqueaba desesperadamente. Elizabeth le propinó un golpe mortal, traspasándole la caja torácica y arrancándole el corazón, que aún palpitaba. Cuando todos salvo lady Catherine se volvieron horripilados, Elizabeth le dio un mordisco al corazón, dejando que la sangre le chorreara por la barbilla y manchara su traje de adiestramiento.

—Es curioso —dijo Elizabeth sin dejar de masticar—. He probado muchos corazones, pero debo decir que los japoneses son más tiernos.

Su señoría abandonó el *dojo* sin felicitar a Elizabeth por su destreza.

Aparte de las veladas en casa de su señoría, los Collins tenían pocos compromisos, pues el tren de vida en la comarca estaba más allá del alcance del párroco. Pero no supuso ninguna contrariedad para Elizabeth, que se entretenía con otras cosas. Pasaba media hora al día esforzándose en mantener una conversación apenas inteligible con Charlotte; y hacía tan buen tiempo para esa época del año, que disfrutaba dando largos paseos. Su paseo preferido era por el camino de grava que rodeaba el borde del parque, donde había un agradable sendero sombreado que nadie parecía apreciar excepto ella, y donde Elizabeth se sentía a salvo de la curiosidad de lady Catherine.

Así, con esas tranquilas distracciones, transcurrió la primera quincena de su visita. Pascua estaba en puertas, y la semana anterior llegó un nuevo miembro de la familia de Rosings, el cual en un círculo tan reducido debía de ser importante. Poco después de su llegada, Elizabeth había oído decir que el señor Darcy llegaría dentro de unas semanas, y aunque entre las personas que ella conocía no eran muchas las que le caían mal, la llegada del caballero constituiría un elemento relativamente nuevo de distracción durante las veladas en Rosings. Supuso que le divertiría comprobar lo inútiles de las intenciones de la señorita Bingley con respecto a su hermano, a través del trato que éste dispensara a su prima, a la que Darcy evidentemente estaba destinado por lady Catherine, que se refirió a su llegada con gran satisfacción, hablando de él con profunda admiración y mostrándose casi enojada al averiguar que la señorita Lucas y Elizabeth lo habían visto con frecuencia.

En la rectoría no tardaron en enterarse de la inminente llegada del señor Darcy, pues el señor Collins se pasó toda la mañana deambulando cerca de las viviendas que daban a Hunsford Lane, a fin de ser el primero en presenciarla, y tras hacer una profunda reverencia cuando el coche enfiló el parque, regresó apresuradamente a casa con la importante información. A la mañana siguiente el señor Collins se apresuró a presentar sus respetos en Rosings. Allí se encontró con dos nuevos sobrinos de lady Catherine, pues el señor Darcy había traído al coronel Fitzwilliam, hijo menor de su tío, y, para sorpresa de todos, cuando el señor Collins regresó, lo hizo acompañado por ese caballero. Charlotte, que los vio cruzar la carretera desde la habitación de su esposo, entró apresuradamente en la otra para comunicar a las jóvenes el honor que les aguardaba, añadiendo:

—Te agadezjo tu am-mabilidad, Eliza. El ceñor Dacy jamá' habría venido a zaludarme a mí.

Elizabeth apenas tuvo tiempo de sacar a su amiga de su error, cuando la campanilla de la puerta anunció la llegada del señor Collins y sus acompañantes. El coronel Fitzwilliam, que encabezaba el grupo, tenía unos treinta años, no era agraciado, pero su aspecto y su porte denotaban los de un auténtico caballero. El señor Darcy, que mostraba el aspecto que había mostrado en Hertfordshire, presentó sus respetos, con su habitual reserva, a la señora Collins, y, al margen de los sentimientos que le inspirara la amiga de ésta, saludó a Elizabeth con admirable compostura. Elizabeth se limitó a hacer una reverencia sin decir una palabra.

El coronel Fitzwilliam se puso a conversar enseguida amigablemente, con la facilidad y desenvoltura de un hombre muy educado; pero su primo, tras hacer una breve observación sobre la casa y el jardín a la señora Collins, permaneció un buen rato sin dirigir la palabra a nadie. Por fin, la situación se hizo tan tensa que la cortesía le obligó a preguntar a Elizabeth por su familia. La joven respondió como de costumbre y, tras reflexionar unos instantes, añadió:

—Mi hermana mayor lleva tres meses en la ciudad. ¿No se ha tropezado nunca con ella?

Elizabeth sabía que Darcy no se había encontrado con Jane; pero deseaba comprobar si su semblante revelaba que estaba enterado de lo ocurrido entre Bingley y Jane, y creyó observar un ligero tic en su ojo cuando respondió que no había tenido la fortuna de encontrarse con la señorita Bennet. No siguieron hablando del tema, y al poco rato los caballeros se marcharon.

31

Los modales del coronel Fitzwilliam fueron muy admirados en la casa del párroco, y las damas supusieron que su presencia haría que sus veladas en Rosings resultaran más amenas. No obstante, pasaron varios días sin que recibieran una invitación para ir allí, pues mientras hubiera visitantes en la casa, ellos no eran necesarios; y no fue hasta el día de Pascua, casi una semana después de la llegada del coronel, cuando tuvieron el honor de recibir la invitación de marras, la cual especificaba tan sólo que cuando salieran de la iglesia fueran a pasar la tarde en Rosings.

Como es natural, la invitación fue aceptada, y a la hora adecuada se reunieron en el salón de lady Catherine con ésta y sus parientes. Su señoría los recibió educadamente, pero estaba claro que su presencia no era tan apreciada como cuando no había nadie más.

El coronel Fitzwilliam se mostró muy contento de verlos, pues cualquier novedad era acogida por éste con satisfacción, aparte de sentirse muy atraído por la bonita amiga de la señora Collins. El coronel se sentó junto a Elizabeth y departió con ella tan agradablemente sobre los combates en Manchester, la maravilla de unas nuevas armas mecánicas y sus métodos favoritos de aniquilar a innombrables, que Elizabeth pensó que nunca se había divertido tanto en esa habitación. Conversaban tan animada y fluidamente, que atrajeron la atención de lady Catherine y del señor Darcy. Éste los había mirado reiteradamente con curiosidad, una curiosidad que su señoría, al cabo de un rato, compartió abiertamente, pues observó sin reparos:

—¿Qué dice usted, Fitzwilliam? ¿De qué está hablando? ¿Qué le dice a la señorita Bennet? Deseo escucharlo.

—Hablamos de las artes mortales, señora —contestó el coronel cuando no pudo evitar responder.

—¡De las artes mortales! Entonces hable en voz alta, pues es un tema que me interesa. Si hablan de las artes mortales, deseo participar en la conversación. Hay pocas personas en Inglaterra que disfruten con ellas más que yo, o que posean una mayor habilidad natural a la hora de practicarlas. De habérselo permitido su salud, estoy segura de que Anne se habría convertido en una gran exterminadora de zombis. ¿Hace Georgiana progresos en su adiestramiento, Darcy?

El señor Darcy habló con afecto y admiración de la destreza de su hermana con la espada, en primer lugar, y luego con el mosquete Brown Bess.

—Me alegra mucho saberlo —dijo lady Catherine—. Dígale de mi parte que no logrará dominarlos si no practica de forma constante y regular.

—Le aseguro, señora —respondió Darcy—, que Georgiana no necesita ese consejo. Practica constantemente.

—Mejor que mejor. Nunca es bastante. Ya le recomendaré que no deje de practicar cuando le escriba de nuevo. A menudo les digo a las jóvenes que no pueden dominar las artes mortales si no practican constantemente. He dicho a la señorita Bennet repetidas veces que jamás llegará a adquirir la mitad de mi destreza si no practica más; y aunque la señora Collins no tiene un *dojo*, la he invitado a venir todos los días a Rosings para adiestrarse con mis ninjas, a condición de que prometa no matar a ninguno más. En esa parte de la casa la señorita Bennet no molestará a nadie.

El señor Darcy parecía sentirse un tanto avergonzado de la grosería de su tía, pero no dijo nada.

Después del café, el coronel Fitzwilliam recordó a Elizabeth que les había prometido ofrecerles una demostración de la notable fuerza que poseía en los dedos. Elizabeth se sujetó un cordel alrededor de los tobillos para preservar su pudor. Lady Catherine y los demás observaron mientras apoyaba las manos en el suelo y alzaba los pies hacia el techo, al tiempo que el cordel sujetaba la falda en su lugar. Mientras permanecía en esa postura, Elizabeth retiró la palma de una mano del suelo, de forma que todo su peso descansaba sobre una sola mano. Al cabo de unos momentos el señor Darcy se colocó de modo que pudiera contemplar el semblante de la intrépida joven. Al darse cuenta, Elizabeth aprovechó la primera pausa para decir fríamente:

—¿Pretende asustarme, señor Darcy, acercándose de esa forma para observarme? No logrará alarmarme. Soy lo suficientemente obstinada para no dejarme atemorizar por los demás. Mi valor siempre repele todo intento de intimidarme. —Para recalcar sus palabras, Elizabeth alzó la palma de forma que sólo la yema de un dedo permanecía apoyada en el suelo.

—No diré que se equivoca —respondió Darcy—, porque no creo que piense en serio que pretendo atemorizarla. La conozco desde hace el suficiente tiempo para saber que de vez en cuando le divierte expresar unas opiniones que no siente.

Elizabeth emitió una carcajada al oír esa descripción de su persona, y dijo al coronel Fitzwilliam:

—Su primo le ofrecerá una imagen muy poco halagadora de mí, advirtiéndole que no crea una palabra de lo que yo diga. He tenido la mala fortuna de tropezarme con una persona capaz de revelar mi auténtico carácter, precisamente en un lugar del mundo donde confiaba causar una buena impresión a los demás. Es muy mezquino por su parte, señor Darcy, revelar a todos que descubrió mis defectos en Hertfordshire, provocándome para que le conteste y escandalice a sus familiares.

—No le temo —contestó Darcy sonriendo.

—Explíqueme de qué le acusa —dijo el coronel Fitzwilliam—. Me gustaría saber cómo se comporta Darcy entre extraños.

—Se lo diré, pero prepárese para oír algo terrible. —Elizabeth retiró las yemas de los dedos del suelo, aterrizó suavemente de pie y se quitó el cordel de los tobillos.

—La primera vez que vi al señor Darcy en Hertfordshire,

como quizá sepa, fue en un baile. ¿Y qué cree que hizo el señor Darcy en ese baile? Bailó sólo cuatro veces, aunque los caballeros escaseaban, y, que yo sepa, más de una joven permanecía sentada porque no tenía pareja. No puede negarlo, señor Darcy.

—En esos momentos no tenía el honor de conocer a ninguna dama en la fiesta, aparte de las de mi grupo.

—Cierto, y en un salón de baile nadie presenta nunca a nadie. Bien, coronel Fitzwilliam, ¿qué quiere que le demuestre ahora? Mis dedos aguardan sus órdenes.

—Quizá debí obrar más juiciosamente —dijo Darcy—, y pedir que me presentaran a alguna dama, pero no sé desenvolverme bien en presencia de extraños.

—¿Quiere que preguntemos a su primo el motivo de ello? —preguntó Elizabeth dirigiéndose al coronel Fitzwilliam—. ¿Le preguntamos por qué un hombre sensato y bien educado, cuya pericia le convierte en un exterminador de innombrables de primer orden, no sabe desenvolverse en presencia de extraños?

—Yo puedo responder a su pregunta —dijo Fitzwilliam—, sin tener que formulársela a él. Es porque no se toma la molestia de hacerlo.

—No tengo el talento que poseen otras personas —dijo Darcy— de conversar fácilmente con quienes no conozco. No sé captar su tono de conversación, o mostrarme interesado en lo que les interesa a ellos, como observo a menudo que hacen otros.

—Mis dedos no poseen la potencia de los de su tía —dijo Elizabeth—. No tienen la misma fuerza ni agilidad, y no obtienen unos resultados tan contundentes. Pero siempre he supuesto que la culpa era mía, porque no me molesto en practicar lo suficiente. No creo que mis dedos no sean tan capaces como los suyos.

Darcy respondió sonriendo:

—Tiene razón. Ha empleado su tiempo en cosas más provechosas.

En esos momentos los interrumpió lady Catherine, que preguntó de qué estaban hablando. Elizabeth se ató de inmediato el cordel para preservar su pudor y empezó a caminar por la habitación sobre las yemas de los dedos. Después de observarla durante unos minutos, lady Catherine dijo a Darcy:

—La señorita Bennet llegaría a dominar la Zarpa del Leopardo si practicara más asiduamente y tuviera un maestro japonés. Utiliza muy bien sus dedos.

—Es cierto —respondió Darcy de una forma que hizo que Elizabeth se sonrojara.

Elizabeth miró a Darcy para comprobar la cordialidad con que éste trataba a la señorita De Bourgh, pero en ningún momento observó el menor síntoma de amor; y a tenor del comportamiento de Darcy hacia ella, Elizabeth dedujo que si la señorita Bingley estuviera emparentada con él, es posible que Darcy se hubiera casado con ella.

Lady Catherine prosiguió con sus comentarios sobre la exhibición de Elizabeth, mezclándolos con otras tantas instrucciones sobre su ejecución. Elizabeth los acogió con tolerancia y educación; y, a petición de los caballeros, continuó sosteniéndose sobre las yemas de los dedos hasta que el coche de su señoría estuvo preparado para conducirlos a casa.

32

A la mañana siguiente Elizabeth estaba sola, reflexionando mientras la señora Collins y María habían ido a la aldea a hacer unos recados, cuando se sobresaltó al oír la campanilla de la puerta. Como no había oído ningún carruaje, no creyó que se tratara de lady Catherine, y mientras la aprensión eclipsaba su curiosidad, la puerta se abrió de pronto y, para su sorpresa, apareció el señor Darcy.

Darcy parecía asombrado de hallarla sola, y se disculpó por la intromisión diciendo que había supuesto que todas las damas estarían en casa.

Ambos se sentaron, y después de que Darcy respondiera a las preguntas de Elizabeth sobre Rosings, estuvieron a punto de sumirse en un silencio sepulcral. Por tanto, era imprescindible romperlo, y Elizabeth recordó de pronto la ocasión en que había visto a Darcy por última vez en Hertfordshire, y deseosa de averiguar qué diría éste sobre su apresurada partida, observó:

—Todos se marcharon inesperadamente de Netherfield en noviembre, señor Darcy. El señor Bingley debió de llevarse una grata sorpresa al volver a verlos a todos tan pronto, pues si no recuerdo mal, él se había marchado el día anterior. Confío en que el señor Bingley y sus hermanas estaban bien cuando usted partió de Londres.

—Perfectamente, gracias.

Elizabeth comprobó que no iba a recibir más respuesta a su comentario y, tras una breve pausa, agregó:

—Tengo entendido que el señor Bingley no piensa regresar a Netherfield.

—No le he oído decir nada a ese respecto, pero es probable

que pase poco tiempo allí en el futuro. Los zombis le infunden temor, y el número de éstos en esa zona aumenta continuamente.

—Si el señor Bingley desea ir poco por Netherfield, sería mejor para la comarca que dejara la casa, para que pudiera ocuparla otra familia más interesada en las artes mortales. Pero si el señor Bingley no adquirió la casa por su oportuna ubicación en la comarca sino por su propia conveniencia, cabe suponer que la conservará o la venderá de acuerdo con ese principio.

—No me sorprendería —dijo Darcy— que la vendiera si le hicieran una oferta ventajosa.

Elizabeth no respondió. Temía seguir hablando de los amigos del señor Darcy; y, puesto que no tenía nada más que decir, decidió dejar de molestarse en dar con un tema que comentar con él.

Darcy se dio cuenta y observó:

—Esta casa parece muy confortable. Tengo entendido que lady Catherine hizo numerosas reformas en ella antes de que el señor Collins se instalara en Hunsford.

—Sí, eso creo. Me parece que su señoría no habría podido mostrar mejor su bondad a un sujeto más agradecido.

—El señor Collins parece haber tenido suerte a la hora... de elegir esposa.

Elizabeth creyó detectar cierta vacilación en su tono. ¿Se había percatado el señor Darcy de que Charlotte padecía la extraña plaga?

—Desde luego. Sus amigos pueden alegrarse de que el señor Collins haya conocido a una de las pocas mujeres sensatas dispuestas a aceptarlo, o que le habría hecho feliz en caso de aceptarlo. Mi amiga es muy inteligente, aunque no estoy segura de que haya hecho bien al casarse con el caballero. No obstante, parece muy feliz, y, visto a una luz prudencial, éste sin duda es un buen partido para ella.

—Debe de ser muy agradable para la señora Collins vivir a escasa distancia de su familia y amistades.

—¿A escasa distancia dice? Son casi ochenta kilómetros.

—¿Qué son ochenta kilómetros por una carretera en la que no hay zombis? Poco más que media jornada de viaje. Sigo pensando que es poca distancia.

—Jamás habría pensado que la distancia era una de las ventajas del matrimonio —declaró Elizabeth—. No se me habría ocurrido decir que la señora Collins vive cerca de su familia.

—Lo cual demuestra el apego que usted tiene por Hertfordshire. Supongo que todo lo que esté más allá de las inmediaciones de Longbourn le parece lejos.

Al hacer ese comentario, el señor Darcy esbozó una sonrisa que Elizabeth creyó entender: debía de suponer que ella pensaba en Jane y Netherfield. Sonrojándose, respondió:

—Olvida, señor, que he viajado en dos ocasiones a los confines más oscuros de Oriente, un viaje que, como sabe, es muy largo y está erizado de peligros. Le aseguro que mi imagen del mundo es algo mayor que Longbourn. No obstante, el señor y la señora Collins no han tenido nunca la necesidad de embarcarse en esas aventuras, por lo que sospecho que la idea que tienen de la distancia se asemeja a la de cualquier persona normal y corriente. Asimismo, estoy convencida de que mi amiga no consideraría que vive cerca de su familia a menos que viviera a la mitad de la distancia de la que vive actualmente.

El señor Darcy acercó su silla un poco a la de Elizabeth.

Elizabeth le miró sorprendida. El caballero experimentó un cambio de parecer; retiró la silla, tomó un periódico de la mesa y, después de echarle una ojeada, preguntó con frialdad:

—¿Le complacen las noticias de Sheffield?

La pregunta propició un breve diálogo sobre la reciente victoria del ejército, sereno y conciso por ambos lados, que fue interrumpido por la llegada de Charlotte y su hermana, que acababan de regresar de su paseo. Encontrar a los dos a solas sorprendió a las jóvenes. El señor Darcy les contó el error que había cometido al suponer que hallaría a la señorita Bennet acompañada, y después de permanecer unos minutos sin apenas añadir nada más, se marchó.

—¿Qué queéis que sinifica eso? —preguntó Charlotte cuando el señor Darcy se hubo ido—. Mi queuida Euiza, debe de amarte, o no venría por aquí con esa familiauidad.

Pero cuando Elizabeth le habló de su silencio, no parecía muy probable, por más que Charlotte lo deseara, que ese fuera el caso. Después de varias conjeturas, llegaron a la conclusión de que la visita de Darcy respondía a la dificultad de encontrar algo que hacer, que era lo más probable teniendo en cuenta la época del año. El suelo estaba helado, y no volverían a ver a un innombrable ni podrían practicar la caza y la pesca hasta la primavera. Los entretenimientos de interior comprendían a lady Catherine, los libros y la mesa de billar; pero los caballeros no pueden permanecer siempre encerrados en casa; y la proximidad de la rectoría, el agradable paseo hasta ella y las personas que la habitaban constituía en esa época una tentación para los dos primos, que se acercaban por allí todos los días. Se presentaban a diversas horas de la mañana, a veces por separado, a veces juntos, y de vez en cuando acompañados por su tía. Estaba claro para todos que el coronel Fitzwilliam venía porque le deleitaba la compañía de las damas, una circunstancia que, como es natural, le hacía aún más agradable a los ojos de éstas.

Pero el motivo de que el señor Darcy fuera tan a menudo a la rectoría era más difícil de comprender. No era para conversar, pues con frecuencia permanecía diez minutos sin despegar los labios; y cuando decía algo, parecía hacerlo más por necesidad que porque le apeteciera. Rara vez se mostraba animado, ni siquiera al contemplar a la señora Collins royéndose la mano. Lo que quedaba de Charlotte deseaba pensar que ese cambio en el señor Darcy se debía al amor, y que el objeto de su amor era Eliza. Charlotte le observaba atentamente cada vez que iban a Rosings, y cuando Darcy venía a Hunsford, pero sin éxito, pues a menudo sus pensamientos divagaban y se ponía a pensar en otras cosas, como la grata y suculenta sensación de hincar el diente a unos sesos frescos. No cabía duda de que el señor Darcy miraba a su amiga con insistencia, pero la expresión de esa mirada era discutible. Era una mirada franca, constante, pero Charlotte dudaba de que contuviera una gran admiración, y en ocasiones parecía incluso distraída. Al imaginar la mente del señor Darcy, Charlotte pensaba de nuevo en la perspectiva de devorar sus sesos salados y parecidos a una coliflor.

Una o dos veces Charlotte había sugerido a Elizabeth la posibilidad de que el señor Darcy estuviera enamorado de ella, pero Elizabeth siempre se reía de esa posibilidad; y a la señora Collins no le parecía oportuno insistir en el asunto por temor a suscitar unas expectativas que quizá no se cumplieran.

En sus reflexiones con respecto a Elizabeth, Charlotte imaginaba a veces que se casaría con el coronel Fitzwilliam. El coronel era sin comparación el hombre más agradable, admiraba a Elizabeth y gozaba de una holgada posición; pero, para contrarrestar esas ventajas, el señor Darcy tenía una cabeza más grande y, por tanto, unos sesos más abundantes con los que darse un festín.

33

Durante sus paseos por el parque, Elizabeth se topó inesperadamente, en más de una ocasión, con el señor Darcy. La joven lo interpretó como una desdichada casualidad el encontrarse precisamente con él, y, a fin de evitar que ocurriera de nuevo, la primera vez se afanó en informarle de que era uno de sus lugares predilectos. Por tanto, a Elizabeth le chocó toparse con él una segunda, e incluso una tercera, vez. Darcy apenas decía nada, y Elizabeth no se molestaba en entablar conversación o escucharle; pero durante su tercer encuentro, se le ocurrió que el señor Darcy le hacía unas preguntas raras, inconexas, sobre si a ella le gustaba Hunsford, cuántos huesos había quebrado, y su opinión sobre la conveniencia de que unas guerreras como ellas contrajeran matrimonio.

Un día en que Elizabeth daba un paseo, mientras leía la última carta de Jane y reflexionaba sobre unos párrafos que indicaban que su hermana se sentía decaída, en lugar de sorprenderle volver a toparse con el señor Darcy, vio al coronel Fitzwilliam que se dirigía hacia ella. Elizabeth se apresuró a guardar la carta, esbozó una sonrisa forzada y dijo:

—No sabía que le gustara pasear por estos parajes.

—He decidido girar una visita al parque —respondió el coronel—, como hago cada año, y me proponía concluirla con una visita a la rectoría. ¿Va a continuar usted su paseo?

—No, iba a regresar dentro de unos momentos.

Ambos dieron la vuelta y echaron a andar hacia la rectoría.

—¿Han decidido partir para Kent el sábado? —inquirió Elizabeth.

—Sí, siempre que Darcy no vuelva a aplazar la partida. Estoy a su merced. Él organiza las cosas a su conveniencia.

—Y si no puede organizarlas a su conveniencia, al menos goza del poder de elección. No conozco a nadie que disfrute más con la facultad de hacer lo que le viene en gana que el señor Darcy.

—Le gusta salirse con la suya —respondió el coronel Fitzwilliam—. Como a todos. Pero Darcy dispone de más medios para salirse con la suya que otros, porque es rico, apuesto, y un experto en las artes mortales. Lo sé por experiencia. Un hijo menor tiene que acostumbrarse a la abnegación y la dependencia.

—En mi opinión, el hijo menor de un conde apenas conoce el significado de eso. En serio, ¿qué sabe usted de la abnegación y la dependencia? ¿Cuándo le ha impedido la falta de dinero ir adonde le apetecía, o adquirir lo que deseaba?

—Son unas preguntas un tanto personales... Quizá no pueda decir que he experimentado muchos contratiempos de esa naturaleza. Pero en asuntos de más peso, he sufrido por la falta de dinero. Como sabe, los hijos menores tienen que servir en el ejército del Rey.

—Sí, aunque imagino que, siendo hijo de un conde, apenas habrá pisado el frente.

—Está usted muy equivocada, señorita Bennet.

El coronel se arremangó una pernera y mostró a Elizabeth un espectáculo lamentable, pues entre su rodilla y el suelo no había más que plomo y madera de nogal. Cuando lo conoció, Elizabeth había notado que el coronel cojeaba ligeramente, pero había supuesto que era la consecuencia de un pequeño accidente o un defecto congénito. A fin de romper un silencio que podría hacer pensar al coronel que se sentía afectada por lo que había visto, Elizabeth se apresuró a decir:

—Imagino que su primo le trajo principalmente para tener a alguien a su disposición. Me imagino que no desea casarse para así disponer a todas horas de compañía. Pero supongo que de momento se conforma con su hermana, y, puesto que ésta está bajo su tutela, el señor Darcy puede hacer con ella lo que guste. Me refiero en el sentido más respetable, como es natural, no sugiero que exista nada indecoroso entre ellos.

—Si lo hubiera —respondió el coronel Fitzwilliam—, yo también sería culpable, pues comparto con él la tutela de la señorita Darcy.

—¿De veras? ¿Qué clase de tutores son ustedes? ¿Les produce su pupila muchos quebraderos de cabeza?

Elizabeth observó que el coronel la miraba atentamente, y el hecho de que le preguntara de inmediato por qué suponía que la señorita Darcy les producía quebraderos de cabeza, la convenció de que se había aproximado a la verdad.

—No tema —contestó Elizabeth—. No he oído nada desfavorable sobre la señorita Darcy, sino que es una de las criaturas más agradables del mundo. Es muy estimada por unas damas que conozco, la señora Hurst y la señorita Bingley. Creo haberle oído decir que las conoce.

—Un poco. Su hermano es un hombre muy agradable y caballeroso. Es muy amigo de Darcy.

—¡Ah, sí! —respondió Elizabeth secamente—. El señor Darcy es extraordinariamente amable con el señor Bingley, y se preocupa mucho de él.

—¿Eso cree? Sí, supongo que Darcy se preocupa de él en los aspectos más importantes. Por algo que me dijo durante nuestro viaje aquí, tengo motivos para pensar que Bingley está en deuda con él. Pero disculpe, no tengo derecho a suponer que se refería a Bingley. Era una mera conjetura.

—¿A qué se refiere?

—Se trata de una circunstancia que Darcy no desea que se sepa, porque si llegara a oídos de la familia de la joven, les disgustaría.

—Señor, he conocido los secretos antiguos de Oriente, que me los llevaré a la tumba. Le aseguro que puede confiarme un escarceo del señor Darcy.

—Recuerde que no tengo motivos fundados para suponer que se trata de Bingley. Darcy me contó simplemente lo siguiente: que se felicitaba por haber salvado a un amigo de los sinsabores de un matrimonio inconveniente, pero sin dar nombres ni detalles. Sospeché que se trataba de Bingley porque lo considero un joven propenso a meterse en esos líos, y porque sé que estuvieron juntos durante todo el verano.

—¿Le explicó el señor Darcy las razones para intervenir?

—Entiendo que tenía serias objeciones contra esa joven.

—¿Y qué hizo el señor Darcy para separarlos?

—No me explicó qué métodos empleó —respondió Fitzwilliam sonriendo—. Sólo me dijo lo que le he contado.

Elizabeth no respondió, y siguió adelante, pero su sed de venganza se intensificaba con cada paso que daba. Después de observarla durante un rato, Fitzwilliam le preguntó por qué estaba tan pensativa.

—Pienso en lo que acaba de decirme —contestó Elizabeth—. La conducta de su primo me desagrada. ¿Qué derecho tenía de erigirse en juez?

—¿Le parece que su intervención fue inoportuna?

—No veo qué derecho tiene el señor Darcy de decidir si la inclinación de su amigo era prudente o no, ni por qué, basándose exclusivamente en su propio criterio, se cree facultado para decidir y organizar el futuro bienestar de su amigo. No obstante —prosiguió Elizabeth reprimiendo su ira—, como ignoramos los pormenores, no es justo condenarlo. De todos modos, supongo que en ese caso no había mucho afecto.

—Es una conjetura bastante lógica —convino Fitzwilliam—, aunque es una disminución muy triste del honor de mi primo.

El coronel lo dijo en broma, pero a Elizabeth le pareció una descripción tan atinada del señor Darcy, que se abstuvo de hacer comentario alguno, y, cambiando rápidamente de conversación, hablaron sobre diversos temas hasta que llegaron a la rectoría. Una vez allí, tras encerrarse en su habitación tan pronto como el visitante se fue, Elizabeth pudo reflexionar sin interrupción en todo lo que éste le había contado. Era imposible suponer que el coronel se refería a otras personas que las que ella conocía. No podían existir en el mundo dos hombres sobre los que el señor Darcy ejerciera una influencia tan intensa. Elizabeth no había dudado nunca de que había intervenido en las medidas adoptadas a fin de separar a Bingley de Jane; pero siempre había atribuido a la señorita Bingley la maquinación y puesta en práctica de esas medidas. No obstante, si la vanidad de Darcy no le había engañado, él era la causa: su orgullo y talante caprichoso eran la causa de todo cuanto Jane había padecido, y seguía padeciendo. Darcy había destruido durante un tiempo toda esperanza de felicidad de la criatura más afectuosa y generosa del mundo; y Elizabeth estaba decidida a vengarla sosteniendo en su mano el corazón de Darcy, todavía palpitante, antes de que concluyera su estancia en Kent.

«Entiendo que tenía serias objeciones contra esa joven», había dicho el coronel Fitzwilliam; y esas serias objeciones probablemente consistían en tener un tío que era un procurador rural, otro que era un comerciante en Londres, y el hecho de ser más que capaz de aplastar el cráneo de Bingley durante una acalorada discusión, dado que éste no poseía la destreza de Jane.

—Es imposible que Darcy tuviera ninguna objeción contra la propia Jane —exclamó Elizabeth—. ¡Es toda bondad y belleza! Posee una excelente instrucción, una habilidad pasmosa con el mosquete y unos modales cautivadores. Tampoco puede objetar nada contra mi padre, que aunque tiene sus rarezas, posee numerosas habilidades. El señor Darcy no debería desdeñar una respetabilidad que probablemente jamás alcanzará. —Al pensar en su madre, su seguridad flaqueó unos instantes; pero no estaba dispuesta a reconocer que el señor Darcy tuviera contra ella ninguna objeción de peso, convencida de que el orgullo del caballero se había visto herido más por la falta de importancia de las amistades de su amigo que por su falta de sensatez. Elizabeth llegó a la conclusión de que el señor Darcy se había dejado arrastrar en parte por su nefasto orgullo, y en parte por el deseo de reservar el señor Bingley para su hermana.

La agitación que el tema le había ocasionado le produjo jaqueca, la cual se agravó por la tarde hasta el extremo de que, unida al hecho de que no deseaba matar al señor Darcy en presencia de su tía (no fuera que ésta interviniera), decidió no acompañar a sus primas a Rosings, adonde habían sido invitadas a tomar el té.

34

Cuando sus primas se marcharon, Elizabeth, como si estuviese deseosa de incrementar la furia que sentía contra el señor Darcy, decidió entretenerse examinando las cartas que Jane le había escrito desde que estaba en Kent. Las misivas no contenían ninguna queja específica, no abundaban en hechos pasados ni manifestaban su actual sufrimiento. Pero, en términos generales, prácticamente cada línea denotaba una ausencia de la alegría que había caracterizado a Jane. Elizabeth cayó en la cuenta de que cada frase transmitía la sensación de congoja con una nitidez que no había observado al leer las cartas por primera vez. La vergonzosa jactancia de Darcy de que había ahorrado a su amigo muchos sinsabores no hacía sino realzar el sufrimiento de Jane. Se consoló pensando que el caballero no tardaría en caer abatido por su espada, y que en menos de quince días volvería a reunirse con Jane y contribuiría a que recobrara su alegría, empezando por ofrecerle el corazón y la cabeza de Darcy.

Elizabeth no podía pensar en Darcy sin acordarse del primo de éste, pues por más que era un hombre muy agradable, el coronel Fitzwilliam era asimismo la única persona que podría atribuir la autoría del asesinato de Darcy a Elizabeth. La joven decidió que tendría que matarlo también.

Mientras reflexionaba sobre eso, se sobresaltó al oír de pronto la campanilla de la puerta, nerviosa al pensar que pudiera tratarse del coronel Fitzwilliam. Pero pronto desterró esa idea, y su estado de ánimo cambió cuando, para su asombro, vio aparecer al señor Darcy. Éste se apresuró a inquirir por su salud, atribuyendo su visita al deseo de averiguar si se sentía mejor. Elizabeth le respondió con fría cortesía, apenas capaz de dar crédito a la propia fortuna de que Darcy se hubiera presentado tan pronto, y aguardando la primera oportunidad para disculparse y tomar su katana. Darcy se sentó durante un momento, tras el cual se levantó y empezó a pasearse por la habitación. Después de un breve silencio, se acercó a Elizabeth y le dijo visiblemente nervioso:

—Me he esforzado en vano. No puedo seguir así. No puedo reprimir mis sentimientos. Permítame que le diga lo ardientemente que la admiro y amo.

El estupor de Elizabeth era inenarrable. Lo miró incrédula, se sonrojó, dudó y guardó silencio. El señor Darcy lo interpretó como una muestra de aliento y se apresuró a manifestarle cuanto sentía desde hacía tiempo por ella. Se expresó bien, pero había otras consideraciones, aparte del sentimiento amoroso, que detallar; y no se mostró más elocuente con respecto a la ternura que a su orgullo. Expuso su sentido de la inferioridad de Elizabeth —el hecho de que constituyera una degradación—, los obstáculos familiares que siempre se habían opuesto a su amor, con un afecto que parecía deberse al hecho de que la estaba hiriendo, pero no consiguió ablandar a Elizabeth.

Pese a su profundo afán de venganza, Elizabeth no era insensible al honor que representaba el amor de un hombre como Darcy, y aunque su intención de matarlo no cambió en ningún momento, se compadeció del dolor que iba a inflingirle. Hasta que, soliviantada por las palabras de Darcy, su compasión cedió paso a la furia. Con todo, trató de recobrar la compostura y responder con paciencia, con el fin de no revelar sus intenciones. Darcy concluyó expresándole la fuerza del amor que, pese a sus esfuerzos, no había logrado reprimir; y manifestando la esperanza de que le recompensara aceptando su mano. Mientras le escuchaba, Elizabeth comprendió que Darcy estaba convencido de obtener una respuesta favorable. Había hablado de aprensión y angustia, pero su rostro denotaba una apabullante seguridad en sí mismo. Esa circunstancia no hizo sino exasperarla más, y, cuando Darcy concluyó su discurso, la joven se sonrojó y dijo:

—En estos casos, creo que es costumbre expresar un sentimiento de obligación hacia los sentimientos expresados, por más que no sean correspondidos. Es natural que me sienta en esa obligación, y si experimentara gratitud, no dudaría en darle las gracias. Pero no puedo. Jamás he pretendido que tuviera una buena opinión de mí, la cual me ha expresado con evidente desgana. Lamento haberle ocasionado dolor, pero sólo en tanto en cuanto ha sido de forma inconsciente. Antes de que usted apareciese por esa puerta, había decidido matarlo, señor. Mi honor, no, el honor de mi familia, exige esa satisfacción.

A continuación Elizabeth se levantó la falda por encima de sus tobillos y adoptó la postura básica de la grulla, que le pareció la más apropiada en una habitación de dimensiones tan reducidas. El señor Darcy, que estaba apoyado en la repisa de la chimenea con los ojos fijos en el rostro de la joven, acogió sus palabras tanto con resentimiento como con sorpresa. Palideció de ira, y sus facciones dejaban traslucir el caos que invadía su mente. Por fin, con un tono de forzada calma, preguntó:

—¿Esa es la única respuesta que me cabe el honor de esperar? ¿Podría al menos decirme el motivo por el que me rechaza y desafía con tanta rudeza?

—¿Y puedo yo preguntarle —replicó Elizabeth—, por qué con un afán tan evidente de ofender e insultarme, ha decidido decirme que le atraigo contra su voluntad, contra su razón e incluso contra su naturaleza? ¿Cree que existe alguna consideración que me induciría a aceptar al hombre que ha destrozado, quizá para siempre, la felicidad de la hermana que más quiero?

Cuando Elizabeth pronunció esas palabras, el señor Darcy mudó de color; pero la emoción duró poco, pues Elizabeth procedió a atacarle con una serie de patadas, obligándole a contraatacar con la escasa contundencia de una lavandera borracha. Mientras peleaban, Elizabeth dijo:

—Tengo todos los motivos para detestarle. Ninguna causa puede justificar el papel injusto y mezquino que ha representado con respecto a mi hermana. No se atreva, no niegue que ha sido el instrumento principal, si no el único, que la ha separado de Bingley.

Una de las patadas de Elizabeth dio en el blanco, y Darcy cayó contra la repisa de la chimenea con tal fuerza que rompió una esquina. Después de limpiarse la sangre de la boca, Darcy la miró con una sonrisa de fingida incredulidad.

—¿Niega que lo hizo? —repitió Elizabeth.

Con una mezcla de regocijo y tranquilidad, el señor Darcy respondió:

—No niego que hice todo lo posible por separar a mi amigo de su hermana, ni que me alegro de mi éxito. He sido más amable con él que conmigo mismo.

Sin tener en cuenta ese cortés comentario, Elizabeth agarró el atizador y lo apuntó hacia el rostro de Darcy.

—Pero el desprecio que me inspira no se basa únicamente en esa cuestión —prosiguió Elizabeth—. Mucho antes de que ocurriese, ya me había formado una opinión sobre usted. Descubrí su carácter en el recital de agravios que me refirió hace meses el señor Wickham. ¿Qué tiene que decir al respecto? ¿Qué imaginable acto de amistad puede esgrimir para defenderse de esas acusaciones?

—Veo que los asuntos de ese caballero le preocupan sobremanera —respondió Darcy con voz menos sosegada y un color más arrebolado.

—¿Qué persona que conozca las desgracias que ha padecido ese caballero puede dejar de preocuparse por él?

—¡Sus desgracias! —repitió Darcy con desdén—. Sí, ha padecido muchas desgracias. —Con estas palabras, derribó a Elizabeth al suelo y se incorporó de un salto. Elizabeth era demasiado ágil para concederle esa ventaja, pues se levantó rápidamente y le golpeó con el atizador con renovada energía.

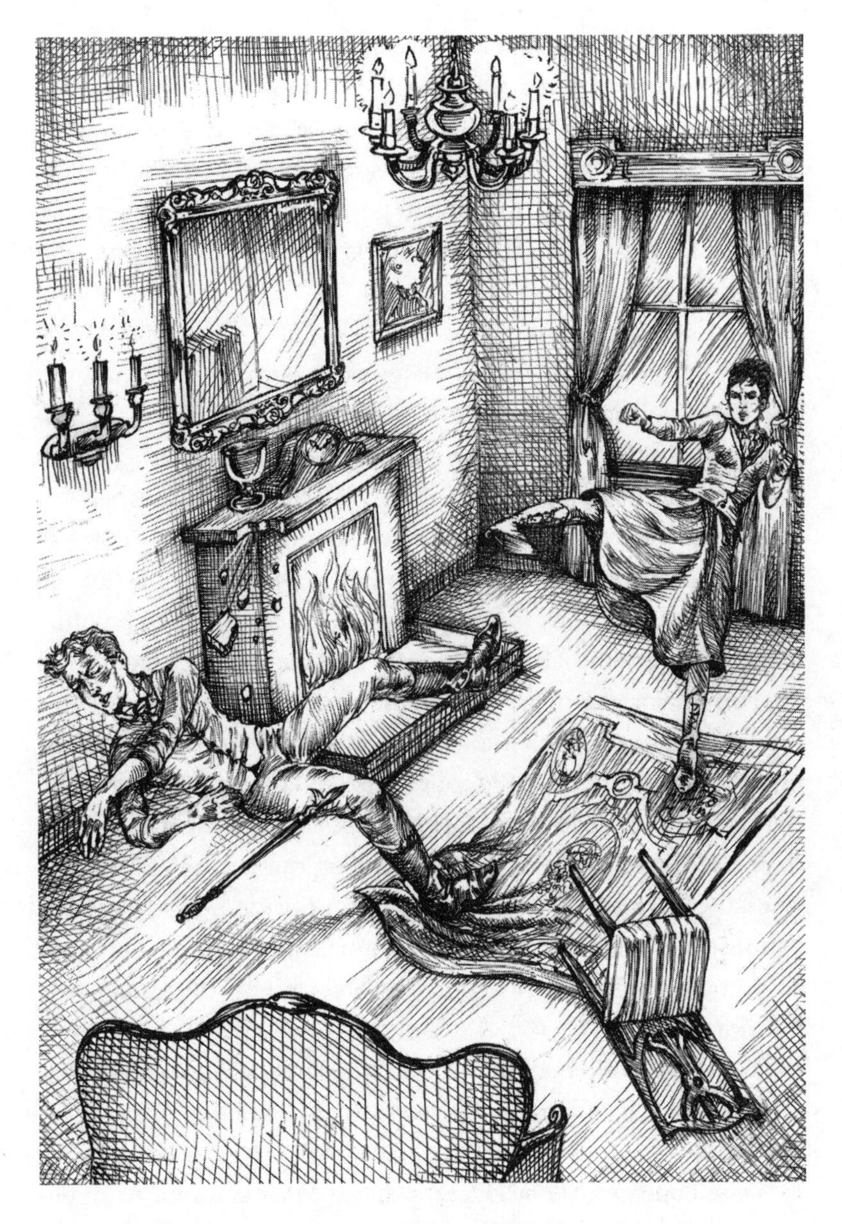

Una de las patadas de Elizabeth dio en el blanco,
y Darcy cayó contra la repisa de la chimenea con tal fuerza
que rompió una esquina.

—¡Causadas por usted! —exclamó Elizabeth con vehemencia—. Le ha reducido a su presente estado de pobreza, una pobreza relativa. Le ha impedido recibir el legado que sabe que le pertenece. Le ha privado de los mejores años de su vida y de la independencia que le corresponde por derecho propio. ¡Usted es el causante de todo! Sin embargo, habla de sus desgracias con tono de burla y desprecio.

—¿Esa es la opinión que tiene de mí? —le espetó Darcy arrebatándole el atizador—. ¿Esta es la estima en que me tiene? Le agradezco que me lo explicara sin tapujos. Mis fallos, según ese cálculo, son numerosos. Pero quizá —añadió Darcy presionando la afilada punta contra el cuello de Elizabeth—, usted no habría tenido en cuenta esas ofensas de no haberse sentido herida en su amor propio por mi sincera confesión de los escrúpulos que me han impedido pensar seriamente en unirme a usted. Quizá habría reprimido esas amargas acusaciones si yo, con mayor diplomacia, hubiera ocultado mis esfuerzos y la hubiera halagado haciéndole creer que estaba total y rendidamente enamorado de usted, por la razón, la reflexión, por todo. Pero aborrezco todo género de hipocresía. Y no me avergüenzo de los sentimientos que he expresado. Eran naturales y justos. ¿Acaso espera que me deleite en la inferioridad de su destreza con respecto a la mía? ¿Que me complazca confiar en emparentar con unas personas cuya posición en la vida es decididamente inferior a la mía?

Elizabeth sintió que su ira iba en aumento; pero, cuando Darcy retrocedió hacia la pared, la joven trató de hablar con gran compostura.

—Se equivoca, señor Darcy, si supone que la forma de su declaración me habría afectado de otro modo y me habría ahorrado el escaso dolor que me habría producido decapitarlo, de haberse comportado de forma más caballerosa.

Elizabeth observó que sus palabras habían indignado a Darcy, pero éste no dijo nada, y la joven prosiguió:

—Fuera cual fuere la forma en que me hubiera ofrecido su mano, no la habría aceptado.

De nuevo el estupor de Darcy era patente. La miró con una expresión mezcla de incredulidad y humillación. Elizabeth continuó:

—Desde el principio, desde el primer momento en que le conocí, sus modales, que me confirmaron su arrogancia, su orgullo y su mezquino desprecio por los sentimientos de los demás, constituyeron la base de mi desaprobación hacia usted, y hechos sucesivos hicieron que se convirtiera en una antipatía inconmovible. No hacía un mes que le conocía cuando comprendí que era el último hombre en el mundo con el que accedería a casarme.

—Ha dicho bastante, señora. Comprendo perfectamente sus sentimientos, y sólo me queda avergonzarme de los míos. Le ruego que me disculpe por haberla entretenido, y acepte mis mejores deseos de salud y felicidad.

Tras estas palabras salió apresuradamente de la habitación, arrojando el atizador del fuego al suelo. Al cabo de unos momentos Elizabeth le oyó abrir la puerta principal y abandonar la casa.

En su mente se agitaba un tumulto inmenso. Elizabeth no sabía cómo consolarse, y abrumada por la debilidad femenina que tanto empeño había puesto en eliminar de su naturaleza, se sentó y se pasó media hora llorando desconsoladamente. Su estupor, mientras meditaba en lo ocurrido, iba en aumento conforme lo analizaba. ¡Era increíble que el señor Darcy le hubiera propuesto matrimonio! ¡Era increíble que ella no lo hubiera matado tal como exigía su honor! ¡Era increíble que Darcy llevara tantos meses enamorado de ella! Tan enamorado como para desear casarse con ella pese a las objeciones que le habían llevado a impedir que su amigo se casara con Jane, y que cabía suponer que eran las mismas en su caso. No dejaba de ser reconfortante haberle inspirado un afecto tan intenso. Pero su orgullo, su detestable orgullo —su desvergonzada confesión de lo que le había hecho a Jane—, su imperdonable seguridad en sí mismo al reconocerlo por más que no podía justificarlo, y el desprecio con que se había referido al señor Wickham, su crueldad hacia éste, que no había tratado de negar, no tardaron en eclipsar la conmiseración que el amor que sentía por ella había suscitado en Elizabeth durante unos instantes. Elizabeth siguió reflexionando en un estado de gran agitación, hasta que al oír el carruaje de lady Catherine comprendió que no estaba en condiciones de afrontar el escrutinio de Charlotte, y entró apresuradamente en su habitación.

35

Elizabeth se despertó a la mañana siguiente con los mismos pensamientos y meditaciones que la habían llevado por fin a conciliar el sueño. Aún no se había recobrado de la sorpresa de lo ocurrido; era imposible pensar en otra cosa, y, totalmente incapaz de hacer nada útil, decidió salir, poco después de desayunar, y emprender una larga caminata. De pronto, mientras avanzaba por su paseo favorito, el recuerdo de haberse topado allí a veces con el señor Darcy hizo que se detuviera, y en lugar de entrar en el parque, tomó por el sendero que discurría más allá del camino de portazgo.

Después de recorrer dos o tres veces esa zona del sendero, tentada por la espléndida mañana, Elizabeth decidió detenerse ante la verja y contemplar el parque. Durante las cinco semanas que llevaba en Kent la campiña había experimentado un gran cambio, y cada día los árboles adquirían más verdor. De pronto, cuando se disponía a continuar su paseo, entrevió a un caballero en la parte interior de la arboleda que bordeaba el parque, y que se dirigía hacia ella. Temiendo que fuera el señor Darcy, empezó a retroceder. ¿Acaso se proponía matarla? ¿Cómo había sido tan estúpida de abandonar la rectoría sin su katana? Con extraordinaria agilidad, Darcy logró cortarle la retirada frente a la verja, y, tendiéndole una carta, que Elizabeth tomó instintivamente, dijo con expresión de arrogante compostura:

—Llevo un rato caminando por la arboleda confiando en encontrarme con usted. ¿Quiere hacerme el honor de leer esa carta?

Luego, tras una breve reverencia, entró de nuevo en la arboleda y desapareció.

Sin imaginar que la carta le proporcionaría placer alguno, pero picada por la curiosidad, Elizabeth la abrió y, para su asombro, vio un sobre que contenía dos hojas de papel de carta, escritas con letra muy apretada. Mientras avanzaba por el sendero, comenzó a leer la misiva. Estaba fechada en Rosings, a las ocho de la mañana, y decía lo siguiente:

> No se alarme, señora, al recibir esta carta, ante el temor de que contenga una reiteración de los sentimientos o renovación del ofrecimiento que le hice anoche y que tanto la contrariaron. No le escribo con ánimo de contrariarla, ni de humillarme, abundando en unos deseos que, en aras de la felicidad de los dos, conviene olvidar cuanto antes.
>
> Anoche me acusó de dos ofensas de una naturaleza muy distinta, y de diferente magnitud. La primera era que, prescindiendo de los sentimientos de ambas partes, había separado al señor Bingley de su hermana, y la otra que, desoyendo ciertas reivindicaciones, haciendo caso omiso del honor y la humanidad, había arruinado las inmediatas perspectivas de prosperidad del señor Wickham. Si, con el fin de explicar mis actos y motivos, me veo en la necesidad de relatar unos sentimientos que pueden ofenderla, sólo puedo decir que lo lamento. Debo satisfacer esa necesidad, y sería absurdo que me disculpara de nuevo.
>
> Poco después de llegar a Hertfordshire observé, junto con otras personas, que Bingley prefería a su hermana mayor a cualquier otra joven de la comarca. Pero no fue hasta que su hermana enfermó y se quedó en Netherfield cuando empecé a preocuparme, pues sabiendo que Jane era una exterminadora de innombrables, supuse que había contraído la extraña plaga. No queriendo alarmarla a usted ni al resto del grupo en Netherfield con mi teoría, decidí sofocar el amor de Bingley por su hermana, ahorrándole el dolor de verla sucumbir. Cuando Jane se recobró, una

mejoría que supuse que sería temporal, comprendí que el amor de Bingley por la señorita Bennet era más fuerte de lo que yo imaginaba. También observé a su hermana. Su aspecto y su talante eran tan abiertos, alegres y cautivadores como siempre, pero yo seguía convencido de que no tardaría en iniciar el siniestro descenso al servicio de Satanás. Conforme transcurrían las semanas y los meses, empecé a cuestionar mis observaciones. ¿Cómo era posible que no se hubiera operado aún la transformación en Jane? ¿Podía estar tan equivocado como para haber confundido un simple catarro con la extraña plaga? Cuando me percaté de mi error, era demasiado tarde para deshacer mi plan. El señor Bingley llevaba un tiempo separado de la señorita Bennet, tanto en cuanto a distancia como en cuanto a sentimiento. Aunque yo no había obrado con malicia, sé que mis actos hicieron sufrir a su hermana, por lo que el resentimiento que usted siente hacia mí está justificado. Pero no tengo reparos en afirmar que la gravedad del catarro que contrajo su hermana bastaba para inducir a pensar a un observador perspicaz que, no obstante el amable talante de su hermana, su corazón había sucumbido a las tinieblas. No niego que yo deseaba que hubiera contraído la extraña plaga, pero le aseguro que mis indagaciones y decisiones no suelen estar influidas por mis esperanzas ni temores. No creí que la hubiera contraído porque yo lo deseara; mi convicción se basaba en unos hechos imparciales, por más que deseara que fuera así. Pero había otras causas que explicaban mi animadversión. Es preciso que exponga esas causas, aunque brevemente.

La situación de la familia de su madre, aunque objetable, era insignificante en comparación con la falta de decoro que ella, sus tres hermanas menores y su padre exhiben a menudo. Le ruego que me disculpe. Lamentaría ofenderla. Pero en cuanto a su preocupación por los defectos de sus parientes allegados, consuélese pensando que siento la mayor estima hacia usted y su hermana mayor, tanto por el carácter de cada una como por la pericia de ambas como guerreras. Sólo diré que a tenor de lo que ocurrió esa noche, mi opinión de que la señorita Bennet había contraído la extraña plaga se vio confirmada por el hecho de que no participara con nosotros en la investigación del desdichado incidente ocurrido en la cocina, reafirmándome en mi deseo de impedir que mi amigo sufriera debido a una relación desastrosa. Al día siguiente Bingley partió de Netherfield para Londres, como sin duda recuerda, con intención de regresar a los pocos días.

A continuación explicaré mi papel en el asunto. La preocupación de las hermanas de Bingley era tan acuciante como la mía, aunque por distintos motivos. No tardamos en descubrir nuestra coincidencia de sentimientos, y pensando que no había tiempo que perder si queríamos salvar a Bingley, decidimos reunirnos con él en Londres. Una vez allí, señalé a mi amigo las consecuencias que podía tener su elección. Se las describí con todo detalle. Pero, por más que mis razones pudieran hacerle vacilar o demorar su decisión, no creo que en última instancia hubieran impedido el matrimonio, de no haberle asegurado yo que Jane sólo sentía indiferencia hacia él. Bingley había creído que la señorita Bennet correspondía a su amor con sinceridad, si no con análoga intensidad. Pero Bingley posee una profunda modestia natural, dependiendo más de mi criterio que del suyo propio. Por tanto, no me costó convencerlo de que se engañaba. Y tras haberlo convencido, no tardé un minuto en persuadirlo de que no debía regresar a Hertfordshire. No me reprocho por haberlo hecho. Pero hay una parte de mi conducta en este asunto que me disgusta, y es el hecho de haber adoptado ciertas medidas para ocultarle que la señorita Bennet estaba en la ciudad. Yo lo sabía, al igual que la señorita Bingley; pero su hermano sigue ignorándolo. Es probable que se hubieran encontrado sin mayores consecuencias; pero en aquel momento temí que el amor de Bingley hacia Jane no se hubiera extinguido lo suficiente para verla sin correr un riesgo. Es posible que esa ocultación, ese engaño fuera indigno de mí; pero está hecho, y lo hice de buena fe. No tengo nada más que añadir al respecto, ni pretendo disculparme. Si he herido los sentimientos de su hermana, fue sólo como consecuencia del afecto que siento por mi amigo, convencido de que la señorita Bennet estaba condenada a vagar por la tierra en busca de unos sesos que devorar.

Con respecto a la otra y más grave acusación, de haber perjudicado al señor Wickham, sólo puedo refutarla explicando la relación de éste con mi familia. Ignoro de qué me acusa el señor Wickham, pero puedo presentar a más de un testigo que confirmará la veracidad de mi relato.

El señor Wickham es hijo de un hombre muy respetable que durante años fue administrador de todas las propiedades de Pemberley, y cuya excelente conducta en el desempeño de sus funciones hizo que mi padre decidiera recompensarlo, dispensando su generosidad sobre George Wickham, que era el ahijado de mi padre. Mi padre le costeó los estudios y posteriormente su instrucción en Kyoto, una ayuda muy importante, ya que el padre del joven, siempre pobre debido a su derrochadora esposa, no habría podido ofrecerle una educación oriental. Mi padre no sólo estimaba a ese joven, que tenía un carácter encantador, sino que admiraba su habilidad en las artes mortales y, confiando en que siguiera esa profesión, decidió dejarle un dinero para que se instruyera en dichas artes. En cuanto a mí, hace muchos años que descubrí su verdadera naturaleza. Las nefastas inclinaciones, la falta de principios, que Wickham procuraba ocultar a su benefactor, no podían escapar a la atención de un joven de casi su misma edad, el cual, a diferencia del señor Darcy, tenía la oportunidad de observarlo en los momentos en que Wickham bajaba la guardia. Durante uno de esos momentos, el señor Wickham se jactó alegremente de su intención de practicar sus patadas circulares sobre nuestro mozo de cuadra, que era sordo, confiando en que, partiéndole el cuello, le serviría de escarmiento por no haberle lustrado la silla de montar a su entera satisfacción. Mi afecto por el desdichado sirviente exigía que le partiera las piernas al señor Wickham, a fin de impedir que llevara a cabo su siniestro plan. Llegado a este punto debo contrariarla de nuevo, aunque sólo usted sabe en qué medida. Sea cuales fueren los sentimientos que le haya inspirado el señor Wickham, la sospecha de la naturaleza de éstos no me impedirá revelarle su verdadero carácter, sino que constituye más bien un acicate.

Mi admirable padre murió hace aproximadamente cinco años. Su estima por el señor Wickham no mermó nunca, de forma que en su testamento me recomendó que le animara en su batalla contra los infames innombrables. Asimismo, mi padre le legó la cantidad de mil libras. El padre del señor Wickham no sobrevivió mucho tiempo al mío, y al cabo de medio año, Wickham me escribió informándome de que se proponía ampliar sus estudios en el manejo del mosquete, y que el interés que rendían mil libras era insuficiente para costearse esos estudios. Deseé creer en su sinceridad, por más que tenía mis dudas, pero en cualquier caso estaba dispuesto a satisfacer su petición, por lo que dispuse que recibiera tres mil libras. A partir de entonces toda relación entre nosotros se desvaneció. Yo estaba demasiado enojado con él para invitarlo a Pemberley, o para tratar de verlo en la ciudad. Tenía entendido que el señor Wickham residía principalmente en Londres, pero sus estudios en el manejo del mosquete eran falsos, y puesto que disponía de suficientes medios, se había entregado a una vida de holgazanería y disipación. Durante unos tres años apenas tuve noticias de él; pero al agotarse los fondos que yo le había enviado, me escribió de nuevo. Sus circunstancias, según dijo, eran lamentables. El estudio en el manejo del mosquete no le había satisfecho y había decidido ordenarse sacerdote, si yo accedía a concederle una renta anual. No creo que pueda reprocharme, señorita Elizabeth, que me negara a esa petición, ni que me resistiera a una reiteración de ella. El resentimiento del señor Wickham guardaba proporción con sus penosas circunstancias, y supongo que me criticaba ante los demás con tanta virulencia como me reprochaba mi trato hacia él. A partir de esa época, cesó toda relación entre nosotros. Ignoro cómo y de qué vivía. Pero el verano pasado tuve la mala fortuna de volver a toparme con él.

Debo señalar una circunstancia que preferiría olvidar, y que sólo la presente necesidad me induce a relatársela a otra persona. Dicho esto, confío, señorita Elizabeth, en que sabrá guardar el secreto. Mi hermana, diez años menor que yo, quedó bajo la tutela del sobrino de mi madre, el coronel Fitzwilliam, y yo mismo. Hace aproximadamente un año, la sacamos del colegio e instalamos en Londres. El verano pasado Georgiana fue con su dama de compañía, la señora Younge, a Ramsgate, donde se presentó también el señor Wickham, sin duda de forma premeditada, pues resultó que éste y la señora Younge, la cual nos engañó miserablemente, ya se conocían. Con la connivencia y ayuda de dicha señora, Wickham empezó a cortejar a Georgiana, cuyo afectuoso corazón guardaba una honda impresión de la amabilidad de éste cuando ella era una niña, de forma que Georgiana, creyendo estar enamorada, consintió en fugarse con él. Mi hermana tenía entonces quince años, lo cual la disculpa. Yo me reuní con ellos de forma imprevista un par de días antes de que se fugaran, y Georgiana, incapaz de soportar la idea de disgustar y ofender a un hermano al que consideraba casi un padre, me lo contó todo. Ya puede imaginar lo que sentí y cómo reaccioné. Por respeto a la reputación de mi hermana me abstuve de acusar al señor Wickham públicamente; pero mi honor exigía batirme en duelo con ese canalla, que abandonó Ramsgate de inmediato. Como es natural, la señora Younge fue salvajemente azotada frente al resto de los sirvientes. Es indudable que el objetivo principal del señor Wickham era la fortuna de mi hermana, que asciende a treinta mil libras; pero no puedo por menos de suponer que la esperanza de vengarse de mí constituía un poderoso aliciente. De haber logrado su propósito, su venganza habría sido completa.

Este, señora, es un fiel relato de todos los hechos que nos interesan a ambos. Si no lo rechaza como falso, confío en que me absuelva de toda crueldad hacia el señor Wickham. Ignoro de qué forma o bajo qué hipocresía entabló amistad con usted, pero su éxito no me choca. Comoquiera que usted ignoraba lo ocurrido, no podía imaginar que él estaba mintiendo, y usted no es de natural propensa a la suspicacia.

Quizá se pregunte por qué no se lo conté todo anoche. Yo no era dueño de mis emociones, por lo que no sabía qué podía revelarle. Para respaldar la verdad de cuanto le he relatado, cuento con el testimonio del coronel Fitzwilliam, quien, debido a nuestro estrecho parentesco y constante amistad, y más aún, como uno de los ejecutores del testamento de mi padre, ha conocido inevitablemente cada pormenor de este asunto. Si el desprecio que le inspiro la llevare a suponer que estas afirmaciones carecen de valor, ello no debe impedirle creer en mi primo, y para que pueda consultarle, buscaré la oportunidad de entregarle esta carta en el transcurso de la mañana. Que Dios la bendiga y salve a Inglaterra de su presente aflicción.

FITZWILLIAM DARCY

36

Si Elizabeth, cuando el señor Darcy le entregó la carga, no esperaba que contuviera una reiteración de su oferta, lo cierto es que no tenía ni remota idea de lo que podía contener. La leyó con un afán que apenas le permitía entender lo que decía, y debido a su impaciencia por averiguar lo que decía la siguiente frase, era incapaz de asimilar el significado de la anterior. Pensó de inmediato que era falso que Darcy hubiese creído que Jane había contraído la extraña plaga; y la descripción de sus objeciones reales y más graves contra la relación entre Jane y Bingley la enfureció hasta el extremo de que ni siquiera pensó en vengarse de él.

Pero cuando Darcy procedió a hablarle del señor Wickham —cuando Elizabeth leyó con mayor atención unos acontecimientos que, en caso de ser ciertos, desbarataban su opinión sobre los méritos del señor Wickham, y que guardaban una alarmante afinidad con su propia historia—, sus sentimientos se hicieron más dolorosos y difíciles de definir. Se sintió presa del asombro, la angustia e incluso el horror. Deseaba refutarlo todo, exclamando repetidamente:

—¡Esto tiene que ser falso! ¡Es imposible que sea cierto! ¡Tiene que ser una burda mentira!

En ese alterado estado de ánimo, incapaz de poner en orden sus pensamientos, siguió caminando. Pero al cabo de medio minuto volvió a desdoblar la carta y, tratando de recobrar la compostura, empezó a leer de nuevo el turbador relato de todo lo referente a Wickham, esforzándose en analizar el significado de cada frase. La descripción de su relación con la familia de Pemberley era tal como él le había contado; y la bondad del difunto señor Darcy, aunque Elizabeth había ignorado su alcance, concordaba también con las palabras de Wickham. ¡Pero la idea de castigar a un mozo de cuadra sordo! ¡Y por una ofensa tan nimia! Era casi imposible creer que un hombre del talante de Wickham fuera capaz de tamaña crueldad. Era imposible no pensar que existía una gigantesca falsedad por ambas partes. Durante unos momentos, se consoló pensando que no se había equivocado. Pero cuando leyó y releyó la misiva con más atención, los pormenores de lo ocurrido a raíz de que Wickham incumpliera los deseos del anciano Darcy de proseguir su adiestramiento, de haber recibido la considerable suma de tres mil libras, las dudas la asaltaron de nuevo. Dejó la carta y sopesó todas las circunstancias con la máxima imparcialidad, deliberando sobre la probabilidad de cada afirmación, pero con escaso éxito. Era tan sólo la aseveración de una y otra parte. Siguió leyendo, pero cada línea confirmaba con más claridad que la cuestión, por más que hubiera creído imposible que ningún ardid pudiera lograr que la conducta del señor Darcy resultara menos infame, había dado un giro capaz de hacer que dicho caballero pareciese totalmente libre de culpa en el asunto.

En Hertfordshire no sabían nada sobre la anterior vida de Wickham salvo lo que éste les había contado. En cuanto a su verdadero carácter, Elizabeth nunca había sentido el deseo de indagar en ello, aunque esa información hubiera estado a su alcance. La voz y los modales de Wickham hacían pensar que poseía todas las virtudes. Trató de recordar algún ejemplo de bondad, un rasgo de integridad o benevolencia que pudiera salvarlo de los ataques del señor Darcy; o al menos, debido al predominio de la virtud, redimirlo de lo que el señor Darcy había descrito como una vida de holgazanería y disipación a la que se había entregado durante muchos años. Pero no consiguió recordar ningún ejemplo de ello.

Recordaba perfectamente la conversación que había mantenido con Wickham durante la primera velada en casa de la señora Philips. Muchas de las expresiones del joven seguían grabadas en su memoria. En esos momentos le chocó la falta de recato de Wickham al hacerle esas confidencias a una extraña, y le sorprendió que se le hubiera escapado ese detalle. Vio la falta de decoro en la forma en que Wickham se había sincerado con ella, y la incoherencia entre sus manifestaciones y su conducta. Recordó que el joven había alardeado de no temer encontrarse con el señor Darcy, que era éste quien debía abandonar la comarca, no él; sin embargo, a la semana siguiente había evitado asistir al baile en Netherfield. Recordó también que mientras la familia de Netherfield no había abandonado el campo, Wickham sólo le había referido su historia a ella, pero que tras la partida de los otros, se lo había contado a todo el mundo; que no había mostrado el menor reparo ni escrúpulo en despotricar contra el señor Darcy, por más que le había asegurado a Elizabeth que el respeto que sentía por su padre le impediría siempre hablar mal de él.

¡Qué distinto parecía ahora todo lo concerniente a Wickham! En vista de la situación, su conducta hacia Elizabeth no tenía ningún motivo tolerable; o Wickham se había engañado pensando que ella tenía dinero, o había satisfecho su vanidad alimentando la atracción que Elizabeth había mostrado imprudentemente hacia él. Todo intento a favor del señor Wickham se debilitaba por momentos; y para mayor justificación del señor Darcy, Jane había afirmado tiempo atrás su inocencia en el asunto de Wickham, insistiendo en que, pese a lo orgulloso y repulsivo de su talante, nunca había observado nada en él que denotara que carecía de principios o que era injusto.

Elizabeth se sintió avergonzada de sí misma. No podía pensar en Darcy y en Wickham sin caer en la cuenta de lo ciega, parcial, arbitraria y absurda que había sido. De haber llevado encima su daga, se habría arrodillado y se habría infligido los siete cortes del deshonor sin que le temblara el pulso.

—¡Me he comportado de forma despreciable! —exclamó—.

¡Yo, que me ufano de mi discernimiento! ¡Yo, que me enorgullezco del dominio de mi mente y mi cuerpo! ¡Que me he burlado a menudo de la generosidad de mi hermana, y he satisfecho mi vanidad desconfiando inútilmente de las personas! ¡Qué humillante es este descubrimiento! ¡Ay, ojalá estuvieran aquí mis maestros para azotarme en la espalda con una vara húmeda de bambú!

Los pensamientos de Elizabeth oscilaban entre su persona y Jane, entre Jane y Bingley, recordando que la explicación del señor Darcy a ese respecto le había parecido poco satisfactoria. Leyó de nuevo la carta. La segunda lectura le produjo un efecto muy distinto. ¿Cómo podía negarle credibilidad en un caso, cuando en otro no podía por menos de concedérsela? El señor Darcy había dicho que había sospechado que Jane hubiera contraído la extraña plaga, y Elizabeth no podía negar que había estado justificado en sus sospechas; pues el catarro de Jane había sido tan fuerte que hasta Elizabeth había sospechado en un par de ocasiones lo mismo.

Cuando llegó al pasaje de la carta en que el señor Darcy se refería a su familia en unos términos de censura humillantes, aunque merecidos, su sentimiento de vergüenza se incrementó.

Después de caminar por el sendero durante unas dos horas, entregándose a todo género de reflexiones, analizando hechos, determinando posibilidades y tratando de reconciliarse con un cambio tan repentino e importante, la fatiga, y el largo rato que llevaba ausente, la obligaron a regresar. Entró en la casa procurando mostrarse tan animada como de costumbre, y decidida a reprimir cualquier pensamiento que le impidiera participar en la conversación.

Le informaron de inmediato de que durante su ausencia se habían presentado los dos caballeros de Rosings; el señor Darcy se había marchado al cabo de unos minutos, pero el coronel Fitzwilliam había permanecido una hora charlando con ellos, confiando en que Elizabeth regresara pronto, hasta el extremo de que había estado a punto de salir en su busca. Elizabeth fingió contrariedad por no haberlo visto, aunque en el fondo se alegraba. El coronel Fitzwilliam ya no era un objeto; Elizabeth sólo podía pensar en la carta.

37

Los dos caballeros partieron de Rosings por la mañana, y el señor Collins, que había esperado cerca de las casetas de los guardas para despedirse de ellos, regresó a casa con la grata noticia de que mostraban un magnífico aspecto y parecían muy animados a pesar de la tristeza que se había instalado en Rosings debido a la marcha inminente de los caballeros y a que Elizabeth hubiera matado a varios de los ninjas favoritos de su señoría. Acto seguido el señor Collins se dirigió apresuradamente a Rosings para consolar a lady Catherine y a su hija por la partida de sus parientes, y a su regreso les transmitió, con satisfacción, un mensaje de su señoría, manifestando que se sentía tan decaída que deseaba que fueran todos a cenar con ella.

Al ver a lady Catherine, Elizabeth no pudo por menos de pensar que, de haber aceptado el ofrecimiento del señor Darcy, éste la habría presentado a su señoría como su futura sobrina; no podía dejar de pensar sin una sonrisa en la indignación que hubiera mostrado la dama. «¿Qué habría dicho? ¿Cómo se habría comportado», se preguntó Elizabeth divertida.

El primer tema que abordaron fue el reducido grupo que había quedado en Rosings.

—Les aseguro que lo lamento mucho —dijo lady Catherine—. Creo que nadie siente la pérdida de unos amigos tanto como yo. Siento un gran afecto por esos jóvenes, y me consta que ellos me estiman mucho. Se mostraron consternados por tener que irse. Como siempre. El estimado coronel se esforzó en poner buena cara hasta el último momento; pero Darcy parecía más contrariado que el año pasado. Sin duda, su cariño por Rosings aumenta de año en año.

La señora Collins hizo un comentario halagador, que fue recibido con sonrisas amables por madre e hija, pese a que nadie era capaz de comprender lo que farfullaba.

Después de cenar, lady Catherine observó que la señorita Bennet parecía algo decaída, y tratando de explicarse el motivo y suponiendo que no le apetecía regresar tan pronto a su casa, añadió:

—En tal caso, debe escribir a su madre y rogarle que le permita quedarse unos días más. Estoy segura de que la señora Collins se alegrará de su compañía.

—Agradezco a su señoría su amable invitación —respondió Elizabeth—, pero no puedo aceptarla. Debo regresar el sábado que viene.

—En cualquier caso, sólo habrá permanecido aquí seis semanas. Supuse que se quedaría dos meses, tal como le dije al señor Collins antes de que usted llegara. No hay motivo para que se marche tan pronto. Estoy segura de que la señora Bennet no se opondrá a que se quede otros quince días.

—Pero mi padre, sí. La semana pasada me escribió instándome a que regresara cuanto antes, pues la tierra empieza a ablandarse y dentro de poco Hertfordshire estará invadido de innombrables.

—¡Es absurdo que su padre insista en que regrese! He observado su habilidad en las artes mortales, querida, y no ha alcanzado un nivel capaz de decidir la suerte de Hertfordshire o cualquier otro lugar.

Elizabeth no daba crédito al insulto. De no experimentar un renovado afecto por el señor Darcy, habría desafiado a su señoría a un duelo por haber ofendido su honor.

Lady Catherine prosiguió:

—Si se queda un mes, la llevaré a Londres, pues pienso ir allí a primeros de junio, para hablar con su majestad de la estrategia que conviene adoptar; y puesto que mis guardias personales insisten en que viaje en un landó, hay espacio suficiente para una de ustedes. Y si refresca, no tendré inconveniente en llevarlas a las dos, puesto que ninguna es tan obesa como el señor Collins.

—Es usted muy amable, señora; pero debemos atenernos a nuestro plan original.

Lady Catherine pareció resignarse.

—Señora Collins, debe enviar a uno de mis ninjas con ellas. Sabe que siempre digo lo que pienso, y no soporto la idea de que dos muchachas jóvenes viajen solas. Es muy imprudente en estos tiempos. Las jóvenes deben ir siempre debidamente acompañadas y custodiadas, a menos que sean una mujer rara, como yo, que he estudiado con los maestros más reputados de Japón, no con esos toscos campesinos chinos.

—Mi tío nos enviará a un criado para acompañarnos, señoría, pero le aseguro que soy más que capaz de...

—¡Ah! ¿De modo que su tío tiene un mayordomo? Celebro que tengan a alguien que piense en esos pormenores. ¿Dónde cambiarán de caballos? ¡Oh! En Bromley, por supuesto. Si mencionan mi nombre en el Bell, las atenderán solícitamente.

Lady Catherine formuló muchas otras preguntas con respecto al viaje, y puesto que no las respondió todas ella misma, Elizabeth tuvo que prestarle atención, de lo cual se alegró, pues al distraerse con ello no pensó en otras cosas. La reflexión la reservaba para sus horas de soledad; cuando estaba sola, se entregaba a ella con gran alivio; y no pasaba un día sin que diera un paseo sola, durante el cual podía deleitarse pensando en cosas ingratas.

Elizabeth casi se había aprendido de memoria la carta del señor Darcy. Analizó cada frase; y sus sentimientos hacia su autor en ocasiones variaban mucho. Cuando recordaba su orgulloso talante, soñaba con ver que sus ojos adquirían una expresión vidriosa mientras ella lo estrangulaba; pero cuando pensaba en lo injustamente que lo había condenado y censurado, su ira se volvía contra ella y se apresuraba a infligirse con su daga los siete cortes de la vergüenza, que apenas tenían tiempo de cicatrizar. El amor que le había declarado el señor Darcy suscitaba en Elizabeth gratitud; su carácter, en términos generales, respeto. Pero no podía aprobar su conducta, no se arrepentía ni por un momento de haberlo rechazado ni sentía el menor deseo de volver a verlo. Su propia conducta en el pasado era motivo para ella de contrariedad y disgusto, así como los nefastos defectos de su propia familia, una cuestión que le causaba un profundo pesar. No tenían remedio. Su padre, que se contentaba con reírse de ellas, jamás se esforzaba en corregir la superficialidad de sus hijas menores; y su madre, cuyos modales dejaban mucho que desear, era insensible a todo lo que fuera nocivo. En ocasiones Elizabeth se unía a Jane para castigar la imprudencia de Catherine y Lydia, empleando una vara húmeda de bambú; pero mientras la tolerancia de su madre las apoyara, ¿qué posibilidad tenían de enmendarse? Catherine, indisciplinada, irritable y sometida a la voluntad de Lydia, siempre se enfurecía ante los intentos de Elizabeth y Jane de corregirla; y Lydia, testaruda y estúpida, apenas les hacía caso. Eran ignorantes, holgazanas y vanidosas. En tanto Meryton estuviera a escasa distancia a pie de Longbourn, no dejarían de ir allí, matando zombis sólo cuando la presencia de éstos frustrara su propósito de coquetear con los oficiales.

El bienestar de Jane era otro motivo de constante preocupación para Elizabeth; y la explicación del señor Darcy, que había servido para restituir la buena opinión que Elizabeth tenía del señor Bingley, ponía de relieve lo que Jane había perdido. Estaba claro que el afecto de Bingley por ella era sincero, y su conducta le exoneraba de toda culpa, salvo las consecuencias que pudieran derivarse de las confidencias que había hecho a su amigo. ¡Qué doloroso pensar que la estupidez y falta de decoro de su familia hubiera privado a Jane de una situación tan deseable en todos los aspectos, tan llena de ventajas y que le ofrecía una dicha tan grande! ¡Ojalá tuviera el valor de desembarazarse de todos ellos!

Cuando esos pensamientos se sumaban al hecho de haber averiguado la verdad sobre el señor Wickham, era fácil comprender que el buen humor que había caracterizado a Elizabeth se viera ahora tan afectado como para impedir que se mostrara medianamente animada.

La última semana sus visitas a Rosings fueron tan frecuentes como al principio. La última velada la pasaron allí. Su señoría se burló de nuevo de la calidad del adiestramiento en combate chino, explicándoles el mejor método de hacer el equipaje, insistiendo en la necesidad de colocar los vestidos de una determinada forma, hasta el extremo de que María decidió deshacer el baúl, que había preparado esa mañana, y volver a hacerlo.

Cuando se despidieron, lady Catherine, con gran condescendencia, les deseó un buen viaje y las invitó a regresar a Hunsford el año próximo; y la señorita De Bourgh tuvo incluso la cortesía de tender a ambas su frágil mano.

38

El sábado por la mañana Elizabeth y el señor Collins se reunieron para desayunar unos minutos antes de que aparecieran las demás. El señor Collins aprovechó la oportunidad para hacer unos educados comentarios de despedida, que estimó indispensablemente necesarios.

—No sé, señorita Elizabeth —dijo—, si la señora Collins le ha expresado cuánto agradece su amabilidad al venir a visitarnos; pero tenga la certeza de que no se marchará de casa sin que mi esposa le dé las gracias. Agradecemos profundamente el favor de su compañía, se lo aseguro. Sabemos que nuestra vivienda es demasiado modesta para tentar a alguien a venir. Nuestro sencillo estilo de vida, nuestras pequeñas habitaciones, nuestros escasos sirvientes y lo poco que vemos del mundo, deben hacer que Hunsford le parezca muy aburrido a una joven que ha viajado dos veces a Oriente.

Elizabeth se afanó en darle las gracias y asegurarle que se había sentido muy feliz allí. Había pasado seis semanas muy agradables; y el placer de estar con Charlotte, además de las amables atenciones que había recibido, hacía que se sintiera en deuda con ellos. El señor Collins respondió:

—Mi querida Charlotte y yo tenemos una forma de ser y de pensar idéntica. Entre nosotros existe un asombroso parecido en cuanto a mentalidad. Parece como si hubiéramos estado destinados el uno al otro.

Elizabeth estuvo tentada de responder, habida cuenta de la enfermedad de Charlotte y lo poco atractivo que era el señor Collins en todos los sentidos, que compartía esa afirmación. Pero se limitó a decir con firmeza que estaba convencida de la dicha doméstica de que gozaba el señor Collins, de la cual se alegraba. No obstante, no lamentó que ese recital fuera interrumpido por la dama de la que estaban hablando. ¡Pobre Charlotte! ¡Era penoso ver su transformación! Pero ella misma lo había elegido con los ojos abiertos. Y aunque el mentecato del señor Collins no tardaría en averiguar su estado y verse obligado a decapitarla, Charlotte no pedía compasión. Su casa y sus quehaceres domésticos, su parroquia y sus pollos, y su creciente ansia de devorar tiernos bocados de suculentos sesos, no habían perdido su atractivo.

Por fin llegó la calesa, sujetaron los baúles a ella, colocaron los bultos en su interior y se dispusieron a partir. Después de una afectuosa despedida de Charlotte, a quien Elizabeth sabía que no volvería a ver, el señor Collins las acompañó hasta el coche, y mientras avanzaban por el jardín, éste pidió a Elizabeth que presentara sus respetos a su familia, sin olvidar darles las gracias por la amabilidad que habían tenido con él durante el invierno en Longbourn, y que transmitiera sus saludos al señor y la señora Gardiner, aunque no los conocía. A continuación el señor Collins ayudó a Elizabeth y luego a María a montarse en la calesa, y, cuando se disponía a cerrar la portezuela, de pronto recordó a las jóvenes, no sin cierta consternación, que habían olvidado dejar un mensaje para las damas de Rosings.

—Pero —añadió—, supongo que desearán que yo les presente sus humildes respetos, junto con su gratitud por la amabilidad que les han dispensado durante su estancia aquí.

Elizabeth no opuso ninguna objeción. El señor Collins cerró la portezuela y el coche partió.

—¡Cielo santo! —exclamó María tras unos minutos de silencio—. ¡Se diría que han transcurrido sólo un par de días desde nuestra llegada! Y sin embargo han ocurrido muchas cosas.

—En efecto, muchas cosas —respondió su compañera de viaje suspirando.

—Hemos cenado nueve veces en Rosings, aparte de tomar el té allí en dos ocasiones. ¡Cuántas cosas tengo que contar!

«¡Y cuántas tengo yo que ocultar!», añadió Elizabeth para sus adentros.

Los primeros quince kilómetros del viaje transcurrieron sin que conversaran ni sufrieran contratiempo alguno. Pero cuando llegaron a la vieja iglesia pintada de blanco de la parroquia de St. Ezra, Elizabeth percibió el olor a muerte en el aire y ordenó al cochero que se detuviera.

Era una iglesia imponente para una aldea tan pequeña, construida sobre un armazón de troncos de madera cepillada y cubierta con centenares de tablas encaladas. Los habitantes de St. Ezra tenían fama de piadosos, y cada sábado y domingo llenaban los bancos de la iglesia para pedir al Señor que los librara de las legiones de Satanás. En ambos lados del edificio había unas vidrieras de colores que narraban la historia del descenso de Inglaterra de la paz al caos; la última vidriera mostraba a un Cristo resucitado que había regresado para exterminar a los últimos innombrables, Excalibur en mano.

Mientras el cochero y el criado aguardaban nerviosos con María, Elizabeth subió los escalones que daban acceso a la astillada puerta de la iglesia, empuñando su espada. El olor a muerte era abrumador, y varias vidrieras estaban destrozadas. Algo terrible había sucedido allí, aunque Elizabeth no podía adivinar si había ocurrido recientemente.

Entró en la iglesia dispuesta a plantar batalla, pero al contemplar el interior del templo, enfundó su katana, pues no podía utilizarla allí. En todo caso, no en esos momentos. Parecía como si toda la parroquia de St. Ezra se hubiera atrincherado en la iglesia. Había cuerpos por doquier: en los bancos, en los pasillos, con los cráneos destrozados; les habían extraído hasta el último fragmento de sus sesos, como las semillas de una calabaza en Halloween. Cuando los monstruos habían asediado su parroquia, las gentes se habían refugiado en el único lugar seguro que conocían; pero no fue lo suficientemente seguro. Los zombis los habían derrotado debido a que eran más numerosos que ellos y a su insaciable determinación. Los hombres sostenían aún sus horcas; las mujeres yacían postradas abrazadas a sus hijos. Elizabeth sintió que se le saltaban las lágrimas al imaginar el horror de los últimos momentos de esas gentes. Los gritos. El siniestro espectáculo de los monstruos despedazando a otros ante sus ojos. El horror de ser devorados vivos por unas criaturas de una maldad indescriptible.

Una lágrima rodó por su mejilla, que se apresuró a enjugar, sintiéndose un tanto avergonzado de que se le hubiera escapado.

—¡La casa de Dios profanada! —dijo María cuando prosiguieron su viaje—. ¿Acaso esos innombrables no tienen ningún sentido de la decencia?

—Eso no significa nada para ellos —respondió Elizabeth por la ventanilla del coche con expresión ausente—. Y para nosotras tampoco debería significar nada.

Llegaron a casa del señor Gardiner sin sufrir mayores contratiempos, y permanecieron allí unos días. Jane tenía buen aspecto, pero debido a los numerosos compromisos que su amable tía les tenía reservados, Elizabeth apenas tuvo oportunidad de observar su estado de ánimo. No obstante, Jane regresaría con ella a Longbourn, y Elizabeth tendría allí tiempo de sobra para observarla.

Entretanto, Elizabeth tuvo que hacer un esfuerzo y esperar hasta llegar a Longbourn para relatarle la proposición del señor Darcy. Era muy tentador revelar a Jane algo que Elizabeth sabía que la dejaría estupefacta, y sólo su persistente indecisión le impidió contárselo, junto con el temor de que, cuando abordara el asunto, su hermana le insistiera en que le contara algo sobre Bingley que no haría sino afligirla más.

39

Durante la segunda semana de mayo, las tres jóvenes partieron del Sector Seis Este para Hertfordshire. Cuando se aproximaron a la hostería donde debían reunirse con el carruaje del señor Bennet, vieron enseguida, gracias a la puntualidad del cochero, a Kitty y a Lydia asomadas a la ventana del comedor, situado en la planta superior. Las dos muchachas llevaban más de una hora en ese lugar, y se divertían entreteniendo al centinela de guardia con indecorosas exhibiciones de su pericia con una estrella voladora, para desesperación del caballo de tiro que servía de involuntario blanco.

Después de saludar a sus hermanas, las jóvenes les mostraron con aire triunfal una mesa dispuesta con un abundante surtido de viandas, como el que suele hallarse en la despensa de cualquier hostería, exclamando:

—¿No es magnífico? ¡A que es una sorpresa muy agradable!

—Queríamos invitaros —añadió Lydia—, pero tenéis que prestarnos el dinero, porque nos lo hemos gastado en esa tienda que hay ahí. —Luego, mostrándoles lo que había comprado, dijo—: Mirad, me he comprado este sombrero.

Cuando sus hermanas lo criticaron diciendo que era muy feo, Lydia agregó sin inmutarse—: Pues en la tienda había dos o tres mucho más feos; y cuando compre un pedazo de raso de un color bonito para adornarlo, creo que quedará muy bien. Además, apenas importará lo que nos pongamos este verano, después de que los soldados se hayan marchado de Meryton. Parten dentro de quince días.

—¡No me digas! —exclamó Elizabeth con gran satisfacción;

pues sus hermanas no sólo dedicarían más atención a su adiestramiento, sino que el hecho de que levantaran el campamento significaba que durante la ausencia de Elizabeth los soldados habían conseguido librar a Hertfordshire en gran medida de la amenaza de los innombrables.

—Acamparán cerca de Brighton. ¡Quiero que papá nos lleve a las tres a pasar el verano allí! Sería delicioso, y no costaría mucho dinero. ¡Mamá también quiere ir! ¡Pensad en el aburrido verano que pasaremos si no vamos! ¡Sin apenas ningún baile al que asistir en Meryton!

«Sí —pensó Elizabeth—, un verano con pocos bailes será muy aburrido para una joven que apenas piensa en otra cosa.»

Jane y Elizabeth se miraron, y dijeron al camarero que podía retirarse. Lydia se rió y dijo:

—Es muy propio de vuestra formalidad y discreción. Creéis que el camarero no debe escuchar lo que decimos, ¡como si le importara un bledo! Imagino que a menudo oye cosas mucho peores que lo que voy a decir. ¡Pero es muy feo! ¡Jamás he visto un mentón tan pronunciado! Por poco lo mato al confundirlo con un zombi. Pero estoy impaciente por oír las noticias. Se trata de Wickham, ¿no es así? ¿Algo que el camarero no debía oír? No hay peligro de que Wickham se case con Mary King. ¡Ya lo sabéis! Mary se ha ido a vivir a casa de su tío en Liverpool. Wickham está a salvo.

—¡Y Mary King también está a salvo! —apostilló Elizabeth—. A salvo de una relación que no podía acabar bien.

—Si Wickham le gustaba, ha sido una idiota de marcharse.

—Confío en que no exista un profundo afecto entre ambos —comentó Jane.

—Estoy segura de que no es el caso. Doy fe de que a Wickham no le importa en absoluto. ¿Quién iba a fijarse en una chica tan feúcha y llena de pecas, sin ninguna pericia?

Cuando hubieron comido, y las hermanas mayores pagaran el almuerzo, pidieron el coche. Tras no pocos esfuerzos, todo el grupo, con sus cajas, armas y paquetes, además de las inoportunas compras de Kitty y Lydia, se instaló en el carruaje.

—Menos mal que, aunque algo estrechas, cabemos todas —dijo Lydia—. Me alegro de haber comprado el sombrero, ¡así tendré otra sombrerera! Cuando nos hayamos instalado cómodamente, charlaremos y nos reiremos durante todo el trayecto. En primer lugar, queremos saber todo lo que habéis hecho desde que os fuisteis. ¿Habéis conocido a unos hombres agradables? ¿Habéis coqueteado? Yo confiaba en que una de vosotras atrapara a un marido antes de regresar. Dentro de poco Jane se convertirá en una solterona. ¡Va a cumplir veintitrés años! No imagináis lo impaciente que está tía Phillips por que os caséis. Dice que Lizzy debería haber aceptado al señor Collins; pero creo que no habría sido nada divertido. ¡Ay, Señor, cómo me gustaría casarme antes que vosotras! Así podría acompañaros de carabina a los bailes. ¡Cielos, cómo nos divertimos el otro día en casa del coronel Forster! Kitty y yo pasamos allí todo el día, y la señora Forster prometió organizar un pequeño baile por la noche (a propósito, la señora Forster y yo nos hemos hecho muy amigas), de modo que invitó a las dos Harrington, pero Harriet estaba indispuesta, así que Pen tuvo que venir sola...

De pronto Elizabeth desenfundó su katana y le cortó a Lydia la cabeza, que cayó dentro de la sombrerera.

Las otras miraron en silencio y estupefactas mientras un torrente de sangre chorreaba del cuello de Lydia, manchándoles sus vestidos. Elizabeth enfundó su espada y dijo con exquisita delicadeza:

—Os ruego que me perdonéis, pero no soportaba seguir escuchando su cháchara.

No obstante, cuando dirigió de nuevo la vista hacia Lydia, comprobó sorprendida que tenía la cabeza adherida al tronco.

—¡Cielos, cómo me reí! —prosiguió su hermana menor—. Al igual que la señora Forster. Creí que iba a morirse de la risa.

Elizabeth suspiró. Ojalá pudiera cortarle la cabeza a Lydia.

Con su estúpido parloteo, apoyada por los comentarios y apostillas de Kitty, Lydia trató de amenizar a sus acompañantes el viaje hasta Longbourn. Elizabeth procuró no prestarle atención, pero imposible no oírla mencionar con frecuencia a Wickham.

Al llegar a casa fueron acogidas con gran afecto. La señora Bennet se alegró de ver que Jane seguía luciendo toda su belleza. En más de una ocasión durante la cena, el señor Bennet dijo espontáneamente a Elizabeth:

—Me alegro de que hayas vuelto, Lizzy.

Formaban un grupo numeroso en el comedor, pues casi todos los Lucas habían venido para conocer a María y escuchar las noticias. Hablaron de varios temas: lady Lucas preguntó por su hija mayor, y María le informó de que gozaba de excelente salud y estado de ánimo.

«¿Se han vuelto todos locos? —pensó Elizabeth—. ¿Es que no se dan cuenta de que está más muerta que viva debido a la plaga?»

La señora Bennet estaba doblemente ocupada, por un lado recabando información sobre las últimas modas por parte de Jane, que estaba sentada a cierta distancia de ella, y, por el otro, transmitiéndola a las jóvenes Lucas. Y Lydia, con voz más alta que los demás, enumeraba los diversos placeres de la mañana a todo el que quisiera escucharla.

—¡Ay, Mary! —exclamó—. ¡Ojalá hubieras venido con nosotras, pues no sabes lo que nos hemos divertido! Durante el trayecto, Kitty y yo abrimos las ventanillas del coche y nos entretuvimos burlándonos de los jornaleros encargados de prender fuego a los montones de cadáveres que se habían acumulado esa mañana. Y cuando llegamos al George, tuvimos el bonito gesto de invitar a las otras tres a degustar la comida fría más exquisita del mundo. Si hubieras venido, te habríamos invitado también. Y cuando nos marchamos, nos divertimos muchísimo. Temí que no cabríamos en el coche. Estaba muerta de risa. ¡No dejamos de reírnos durante todo el camino!

¡Charlamos y nos reímos tanto, que los zombis debieron de oírnos a diez leguas de distancia!

Mary respondió con tono grave:

—Lejos de mi ánimo, querida hermana, menospreciar esos placeres, que sin duda son propios de la mentalidad femenina. Pero confieso que no me atraen en absoluto. Prefiero con mucho una buena sesión de adiestramiento.

Pero Lydia no escuchó una palabra de esa respuesta. Rara vez escuchaba a nadie durante más de medio minuto, y no prestó la menor atención a Mary.

Por la tarde Lydia instó a las demás jóvenes a que fueran andando a Meryton para ver cómo estaban todos. Pero Elizabeth se opuso a dicho plan. No convenía dar la impresión de que las señoritas Bennet no podían permanecer en casa medio día sin salir en busca de los oficiales. Tenía otro motivo para oponerse a ello. Temía volver a ver al señor Wickham, y estaba decidida a partirle la boca si se topaba con él. La perspectiva de que el regimiento partiría pronto le producía un alivio indescriptible. Dentro de quince días se marcharían, y Elizabeth confiaba en que todo lo referente al señor Wickham dejara de atormentarla.

Llevaba pocas horas en la casa cuando comprobó que el proyecto de Brighton, sobre el que Lydia les había hablado en la hostería, era motivo de frecuente discusión entre sus padres. La joven comprendió enseguida que su padre no tenía intención de ceder; pero al mismo tiempo sus respuestas eran tan vagas y equívocas que su madre no perdía la esperanza de salirse con la suya.

40

Elizabeth ya no podía reprimir su impaciencia de informar a Jane de lo que había ocurrido; y, por fin, decidida a suprimir todo detalle relacionado con su hermana, a la mañana siguiente le relató buena parte de la escena que se había producido entre el señor Darcy y ella.

El asombro de Jane no tardó en disminuir para dar paso al profundo afecto que sentía por su hermana, que hacía que toda admiración hacia Elizabeth pareciera absolutamente normal. Jane se mostró contrariada de que el señor Darcy hubiera expresado sus sentimientos de una forma tan poco apropiada, pero aún más disgustada al averiguar que ambos habían peleado, destrozando la repisa de la chimenea del señor Collins.

—Me irritó que el señor Darcy se mostrara tan seguro de tener éxito —dijo Jane—, lo cual fue un error, pero piensa en lo frustrado que debió de sentirse.

—Ciertamente —respondió Elizabeth—. Lo siento por él, pero alberga otros sentimientos que sin duda sofocarán su afecto por mí. ¿No me reprochas que le rechazara?

—¿Reprochártelo? En absoluto.

—¿Pero me reprochas haber hablado con tanta simpatía de Wickham?

—No creo que obraras mal al decir lo que dijiste.

—Pero cambiarás de opinión cuando te cuente lo que ocurrió al día siguiente.

Elizabeth le habló entonces de la carta, repitiendo todo su contenido en lo que se refería a George Wickham, en particular su comportamiento hacia el mozo de cuadra y la señorita Darcy. Eso fue un golpe para la pobre Jane, que estaba dispuesta a seguir viviendo negándose a creer que existiese tanta maldad en la raza humana como acumulaba un solo individuo. Ni siquiera la reivindicación de Darcy, aunque se alegraba de ello, fue capaz de consolarla de ese descubrimiento. Jane hizo cuando pudo por demostrar la probabilidad de error, tratando de eximir a uno sin perjudicar al otro.

—No te esfuerces —dijo Elizabeth—, jamás lograrás hacer que ambos parezcan respetables. Debes elegir entre uno u otro. Ambos reúnen tan sólo los méritos suficientes para que uno de ellos parezca decente, y últimamente la balanza oscila mucho. Por lo que a mí respecta, me inclino a creer en Darcy, pero tú puedes elegir al que quieras.

Con todo, Elizabeth tardó un rato en arrancar una sonrisa a Jane.

—No recuerdo haberme sentido tan escandalizada por un ser vivo —dijo ésta—. ¡Wickham es un canalla! Su perfidia es casi increíble. ¡Y el pobre señor Darcy! Querida Lizzy, piensa lo que debe de haber sufrido. ¡Qué decepción la suya! ¡Y sabiendo el pésimo concepto que tenías de él! ¡Y tener que azotar a la gobernanta de su hermana! Es terrible. Estoy segura de que opinas lo mismo que yo.

—Desde luego. Pero quiero pedirte tu consejo sobre un particular. Quiero que me digas si debo o no revelar a las personas que conocemos el verdadero carácter de Wickham.

La señorita Bennet respondió:

—No creo que haya motivo para perjudicarlo de esa forma. ¿Tú qué opinas?

—Que no debo hacerlo. El señor Darcy no me ha autorizado a revelar a otros lo que me ha contado. Por el contrario, me pidió que guardara en secreto todos los pormenores referentes a su hermana; y si trato de sacar a la gente de su error en cuanto al resto de su conducta, ¿quién va a creerme? La predisposición general en contra del señor Darcy es tan violenta, que la mitad de las buenas gentes de Meryton fracasarían si trataran de hablar bien de él. No soy partidaria de hacerlo. Wickham no tardará en irse, por lo que no afectará a nadie de aquí el que sea un canalla. De momento no diré nada al respecto.

—Tienes razón. Poner al descubierto sus errores podría forzarlo a exigir una satisfacción al señor Darcy, y cuando dos caballeros se baten en duelo, rara vez acaba bien. No debemos empujarlo a la desesperación. Como diría nuestro estimado maestro, un tigre enjaulado muerde con el doble de ferocidad.

Esa conversación aplacó el tumulto que se agitaba en la mente de Elizabeth. Se había librado de dos de los secretos que habían pesado sobre ella durante quince días. Pero aún había algo que la preocupaba, si bien la prudencia le impedía revelarlo. Elizabeth no se atrevía a relatar a su hermana la otra mitad de la carta del señor Darcy, en la que describía lo mucho que la amaba Bingley.

Una vez de regreso en casa, Elizabeth pudo observar el verdadero estado de ánimo de Jane. Su hermana no era feliz. Seguía albergando un intenso sentimiento por Bingley. Puesto que nunca se había enamorado antes, su cariño contenía toda la ternura de un primer amor, y, debido a su edad y forma de ser, una mayor firmeza de la que suelen tener los primeros amores. Jane atesoraba tanto el recuerdo de Bingley, al que prefería a cualquier otro hombre, que tenía que hacer acopio de toda su sensatez, y tener en cuenta los sentimientos de sus amigos, para no sumirse en una congoja que podía perjudicar su salud y su tranquilidad de espíritu.

—Y bien, Lizzy —dijo la señora Bennet un día—. ¿Qué opinas sobre el penoso asunto de Jane? Por mi parte, estoy decidida a no volver a hablar de ello con nadie, tal como le aseguré el otro día a mi hermana Philips. Pero no consigo averiguar si Jane lo vio o no en Londres. En cualquier caso, es un joven muy ingrato, y supongo que no existe la menor posibilidad de que Jane logre conquistarlo. No he oído decir que Bingley piense regresar a Netherfield en verano, por más que se lo he preguntado a todos los que supuse que lo sabrían.

—No creo que vuelva a instalarse nunca en Netherfield.

—¡En fin! Que haga lo que quiera. Nadie desea que regrese. Me consuelo pensando que Jane morirá a consecuencia de este desengaño amoroso, y entonces Bingley se arrepentirá de lo que ha hecho.

Pero dado que estas perspectivas no la consolaban, Elizabeth se abstuvo de responder.

—Bien, Lizzy —prosiguió su madre poco después—. De modo que los Collins viven muy holgadamente. Espero que dure. ¿Qué clase de comida sirven en su casa? Charlotte es una excelente administradora. Si es la mitad de lista que su madre, imagino que sabrá ahorrar. Supongo que no llevan una vida de despilfarro.

—En absoluto. —Elizabeth no se atrevió a contar a su madre el lamentable estado de Charlotte. La pobre mujer apenas era capaz de dominar sus nervios.

—Supongo que hablarán a menudo de instalarse en Longbourn cuando tu padre muera. Deduzco que deben de considerar que les pertenece.

—No mencionaron ese tema en mi presencia.

—Claro, habría sido chocante. Pero no dudo de que hablan a menudo del asunto entre ellos. En fin, si no les importa tomar posesión de una propiedad que no les pertenece legalmente, mejor para ellos. A mí me avergonzaría echar a una anciana de su hogar.

41

La primera semana de su regreso transcurrió rápidamente, tras la cual comenzó la segunda. Eran los últimos días de estancia del regimiento en Meryton, y todas las jóvenes de la comarca estaban enfermas de melancolía. La tristeza era casi universal. Las mayores de las hermanas Bennet eran las únicas que eran capaces de comer, beber, dormir y practicar sus ejercicios cotidianos, que en esa época del año consistía en juegos como «Besar al Ciervo,» un juego que había inventado su padre para perfeccionar la agilidad de sus pies y la fuerza de sus brazos. Las reglas eran muy simples: acercarse sigilosamente por detrás a uno de los grandes ciervos que pastaban en el bosque cercano, derribarlo y besarlo en el hocico antes de soltarlo. Jane y Elizabeth se divertían muchas tardes con ese juego. Kitty y Lydia, cuya tristeza era infinita y no podían comprender que nadie de la familia se divirtiera, les reprochaban su falta de sensibilidad.

—¡Santo cielo! ¿Qué será de nosotras? ¿Qué vamos a hacer? —solían exclamar con amargura y desesperación—. ¿Cómo puedes sonreír de esa forma, Lizzy?

Su afectuosa madre compartía su dolor; recordaba lo que ella misma había sufrido en una ocasión similar, hacía veinticinco años.

—Lloré durante dos días cuando el regimiento del coronel Miller partió —dijo—. Creí que me moriría de pena.

—Yo sí que me moriré de pena —declaró Lydia.

—¡Si al menos pudiéramos ir a Brighton! —observó la señora Bennet.

—¡Ay, sí! ¡Ojalá pudiéramos ir a Brighton! Pero papá es un antipático.

—Tía Philips está segura de que me sentaría muy bien —apostilló Kitty.

Tales eran las lamentaciones que resonaban perpetuamente en las estancias de Longbourn House. Elizabeth trató de buscarles el lado divertido, pero la sensación de vergüenza sofocaba cualquier regocijo. Sentía de nuevo lo acertado de las objeciones del señor Darcy, y nunca se había deleitado tanto abriendo las costras de sus siete cortes.

Pero las tristes perspectivas de Lydia no tardaron en disiparse, pues recibió una invitación de la señora Forster, la esposa del coronel del regimiento, para acompañarla a Brighton. Esa impagable amiga era una mujer muy joven, que se había casado recientemente. Lydia y ella tenían en común un carácter alegre y sentido del humor, y tres meses después de conocerse se habían hecho amigas íntimas.

El entusiasmo de Lydia en esa ocasión, su adoración por la señora Forster, la alegría de la señora Bennet y el disgusto de Kitty eran indescriptibles. Lydia, consciente de los sentimientos de su hermana, se movía a través de la casa en un agitado éxtasis, pidiendo a todos que la felicitaran, riendo y parloteando con más vehemencia que nunca, mientras la pobre Kitty pasaba las horas apuntando su arco contra cualquier ciervo, conejo o ave que tuviera la desdicha de acercarse demasiado a la casa.

—No entiendo por qué la señora Forster no me ha invitado a mí también —se quejaba Kitty—, aunque no sea su amiga íntima. Tengo tanto derecho a que me invite como Lydia.

Elizabeth trató en vano de que razonara, y Jane de que se resignara. En cuanto a Elizabeth, esa invitación estaba lejos de entusiasmarla como a su madre y a Lydia, hasta el extremo de que la consideraba una sentencia de muerte para cualquier posibilidad de que la joven recobrase el sentido común; y aunque sabia que Lydia la detestaría de haberlo sabido, Elizabeth no pudo por me-

Las reglas eran muy simples: acercarse sigilosamente por detrás a uno de los grandes ciervos que pastaban en el bosque cercano, derribarlo y besarlo en el hocico antes de soltarlo.

nos de aconsejar a su padre que no la dejara ir. Le hizo ver todos los fallos de la conducta de Lydia en general, la escasa ventaja que obtendría de su amistad con una mujer como la señora Forster, y la probabilidad de que en Brighton con semejante acompañante se comportarse de forma aún más imprudente que en casa. Después de escucharla con atención, su padre dijo:

—Lydia no cejará hasta conseguir hacer el ridículo en algún lugar público, y no podemos esperar que lo haga sin que a su familia le cueste tan poco dinero e inconvenientes como en estas circunstancias.

—Si comprendieras —contestó Elizabeth— la enorme desventaja que representa para todos nosotros el que Lydia se comporte de forma impropia e imprudente en público, cosa que ya ha sucedido, como sin duda sabes, juzgarías este asunto de modo muy distinto.

—¿Que ya ha sucedido? —repitió el señor Bennet—. ¿Qué ha hecho Lydia, ahuyentar a uno de tus admiradores? ¡Pobre Lizzy! Pero no te desanimes. Esos jóvenes pusilánimes que huyen de cualquier situación un tanto absurda, no merecen que llores por ellos. Anda, muéstrame la lista de lechuguinos a quienes la estupidez de Lydia ha ahuyentado.

—Te equivocas. No he sufrido ningún desengaño amoroso. No me lamento de un mal en particular, sino en general. Nuestra importancia, nuestra respetabilidad ante los demás se ve afectada por la extrema volubilidad y el desprecio hacia toda moderación que caracterizan a Lydia. Discúlpame que hable sin tapujos. Si tú, querido padre, no quieres tomarte la molestia de reprimir su exuberante temperamento, o recordarle nuestro juramento de sangre de defender ante todo la Corona, dentro de poco Lydia no tendrá remedio. Su carácter estará formado y se convertirá, a los dieciséis años, en una joven coqueta y descocada capaz de ponerse ella misma o a su familia en ridículo, y una vergüenza para el honor de nuestro estimado maestro. Kitty también corre ese riesgo. Imita a Lydia en todo. Es vanidosa, ignorante, holgazana e incontrolable.

¡Ay, querido padre! ¿Crees acaso que los demás no las censurarán y despreciarán, y que sus hermanas no sufrirán las consecuencias de su loca conducta?

El señor Bennet comprendió que Elizabeth concedía gran importancia al asunto, y le tomó la mano afectuosamente.

—No te preocupes, cariño —dijo—. Jane y tú sois respetadas y estimadas en todas partes; nadie puede juzgaros mal por tener dos hermanas, o mejor dicho, tres, muy tontas. No tendremos paz en Longbourn si Lydia no va a Brighton. De modo que es preferible que vaya. El coronel Forster es un hombre sensato, que impedirá que Lydia cometa una torpeza. Por suerte, es demasiado pobre para ser víctima de un desaprensivo. Por más que coquetee, en Brighton tendrá menos importancia que aquí. Los oficiales encontrarán a mujeres más atrayentes que Lydia. Así pues, confiemos en que su estancia en Brighton le enseñe su propia insignificancia. En cualquier caso, no puede empeorar mucho, sin autorizarnos a decapitarla.

Elizabeth tuvo que conformarse con esa respuesta; pero seguía manteniendo la misma opinión, y se separó de su padre triste y decepcionada.

De haber sabido Lydia y su madre el motivo de la conferencia de Elizabeth con su padre, su indignación apenas habría merecido un momento de su incesante cháchara. En la imaginación de Lydia, una visita a Brighton comprendía todas las posibilidades de dicha terrenal. Con el ojo creativo de la fantasía, vio las calles del alegre balneario rebosantes de oficiales. Se vio a sí misma el centro de atención de decenas o de centenares de oficiales desconocidos. Se vio sentada debajo de una tienda, coqueteando tiernamente con al menos seis oficiales al mismo tiempo mientras éstos le rogaban que les mostrara de nuevo su pericia con las artes mortales.

De haber sabido que su hermana pretendía alejarla de esas perspectivas y realidades, ¿qué habría sentido Lydia? Sólo su madre la habría comprendido, pues habría sentido prácticamente lo mismo. El viaje de Lydia a Brighton era lo único que consolaba a la señora Bennet de no tener a ninguna de sus cinco hijas casadas.

Pero ambas ignoraban lo que había ocurrido; y su entusiasmo persistió, sin apenas interrupción, hasta el día en que Lydia se marchó de casa.

El último día de estancia del regimiento en Meryton, el señor Wickham cenó, junto con otros oficiales, en Longbourn. Elizabeth tenía tan pocas ganas de despedirse de él amistosamente, que cuando Wickham le preguntó cómo lo había pasado en Hunsford, mencionó que el coronel Fitzwilliam y el señor Darcy habían pasado tres semanas en Rosings, y le preguntó si conocía al coronel.

Wickham parecía sorprendido, pero tras reflexionar unos momentos, respondió sonriendo que antes solía verlo con frecuencia; y tras observar que era un hombre muy caballeroso, preguntó a Elizabeth si le había caído bien. Elizabeth respondió afirmativamente. Al cabo de unos instantes Wickham preguntó con aire de indiferencia:

—¿Cuánto tiempo dice que el coronel estuvo en Rosings?

—Casi tres semanas.

—¿Y lo vio a menudo?

—Sí, prácticamente cada día.

—Tiene un carácter muy distinto de su primo.

—En efecto. Pero creo que el señor Darcy mejora cuando se le conoce.

—¿De veras? —exclamó el señor Wickham con una expresión que a Elizabeth no pasó inadvertida—. ¿Puedo preguntar...? —pero se interrumpió, añadiendo con un tono más jovial—: ¿En qué, en su trato? Pues no me atrevo a confiar —continuó Wickham bajando la voz y con un tono más serio—, que haya mejorado en lo esencial.

—¡No, no! —respondió Elizabeth—. Creo que en lo esencial sigue siendo como era.

Mientras Elizabeth hablaba, Wickham daba la impresión de que no sabía si alegrarse de sus palabras o desconfiar de su significado. Había algo en el semblante de la joven que hizo que la escuchara con expresión de ansia y preocupación, mientras Elizabeth añadía:

—Cuando dije que al conocerlo mejoraba, no me refería a que su carácter y su talante mejoraran, sino que, al conocerlo mejor, es más fácil comprender su forma de ser. Sobre todo en lo referente a su modo de tratar a los mozos de cuadra.

Su encendido semblante y expresión agitada dejaban entrever la inquietud de Wickham. Guardó silencio durante unos minutos hasta que, recobrando la compostura, se volvió de nuevo hacia Elizabeth y dijo con extremada delicadeza:

—Usted, que conoce bien mis sentimientos hacia el señor Darcy, sin duda comprenderá que me alegre de que sea lo suficientemente inteligente para tratar de dar una buena impresión. Pero me temo que la cautela a la que usted ha aludido sólo la adopta cuando visita a su tía, cuyo buen concepto y juicio son muy importantes para Darcy. Me consta que la dama siempre le ha infundido un profundo temor, en parte debido al deseo de Darcy de casarse con la señorita De Bourgh, por quien estoy seguro que siente un gran afecto.

Elizabeth no pudo reprimir una sonrisa al oír eso, pero se limitó a responder con una leve inclinación de la cabeza. Observó que Wickham pretendía sacar a colación el viejo tema de sus reivindicaciones, y ella no estaba de humor para complacerlo. Durante el resto de la velada Wickham fingió un talante jovial como de costumbre, pero no intentó volver a entablar conversación con Elizabeth. Se despidieron con mutua educación, y posiblemente el mutuo deseo de no volver a encontrarse.

Cuando la cena terminó, Lydia regresó con la señora Forster a Meryton, desde donde partirían a primera hora de la mañana siguiente. La despedida entre Lydia y su familia fue más ruidosa que patética. Kitty fue la única que derramó unas lágrimas; pero eran lágrimas de contrariedad y envidia. La señora Bennet se mostró un tanto difusa en sus deseos de felicidad para su hija, pero contundente al recomendarle que no desaprovechara la oportunidad de disfrutar todo lo que pudiera, un consejo que todo indicaba que su hija seguiría al pie de la letra. En la clamorosa felicidad de Lydia al separarse de su familia, las frases más discretas de despedida de sus hermanas fueron pronunciadas pero no atendidas.

42

Si la opinión de Elizabeth sobre la felicidad conyugal o la tranquilidad doméstica se hubiese formado exclusivamente a partir de los miembros de su familia, no habría sido muy grata. Su padre, cautivado por la juventud y la belleza, y por la apariencia de buen humor que suele ofrecer la juventud y la belleza, se había casado con una mujer cuyas escasas luces y mente intolerante habían sofocado el profundo afecto que su marido sentía por ella. Respeto, estima y confianza se habían desvanecido para siempre, dando al traste con el concepto de felicidad doméstica del señor Bennet. Pero no estaba en su naturaleza buscar consuelo de la amargura que su imprudencia le había causado. En lugar de ello, trató de asegurarse de que sus hijas no siguieran los estúpidos y caprichosos pasos de su madre. A ese respecto, el señor Bennet lo había intentado cinco veces, y había tenido éxito en dos. Aparte de haberle dado a Jane y a Elizabeth, se sentía escasamente en deuda con la señora Bennet. Ese no es el género de felicidad que un hombre suele deber a su esposa.

Con todo, Elizabeth nunca había estado ciega frente a la falta de decoro de su padre como marido. Siempre lo había contemplado con dolor; pero, respetando sus habilidades, y agradecida por el afectuoso trato que recibía de él, trató de olvidar lo que no se puede pasar por alto, y procuró desterrar de sus pensamientos la continua violación de obligaciones y decoro por parte de él. Eso había sido especialmente arduo durante sus viajes a China, que el señor Bennet había supervisado sin la compañía de su esposa, y durante los cuales se había llevado a numerosas bellezas orientales a su cama. El maestro Liu lo había defendido como el afán de adaptarse a los usos locales, y Elizabeth había experimentado en más de una ocasión el dolor de una vara húmeda de bambú en la espalda por atreverse a cuestionar el decoro de su padre. Pero nunca había sentido las desventajas que sufrían los hijos de un matrimonio mal avenido como en esos momentos.

Cuando Lydia partió, prometió escribir con frecuencia y pormenorizadamente a su madre y a Kitty; pero sus cartas eran muy espaciadas y breves. Las que escribía a su madre contenían poco más que la noticia de que acababan de regresar de la biblioteca, donde habían conversado con unos oficiales, que se había comprado un vestido nuevo, o una nueva sombrilla, que describiría más detalladamente, pero que ahora tenía que dejarla porque tenía mucha prisa, pues la señora Forster la había llamado y se iban al campamento. Su correspondencia con su hermana era aún menos ilustrativa, pues sus cartas a Kitty, aunque algo más largas, estaban demasiado llenas de palabras subrayadas para darlas a conocer públicamente.

Después de las dos o tres primeras semanas de su ausencia, en Longbourn empezaron a reaparecer la salud, el buen humor y la alegría. Todo presentaba un aspecto más feliz. Las familias que habían huido de la plaga regresaron de nuevo, y por primera vez en mucho tiempo aparecieron de nuevo bonitos atuendos veraniegos y fiestas veraniegas. La señora Bennet recobró su acostumbrada y quejumbrosa cordura; y, a mediado de junio, Kitty se había recuperado lo suficiente para entrar en Meryton sin derramar una lágrima, un acontecimiento tan feliz que Elizabeth confió que en Navidad su hermana se mostrara lo bastante razonable como para no mencionar a un oficial más de una vez al día, a menos que por una cruel y maliciosa disposición del Ministerio de Guerra, enviaran a otro regimiento para que se acuartelara en Meryton.

Se aproximaba la fecha fijada para el inicio de la gira de Elizabeth por el norte. Cuando faltaban dos semanas, llegó una carta de la señora Gardiner que aplazó el viaje y acortó su duración. Debido a los recientes problemas acaecidos en Birmingham, y a la necesidad que tenía el ejército de más pedernal y pólvora, el señor Gardiner no podía partir hasta quince días más tarde, en julio, teniendo que regresar de nuevo a Londres al cabo de un mes, y puesto que se les impedía desplazarse muy lejos y ver todo cuanto se habían propuesto visitar, o en todo caso hacerlo cómoda y tranquilamente, no tenían más remedio que renunciar a los lagos y sustituirlos por una gira más breve. Según el presente plan, no llegarían más allá de Derbyshire, en el norte. En esa comarca había suficientes cosas que ver como para mantenerlas ocupadas durante las tres semanas de viaje, aparte de que ejercía una atracción especial para la señora Gardiner. La ciudad donde había vivido varios años de su vida, y donde iban a pasar unos días, probablemente suscitaba en ella una curiosidad igual o mayor que las célebres bellezas de Matlock, Chatsworth, Dovedale o el Peak.

Elizabeth se sintió profundamente decepcionada; tenía gran interés en visitar los lagos, y estaba convencida de que tenían tiempo de ir allí. Pero se alegraba de poder salir de Hertfordshire, y pronto recobró su buen humor.

Ansiosa por matar el tiempo, decidió una mañana ir a visitar Oakham Mount, una zona reservada a la quema de cadáveres. Hacía casi dos años que no había ido allí, y la cima del monte, poco más que una colina de la que brotaba una constante columna de humo, quedaba a pocos kilómetros andando. Esas columnas podían verse de un extremo a otro de Inglaterra, hiciera el tiempo que hiciese y en cualquier época del año. Siempre había cadáveres que quemar.

Llegó poco después de desayunar, y le sorprendió comprobar el ajetreo que había en el lugar. Vio varios carromatos alineados frente a la chabola del pagador, cada uno de los cuales transportaban unas grandes jaulas de hierro en forma de cajas. Cada jaula contenía entre uno y cuatro zombis (en algunos casos, hasta cinco o seis). La mayoría de ellas pertenecían a granjeros, que se dedicaban a atrapar innombrables para redondear sus ingresos. Pero algunas pertenecían a cazadores de zombis profesionales, llamados «recuperadores», que recorrían la campiña instalando esas jaulas. Elizabeth sabía que algunos de esos supuestos «recuperadores» no eran sino unos bribones que se ganaban la vida secuestrando a inocentes, infectándolos con la plaga y vendiéndolos para ser quemados. Pero era preferible quemar a algunos inocentes que dejar que los culpables quedaran libres.

No lejos de la chabola del pagador estaba el encargado de prender el fuego junto a un pozo, a pocos pasos de unas llamas que doblaban su estatura. Tenía el torso desnudo y cubierto de sudor, pues no cesaba de trabajar, recubriendo los troncos con alquitrán, removiendo las brasas o arrojando balas de heno al fuego.

Después de discutir con el pagador y obtener sus monedas de plata, los hombres condujeron sus carromatos hasta el puesto del encargado de la grúa, donde las jaulas eran izadas mediante un gigantesco aparato mecánico y sostenidas sobre las llamas. Elizabeth no pudo por menos de experimentar una sensación de alegría al observar cómo ardían las jaulas de los zombis, escuchando los atroces gritos de éstos cuando el fuego (que temían más que ninguna otra cosa) les lamía los pies, abrasando luego el resto de su pútrida carne y enviándolos sin más dilación de nuevo al infierno. Cuando los zombis quedaban reducidos a un montón de huesos y cenizas, las jaulas eran colocadas nuevamente sobre los carromatos y los hombres se las llevaban para volver a llenarlas.

Aparte de esas excursiones, las cuatro semanas siguientes transcurrieron lentamente, pero transcurrieron, y el señor y la señora Gardiner aparecieron por fin, junto con sus cuatro hijos, en Longbourn. Los hijos, dos niñas de seis y ocho años, y dos chicos más jóvenes, iban a quedar al cuidado de Jane, que era su prima favorita, y cuyo buen juicio y carácter dulce hacía que fuera la persona ideal para atenderlos en todos los aspectos, dándoles clase, jugando con ellos y demostrándoles afecto.

Los Gardiner pernoctaron sólo una noche en Longbourn, partiendo a la mañana siguiente con Elizabeth en busca de novedades y diversión. Una cosa estaba garantizada, la buena disposición de los compañeros de viaje, que comprendía salud y tolerancia para soportar los contratiempos, jovialidad para gozar de los placeres, y afecto e inteligencia para compensar las decepciones que pudieran sufrir durante el viaje.

El propósito de esta obra no es ofrecer una descripción de Derbyshire, ni de ninguno de los interesantes lugares que jalonaban la ruta de los viajeros: Oxford, Blenheim, Warwick, Kenilworth y otros, puesto que son suficientemente conocidos. Tampoco tiene como propósito describir el puñado de encontronazos con zombis que requirió la intervención de Elizabeth, ya que ninguno fue tan violento como para hacer que la joven derramara una sola gota de sudor. En lo único que abundaremos es en una pequeña parte de Derbyshire. Los viajeros se dirigieron a la pequeña población de Lambton, escenario de la antigua residencia de la señora Gardiner, y donde ésta había averiguado que aún vivían unos parientes suyos, después de visitar las atracciones principales de la comarca. Elizabeth averiguó a través de su tía que Pemberley estaba situado a unos ocho kilómetros de Lambton. No se hallaba directamente en su camino, sino a unos dos o tres kilómetros. La noche anterior, al comentar la ruta que seguirían, la señora Gardiner había expresado el deseo de visitar de nuevo ese lugar. El señor Gardiner accedió a complacer a su esposa, y preguntaron a Elizabeth si estaba de acuerdo.

—Cariño, ¿no te apetece visitar un lugar del que has oído hablar tanto? —le preguntó su tía—. Un lugar, por lo demás, con el que están relacionadas tantas amistades tuyas. Wickham pasó allí toda su juventud.

Elizabeth estaba angustiada. No se le había perdido nada allí, por lo que manifestó que no tenía el menor interés en visitarlo. Dijo que estaba cansada de ver grandes mansiones; después de haber visitado tantas, no le apetecía seguir contemplando suntuosas alfombras ni cortinas de satén.

La señora Gardiner se burló de su falta de interés.

—Si se tratara tan sólo de una hermosa mansión lujosamente

amueblada —dijo—, a mí tampoco me interesaría; pero los jardines son maravillosos. Poseen uno de los bosques más hermoso de la comarca.

Elizabeth calló, pero su mente se rebelaba contra la perspectiva. Se le ocurrió de inmediato la posibilidad de encontrarse con el señor Darcy mientras visitaba el lugar. ¡Sería horroroso!

Cuando se retiró por la noche, Elizabeth preguntó a la doncella si Pemberley era un lugar tan hermoso como decían. ¿Cómo se llamaba el propietario? Y, con no poca zozobra, si la familia se había instalado allí para pasar el verano. La respuesta de la doncella la tranquilizó. Al parecer el señor Darcy había ido a la ciudad para asistir a una reunión de la *Liga de caballeros para promover las hostilidades continuadas contra nuestro nefasto enemigo.* Tras tranquilizarse, sintió una gran curiosidad por ver la casa; y cuando a la mañana siguiente volvieron a hablar del asunto, y los Gardiner le preguntaron de nuevo si le apetecía ir, Elizabeth respondió, con estudiado aire de indiferencia, que el plan no le desagradaba. De modo que decidieron visitar Pemberley.

43

Mientras circulaban en el carruaje, Elizabeth escudriñó ansiosa el paisaje para divisar Pemberley Woods, y cuando por fin llegaron a la casa del guarda y giraron, sintió que el corazón le latía aceleradamente.

El parque era enorme, y estaba formado por zonas muy diversas. Entraron por una de las zonas más bajas y avanzaron en coche a través de un hermoso bosque que se prolongaba durante varios kilómetros, atentos a percibir unos gemidos o el ruido de ramas al partirse, pues corría el rumor de que había aparecido un numeroso tropel de innombrables que acababan de abandonar sus sepulturas.

En la mente de Elizabeth bullían demasiados pensamientos para prestar atención a eso, pero contempló y admiró cada lugar y punto de vista interesante. Ascendieron progresivamente a lo largo de un kilómetro, tras lo cual alcanzaron la cima de un considerable promontorio, donde se acababa el bosque, y vieron de inmediato Pemberley House, situada en el lado opuesto de un valle a través del cual la carretera serpenteaba abruptamente. Era un imponente edificio de piedra, construido al estilo de los suntuosos palacios de Kyoto, detrás del cual se erguía una elevada cadena de colinas boscosas; y delante, un río de cierta importancia que constituía una defensa natural contra un ataque frontal, pero sin mostrar un aspecto artificial. Sus orillas no estaban artificialmente adornadas. Elizabeth estaba encantada. Jamás había visto un lugar tan favorecido por la naturaleza, ni donde la belleza de Oriente estuviera tan poco contrarrestada por el gusto inglés. Todos expresaron con vehemencia su admiración, y en esos momentos Elizabeth comprendió la importancia de ser la dueña y señora de Pemberley.

Bajaron la colina, pasaron a través de los dragones de piedra a ambos lados del puente, y se dirigieron hacia la sólida puerta de jade. Al examinar la casa de cerca, Elizabeth volvió a ponerse nerviosa. Temía que la doncella se hubiera equivocado. Al preguntar si podían visitar el lugar, les hicieron pasar al vestíbulo, y mientras esperaban que apareciese el ama de llames, Elizabeth no salía de au asombro al pensar en dónde se hallaba.

Al cabo de unos minutos apareció el ama de llaves, una mujer inglesa de aspecto respetable, vestida con un kimono que caminaba con pasos cortos y con los pies vendados. La siguieron hasta la sala de estar-comedor. Era una habitación espaciosa, bien proporcionada, elegantemente amueblada con objetos de arte y muebles del Japón que tanto admiraba Darcy. Después de echarle una ojeada, Elizabeth se acercó a una ventana para gozar de la vista que ofrecía. Vista de lejos, la colina, coronada por el bosque, de la que habían descendido, parecía más abrupta, pero era muy hermosa. La disposición del terreno era perfecta. Elizabeth contempló con deleite el panorama, el río, los árboles que crecían en sus orillas y el serpenteante valle, que se prolongaba hasta el horizonte. Cuando entraron en otras habitaciones, esos objetos asumían diferentes posiciones; pero desde cada ventana había hermosas vistas que contemplar. Las habitaciones eran espaciosas y elegantes, y los muebles adecuados al gusto de su propietario por Oriente; pero Elizabeth observó, admirando el gusto de Darcy, que éste no era rimbombante ni superficial, sino menos ostentoso, más auténticamente elegante, que los muebles de Rosings.

«¡Pensar que yo podía ser la dueña y señora de este lugar! —pensó Elizabeth—. ¡Que circularía con toda libertad por estas habitaciones! En lugar de contemplarlas como una extraña, me deleitaría sabiendo que eran mías, mostrándoselas a visitantes como mis tíos. Pero no —se dijo—, eso es imposible; habría perdido todo contacto con mis tíos, no estaría autorizada a invitarlos.»

Ese oportuno pensamiento evitó que Elizabeth se arrepintiera de su decisión.

Deseaba preguntar al ama de llaves si el señor estaba ausente, pero no se atrevía a hacerlo. Por fin, fue su tío quien formuló la pregunta. Elizabeth se volvió alarmada cuando la señora Reynolds respondió que el señor Darcy estaba efectivamente ausente, añadiendo:

—Pero esperamos que regrese mañana acompañado por un numeroso grupo de amigos.

Elizabeth se alegró de que ninguna circunstancia imprevista hubiera demorado un día la gira con sus tíos.

Su tía la llamó para que contemplara un dibujo. Al acercarse, Elizabeth vio un retrato del señor Wickham, apoyado en dos muletas, entre otras miniaturas sobre la repisa de la chimenea. Su tía le preguntó, sonriendo, si le gustaba. El ama de llaves se aproximó y les informó de que era el retrato de un joven caballero, hijo del pulidor de mosquetes de su difunto amo, que había sido criado por éste.

—Ahora sirve en el ejército —añadió el ama de llaves—; pero me temo que ha resultado ser un bala perdida.

La señora Gardiner miró a su sobrina sonriendo, pero Elizabeth no fue capaz de devolver la sonrisa.

—Y ese —dijo la señora Reynolds señalando otra miniatura—, es mi amo. El retrato guarda una gran semejanza con él. Fue dibujado por la misma época que el otro, hace unos ocho años.

—He oído decir que su amo es una persona excelente —comentó la señora Gardiner mirando el retrato—. Tiene un rostro muy armonioso. Pero tú puedes decirnos, Lizzy, si se parece o no a él.

El respeto de la señora Reynolds hacia Elizabeth pareció aumentar al averiguar que conocía a su amo.

—¿Conoce esta señorita al señor Darcy?

Elizabeth respondió sonrojándose:

—Un poco.

—¿No le parece un caballero muy apuesto, señora?

—Sí, muy apuesto.

—No conozco a ningún caballero tan apuesto como él. Pero en la galería que hay arriba verán un retrato de él mejor ejecutado. Esta habitación era la favorita de mi difunto amo, y estas miniaturas siguen en el mismo lugar donde él las dejó. Les tenía mucho cariño.

Eso explicaba que el retrato del señor Wickham se hallara entre ellas.

La señora Reynolds les mostró a continuación un retrato de la señorita Darcy, dibujado cuando ésta tenía ocho años.

—¿Es la señorita Darcy tan agraciada como su hermano? —preguntó la señora Gardiner.

—Desde luego. Es la joven más guapa que jamás se ha visto, ¡y muy instruida! ¡Decapitó a su primer innombrable un mes después de haber cumplido once años! Es cierto que el señor Darcy había encadenado a esa vil criatura a un árbol, pero no deja de ser una hazaña increíble. En la habitación contigua hay una katana nueva que acaba de llegar para ella, un regalo de mi amo. La señorita Darcy vendrá mañana con él.

El señor Gardiner, que tenía un talante afable y gentil, animó al ama de llaves a que siguiera contándoles más detalles con sus preguntas y comentarios; la señora Reynolds, bien por orgullo o el afecto que sentía hacia sus amos, se mostró más que satisfecha de hablar de su amo y de la hermana de éste.

—¿Suele pasar su amo mucho tiempo en Pemberley en esta época del año?

—No tanto como yo quisiera, señor. Pero suele pasar la mitad del tiempo aquí; y la señorita Darcy siempre viene a pasar los meses de verano.

«Excepto —pensó Elizabeth—, cuando va a Ramsgate.»

—Si su amo se casara, pasaría más tiempo aquí.

—En efecto, señor, pero no sabemos cuándo ocurrirá eso. No conozco a ninguna joven que lo merezca.

El señor y la señora Gardiner sonrieron. Elizabeth no pudo por menos de decir:

—El que usted crea eso habla en favor de su amo.

—Es la verdad, y todo el mundo que lo conoce piensa lo mismo —respondió la otra. A Elizabeth le pareció una exageración, y escuchó con creciente asombro cuando el ama de llaves agregó—: Jamás le he oído pronunciar una palabra más alta que la otra, y lo conozco desde que tenía cuatro años. En cierta ocasión le vi azotar ferozmente a una sirvienta, pero lo tenía merecido. Me atrevo a afirmar que es el hombre más bondadoso de toda Inglaterra.

Ese elogio era el más extraordinario de todos, totalmente opuesto a la idea que tenía Elizabeth. Estaba convencida de que el señor Darcy no tenía buen carácter. Los comentarios del ama de llaves aguzaron su curiosidad; anhelaba oír más detalles, y se alegró cuando su tío dijo:

—Hay muy pocas personas de las que se pueda decir eso. Tiene suerte de tener un amo así.

—Sí, señor, lo sé. Aunque recorriera el mundo entero, no podría encontrar un amo mejor. Pero siempre he observado que las personas que tienen buen carácter de pequeños, también lo tienen de mayores. Y el señor Darcy siempre fue el niño más dulce y generoso del mundo.

Elizabeth miró al ama de llaves atónita. «¿Es posible que se refiera al señor Darcy?», pensó.

—Su padre era un hombre excelente —dijo la señora Gardiner.

—En efecto, señora. Y su hijo será como él, tan afable como su padre con los pobres. Es incluso bondadoso con los dejados de la mano de Dios, los cojos y los sordos.

«¡Estos elogios le sitúan en una luz muy favorable!», pensó Elizabeth.

—Esos comentarios tan favorables sobre Darcy —murmuró su tía mientras caminaban—, no concuerdan con su comportamiento hacia nuestro desdichado amigo.

—Quizás estemos equivocadas.

—No lo creo, lo sabemos de buena tinta.

Cuando llegaron al espacioso vestíbulo del piso superior, el ama de llaves los condujo a un bonito salón, decorado recientemente con mayor elegancia y menos recargado que los apartamentos de la planta baja. La señora Reynolds les informó que el señor Darcy lo había hecho para complacer a su hermana, quien la última vez que había estado en Pemberley había mostrado una predilección por esta habitación.

—No cabe duda de que es un excelente hermano —dijo Elizabeth acercándose a una de las ventanas.

La señora Reynolds dijo que imaginaba la alegría que se llevaría la señorita Darcy cuando entrara en este salón.

—El señor Darcy siempre se comporta así —añadió el ama de llaves—. Complace al instante todos los deseos de su hermana. No hay nada que no sea capaz de hacer por ella.

Lo único que les quedaba por ver era la galería de guerra y dos o tres dormitorios principales. La galería contenía numerosas cabezas de de zombis y armaduras samurai, pero Elizabeth apenas prestó atención a esos trofeos, sino que contempló unos dibujos hechos por la señorita Darcy, a lápiz, cuyo tema consistía casi exclusivamente en unos desnudos masculinos.

Cuando el ama de llaves les hubo mostrado toda la casa, bajaron de nuevo y, tras despedirse de la señora Reynolds, ésta los dejó en manos del jardinero, que se reunió con ellos en la puerta de la mansión.

Mientra el jardinero los conducía junto al río, deteniéndose de vez en cuando para mostrarles un coquetón estanque o un jardín de piedra, Elizabeth retrocedió para admirar la casa desde una mayor distancia, y se llevó tal sorpresa que hizo ademán de desenfundar la espada que había olvidado traer consigo, pues a sus espaldas se acercaba un tropel compuesto por al menos veinticinco innombrables. Después de recobrar la compostura, Elizabeth advirtió a los demás esa desafortunada circunstancia, ordenándoles que se pusieran a cubierto, cosa que hicieron sin dilación.

Cuando el tropel se abalanzó hacia ella, Elizabeth se dispuso a plantar batalla, arrancando una rama de un árbol cercano y colocando los pies en la primera posición del método llamado Campesino Azotado por el Viento. La lucha con un palo nunca había sido su fuerte, pero puesto que no iba armada, le pareció el sistema más práctico, teniendo en cuenta la ingente cantidad de contrincantes. Los zombis emitieron un siniestro alarido al tiempo que se aproximaban a ella hasta casi poder darle un bocado, y Elizabeth hizo lo propio mientras comenzaba a contraatacar. Pero no bien hubo abatido a cinco o seis, cuando unos disparos ahuyentaron a los monstruos que quedaban. Elizabeth mantuvo una postura defensiva mientras éstos se dirigían trastabillando hacia el bosque para ponerse a salvo, y tras cerciorarse de que todos se habían batido en retirada, se volvió hacia el lugar de donde provenían los disparos de mosquete. Al hacerlo se llevó una sorpresa, aunque de distinta naturaleza, pues vio montado en un corcel, empuñando un Brown Bess todavía humeante, nada menos que al dueño de la finca en la que se hallaban. El humo del mosquete de Darcy flotaba en el aire a su alrededor, elevándose hacia el cielo a través de su espesa cabellera castaña. Su corcel emitió un sonoro relincho y se encabritó tan bruscamente que hubiera derribado de la silla a un jinete menos avezado. Pero Darcy sostuvo con firmeza las riendas que empuñaba con su mano libre, consiguiendo que el aterrorizado caballo apoyara de nuevo las patas delanteras en el suelo.

Era imposible no verlo. Ambos se miraron al instante, al tiempo que las mejillas de ambos se teñían de rojo. El señor Darcy se sobresaltó, y durante unos momentos parecía no salir de su asombro; pero al cabo de unos instantes se recobró, avanzó hacia Elizabeth, desmontó y habló, si no con total compostura, al menos educadamente, mientras los tíos de la joven y el jardinero salían de su escondite para reunirse con ella.

Asombrada del cambio de talante que se había operado en el caballero desde la última vez que se habían visto, cada frase que ése pronunciaba aumentaba la turbación de Elizabeth, que, consciente de lo impropio de que se hallara allí, los pocos minutos en que siguieron mirándose fueron algunos de los más incómodos de su vida. El señor Darcy también parecía turbado. Al hablar, su tono no denotaba su acostumbrada seriedad, y repitió tan insistentemente sus preguntas sobre el bienestar de los tíos de Elizabeth, y de forma tan atropellada, que era evidente que se hallaba en un estado de profunda agitación.

Al cabo de un rato pareció quedarse sin ideas, y tras permanecer unos momentos sin decir palabra, entregó inopinadamente su Brown Bess a Elizabeth, montó en su corcel y partió.

Los otros se reunieron con Elizabeth, expresando su admiración por la admirable estampa que ofrecía el señor Darcy; pero Elizabeth no oyó una palabra, y, absorta en sus pensamientos, los siguió en silencio. Se sentía abrumada por la vergüenza y la desazón. ¡No debió venir aquí, era la mayor imprudencia que había cometido en su vida! ¡Qué chocante debió de parecerle al señor Darcy! ¡Qué concepto debía de haberse formado de ella un hombre tan vanidoso como él! ¡Daba la impresión de que Elizabeth se las había ingeniado deliberadamente para encontrarse de nuevo con él! ¡Ay! ¿Cómo se le había ocurrido al señor Darcy aparecer en esos momentos? ¿Por qué se había presentado un día antes de lo previsto? De haber llegado Elizabeth y sus tíos diez minutos antes, habrían evitado toparse con él, pues era evidente que el señor Darcy acababa de llegar. Elizabeth volvió a sonrojarse al pensar en la mala suerte de haberse encontrado con él. ¿Y qué significaba la conducta del señor Darcy, tan radicalmente distinta? ¡No dejaba de ser asombroso que hubiera acudido en auxilio de Elizabeth! ¡Y que le hubiera hablado con tanta cortesía, preguntándole si estaba bien! Elizabeth no le había visto mostrar nunca un talante tan poco digno, ni expresarse con tanta amabilidad como durante su inesperado encuentro. ¡Qué diferencia con la última vez que se habían visto en Rosings Park, cuando Darcy le había entregado la carta! Elizabeth no sabía qué pensar, ni cómo explicarse lo sucedido.

El humo del mosquete de Darcy flotaba en el aire a su alrededor, elevándose hacia el cielo a través de su espesa cabellera castaña.

Penetraron en el bosque y subieron por una colina, donde era menos probable que los zombis, con sus músculos resecos y sus huesos quebradizos, los importunaran. El señor Gardiner expresó el deseo de recorrer todo el parque, pero temía que fuera demasiado peligroso dada la cercanía del tropel de monstruos. Un rugido cercano emitido por uno de los soldados de Satanás los convenció de que era preferible seguir la ruta habitual, la cual los condujo, al cabo de un rato y tras descender a través de unos helechos, hasta la orilla del río, en uno de sus tramos más estrechos. Lo atravesaron por un sencillo puente, que el jardinero les informó que estaba construido con las lápidas profanadas de Pemberley. Era un lugar menos adornado que los que habían visitado hasta ahora. El valle, que en ese punto formaba una cañada, era tan angosto que sólo permitía el paso del río, y un pequeño sendero que discurría entre un bosquecillo que lo bordeaba. Elizabeth deseaba explorar sus meandros, pero cuando cruzaron el puente y se percataron de lo lejos que estaban de la casa, la señora Gardiner, que aún no se había repuesto del susto de lo ocurrido, les rogó que no se alejaran más, insistiendo en que regresaran junto al coche cuanto antes. Así pues, su sobrina no tuvo más remedio que capitular, y echaron a andar hacia la casa situada al otro lado del río por el camino más directo. Avanzaron lentamente, pues el señor Gardiner, aunque tenía pocas ocasiones de practicarla, era muy aficionado a la pesca, y estaba tan enfrascado observando las truchas que aparecían de vez en cuando en el agua, y conversando con el jardinero, que caminaba muy despacio.

Mientras avanzaban pausadamente por el parque, les sorprendió ver de nuevo al señor Darcy, a escasa distancia, que se dirigía hacia ellos. El sendero en esa parte quedaba más oculto que en el otro lado, por lo que alcanzaron a divisarlo antes de toparse con él. A pesar de su asombro, Elizabeth estaba más preparada para ese encuentro que antes, y decidió aparentar y expresarse con calma, suponiendo que el señor Darcy se propusiera reunirse con ellos. Durante unos momentos, pensó que éste tomaría quizá por otro camino. Quizá había regresado tan sólo para atrapar a los innombrables que se habían dispersado. La idea persistió durante unos minutos mientras una curva en el sendero les impedía ver al propietario, pero en cuanto la hubieron doblado, lo vieron a pocos metros. Elizabeth observó de inmediato que Darcy no había perdido su reciente cortesía, y, a fin de imitarlo, en cuanto se encontraron empezó a admirar la belleza del paraje; pero apenas pronunció las palabras «delicioso» y «encantador,» la joven evocó unos recuerdos poco afortunados y temió que el señor Darcy interpretara mal sus elogios de Pemberley. Elizabeth mudó de color, y guardó silencio.

La señora Gardiner se había quedado algo rezagada, y al detenerse, el señor Darcy pidió a Elizabeth que le hiciera el honor de presentarle a sus amigos. Elizabeth no estaba preparada para ese gesto de cortesía, por lo que apenas pudo reprimir una sonrisa al oír a Darcy pedir que le presentara a unas personas contra las que su orgullo se había rebelado al proponerle matrimonio. «Qué sorpresa se llevará —pensó Elizabeth—, cuando averigüe quiénes son. Las ha tomado por unas personas distinguidas.»

No obstante, se apresuró a presentárselos. Cuando le informó de que eran sus tíos, miró al señor Darcy de refilón, para observar su reacción, pensando que éste daría media vuelta y se alejaría a toda prisa de unas personas tan poco recomendables. La sorpresa de Darcy al averiguar el parentesco que la unía a los Gardiner era evidente, pero la sobrellevó con dignidad y, lejos de marcharse, regresó con ellos, conversando animadamente con el señor Gardiner. Elizabeth no pudo por menos de sentirse complacida, incluso triunfante. No dejaba de ser un consuelo que Darcy supiera que tenía unos parientes de lo que no se avergonzaba. Elizabeth escuchó con atención la conversación entre ellos, deleitándose con cada expresión, cada frase pronunciada por su tío, que indicaban su inteligencia, su buen gusto y sus excelentes modales.

Al cabo de unos minutos, la conversación giró en torno a la pesca con mosquete. Elizabeth oyó al señor Darcy invitar a su tío, con suma cortesía, a pescar en su propiedad cuando quisiera mientras permanecieran en la comarca, ofreciendo al mismo tiempo proporcionarle un mosquete de pescar, y señalando las partes del río donde había más peces. La señora Gardiner, que caminaba del brazo con Elizabeth, la miró con asombro. Elizabeth no dijo nada, pero se sintió profundamente satisfecha, pues lo interpretó como un elogio hacia su persona. No obstante, la joven no salía de su estupor, preguntándose continuamente: «¿Cómo es que ha cambiado tanto? ¿A qué se debe? No creo que su carácter se haya suavizado debido a mí. Es imposible que siga enamorado de mí, a menos que la patada que le propiné durante nuestra pelea en Hunsford, haciendo que se estrellara contra la chimenea, le afectara hasta el punto de propiciar ese cambio en su talante».

Después de caminar durante un rato de esa forma, las dos damas delante, seguidas por los dos caballeros, y después de descender hasta la orilla del río para inspeccionar de cerca unos excrementos de zombis, se produjo un leve cambio. Lo propició la señora Gardiner, quien, cansada por el ejercicio que había hecho esa mañana, decidió que el brazo de Elizabeth no le servía de suficiente apoyo, y tomó el de su marido. El señor Darcy se situó junto a la sobrina de la señora Gardiner, y siguieron caminando juntos. Tras un breve silencio, lo rompió la dama. Informó a su acompañante de que antes de venir a visitar la propiedad les habían asegurado que el señor Darcy estaba ausente, y observó que su llegada la había pillado de sorpresa.

—Su ama de llaves —añadió Elizabeth—, nos informó de que usted no llegaría hasta mañana; y antes de que partiésemos de Bakewell, nos dijeron que no le esperaban aquí de inmediato.

El señor Darcy reconoció que era cierto, agregando que la necesidad de despachar con su administrador le había hecho adelantar su llegada unas horas antes de que lo hiciera el resto del grupo con el que había viajado.

—Se reunirán mañana conmigo —prosiguió Darcy—. Entre ellos hay algunas personas que usted conoce, como el señor Bingley y sus hermanas.

Elizabeth se limitó a responder con una ligera inclinación de cabeza. Recordó en el acto la última vez que el nombre del señor Bingley había sido mencionado entre ellos; y, a juzgar por el semblante de Darcy, éste pensaba en lo mismo.

—Hay otra persona en el grupo —continuó el señor Darcy tras una pausa—, que tiene un gran interés en conocerla. ¿Me permitirá, si no es pedir demasiado, que le presente a mi hermana durante su estancia en Lambton?

La inopinada petición sorprendió a Elizabeth hasta el extremo de que no reparó en su reacción. Pensó de inmediato que, al margen del deseo que tuviera la señorita Darcy de conocerla, sin duda era obra de su hermano, y, sin analizarlo más profundamente, se sintió satisfecha. Le reconfortaba saber que el resentimiento que pudiera sentir el señor Darcy no hacía que tuviera un mal concepto de ella.

Siguieron caminando en silencio, ambos absortos en sus pensamientos. Elizabeth no se sentía cómoda; eso era imposible; pero se sentía halagada y complacida. El deseo del señor Darcy de presentarla a su hermana era un cumplido muy valioso. Al poco rato dejaron a los demás atrás, y cuando alcanzaron el carruaje, el señor y la señora Gardiner se hallaban aún a medio kilómetro.

El señor Darcy invitó a Elizabeth a entrar en la casa, pero la joven dijo que no estaba cansada, por lo que permanecieron en el jardín. En otro momento habrían conversado animadamente, pero ninguno de los dos dijo nada. Elizabeth y Darcy se limitaron a mirarse en silencio, turbados, hasta que éste la rodeó con sus brazos. Elizabeth se quedó estupefacta. «¿Qué se propone?», pensó. Pero las intenciones del señor Darcy eran del todo respetables, pues quería simplemente recuperar su Brown Bess, que Elizabeth se había colocado a la espalda durante el paseo. Recordando que llevaba la munición de plomo en el bolsillo, se la ofreció.

—Sus balas, señor Darcy.

Éste alargó el brazo, sujetándole la mano con que Elizabeth sostenía las balas, y dijo:

—Son suyas, señorita Bennet.

A continuación ambos se sonrojaron y desviaron la vista para no romper a reír. Cuando el señor y la señora Gardiner se reunieron con ellos, Darcy les propuso entrar en la casa y tomar un refrigerio, pero declinaron su oferta, tras lo cual se despidieron con extremada cortesía. El señor Darcy ayudó a las damas a montar en el coche y, cuando partieron, Elizabeth lo vio dirigirse lentamente hacia la casa.

Sus tíos comenzaron a hacer unas observaciones, declarando que el señor Darcy era infinitamente superior a lo que esperaban.

—Es muy cortés, educado y nada engreído —dijo el tío de Elizabeth.

—Tiene un porte imponente —respondió su tía—, pero es propio de su condición, y resulta muy favorecedor. Coincido con el ama de llaves en que por más que a algunos les parezca orgulloso, yo no lo creo. ¡Qué maestría en el manejo del caballo! ¡Y del mosquete!

—El trato que nos dispensó me sorprendió mucho. Fue más que cortés; fue de lo más atento, y no tenía necesidad de colmarnos de atenciones. A fin de cuentas, su relación con Elizabeth era muy superficial.

—Desde luego, Lizzy —dijo su tía—, no es tan guapo como Wickham, mejor dicho, no tiene las facciones de Wickham, aunque las suyas son muy armoniosas. ¿Cómo es posible que me dijeras que te parecía tan desagradable?

Elizabeth se disculpó como pudo; dijo que le había causado mejor impresión en Kent que en ocasiones anteriores, y que nunca le había visto mostrarse tan afable como esa mañana.

—Quizá sea un tanto caprichoso en sus atenciones —respondió su tío—. Los grandes hombres suelen serlo, por lo que no tomaré su invitación al pie de la letra. Quizá cambie de opinión de la noche a la mañana y me golpee con su mosquete por pescar truchas en su propiedad.

Elizabeth pensó que no habían comprendido en absoluto su carácter, pero no dijo nada.

—Por lo que hemos visto de él —prosiguió la señora Gardiner—, cuesta creer que fuera capaz de comportarse con tanta crueldad con el pobre Wickham. No tiene un aspecto cruel. Por el contrario, cuando habla, su boca muestra una expresión muy agradable. Y se observa cierta dignidad en la forma en que su pantalón se adhiere a las partes más íntimas de su anatomía. Ciertamente, la amable señora que nos mostró su casa habló muy favorablemente de él. En ocasiones apenas pude reprimir la risa. Pero supongo que es un amo muy tolerante, y a menudo, llevados por el deseo de conservar sus cabezas, los sirvientes se muestran demasiado exagerados en sus elogios.

Elizabeth pensó que debía decir algo para justificar la conducta del señor Darcy hacia Wickham, por lo que les dio a entender, con la máxima cautela, que por lo que había oído de los parientes de Darcy en Kent, éste era capaz de comportarse de modo imprevisible, y su carácter no era en modo alguno intachable, ni Wickham era tan amable como habían pensado en Hertfordshire. Para confirmar lo que decía, Elizabeth les refirió la historia del mozo de cuadra, sin decir quién se la había contado, pero afirmando que su fuente era de toda confianza.

La señora Gardiner se mostró sorprendida y preocupada; pero comoquiera que se acercaban al lugar donde había vivido unos momentos tan gratos, toda idea cedió paso al encanto de sus recuerdos. La dama se dedicó a señalar a su marido todos los lugares interesantes donde ella y su antiguo novio habían pasado numerosas tardes estivales, antes de que las circunstancias los obligaran a romper su relación. Pese a lo cansada que estaba debido al ataque que habían sufrido esa mañana, en cuanto terminó de cenar, la señora Gardiner salió en busca de su antiguo amigo, y (sin que el señor Gardiner lo supiera, pues dormía como un tronco) pasó una grata velada renovando unos lazos de amistad que se habían roto hacía muchos años.

Los acontecimientos de la jornada eran demasiado interesantes para que Elizabeth prestara atención a los devaneos de su tía. No podía dejar de pensar, con estupor, en la cortesía del señor Darcy y, ante todo, en su deseo de presentarla a su hermana.

44

Elizabeth había quedado con el señor Darcy que trajera a su hermana a visitarla al día siguiente de que la joven llegara a Pemberley, por lo que se había propuesto no alejarse de la hostería en toda la mañana. Pero sus conclusiones eran erróneas, pues los visitantes se presentaron la misma mañana en que Elizabeth y sus tíos llegaron a Lambton. Para consternación del señor Gardiner: habían estado paseando por la población acompañados por el «viejo amigo» de la señora Gardiner, un caballero nacido en Polonia que respondía simplemente al nombre de «Sylak,» y acababan de regresar a la hostería para vestirse y cenar con éste cuando el sonido de un carruaje hizo que miraran a través de la ventana. Al asomarse vieron a un caballero y una dama montados en un calesín que se aproximaba por la calle. Elizabeth reconoció de inmediato la librea, dedujo lo que significaba y dejó pasmados a sus parientes cuando les explicó el honor que les aguardaba. Sus tíos se quedaron asombrados; y la turbación de Elizabeth, unida a la circunstancia en sí, y a las diversas circunstancias que la habían precedido, hizo que se les ocurriera una novedad con respecto al asunto. No habían pensado antes en ello, pero el señor y la señora Gardiner llegaron a la conclusión de que la única explicación de las atenciones que venía deparándoles el señor Darcy era que se sentía atraído por Elizabeth. Mientras sus tíos daban vueltas al asunto, la turbación de Elizabeth aumentaba con cada momento que pasaba. Teniendo en cuenta sus nervios de acero, templados por numerosas batallas, le asombró comprobar que estaba hecha un manojo de nervios. Entre otras causas de su turbación, temía que el amor de Darcy hacia ella le hubiera inducido a alabarla en exceso, y, más ansiosa de lo habitual por dar una buena impresión, naturalmente sospechó que sus dotes de seducción le fallarían.

Se apartó de la ventana, temiendo que la vieran. Empezó a pasearse por la habitación, tratando de recobrar la compostura, pero la expresión de inquisitiva sorpresa que observó en sus tíos no hizo sino empeorar la situación.

Al cabo de unos minutos aparecieron la señorita Darcy y su hermano, y Elizabeth procedió a hacer las presentaciones de rigor. Se percató, sorprendida, de que su nueva amiga se sentía tanto o más turbada que ella. Desde su llegada a Lambton, había oído decir que la señorita Darcy era muy orgullosa; pero tras observarla unos momentos se convenció de que era extremadamente tímida, hasta el extremo de que le costó arrancarle una palabra que no fuera un monosílabo.

La señorita Darcy era alta, y de complexión más grande que Elizabeth. Y aunque acababa de cumplir dieciséis años, estaba muy desarrollada y tenía un aspecto dulce y femenino. Sus movimientos poseían una gracia natural, y aunque era evidente que tenía mucho que aprender en materia de matar, no mostraba la inoportuna torpeza de las chicas de su edad. Tenía unas piernas y unos dedos extremadamente largos, y Elizabeth no pudo por menos de pensar en que, de seguir el ejemplo de su hermano con mayor entusiasmo, sería una magnífica discípula. Era menos agraciada que su hermano, pero su rostro denotaba un buen sentido del humor, y su talante era sencillo y afable.

Poco después de llegar, el señor Darcy informó a Elizabeth de que Bingley iba a venir también a presentarle sus respetos. Elizabeth apenas había tenido tiempo de expresar su satisfacción, y prepararse para esa visita, cuando oyeron los pasos torpes y apresurados de Bingley en la escalera, y al cabo de unos momentos entró en la habitación. Hacía tiempo que Elizabeth había desterrado toda ira hacia él; pero aunque no hubiera sido así, su furia se habría disipado de inmediato ante la espontánea cordialidad que Bingley manifestó al volver a verla. El joven preguntó con tono amable pero en términos generales por su familia, y su semblante y forma de expresarse denotaban la misma afabilidad de siempre.

Al ver a Bingley, Elizabeth pensó como es natural en Jane. ¡Hubiera dado cualquier cosa, ay, por saber si Bingley pensaba también en ella! Por momentos tenía la impresión de que Bingley hablaba menos que en otras ocasiones más formales, y un par de veces pensó complacida que, al mirarla, éste trataba de buscar un parecido con Jane. Pero aunque eso podía ser fruto de su imaginación, no se engañaba con respecto a la forma en que Bingley trataba a la señorita Darcy, la cual le había hecho pensar que era la rival de Jane. Ninguno de los dos dejó entrever nada que indicara que se sintieran mutuamente atraídos. Entre ellos no ocurrió nada que justificara las esperanzas de la hermana de Bingley, de eso Elizabeth estaba segura. Y antes de que se despidieran ocurrieron dos o tres circunstancias que, según la ansiosa interpretación de Elizabeth, indicaba que Bingley recordaba a Jane con ternura, y que deseaba decir algo más, de haberse atrevido, que indujera a mencionar su nombre. Bingley la observó, en un momento en que los otros conversaban entre sí, y con un tono que denotaba un sincero arrepentimiento, dijo que «hacía mucho tiempo que no había tenido el placer de verla», y antes de que Elizabeth pudiera responder, añadió:

—Hace más de ocho meses. No nos hemos visto desde el veintiséis de noviembre, cuando mis sirvientes en Netherfield fueron cruelmente asesinados.

A Elizabeth le complació que Bingley recordara la fecha exacta. Más tarde éste aprovechó la ocasión para preguntarle, cuando los otros no prestaban atención, si todas sus hermanas se encontraban en Longbourn. La pregunta no tenía nada de particular, ni el comentario precedente, pero la expresión y el talante de Bingley estaban cargados de significado.

Elizabeth no miró con frecuencia a Darcy, pero cuando lo hizo, sintió una emoción más intensa que al enfrentarse con las legiones del diablo. En todo cuando Darcy decía, detectó un tono tan distinto de la soberbia o el desdén hacia sus amistades, que se convenció de que la mejoría en sus modales que había observado ayer perduraba al menos hasta hoy. Cuando le vio tratar de impresionar favorablemente a unas personas con las que hacía unos meses ni se habría dignado hablar —cuando le vio comportarse de forma tan cortés, no sólo con ella, sino con sus parientes, a los que Darcy había despreciado abiertamente—, la diferencia, el cambio eran tan acusados, y Elizabeth se sentía tan impresionada, que parecía como si estuviera bajo los efectos de una taza de té aderezada con leche de dragón. Jamás, ni siquiera en compañía de sus estimados amigos en Netherfield, o sus refinadas parientes en Rosings, había visto a Darcy tan deseoso de complacer como ahora, cuando no era necesario que se esforzase en cautivar a los demás, y cuando incluso la amistad de aquellos a quienes dirigía sus atenciones suscitaría las burlas y reproches de las damas de Netherfield y Rosings.

Los visitantes se quedaron cosa de media hora, y cuando se levantaron para marcharse, el señor Darcy pidió a su hermana que se uniera a él en expresar el deseo de invitar al señor y a la señora Gardiner, y a la señorita Bennet, a cenar en Pemberley antes de que partieran de la comarca. La señorita Darcy, aunque con una timidez que demostraba que no estaba acostumbrada a repartir invitaciones, se apresuró a obedecer. La señora Gardiner miró a su sobrina, tratando de averiguar si ésta, a quien la invitación iba principalmente destinada, estaba dispuesta a aceptar, pero Elizabeth volvió la cabeza. Suponiendo que ese estudiado gesto indicaba una turbación momentánea más que el afán de rechazar la invitación, y al observar que su marido, a quien le complacía la compañía de los demás, estaba más que dispuesto a aceptarla, la señora Gardiner aceptó en su nombre, y quedaron en que irían al cabo de dos días.

Bingley expresó su profunda satisfacción al saber que volvería a ver a Elizabeth, pues tenía aún muchas cosas que contarle, y muchas preguntas que hacerle sobre sus amistades mutuas en Hertfordshire. Elizabeth, interpretándolo como el deseo de oírla hablar de su hermana, se sintió complacida, y cuando los visitantes se marcharon, pensó, debido a esa circunstancia, y a otras, que la última media hora había sido una de las más felices que había vivido sin derramar una gota de sangre. Impaciente por quedarse sola, y temiendo las preguntas o insinuaciones de sus tíos, permaneció con ellos tan sólo el tiempo suficiente para escuchar su opinión favorable de Bingley, tras lo cual se retiró apresuradamente para vestirse.

Pero Elizabeth no tenía motivos para temer la curiosidad del señor y la señora Gardiner; pues a diferencia de su entrometida madre, no deseaban forzarla a hacerles confidencias. Era evidente que Elizabeth mantenía con el señor Darcy una amistad más estrecha de lo que habían imaginado, y no menos evidente era que el señor Darcy estaba muy enamorado de ella. Y aunque los Gardiner habían observado todo ello con interés, nada justificaba que interrogaran a su sobrina al respecto.

La buena opinión que tuvieran del señor Darcy era ahora motivo de gran preocupación, aunque, por lo que se refería a su relación con él, no tenían objeción alguna. No podían dejar de sentirse conmovidos de que Darcy hubiera acudido en su auxilio en Pemberley, y por sus atenciones posteriores. Y de haber basado el concepto que tenían de él en sus sentimientos y el informe del ama de llaves, el círculo de amistades que el señor Darcy tenía en Hertfordshire no le habría reconocido.

Con respecto a Wickham, los viajeros pronto averiguaron que en la comarca no era muy estimado; pues, aunque la gente ignoraba el motivo principal de su desavenencia con el hijo de su patrón, era bien sabido que al abandonar Derbyshire había dejado un montón de deudas, que el señor Darcy había saldado posteriormente. Asimismo se rumoreaba que Wickham había mantenido unas relaciones licenciosas con dos jóvenes lugareñas, las cuales, lamentablemente, habían sido víctimas de la plaga y habían tenido que ser quemadas antes de que pudieran presentar cargos contra él.

En cuanto a Elizabeth, esa noche, más que la anterior, no cesaba de pensar en Pemberley. Y aunque la velada se le hizo interminable, no fue lo suficientemente larga para permitirle definir sus sentimientos hacia uno de los ocupantes de la mansión, sino que permaneció dos horas en vela tratando de descifrarlos. Estaba claro que no odiaba a Darcy. No, su odio se había disipado hacía mucho tiempo, casi tanto como el que hacía que se sentía avergonzada por haber deseado beber la sangre de su cabeza tras decapitarlo. El respeto originado por el convencimiento de sus valiosas cualidades, por más que Elizabeth se hubiera resistido al principio a reconocerlo, ya no repugnaba a su razón; sino que se había convertido en un sentimiento más grato, debido al testimonios tan favorable sobre el señor Darcy, y a los hechos acaecidos ayer que le mostraban a una luz más amable. Pero ante todo, por encima del respeto y la estima, había un motivo que explicaba su buena disposición hacia Darcy, y que no podía pasar por alto. Era gratitud, no sólo por haberla amado anteriormente, sino por amarla todavía lo bastante como para perdonar la petulancia y acritud que Elizabeth le había demostrado al rechazar su oferta de matrimonio con una patada en la cara y las injustas acusaciones que habían acompañado su rechazo. Pese a que había estado convencida de que Darcy procuraría evitarla por considerarla su mayor enemiga, éste se había mostrado, durante su encuentro fortuito, deseoso de conservar su amistad, y sin hacer una exhibición indecorosa de su amor, ni ningún gesto especial, en un asunto que sólo les incumbía a ellos, se había esforzado en que los amigos de Elizabeth se formaran una buena opinión de él, y se había empeñado en presentársela a su hermana. Ese cambio en un hombre tan orgulloso no sólo suscitaba asombro sino gratitud, pues sólo cabía atribuirlo a un amor apasionado. La impresión que eso le causó no era desagradable, aunque era incapaz de definirla con precisión. Elizabeth le respetaba, le estimaba, le estaba agradecida, sentía un sincero interés por su bienestar. Y aunque le habían enseñado a desdeñar todo sentimiento, toda emoción, en esos momentos experimentaba un exceso de ambas cosas. ¡Qué extraño! Cuantas más vueltas daba al asunto, más poderosa se sentía; no debido a su destreza en las artes mortales, sino a su influjo sobre el corazón de otra persona. ¡Un influjo muy potente! ¿Pero cómo utilizarlo? De todas las armas que había llegado a dominar, no sabía nada sobre el amor, y de todas las armas del mundo, el amor era la más peligrosa.

Esa noche, tía y sobrina decidieron que la inusitada cortesía de la señorita Darcy al venir a visitarles el mismo día de su llegada a Pemberley merecía ser imitada, aunque no podía ser igualada, con la misma muestra de cortesía por parte de ellos. Por lo que sería muy oportuno ir a visitarla a la mañana siguiente en Pemberley. Así pues, irían. Elizabeth se sentía satisfecha, aunque cuando se preguntó el motivo, no supo qué responder.

El señor Gardiner las dejó poco después de desayunar. El día anterior el señor Darcy le había reiterado la invitación a pescar y ambos caballeros habían quedado en reunirse en Pemberley antes del mediodía.

45

Convencida como estaba Elizabeth de que la antipatía que la señorita Bingley sentía por ella se debía a los celos, no pudo por menos de pensar que su presencia en Pemberley la disgustaría profundamente, y tenía curiosidad por comprobar hasta qué punto la dama se mostraría grosera al volver a encontrarse con ella.

Al llegar a la casa, los condujeron a través del vestíbulo hacia la capilla shinto, cuya orientación al norte hacía que resultara deliciosa en verano. Sus ventanas se abrían al jardín, y la capilla ofrecía una encantadora vista de la elevada colina boscosa que se erguía detrás de la casa, junto con sus numerosos espejos sagrados que honraban a los dioses al tiempo que creaban una grata abundancia de luz.

En la capilla fueron recibidas por la señorita Darcy, que se encontraba allí con la señora Hurst y la señorita Bingley, además de la señora con la que vivía en Londres. Georgiana las acogió con gran cortesía, pero con una turbación que, aunque debida a la timidez, podía hacer pensar a quienes se sentían inferiores que era una joven orgullosa y reservada. No obstante, la señora Gardiner y su sobrina la saludaron también educadamente, compadeciéndose de ella.

La señora Hurst y la señorita Bingley se limitaron a saludarlas con una reverencia. Después de tomar asiento, durante unos momentos se produjo una pausa, tan tensa como suelen ser esas pausas. El silencio fue roto por la señora Annesley, una mujer afable y de aspecto agradable, cuyos intentos por dar con un tema de conversación demostraron que tenía mejor educación que las otras damas. La conversación transcurrió gracias a los esfuerzos de ella y de la señora Gardiner, con cierta ayuda por parte de Elizabeth. La señorita Darcy parecía hacer acopio del valor suficiente para participar en ella. A veces, cuando había escaso riesgo de que la oyeran, se aventuraba a pronunciar una breve frase.

Elizabeth notó que era observada atentamente por la señorita Bingley, y que no podía pronunciar una palabra, especialmente a la señorita Darcy, sin llamar su atención.

«¡Cómo debe de anhelar golpearme con sus torpes e ineficaces puños! —pensó Elizabeth—. ¡Qué divertido sería verla perder la compostura!»

La siguiente novedad que produjo su visita fue la aparición de unos criados que portaban viandas frías, pastel y diversas exquisiteces japonesas. Eso ofreció a las damas una nueva distracción, pues en lugar de conversar, podían comer. Las hermosas pirámides de jamón, escarcha y *zarezushi* hizo que se apresuraran a congregarse alrededor de la mesa.

Mientras comían, Elizabeth tuvo la oportunidad de decidir si temía o deseaba la aparición del señor Darcy, analizando los sentimientos que experimentó cuando éste entró en la estancia. Luego, aunque un momento antes de que creyera que lo que predominaba eran sus deseos, empezó a arrepentirse de haber venido, pues comprendió que su aliento debía oler a dulces y anguila cruda.

El señor Darcy había pasado un rato con el señor Gardiner, quien, junto con otros dos o tres caballeros de la casa, estaba pescando con mosquete en el río, y le había dejado al enterarse de que las damas de la familia se proponían visitar esa mañana a Georgiana. En cuanto apareció, Elizabeth tomó la prudente decisión de mostrarse tranquila y relajada, pues observó que su presencia había renovado las sospechas de las damas, y que no había ninguna que no estuviera pendiente del comportamiento del señor Darcy en cuanto entró en la habitación. Ningún semblante dejaba entrever una curiosidad tan intensa como el de la señorita Bingley, pese a las sonrisas que esbozaba cada vez que se dirigía a uno de los dos; pues los celos aún no la habían llevado a la desesperación, y sus atenciones hacia el señor Darcy eran incesantes. Al aparecer su hermano, la señorita Darcy se esforzó más en hablar, y Elizabeth, al observar que éste deseaba que su hermana y ella se hicieran buenas amigas, intentó complacerle tratando de entablar conversación con Georgiana y con él. La señorita Bingley lo observó todo, y en un imprudente arrebato de ira, aprovechó la primera oportunidad para decir, con despectiva cortesía:

—Díganos, señorita Eliza, ¿se ha marchado ya la milicia de Meryton? Su familia debe de estar muy apenada.

La señorita Bingley no se atrevía a nombrar a Wickham en presencia de Darcy, pero Elizabeth enseguida comprendió que se refería a él, y tuvo que reprimir el deseo de asestar a la señorita Bingley un puñetazo en el ojo por su insolencia. Utilizando su lengua en lugar de sus puños para repeler el malicioso ataque, respondió a la pregunta con un tono relativamente indiferente. Mientras hablaba, una mirada de refilón a Darcy hizo que observara que éste se había sonrojado, que la mano que tenía apoyada en la espada temblaba levemente, y que su hermana, abrumada por la confusión, era incapaz de alzar los ojos del suelo. De haber sabido la señorita Bingley el dolor que causaba a su estimada amiga, sin duda se habría abstenido de formular la hiriente frase. Su deseo era simplemente incomodar a Elizabeth insinuando la idea de un hombre hacia el que creía que ésta se sentía atraída, a fin de poner al descubierto una sensibilidad que suponía que la perjudicaría a ojos de Darcy, y, tal vez, para recordar a éste los disparates y absurdos que cometían algunos miembros de la familia Bennet con respecto a los oficiales. A sus oídos no había llegado una sílaba de la pretendida fuga de la señorita Darcy con Wickham.

Con todo, la compostura de Elizabeth tranquilizó al señor Darcy. La señorita Bingley, enojada y decepcionada, no se atrevió a insinuar de nuevo el nombre de Wickham. Georgiana recobró también la compostura, aunque no lo suficiente para pronunciar otra palabra. Su hermano, a quien la joven no se atrevía a mirar, apenas se percató del interés de Georgiana en el asunto, y precisamente la circunstancia destinada a hacerle dejar de pensar en Elizabeth hizo que la observara con mayor interés y gozo. Desde la Batalla de la Fortaleza de Tumu ningún asalto había sido concebido con menor fortuna.

Después de ese incidente, la visita de Elizabeth y su tía no se prolongó; y cuando el señor Darcy la acompañó hasta su carruaje, la señorita Bingley se dedicó a manifestar sus sentimientos criticando la persona, el comportamiento y la vestimenta de Elizabeth. Pero Georgiana no se unió a sus críticas. Los elogios que su hermano había hecho de Elizabeth bastaban para asegurar la simpatía de la joven hacia ella, pues estaba convencida de que su hermano no podía equivocarse. Darcy se había referido a Elizabeth en unos términos que impedían que Georgiana la considerara de otra forma sino como una mujer bella y encantadora. Cuando Darcy regresó a la capilla, la señorita Bingley no pudo por menos de repetirle una parte de lo que le había dicho a su hermana.

—Qué mala cara tenía la señorita Eliza Bennet esta mañana, señor Darcy —exclamó—. Jamás había visto a nadie tan cambiada como ella desde el inverno. ¡Tiene la piel demasiado tostada y áspera! Louisa y yo comentábamos que no nos apetece volver a verla.

Pese a lo poco que le agradaron al señor Darcy esas palabras, se contentó con responder fríamente que no había observado ningún cambio en Elizabeth salvo el hecho de que estuviera tostada, lo cual no constituía ninguna prodigiosa consecuencia del hecho de viajar en verano.

—Por mi parte —dijo la señorita Bingley—, confieso que nunca me pareció una belleza. Tiene el vientre demasiado firme, los brazos demasiado delgados y las piernas demasiado largas y flexibles. Su nariz adolece de falta de carácter, pues es excesivamente pequeña. Su dentadura es pasable, pero nada fuera de lo común; y sus ojos, que algunos consideran muy hermosos, me parecen de lo más corriente. Tiene una mirada penetrante y perspicaz, que a mí me desagrada profundamente. En términos generales, muestra un aire de autosuficiencia y seguridad en sí misma que resulta intolerable.

Convencida como estaba la señorita Bingley de que Darcy admiraba a Elizabeth, ese no era el mejor método para congraciarse con él; pero cuando las personas se enfurecen no siempre obran con prudencia. Por fin, al observar que Darcy parecía un tanto irritado, supuso que había triunfado en su empeño. No obstante, el señor Darcy se encerró en el mutismo y la joven, decidida a hacerle hablar, prosiguió:

—Recuerdo que cuando conocimos a la señorita Eliza en Hertfordshire, a todas nos asombró que fuera una reputada belleza. Recuerdo que una noche, después de que las Bennet vinieran a cenar en Netherfield, usted comentó: «¿Una belleza esa chica? ¡Es tan bella como inteligente su madre!» Pero por lo visto luego cambió de parecer, pues incluso llegó a pensar que era bastante bonita.

—En efecto —respondió Darcy sin poder reprimirse más—, pero eso fue al principio de conocerla, pues ahora la considero una de las mujeres más guapas que conozco.

Tras esas palabras el señor Darcy se alejó, y la señorita Bingley se quedó con la satisfacción de haberle obligado a decir lo que sólo la hería a ella.

Durante el viaje de regreso, la señora Gardiner y Elizabeth charlaron sobre lo ocurrido durante su visita, excepto de lo que más les había interesado a las dos. Comentaron el aspecto y comportamiento de todos los presentes, salvo de la persona que más había llamado su atención. Hablaron de la hermana, de sus amigos, de la capilla y del *zarezushi* del señor Darcy, de todo menos de él. Pero Elizabeth ardía en deseos de saber lo que la señora Gardiner opinaba de él; y a la señora Gardiner le habría complacido que su sobrina sacara el tema a colación.

46

Elizabeth se había llevado una profunda decepción al no hallar una carta de Jane a su llegada a Lambton. Su decepción se había renovado cada mañana de su estancia allí, pero al tercer día sus lamentos cesaron, y su hermana quedó justificada, al recibir dos cartas de ella simultáneamente, una de las cuales indicaba que había sido transportada en un coche de posta que había sido atacado por unos zombis, lo cual había retrasado su entrega.

Se disponían a dar un paseo cuando llegaron las cartas. Los tíos de Elizabeth la dejaron para que las leyera tranquilamente y partieron solos. La joven decidió leer la carta que se había retrasado, la cual había sido escrita hacía cinco días. El principio contenía una descripción de las pequeñas fiestas y demás compromisos a los que habían asistido, con las noticias que ofrecía la comarca; pero la última mitad de la misiva, fechada un día más tarde, y escrita en un evidente estado de agitación, refería una importante noticia. Decía así:

> Desde que te escribí las líneas más arriba, querida Lizzy, ha ocurrido algo tan inesperado como grave. Lo que debo decirte se refiere a la pobre Lydia. Ayer, a las doce de la noche, cuando todos estábamos acostados, llegó un correo urgente con una carta del coronel Forster, para informarnos de que Lydia se había fugado a Escocia con uno de sus oficiales. A decir verdad, ¡con Wickham! Imagina nuestra sorpresa. Estoy profundamente disgustada. ¡Una unión imprudente por ambas partes! Pero confío en que todo salga bien, y que estemos equivocadas sobre el carácter de

Wickham. Me consta que es desconsiderado e indiscreto, pero este paso (del cual debemos alegrarnos) no demuestra maldad alguna. Su elección es cuando menos desinteresada, pues debe de saber que nuestro padre no puede dar nada a Lydia. Nuestra pobre madre está muy apenada. Nuestro padre lo sobrelleva mejor. Me alegro de que no les contáramos que Wickham estaba enemistado con el señor Darcy, ni del trato que infligió al mozo de cuadra sordo. Debemos de tratar de olvidarlo.

Al terminar de leer esa carta, Elizabeth tomó al instante la otra, y, tras abrirla con impaciencia, la leyó. Había sido escrita un día después de la conclusión de la primera.

QUERIDA LIZZY:

No sé cómo explicártelo por carta, pero tengo malas noticias para ti, y no puedo demorarlas. Pese a lo imprudente que sería un matrimonio entre el señor Wickham y nuestra pobre Lydia, estamos preocupados de que se haya celebrado, pues tenemos motivos para creer que Lydia haya sido obligada contra su voluntad. El coronel Forster vino ayer, después de abandonar Brighton el día antes, pocas horas después de enviarnos la carta por correo urgente. Aunque la breve nota de Lydia a la señora F. indicaba que se proponían casarse, otro oficial insinuó que Wickham no tenía la menor intención de hacerlo, insinuación que llegó a oídos del coronel F., quien partió de inmediato de B., dispuesto a seguir a la pareja. Consiguió seguirlos hasta Clapham, pero allí les perdió el rastro, pues al entrar en esa población, fue recibido con una salva de disparos de mosquete y obligado a ponerse a buen recaudo mientras Wickham y Lydia montaban en un coche de alquiler y partían a toda velocidad. Lo único que sabemos es que tomaron por la carretera de Londres. No sé qué pensar. Después de hacer toda clase de indagaciones entre sus conocidos en Londres, el coronel F. vino a Longbourn y nos contó la mala noticia con una delicadeza que le honra. Lo lamento sinceramente por él y la señora F., pero nadie puede culparlos de nada. Nuestra congoja, querida Lizzy, es indescriptible. Nuestros padres se temen lo peor, que después de arrancarle la ropa, Wickham arrebatará a Lydia su honor y su juicio. Pero yo no le creo capaz de tamaña fechoría. Existen muchas circunstancias que aconsejan que se casen privadamente en la ciudad en lugar de su primer plan; y aunque Wickham fuese capaz de llevar a cabo esos desmanes contra una joven con la poca destreza de Lydia en las artes mortales, lo cual no es probable, ¿cabe pensar que nos hayamos equivocado hasta ese extremo al juzgarlo? ¡Imposible! Nuestro padre partirá de inmediato para Londres con el coronel Forster, a fin de tratar de averiguar el paradero de Lydia. No sé qué se propone hacer, pero su inmenso pesar no le permite tomar unas medidas prudentes y eficaces, y el coronel Forster tiene que regresar a Brighton mañana por la tarde. En estas circunstancias tan lamentables, sería muy útil el consejo y la ayuda de nuestro tío, quien comprenderá de inmediato lo que debemos de estar pasando. Confío en su bondad.

—¿Dónde está mi tío? —exclamó Elizabeth, levantándose de un salto en cuanto terminó de leer la carta, sin tiempo que perder.

Pero al alcanzar la puerta, la abrió un criado y apareció el señor Darcy. Al observar el pálido rostro y gesto impetuoso de Elizabeth se sobresaltó, y antes de recobrar la compostura y dirigirse a ella, Elizabeth exclamó atropelladamente:

—Le ruego me perdone, pero debo irme. Tengo que encontrar al señor Gardiner cuanto antes, debido a un asunto que no admite dilación. No puedo perder un instante.

—¡Santo cielo! ¿Qué ocurre? —exclamó el señor Darcy—. No la detendré un minuto, pero permita que vaya yo, o el criado, en busca del señor y la señora Gardiner. Usted no está en condiciones de ir.

Elizabeth dudó unos instantes, pero las rodillas le temblaban y comprendió que no conseguiría nada tratando de ir en busca de sus tíos. Así pues, llamó al criado y le ordenó, con voz tan entrecortada que era difícil entender lo que decía, que fuera de inmediato en busca de su amo y su ama.

Cuando el criado salió de la habitación, Elizabeth se sentó, incapaz de sostenerse derecha. Tenía tan mala cara que era imposible que Darcy la dejara, o que se abstuviera de decir, con un tono de gran delicadeza y conmiseración:

—Permita que llame a su doncella. ¿No hay nada que pueda hacer para consolarla? ¿Quiere que le traiga unas hierbas *kampo*? Está usted muy conmocionada.

—No, gracias —respondió Elizabeth tratando de recobrar la compostura—. No me pasa nada. Acabo de recibir de Longbourn una noticia que me ha afligido profundamente.

Elizabeth rompió a llorar y durante unos minutos no pudo articular palabras. Darcy, impaciente por averiguar lo ocurrido, sólo atinó a decir algo sobre la preocupación que le causaba verla en ese estado, mientras la observaba compungido y en silencio. Al cabo de un rato Elizabeth dijo:

—Acabo de recibir carta de Jane, con una noticia espantosa. No puedo ocultársela a nadie. Mi hermana menor está en poder de... del señor Wickham. Se han fugado de Brighton. Usted le conoce demasiado bien para dudar del resto. Lydia no tiene dinero, ni amistades influyentes, nada que pueda tentar a Wickham a casarse con ella. ¡Está perdida!

Darcy la miró estupefacto.

—¡Y pensar que yo pude haberlo evitado! —añadió Elizabeth con un tono aún más agitado—. Yo sabía cómo era Wickham. ¡Ojalá les hubiera explicado a mi famita una parte de lo que sabía!

De haber sabido ellos cómo era ese canalla, esto no habría ocurrido. Pero ahora es demasiado tarde.

—Estoy profundamente consternado —dijo Darcy—. Consternado y asombrado. ¿Está usted segura de ello?

—¡Desde luego! Partieron juntos de Brighton el domingo por la noche, y los siguieron casi hasta Londres, pero allí perdieron su rastro. El coronel Forster tiene motivos para dudar de que se hayan casado, y sospecha que Lydia se marchó contra su voluntad.

—¿Y qué han hecho, qué medidas tan tomado, para tratar de rescatarla?

—Mi padre ha ido a Londres, y Jane me ha escrito para implorar a mi tío que nos ayude. Confío en que partiremos dentro de media hora. Pero no podemos hacer nada. ¿Cómo vamos a averiguar siquiera el paradero de Lydia y Wickham? No tengo la menor esperanza.

Darcy meneó la cabeza en un gesto de silenciosa aquiescencia.

—Cuando averigüé el verdadero carácter de Wickham... ¡De haber sabido lo que podía ocurrir, lo que debía hacer...! Pero no lo sabía... Temía extralimitarme. ¡Qué gran error!

Darcy no respondió. Apenas parecía escucharla, sino que se paseaba por la habitación absorto en sus reflexiones, con el ceño fruncido y un aire sombrío. Elizabeth se percató de inmediato, y lo comprendió. La opinión que el señor Darcy tenía de ella se estaba hundiendo; todo se hundiría ante esta prueba de debilidad familiar, ante un hecho tan deshonroso. Elizabeth nunca había sentido tan sinceramente que era capaz de amarlo como en esos momentos, cuando toda esperanza de amor era en vano.

Cubriéndose la cara con el pañuelo, dio rienda suelta a su desesperación, perdiendo toda noción de cuanto la rodeaba, hasta que la voz de su acompañante la obligó a regresar a la realidad.

—¡Daría cualquier cosa por hacer algo que la consolara en estos momentos tan amargos! Pero no la atormentaré con mis vanos deseos, que podrían interpretarse como un afán de congraciarme con usted. Me temo que este lamentable asunto impedirá que mi hermana tenga el placer de verla hoy en Pemberley.

—Sí, le ruego que me disculpe ante la señorita Darcy. Dígale que un asunto urgente me obliga a regresar a casa de inmediato. Ocúltele la penosa verdad durante tanto tiempo como sea posible, que me consta que no será mucho.

Darcy se apresuró a asegurarle que guardaría el secreto, reiterando su consternación por el disgusto que se había llevado Elizabeth, deseando que el asunto tuviera un desenlace más feliz de lo que en esos momentos cabía prever, y tras pedirle que presentara sus respetos a sus parientes se marchó, despidiéndose de ella una vez, muy serio.

Cuando Darcy abandonó la habitación, Elizabeth pensó en lo improbable que era que volvieran a verse en unos términos tan cordiales. Y mientras echaba una mirada retrospectiva sobre la relación entre ambos, tan llena de contradicciones y altibajos, suspiró ante la perversidad de unos sentimientos que ahora podrían haber propiciado su continuidad, y que hace un tiempo la habrían llevado a alegrarse de que terminara.

Apenada, le vio marcharse, y en ese primer ejemplo de la vergüenza que la inminente violación y asesinato de Lydia causaría, la joven halló otro motivo para angustiarse al reflexionar sobre el lamentable asunto. En ningún momento, desde que había leído la segunda carta de Jane, había albergado la menor esperanza de que Wickham tuviera intención de casarse con Lydia. Nadie salvo Jane, pensó, era capaz de confiar en ello. La sorpresa era el menor de sus sentimientos sobre la cuestión. Mientras el contenido de la primera carta seguía grabado en su mente, le asombraba que Wickham hubiera logrado atrapar a una discípula del templo de Shaolin, aunque fuese una discípula tan torpe como Lydia. Pero ahora todo parecía natural. El afán de Lydia de gozar de la compañía de apuestos oficiales la había llevado a bajar la guardia hasta el extremo de la deshonra.

Ardía en deseos de volver a casa, para oír, ver, para poder compartir con Jane los sinsabores que en esos momentos recaían sobre ella, en una familia tan desquiciada, un padre ausente, una madre que sin duda estaría vomitando, y requiriendo una atención constante. Y aunque estaba casi convencida de que nadie podía hacer nada por Lydia, creía que la intervención de su tío era indispensable, y no logró dominar su impaciencia hasta que éste entró en la habitación. El señor y la señora Gardiner habían regresado profundamente alarmados, suponiendo por el relato de los sirvientes que su sobrina había sido asesinada por un enemigo desconocido; pero después de sacarlos al instante de su error, Elizabeth les informó del motivo de que los hubiera llamado, leyéndoles las dos cartas en voz alta. El señor y la señora Gardiner no podían por menos de sentirse profundamente afligidos. El asunto no sólo concernía a Lydia, sino a todos; y después de las primeras exclamaciones de sorpresa y horror, el señor Gardiner prometió hacer cuanto estuviera en su mano para resolverlo. Elizabeth, aunque no esperaba menos de él, le dio las gracias con lágrimas de gratitud. Los tres, movidos por el mismo propósito, se apresuraron a ultimar todos los detalles referentes a su marcha. Decidieron partir lo antes posible.

—¿Pero qué hacemos con respecto a Pemberley? —preguntó la señora Gardiner—. John nos dijo que el señor Darcy estaba aquí cuando le pediste que nos avisara. ¿Es cierto?

—Sí, le dije que no podríamos cumplir con nuestro compromiso. Está todo arreglado.

—¿Y qué les diremos a nuestros otros amigos? —preguntó su tía mientras se dirigía apresuradamente a su habitación para prepararse—. ¡Ojalá tuviera tiempo de ver por última vez a Sylak!

Pero eran unos deseos vanos, que en todo caso sólo podían servir para divertir a la señora Gardiner durante el trajín y la confusión de la hora que transcurrió antes de la partida. De haber tenido tiempo Elizabeth para pensar en ello, habría estado convencida de que su angustia y agitación le impedían hacer nada útil; pero estaba tan atareada como su tía, pues entre otras cosas tenía que escribir unas notas a todas sus amistades en Lambton, dando unas falsas excusas para explicar su repentina partida. No obstante, les bastó una hora para ultimar todos los detalles. Después de que el señor Gardiner pagara la cuenta en la hostería, no quedaba nada por hacer sino ponerse en marcha, y Elizabeth, tras la zozobra de esa mañana, se encontró, en un espacio de tiempo más breve de lo que había supuesto, sentada en el coche y de camino para Longbourn.

47

—He estado pensando en ello, Elizabeth —dijo su tío cuando partieron de la población—, y tras darle muchas vueltas, ahora me inclino a juzgar el asunto como tu hermana mayor. Me parece muy improbable que un joven decida secuestrar a una chica que no carece de protección ni de amigos, y que se aloja nada menos que en casa de su coronel, por lo que confío en que todo se resolverá felizmente. ¿Cómo podía pensar ese joven que los amigos de Lydia no tomarían inmediatamente las medidas oportunas? ¿Cómo podía pensar que las hermanas de Lydia no le perseguirían hasta el fin del mundo con sus espadas? ¿Cómo podía pensar que en su regimiento volverían a aceptarlo, después de esa afrenta contra el coronel Forster? ¡Su tentación no es equiparable al riesgo al que se exponía!

—¿De veras lo crees? —preguntó Elizabeth.

—Empiezo a compartir la opinión de tu tío —terció la señora Gardiner—. Es una violación demasiado grave de la decencia, el honor y el interés para que ese joven sea culpable. No tengo una opinión tan baja de Wickham. ¿Y tú, Lizzy, le crees tan ruin como para ser capaz de eso?

—Quizá no le crea culpable de no haber tenido en cuenta su interés, pero sí de las demás acusaciones. Suponiendo que sea culpable. Pero no me atrevo a confiar en ello. ¿Por qué iba a disparar contra el coronel, en caso de lo hiciera?

—En primer lugar —respondió la señora Gardiner—, no tenemos una prueba inequívoca de que no piensen casarse.

—¿Pero a qué viene tanto secreto? ¿Por qué querían casarse en privado? No tiene sentido. Los compañeros oficiales de Wickham, según dice Jane, estaban convencidos de que no tenía la menor intención de casarse con Lydia. Wickham jamás se casará con una mujer que no tenga dinero. No puede permitírselo. ¿Y qué cualidades posee Lydia, qué encantos aparte de la juventud y una buena osamenta, que hicieran que Wickham renunciara por ella a toda posibilidad de contraer matrimonio con una mujer adinerada? En cuanto a tu otra objeción, me temo que no sirve. Mis hermanas y yo no podemos dedicar mucho tiempo a buscar a Wickham, puesto que tenemos órdenes de su majestad de defender Hertfordshire de nuestros enemigos hasta que muramos, nos quedemos cojas o nos casemos.

—¿Pero piensas realmente que Lydia está tan indefensa como para permitir que la deshonra caiga sobre ella y su familia?

—Sí, y es increíble —respondió Elizabeth con los ojos llenos de lágrimas— que la pericia en las artes mortales de una de las hermanas Bennet admita la menor duda. Te aseguro que no sé qué decir. Quizá la juzgue equivocadamente. Pero Lydia es muy joven, y durante los seis últimos meses, no durante el último año, no ha hecho otra cosa que divertirse y fomentar su vanidad. Le han permitido dedicar su tiempo a cosas frívolas y caprichosas, abandonando sus sesiones de adiestramiento, meditación, e incluso el simple juego de Besar al Ciervo. Desde que los soldados se acuartelaron en Meryton, en lo único en que ha pensado es en el amor, los coqueteos y los oficiales. Y todos sabemos que Wickham posee un encanto personal y un desparpajo capaces de cautivar a una mujer.

—Pero como has comprobado —dijo su tía—, Jane no tiene una opinión tan mala de Wickham como para creerle capaz de realizar esos desmanes.

—¿Acaso piensa Jane mal de alguien? La he visto acunar a unos innombrables en sus brazos, pidiéndoles perdón por arrancarles las extremidades, incluso mientras éstos trataban de morderla antes de expirar. Pero Jane sabe tan bien como yo cómo es Wickham. Las dos sabemos que es un libertino en el sentido más amplio de la palabra, que no tiene integridad ni honor.

—¿Lo sabes con certeza? —inquirió la señora Gardiner.

—Desde luego —respondió Elizabeth sonrojándose—. Ya te conté el otro día su infame comportamiento hacia el señor Darcy. Y tú misma, la última vez que estuviste en Longbourn, oíste la forma en que la gente habla del hombre que había demostrado tanta paciencia y generosidad hacia él. Existen otras circunstancias que no estoy autorizada a revelar, y que no merece la pena que te cuente; pero las mentiras de Wickham sobre la familia de Pemberley son interminables.

—¿Y Lydia no sabe nada de eso? ¿Cómo es posible que ignore lo que Jane y tú sabéis de buena tinta?

—¡Eso es lo peor! Antes de estar en Kent, y ver con frecuencia al señor Darcy y su pariente, el coronel Fitzwilliam, yo también ignoraba la verdad, hasta el extremo de que mi honor exigía los siete cortes. Y cuando regresé a casa, los soldados iban a abandonar Meryton al cabo de dos semanas. De modo que ni Jane, a quien se lo conté todo, ni yo misma, creímos necesario dar a conocer lo que sabíamos. ¿De qué serviría que destruyéramos la buena opinión que tenía todo el mundo de Wickham? E incluso cuando se decidió que Lydia partiera con la señora Forster, no pensé en la necesidad de abrirle los ojos con respecto al carácter de Wickham.

—¿De modo que cuando todos se marcharon a Brighton, no tenías motivos para pensar que ambos estuvieran enamorados?

—En absoluto. No recuerdo ningún síntoma de afecto por ninguna de las partes, con independencia del hecho de que Wickham grabara su nombre en el vientre de Lydia con una daga. Pero eso era habitual en Lydia. Cuando Wickham ingresó en el cuerpo, Lydia estaba dispuesta a admirarlo, al igual que todas nosotras. Todas las chicas de Meryton y aledaños estuvieron locamente enamoradas de él durante los dos primeros meses. Pero Wickham nunca dedicó a Lydia una atención especial, y por consiguiente, después de un cierto tiempo de una profunda e intensa admiración, el enamoramiento de Lydia se disipó, y otros oficiales del regimiento, que la trataban con más gentileza, se convirtieron de nuevo en sus favoritos.

Pese a la escasa novedad que podía añadirse a sus temores, esperanzas y conjeturas sobre tan interesante tema, dándole tantas vueltas, lo cierto es que no dejaron de hablar de él en todo el viaje, pues ningún otro asunto conseguía distraerlos mucho tiempo. Elizabeth no dejaba de pensar en ello. Grabado en su mente por una profunda angustia y remordimientos, el asunto no le daba tregua.

Viajaron tan velozmente como era posible, hasta que se aproximaron a la aldea de Lowe, donde recientemente se había producido una escaramuza entre el ejército del Rey y un grupo de innombrables del sur. En ese lugar la carretera estaba tan repleta de cadáveres (humanos y de los innombrables), que era casi imposible pasar. Dado que era peligroso tocar los cadáveres, el cochero tuvo que alzar la placa de hierro situada en de la parte inferior del coche y acoplarla a los caballos, sujetándola a sus cuellos con una correas de cuero, de forma que quedó suspendida ante sus patas, formando una pala con que empujar los cadáveres mientras avanzaban.

Decidida a no perder más tiempo, Elizabeth se sentó junto al cochero con su Brown Bess, dispuesta a repeler el menor signo de un ataque disparando su arma. Ordenó al cochero que no se detuviera bajo ninguna circunstancia; incluso las necesidades más personales deberían hacerlas desde donde estaban sentados. Viajaron durante toda la noche y llegaron a Longbourn al día siguiente a la hora de cenar. Elizabeth se alegró de que Jane no se hubiera desesperado esperando durante muchos días su llegada.

Los pequeños Gardiner, atraídos por el sonido de la calesa, los esperaban en los escalones de la fachada; y cuando el coche se detuvo frente a la puerta principal, la alegría y sorpresa que mostraban sus rostros fue la primera, y más grata, bienvenida que recibieron.

Elizabeth se apeó de un salto y, dándoles a cada uno un apresurado beso, entró rápidamente en el vestíbulo, donde Jane salió enseguida a recibirla.

Elizabeth la abrazó afectuosamente, mientras las lágrimas afloraban a los ojos de ambas, y se apresuró a preguntarle si habían tenido noticia de los fugitivos.

—Todavía no —respondió Jane—. Pero ahora que está aquí mi querido tío, espero que todo se resuelva. ¡Ay, Lizzy! ¡Nuestra hermana raptada y deshonrada repetidamente, mientras nosotras nada podemos hacer por ayudarla!

—¿Papá está en Londres?

—Sí, se fue el martes, tal como te escribí.

—¿Ha escrito con frecuencia?

—Sólo en dos ocasiones. Me escribió unas líneas el miércoles para decir que había llegado sano y salvo y para darme sus señas, pues le rogué que lo hiciera. Tan sólo añadió que no volvería a escribir hasta que tuviera algo importante que decir.

—¿Cómo está mamá? ¿Cómo estáis todas?

—Mamá está relativamente bien, al menos eso creo. Aunque vomita a menudo, y copiosamente, como sin duda imaginas. Está arriba y se alegrará muchos de veros a todos. No sale de su vestidor. Gracias a Dios, Mary y Kitty están bien y han hecho juramentos de sangre contra el señor Wickham.

—¿Y tú cómo estás? —preguntó Elizabeth—. Estás pálida. ¡Cuánto debes de haber sufrido!

Pero su hermana le aseguró que estaba perfectamente. Y su conversación, que había transcurrido mientras el señor y la señora Gardiner abrazaban a sus hijos, concluyó cuando éstos se acercaron. Jane corrió a saludar a sus tíos, agradeciéndoles que vinieran, con lágrimas y sonrisas.

Cuando entraron todos en el salón, las preguntas que Elizabeth ya había formulado fueron repetidas por los otros, como es natural, pero comprobaron que Jane no podía contarles ninguna novedad. Seguía aferrada a la esperanza de que todo terminara felizmente, y que cada mañana traería una carta, de Lydia o de su padre, explicando cómo iba todo y, quizás, anunciando el matrimonio de la pareja.

La señora Bennet, a cuyos apartamentos se dirigieron, después de unos minutos de conversación, los recibió tal como era de prever; con lágrimas y lamentaciones, invectivas contra la infame conducta de Wickham y medio cubo lleno de vómitos; culpando a todo el mundo salvo a la persona a quien cabía achacar la culpa de haber malcriado y tolerado los errores de su hija.

—De haber conseguido ir a Brighton, tal como quería —dijo—, con toda mi familia, esto no habría ocurrido. Pero la pobre Lydia no tenía a nadie que se ocupara de ella. ¿Por qué no la vigilaron los Forster? Estoy segura de que desatendieron sus obligaciones hacia ella, pues Lydia no es el tipo de chica que haría semejante cosa si alguien estuviera pendiente de ella. Siempre pensé que los Forster no estaban capacitados para cuidar de ella, pero, como de costumbre, nadie me hizo caso. ¡Pobre niña! Y encima el señor Bennet se ha marchado, y sé que se peleará con Wickham cuando se encuentre con él, y que éste lo matará, pues por más trucos orientales que conozca, su frágil cuerpo ya no posee la agilidad de su juventud. ¿Y entonces qué será de nosotras? Los Collins nos arrojarán de esta casa antes de que hayamos terminado de enterrar a vuestro padre, y si tú no te muestras benevolente con nosotras, hermano, no sé qué haremos.

Todos protestaron contra esa idea tan terrorífica; y el señor Gardiner, después de asegurarle que sentía un profundo afecto por la señora Bennet y toda su familia, le dijo que iría a Londres al día siguiente y ayudaría en todo lo que pudiera al señor Bennet para rescatar a Lydia.

—No te preocupes innecesariamente —añadió—. Mientras no sepamos que no se han casado, y que no tienen intención de hacerlo, no demos por sentado que Lydia ha perdido su honor. En cuanto llegue a la ciudad iré a ver a mi hermano, y haré que venga conmigo al Sector Seis Este, y consultaremos sobre lo que conviene hacer.

—¡Ay, querido hermano! —exclamó la señora Bennet—. Eso justamente es lo que deseo. Cuando llegues a la ciudad, averigua dónde están; y si aún no se han casado, oblígalos a hacerlo. En cuando a los atuendos de la boda, no dejes que esperen hasta conseguirlos, dile a Lydia que tendrá todo el dinero que necesite para adquirirlos después de que se hayan casado. Y, ante todo, impide que el señor Bennet rete a duelo a Wickham. Explícale que estoy trastornada y aterrorizada, que tengo temblores por todo el cuerpo, espasmos en el costado, dolores de cabeza, y que vomito tal incesante torrente de bilis en el cubo, que no consigo descansar ni de día ni de noche.

El señor Gardiner la tranquilizó de nuevo asegurándole que haría cuanto estuviera en su mano, y después de seguir tratando de calmar a la señora Bennet hasta que la cena estuvo servida, la dejaron para que vomitara en compañía del ama de llaves, que la atendía en ausencia de sus hijas.

Aunque su hermano y su hermana estaban convencidos de que no había un motivo justificado para que la señora Bennet se aislara de su familia, no intentaron disuadirla. Al poco rato se reunieron con ellos en el comedor Mary y Kitty, que habían estado demasiado ocupadas adiestrándose para aparecer antes. Desde que habían pronunciado sus juramentos de sangre, apenas se habían dedicado a otra cosa. Después de sentarse a la mesa, Mary susurró a Elizabeth:

—Este asunto es muy lamentable, y probablemente será la comidilla del pueblo. Pero debemos atajar los rumores, y calmar nuestro intenso dolor con el bálsamo de la venganza.

Luego, al observar que Elizabeth no tenía intención de responder, Mary añadió:

—Pese a lo ingratas que deben ser estas circunstancias para Lydia, podemos extraer de él una útil lección: que a una mujer se le puede arrebatar la virtud tan fácilmente como una prenda; que un paso en falso puede llevar a la ruina; que el único remedio para vengar el honor mancillado es la sangre de quien te ha deshonrado.

Elizabeth alzó los ojos asombrada, pero se sentía demasiado

angustiada para responder. No obstante, Mary siguió consolándose extrayendo esas moralejas del nefasto asunto al que se enfrentaban.

Por la tarde, las dos hermanas mayores lograron hacer un aparte a solas durante media hora. Después de lamentarse sobre la terrible deshonra de su hermana, que Elizabeth daba por segura, y que a Jane no le parecía totalmente imposible, la primera prosiguió con el tema diciendo:

—Cuéntame todos los pormenores que aún no conozco. ¿Qué dijo el coronel Forster? ¿No se temió nada antes de que se produjera el secuestro?

—El coronel Forster reconoció que había sospechado cierta atracción entre los jóvenes, especialmente por parte de Lydia, pero no dijo nada para no alarmarnos. Lo lamento por él. Se comportó con nosotros con extremada delicadeza y amabilidad. Había decidido venir a vernos, para expresarnos su preocupación, antes de saber que Wickham no tenía ninguna intención de casarse con Lydia, pero cuando averiguó la noticia, adelantó el viaje.

—¿Estaba ese oficial convencido de que Wickham no se casaría con Lydia? ¿Conocía sus intenciones de fugarse con ella?

—Sí, pero cuando el coronel Forster le interrogó, el oficial negó conocer los planes de la pareja, y no quiso darle su opinión sobre el tema, por más que el coronel le amenazó con arrojar sus partes íntimas como pasto para los innombrables. No repitió que estaba convencido de que no se casarían, por lo que confío en que la vez anterior estuviera equivocado.

—¿Y hasta que vino el coronel Forster, ninguno de vosotros dudó de que Wickham y Lydia se casarían de inmediato?

—¿Cómo íbamos a pensar que pudiera ocurrir semejante cosa? Confieso que yo estaba un poco preocupada, temía que nuestra hermana no fuera feliz casándose con él, porque sabía que la conducta de Wickham dejaba bastante que desear. Nuestros padres no sabían nada, pensaban tan sólo que era un matrimonio imprudente. Entonces Kitty, mostrando una lógica actitud triunfal por estar más enterada del tema que nosotros, nos confesó que en su carta Lydia la había preparado para ese paso. Al parecer, hacía semanas que Kitty sabía que ambos estaban enamorados.

—¿Pero no antes de que fueran a Brighton?

—Creo que no.

—¿Tenía el coronel Forster una buena opinión de Wickham? ¿Conoce su verdadero carácter?

—Confieso que no habló tan bien de Wickham como lo había hecho en otras ocasiones. Lo consideraba un joven imprudente y derrochador. Y desde que ha ocurrido este penoso asunto, dicen que Wickham dejó muchas deudas en Meryton, y al menos a una desdichada lechera en un estado delicado; pero confío en que eso sea falso.

—¡Ay, Jane, de haber revelado lo que sabíamos de él, podríamos haber evitado que esto ocurriera!

—Quizá habría sido preferible —respondió su hermana—. Pero en esos momentos parecía injustificable revelar los fallos anteriores de una persona sin conocer sus presentes sentimiento. Obramos de buena fe.

—¿Podría repetir el coronel Forster los detalles de la nota que dirigió Lydia a su esposa?

—La trajo para enseñárnosla.

Jane la sacó de su bolso y se la entregó a Elizabeth. La nota decía así:

ESTIMADA HARRIET:

Sé que te reirás cuando sepas adónde me dirijo; yo misma no dejo de reírme al imaginar la sorpresa que te llevarás mañana por la mañana, cuando compruebes que me he marchado. Voy a Gretna Green, y si no puedes adivinar con quién, deduciré que un zombi te ha devorado los sesos, pues no existe más que un hombre en el mundo al que puedo amar, y es un ángel. Jamás sería feliz sin él, por lo que no creo hacer nada malo fugándome con él. No es preciso que envíes recado a Longbourn informándoles de que me he marchado, pues deseo sorprenderlos cuando les escriba y firme con el nombre de «Lydia Wickham». ¡Será una broma increíble! La risa casi no me deja seguir escribiendo.

Cuando llegue a Longbourn enviaré a por mi ropa y mis armas; pero dile a Sally que zurza un roto causado por una enorme zarpa en mi vestido de muselina antes de empaquetar mi ropa. Adiós. Saluda con cariño al coronel Forster de mi parte. Espero que brindes por que tengamos un buen viaje.

Tu amiga que te quiere,

LYDIA BENNET

¡Ay! ¡Qué desconsiderada es Lydia! —exclamó Elizabeth cuando leyó la carta—. ¡Escribir semejante nota en unos momentos como esos! Pero al menos confirma que tenía un propósito serio al marcharse con Wickham. Al margen de lo que éste la forzara a hacer posteriormente, las intenciones de Lydia eran honrosas. ¡Pobre papá! ¡Cómo debe de sentirse!

—Jamás he visto a nadie tan afectado. Durante diez minutos no pudo articular palabra. A nuestra madre le dio inmediatamente un síncope, ¡y toda la casa se sumió en el caos!

—¡Ay, Jane! —exclamó Elizabeth—. No tienes buena cara. ¡Ojalá hubiera estado contigo! Tuviste que cargar sola con toda la preocupación y la angustia.

—Mary y Kitty se han portado muy bien conmigo, y de no haber estado afanadas en idear el medio de vengarse del señor Wickham, me consta que habrían ayudado a sobrellevar las tribulaciones. La tía Philips vino a Longbourn el martes, después de que nuestro padre partiera, y tuvo la bondad de quedarse hasta el jueves conmigo. Nos ayudó y reconfortó mucho. Y lady Lucas ha sido también muy amable. Vino el miércoles por la mañana para expresarnos su pesar y ofrecernos sus servicios, y el de sus hijas, en caso de que los necesitáramos.

Al oír a Jane mencionar a lady Lucas, Elizabeth pensó en Hunsford. Se preguntó si quedaría algo de su vieja amiga Charlotte, y si el señor Collins se había percatado ya de la enfermedad que afligía a su esposa. Hacía bastante tiempo que Elizabeth no recibía carta de la rectoría. ¿Viviría aún su amiga? Era un tema demasiado atroz para pensar en él. Elizabeth preguntó luego a Jane qué medidas pensaba tomar su padre mientras estuviera en la ciudad para rescatar a su hija.

—Creo que piensa ir a Epsom —respondió Jane—, el lugar donde Lydia y Wickham cambiaron de caballos por última vez. Su propósito es averiguar el número del coche de alquiler en el que partieron desde Clapham después de que el señor Wickham tratara de matar al coronel. Habían venido de Londres; y como supuso que alguien recordaría sin duda las circunstancias de que un caballero y una dama cambiaran de coche bajo una lluvia de disparos de mosquete, iba a hacer unas indagaciones en Clapham.

48

Todos confiaban en recibir una carta del señor Bennet a la mañana siguiente, pero el correo no trajo una sola línea de él. Su familia sabía que era negligente y perezoso a la hora de escribir, pero esperaban que, dadas las circunstancias, haría un esfuerzo. Por fin llegaron a la conclusión de que el señor Bennet no tenía buenas noticias que darles; pero incluso se habrían alegrado de saber lo peor. El señor Gardiner sólo había esperado a que llegaran las cartas antes de partir, con tres hombres armados que había contratado para que le acompañaran y garantizaran un viaje sin mayores contratiempos.

La señora Gardiner y sus hijos iban a quedarse unos días más en Hertfordshire, pues su marido creía que su presencia podía ser de gran ayuda a sus sobrinas. La señora Gardiner las ayudó a atender a su madre, y era un gran consuelo para ellas cuando tenían algún rato libre. Su otra tía también iba a visitarlas con frecuencia, y siempre, según dijo, con la intención de animarlas y darles aliento, aunque, como siempre se presentaba con alguna novedad que contar sobre las deudas o algún hijo bastardo del señor Wickham, rara vez se marchaba sin dejarlas más abatidas que a su llegada.

Todo Meryton parecía esforzarse en despotricar contra el hombre que, tres meses antes, consideraban «más loable que el propio Jesucristo». Según decían, estaba endeudado con todos los comerciantes, y sus intrigas, adornadas con el título de seducción, afectaban a la familia de cada comerciante. Todo el mundo declaraba que era el joven más infame del mundo; y todos empezaron a caer en la cuenta de que siempre habían desconfiado de su pretendida bondad. Elizabeth, aunque no creía ni la mitad de lo que se decía, creía lo suficiente para convencerse más de que, de haberse casado su hermana con Wickham, habría destrozado su vida; e incluso Jane, que creía incluso menos de la mitad de lo que se decía, se mostraba profundamente desesperanzada, dado que, si Lydia y Wickham se hubiesen casado, ellos ya habrían tenido noticia de ello.

El señor Gardiner partió de Longbourn el domingo; el martes su esposa recibió una carta de él, en la que les informaba de que, a su llegada, había localizado de inmediato a su hermano y le había persuadido para que le acompañara al Sector Seis Este; que el señor Bennet había ido a Epsom y a Clapham, antes de que el señor Gardiner llegara, pero no había obtenido ninguna información útil; y que estaba decidido a visitar todos los hoteles principales de la ciudad para inquirir por su hija. La carta llevaba también una posdata que decía así:

> He escrito al coronel Forster para pedirle que trate de averiguar a través de algunos compañeros del regimiento de Wickham, si éste tiene parientes o amigos que pudieran saber en qué parte de la ciudad se oculta. Si hubiera alguien que lo supiera, sería una pista muy importante. De momento no tenemos nada con qué guiarnos. Me consta que el coronel Forster hará cuanto esté en su mano para satisfacernos a ese respecto. Pero, bien pensado, quizá Lizzy sepa mejor que nadie si Wickham tiene algún pariente vivo.

Elizabeth no había oído decir nunca que Wickham tuviera parientes, salvo un padre y una madre, que habían fallecido hacía muchos años. No obstante, era posible que algunos de sus compañeros de regimiento pudieran darles más información, aunque no confiaba mucho en ello.

Elizabeth y Jane no hallaban solaz peleando con ciervos, ni podían confiar en la compañía de sus hermanas menores, puesto que ambas estaban siempre ocupadas en idear un nuevo método de despedazar a Wickham. Cada día en Longbourn significaba otro día de angustia; pero la parte más angustiosa era cuando llegaba el correo. La llegada de cartas era el motivo principal de la impaciencia que reinaba en Longbourn cada mañana. A través de las cartas les informarían de si había ocurrido algo bueno o malo, y todos los días confiaban en recibir una noticia importante.

Pero antes de que volvieran a tener noticias del señor Gardiner, llegó una carta para el padre de las jóvenes, del señor Collins, y puesto que su padre había autorizado a Jane a abrir todas las cartas que llegaran en su ausencia dirigidas a él, ésta la leyó; y Elizabeth, que sabía lo curiosas que eran siempre las cartas del señor Collins, miró sobre el hombro de su hermana y la leyó también. La carta decía así:

> ESTIMADO SEÑOR:
> Tengo el deber, en virtud de nuestra amistad, y de mi posición en la vida, de expresarle mi pesar por la dolorosa situación en que se halla, e informarle de mi propio dolor, debido a la tragedia acaecida a una de sus amigas más queridas, mi amada esposa, Charlotte. Tengo el triste deber de comunicarle que ya no está con nosotros en este mundo; que contrajo la extraña plaga, una enfermedad de la que nadie se había percatado hasta que lady Catherine de Bourgh tuvo la amabilidad de señalármela con gran delicadeza. Debo añadir que su señoría tuvo también la bondad de ofrecerse para echar una mano en la acostumbrada tarea de decapitar y quemar el cadáver, pero decidí que, como marido de Charlotte, tenía el deber de llevarlo a cabo yo mismo, por más que la mano me temblaba. Le aseguro, estimado amigo, que pese a mi profundo dolor, le compadezco a usted y a su respetable familia, en su presente aflicción, que debe de ser muy amarga. La muerte de su hija habría sido una bendición en comparación con esto, al igual que

la decapitación y quema de mi esposa fue una suerte preferible a verla engrosar las filas de la brigada de Lucifer. Le compadezco sinceramente, junto con lady Catherine y sus hijas, a quienes he explicado lo sucedido. Ambas coinciden conmigo en que la deshonra de su hija les perjudicará gravemente a todos; pues como dice lady Catherine con condescendencia, «¿quién querrá tener tratos con una familia así?». Esta consideración me lleva, por lo demás, a pensar con creciente satisfacción en la oferta que hice a Elizabeth en noviembre; pues de haberme respondido de otra forma, a mí también me habría salpicado la deshonra que les afecta a ustedes, en lugar del mero pesar que experimento en estos momentos. Por tanto, estimado caballero, permita que le aconseje que aparte a su casquivana hija para siempre de su corazón, y deje que recoja los frutos de su imperdonable ofensa. Y permita que concluya dándole la enhorabuena, pues ya no reclamaré la propiedad de Longbourn cuando usted muera, toda vez que habré muerto cuando reciba esta carta, colgado de una rama del árbol favorito de Charlotte, en el jardín que su señoría tuvo la magnanimidad de cederme.

SE DESPIDE CORDIALMENTE, ETCÉTERA, ETCÉTERA.

El señor Gardiner no volvió a escribir hasta que recibió una respuesta del coronel Forster; pero cuando lo hizo, no pudo darles ninguna noticia agradable. Nadie sabía que Wickham tuviera un pariente con quien mantuviera tratos, y era seguro que no tenía ningún pariente cercano vivo. Sus antiguas amistades habían sido numerosas; pero desde que había ingresado en el ejército, no parecía mantener una relación cordial con ninguna de ellas. Por tanto, no había nadie que pudiera darles noticias de él. Y dada la desastrosa situación económica en que se encontraba, tenía un poderoso motivo para mantener su paradero en secreto, además de su temor de que la familia de Lydia lo descubriera, pues acababan de averiguar que Wickham había dejado una considerable cantidad de hijos bastardos y deudas de juego. El coronel Forster suponía que serían necesarias más de mil libras para saldar sus deudas en Brighton, y otras mil para las pobres chicas a las que había deshonrado. El señor Gardiner no trató de ocultar esos detalles a la familia de Longbourn. Al enterarse Jane exclamó horrorizada:

—¡Un jugador! ¡Un creador de hijos bastardos! Esto no me lo esperaba. No tenía ni la menor idea.

El señor Gardiner agregó en su carta que el padre de las jóvenes regresaría a casa al día siguiente, sábado. Desanimado por el fracaso de sus pesquisas, había cedido al ruego de su cuñado de regresar junto a su familia. Cuando la señora Bennet fue informada de ello, no expresó tanta satisfacción como imaginaban sus hijas, teniendo en cuenta lo preocupada que se había mostrado por la vida de su marido.

—¿Cómo? ¿Piensa regresar a casa sin la pobre Lydia? —exclamó la señora Bennet—. No puede irse de Londres sin haber dado con ellos. ¿Quién va a enfrentarse a Wickham y obligarlo a casarse con Lydia si el señor Bennet se marcha?

Puesto que la señora Gardiner expresó el deseo de regresar a casa, decidieron que ella y los niños se trasladaran a Londres, al mismo tiempo que el señor Bennet partía de la ciudad. Así pues, el coche transportó a la señora Gardiner y a sus hijos la primera etapa del viaje, y trajo a su amo de regreso a Longbourn.

La señora Gardiner partió experimentando la misma perplejidad con respecto a Elizabeth y al señor Darcy que la había asaltado en Longbourn. Su sobrina nunca mencionaba a Darcy voluntariamente delante de ellos; y Elizabeth no había recibido ninguna carta desde su regreso que procediera de Pemberley.

Las tristes circunstancias en que se hallaba la familia hacían innecesario que trataran de justificar su desánimo. Elizabeth, que había logrado descifrar sus sentimientos de forma relativamente satisfactoria, sabía que, de no saber nada sobre Darcy, habría sobrellevado mejor el temor de la infamia de Lydia. Le habría evitado más de una noche sin pegar ojo.

Cuando el señor Bennet regresó, mostraba su habitual aspecto de compostura filosófica. Habló tan poco como solía hacer, no dijo palabra sobre el asunto que le había llevado a Londres, y pasó cierto tiempo hasta que sus hijas tuvieron el valor de mencionarlo.

No fue hasta por la tarde, cuando el señor Bennet se reunió con ellas para tomar el té, que Elizabeth se aventuró a sacar el tema a colación. Cuando la joven expresó su consternación por lo que su padre debía de haber pasado, éste respondió:

—No tiene importancia. ¿Quién iba a sufrir sino yo? «Por cada azote con una vara de bambú húmedo sobre la espalda de un discípulo, el maestro merece dos.» ¿No era eso lo que decía el maestro Liu?

—No debes ser tan severo contigo —replicó Elizabeth.

—No te molestes en prevenirme contra eso. ¡La naturaleza humana cae continuamente en esa trampa! No, Lizzy, deja que por una vez en mi vida reconozca que tengo la culpa. Yo decidí que fuerais unas guerreras en lugar de unas damas. Yo os adiestré en las artes mortales, sin enseñaros nada sobre la vida. Concédeme esa vergüenza, pues la tenga merecida.

—¿Crees que están en Londres?

—Sí; ¿dónde iban a ocultarse tan bien?

—Y Lydia siempre quiso ir a Londres —apostilló Kitty.

—En tal caso debe de sentirse feliz —respondió su padre secamente—. Supongo que su residencia allí durará un tiempo.

Luego, tras un breve silencio, el señor Bennet prosiguió:

—Lizzy, no estoy enojado contigo por haber tratado de prevenirme en mayo, lo cual, teniendo en cuanto lo sucedido, demuestra tu gran inteligencia.

La presencia de Kitty, que entró para llevar a su madre una taza de té, los interrumpió.

—¡Esto es un desfile! —protestó el señor Bennet—. ¿Es que

no puedo tener unos momentos de paz en los que soportar mi desgracia? Mañana me instalaré en mi biblioteca, con mi gorro de dormir y mi bata de seda, y me quedaré allí hasta que Kitty se fugue.

—No voy a fugarme, papá —respondió Kitty cariacontecida—. Si alguna vez voy a Brighton, me portaré mejor que Lydia.

—Eso, vete a Brighton. ¡No te dejaría ir a Eastbourne ni por cincuenta libras! No, Kitty, he aprendido por fin a ser cauto, y no tardarás en darte cuenta. Ningún oficial volverá a poner los pies en mi casa, ni siquiera de paso hacia la aldea. Los bailes quedan prohibidos, a menos que vayas acompañada por una de tus hermanas. Y no saldrás de casa hasta que demuestres que has pasado diez horas diarias dedicada a tus estudios.

Kitty, que se tomó esas amenazas muy en serio, rompió a llorar.

—Venga —dijo el señor Bennet—, no te pongas así. Si te portas bien durante diez años, te llevaré a ver un desfile.

49

Dos días después de que regresara el señor Bennet, mientras Jane y Elizabeth perseguían un ciervo por el bosque detrás de la casa, vieron al ama de llaves que se dirigía hacia ellas, y suponiendo que venía para informarlas sobre el último ataque de vómitos de su madre, fueron a su encuentro. Pero en lugar de la noticia que esperaban, el ama de llaves dijo a la señorita Bennet:

—Disculpe que la interrumpa, señora, pero confiaba en que hubiera recibido buenas noticias de la ciudad, por lo que me he tomado la libertad de venir a preguntárselo.

—¿A qué te refieres, Hill? No hemos tenido ninguna noticia de la ciudad.

—Querida señora —exclamó la señora Hill asombrada—, ¿no sabe que el señor Gardiner ha enviado un correo urgente? Ha llegado hace media hora, es una carta para el amo.

Las jóvenes echaron a correr hacia la casa, demasiado impacientes para hacer comentario alguno. Atravesaron el vestíbulo a la carrera y entraron en la habitación del desayuno; de ahí se dirigieron a la biblioteca; pero su padre no estaba en ninguna de esas estancias. Cuando se disponían a subir la escalera suponiendo que estaría arriba con su madre, se encontraron con el mayordomo, que dijo:

—Si buscan al amo, señora, en estos momentos se dirige al *dojo*.

Al recibir esa información, las jóvenes atravesaron de nuevo el vestíbulo y echaron a correr por el prado detrás de su padre, que se dirigía con paso decidido hacia el modesto edificio.

Al alcanzarlo, Elizabeth le preguntó con impaciencia:

—¿Qué noticias tienes, papá? ¿Te ha escrito el tío?

—Sí, me ha enviado una carta por correo urgente.

—¿Trae noticias buenas o malas?

—¿Qué buena noticia puede traer? —contestó el señor Bennet sacando la carta de su bolsillo—. Pero quizá quieras leerla.

Elizabeth se la arrebató con impaciencia. Jane se acercó a ellos.

—Léela en voz alta —dijo su padre—, pues apenas he comprendido su significado.

Sector Seis Este, lunes, 2 de agosto.

QUERIDO HERMANO:

Por fin puedo darte noticias sobre mi sobrina, las cuales confío que, en términos generales, te satisfagan. Poco después de que partieras el sábado, tuve la fortuna de averiguar en qué parte de Londres se hallan. Los pormenores me los reservo hasta que nos veamos; basta con que sepas que he descubierto su paradero. Los he visto a los dos...

—¡Entonces se han casado, tal como confié que harían! —exclamó Jane. Elizabeth siguió leyendo:

Los he visto a los dos. No se han casado, ni he conseguido averiguar si tenían intención de hacerlo; pero celebro informarte de que de un tiempo a esta parte el señor Wickham ha cambiado radicalmente de parecer, y desea contraer matrimonio a la mayor brevedad. No obstante, se halla en un estado lamentable, pues una calesa le atropelló y está obligado a guardar cama y no puede mover las piernas ni controlar sus necesidades personales. Me temo que sus médicos opinan que seguirá así el resto de su vida; pero imagina el alivio que supone para ambos saber que Wickham tendrá una devota esposa que le atenderá solícitamente hasta que la muerte los separe. El señor Wickham no desea compartir las cinco mil libras de tu hija, ni necesita más que cinco libras anuales para sufragar el coste de su ropa de cama. Estas son las condiciones, las cuales, teniendo en cuenta la situación, no tuve reparos en aceptar en tu nombre, puesto que me cabe el privilegio de sustituirte en estos momentos. Te enviaré esta carta por correo urgente, para que me remitas tu respuesta sin dilación. Si, como supongo, me otorgas plenos poderes para actuar en tu nombre para resolverlo todo, no tendrás necesidad de venir de nuevo a la ciudad; por lo que puedes quedarte tranquilamente en Longbourn, confiando en que obraré con la máxima diligencia e interés. Envíame tu respuesta lo antes posible, y escribe tus instrucciones explícitamente. Hemos creído preferible que mi sobrina se case junto a la cabecera de Wickham; confío en que lo apruebes, ya que es imposible mover al novio. Lydia vendrá hoy a vernos. Volveré a escribirte en cuanto lo tengamos todo decidido.

Tu hermano que te estima,

EDW. GARDINER

—¿Pero es posible? —exclamó Elizabeth cuando terminó de leer la carta—. ¿Es posible que Wickham quiera casarse con Lydia?

—Lo que demuestra que Wickham no es tan indeseable como suponíamos. ¡Mira que quedarse cojo porque lo atropelló una calesa! ¡Qué suerte tan cruel! —dijo su hermana—. Enhorabuena, querido padre.

—¿Has respondido a la carta? —preguntó Elizabeth.

—No, pero lo haré enseguida.

—¡Querido padre, regresa a la casa y escribe enseguida esa carta! —exclamó Elizabeth—. Piensa en que no hay un minuto que perder.

—Yo la escribiré por ti —dijo Jane—, si te molesta hacerlo tú mismo.

—Me molesta mucho —contestó el señor Bennet—, pero debo hacerlo.

Y tras estas palabras, dio media vuelta y echó a andar hacia la casa con sus hijas.

—¿Puedo preguntar si piensas aceptar esas condiciones? —preguntó Elizabeth—. Aunque supongo que no tienes más remedio.

—¡Aceptarlas! Me avergüenza que exija tan poco.

—¡Pobre Lydia! ¡Tener que hacer de enfermera el resto de su vida! ¡Y tener que casarse! ¡Aunque Wickham sea un inválido!

—Por supuesto que tienen que casarse. No queda más remedio. Pero hay dos cosas que deseo saber. Una, cuánto dinero le ha costado a vuestro tío solucionar el asunto, y dos, cómo voy a devolvérselo.

—¡Dinero! ¡Nuestro tío! —exclamó Jane—. ¿A qué te refieres, padre?

—Me refiero a que ningún hombre en su sano juicio se casaría con Lydia a cambio de percibir cinco libras al año mientras yo viva, y nada cuando yo muera.

—Eso es cierto —dijo Elizabeth—; aunque no se me había ocurrido. ¡Es preciso saldar sus deudas, y que le quede algo de dinero! ¡Debe de ser obra de mi tío! Es un hombre bueno y generoso, y me temo que habrá tenido que hacer un gran sacrificio. No podría haberlo resuelto con una modesta cantidad

—Cierto —convino su padre—. Wickham es un imbécil si acepta casarse con Lydia por menos de diez mil libras, sobre todo ya que a partir de ahora no podrá ganarse él mismo la vida. No me gustaría tenerlo en tan mal concepto desde el comienzo de nuestra relación.

—¡Diez mil libras! ¡Dios nos libre! ¿Cómo piensas devolver esa suma?

El señor Bennet no respondió, y los tres, enfrascados en sus pensamientos, continuaron en silencio hasta llegar a la casa. A continuación el padre de las jóvenes se dirigió a la biblioteca para escribir, y Elizabeth y Jane entraron en la habitación del desayuno.

—¡Van a casarse! —exclamó Elizabeth en cuanto las dos se quedaron solas—. ¡Qué extraño! Pero debemos dar gracias a Dios. Tenemos que alegrarnos de que se casen, pese a las pocas probabilidades que tienen de ser felices, y a que Wickham se ha quedado inválido. ¡Ay, Lydia!

—Me consuelo pensando —respondió Jane— que el señor Wickham no se casaría con Lydia de no sentir verdadero afecto por ella. Aunque mi tío se ha esforzado en demostrar su inocencia, no puedo creer que haya pagado las deudas de Wickham, ni una suma semejante. Mi tío tiene hijos, y quizá tenga más. ¿De dónde va a sacar diez mil libras esterlinas?

—Si conseguimos averiguar a cuánto ascendían las deudas de Wickham —dijo Elizabeth—, y cuánto dinero ha sido depositado a su nombre o el de nuestra hermana, sabremos exactamente lo que el señor Gardiner ha hecho por ellos, porque Wickham no tiene ni un céntimo. Jamás podremos recompensar a nuestros tíos por su bondad. El hecho de que les ofrezca su protección y apoyo personal representa un sacrificio tan enorme en favor de Lydia, que por más años que pasen, jamás podremos agradecérselo lo bastante. Si semejante bondad no hace que Lydia sienta remordimientos, no merece ser feliz. ¡Qué momento para ella cuando vuelva a encontrarse con nuestra tía!

—Debemos tratar de olvidar todo lo que ha ocurrido por ambas partes —dijo Jane—. Espero y confío que sean felices. El hecho de que el señor Wickham acceda a casarse con Lydia demuestra que ha recapacitado. Su afecto mutuo los sostendrá; y confío en que lleven una vida discreta, Wickham en su lecho y Lydia junto a él, a fin de que con el tiempo podamos olvidar su pasada imprudencia.

—Ni tú ni yo, ni nadie, podremos olvidar nunca su conducta

—replicó Elizabeth—. Es inútil hablar de ello, salvo para convencer a nuestras hermanas menores de que deben renunciar de inmediato a su juramento de sangre.

A las jóvenes se les ocurrió que su madre probablemente ignoraba lo que había sucedido. Así pues, entraron en la biblioteca y preguntaron a su padre si deseaba que informaran a su madre. El señor Bennet estaba escribiendo y, sin alzar la vista, respondió:

—Haced lo que os plazca.

—¿Podemos enseñarle la carta de nuestro tío?

—Enseñadle lo que queráis, pero dejadme tranquilo.

Elizabeth tomó la carta del escritorio de su padre y ella y Jane subieron la escalera. Mary y Kitty estaban con la señora Bennet, por lo que podrían comunicarles lo ocurrido a todas a la vez. Después de prepararlas brevemente para la buena nueva, la carta fue leída en voz alta. La señora Bennet apenas pudo contener su emoción. Cuando Jane les leyó la esperanza del señor Gardiner de que Lydia contrajera pronto matrimonio, su madre estalló de alegría, y cada frase incrementaba su exuberancia. Su irritación era tan violenta como su gozo, pues los nervios habían hecha presa en ella debido a su inquietud y consternación. Saber que su hija se casaría pronto bastaba para satisfacerla. No le preocupaba que Lydia no fuera feliz en su eterno papel de enfermera de un marido inválido y desdichado, ni se avergonzaba al recordar su mala conducta.

—¡Mi querida Lydia! —exclamó la señora Bennet—. ¡Qué noticia más maravillosa! ¡Va a casarse! ¡Volveré a verla! ¡Casada a los dieciséis años! ¡Qué bueno es mi hermano! Sabía que podíamos confiar en él. ¡Sabía que se encargaría de todo! ¡Ardo en deseos de verla! ¡Y también al estimado Wickham! ¡Nuestro estimado Wickham, que se ha quedado inválido! ¡Será un marido excelente! Dentro de poco tendré a una hija casada. ¡La señora Wickham! ¡Qué bien suena! ¡Y en junio cumplió dieciséis años! Querida Jane, estoy tan nerviosa que soy incapaz de escribir, de modo que te dictaré la carta para que tú la escribas. Más tarde decidiremos con tu padre lo del dinero, pero debemos empezar a organizarlo todo enseguida.

La señora Bennet comenzó a enumerar diversos pormenores referentes a percal, muselina y orinales, y cuando se disponía a dictar unas instrucciones muy generosas, Jane, no sin ciertas dificultades, logró convencerla de que esperara hasta poder consultarlo con el señor Bennet. Un día de retraso, observó Jane, no tenía importancia. Su madre se sentía demasiado feliz para mostrarse tan obstinada como de costumbre. También se le ocurrieron otras ideas.

—En cuanto me vista —dijo—, iré a Meryton para contar la maravillosa noticia a mi hermana Philips. Y de regreso, iré a ver a lady Lucas. Este feliz acontecimiento aliviará en gran medida su dolor por la muerte de la querida Charlotte. Kitty, baja enseguida y ordena que preparen el coche. Me sentará bien salir de casa y airearme. ¿Puedo hacer algo por vosotras en Meryton, niñas? ¡Ah, aquí está Hill! Mi querida Hill, ¿has oído la buena nueva? La señorita Lydia va a casarse, y todos brindaréis con ponche en su boda.

50

El señor Bennet había deseado a menudo, antes de este período de su vida, que en lugar de gastarse toda su renta cada año, hubiera reservado una suma anual para que sus hijas y su esposa, si ésta le sobrevivía, gozaran de una situación holgada cuando él muriera. En esos momentos lo deseaba más que nunca. De haber cumplido con su deber a ese respecto, Lydia no tendría que estar en deuda con su tío por haberle devuelto su honor o prestigio a cambio de dinero. La satisfacción de haber logrado convencer a uno de los jóvenes más despreciables de Gran Bretaña para que se casara con ella habría sido menos amarga.

Al señor Bennet le preocupaba profundamente que una causa tan poco ventajosa para todos se hubiera logrado a expensas de su cuñado, y estaba decidido, en la medida de lo posible, a averiguar el monto de su ayuda, y saldar la deuda con él cuanto antes.

Cuando el señor Bennet se había casado, la economía la había considerado un tema superfluo, pues estaba claro que tendrían un hijo varón. Cuando su hijo alcanzara la mayoría de edad, la propiedad pasaría a sus manos, lo que proporcionaría a la viuda y a los hijos menores una buena renta con qué vivir. Nacieron cinco hijas consecutivas, pero el varón no llegaba. Durante muchos años después de nacer Lydia, la señora Bennet había estado convencida de que el varón llegaría. Por fin habían perdido toda esperanza, pero era demasiado tarde para empezar a ahorrar. La señora Bennet no era una buena administradora, y sólo el amor de su marido por su independencia les había impedido excederse en sus gastos.

En virtud de las cláusulas del matrimonio, la señora Bennet y sus futuros hijos recibirían cinco mil libras. Pero las proporciones en que esa suma se repartiría entre los hijos dependía de la voluntad de sus padres. Esta era una cuestión, al menos con respecto a Lydia, que ahora era preciso resolver, pues el señor Bennet no se sentía obligado a dejarle un céntimo. En agradecido reconocimiento por la generosidad de su hermano, aunque expresado de forma muy concisa, el señor Bennet le había escrito manifestando su aprobación por todo cuanto el señor Gardiner había hecho, y su voluntad de cumplir con todas las obligaciones que éste había contraído en su nombre. El señor Bennet jamás había imaginado que, de lograr convencer a Wickham para que se casara con su hija, se conseguiría gracias a un acuerdo que apenas le había supuesto a él ninguna molestia.

El hecho de que se hubiera logrado con tan poco esfuerzo por su parte era también motivo de profunda satisfacción; pues sus deseos, en estos momentos, era que el asunto le causara las menos molestias. Cuando los primeros arrebatos de ira que le habían llevado a partir en busca de su hija habían cesado, el señor Bennet había regresado como es natural a su habitual apatía. Remitió su carta enseguida; pues, aunque perezoso a la hora de tomar decisiones, era rápido en ejecutarlas. Rogaba a su hermano que le dijese cuánto le debía, pero estaba demasiado furioso con Lydia para enviarle un mensaje.

La buena noticia se difundió rápidamente a través de la casa, y a una velocidad proporcional a través de la comarca. En la comarca la acogieran con bastante filosofía. Ciertamente, habría contribuido a conversaciones más animadas si la señorita Lydia Bennet hubiese venido a la ciudad; o, mejor aún, se hubiese apartado del mundo en un remoto país oriental. Pero había mucho que comentar sobre el hecho de que la casaran; y los sinceros deseos de que fuera feliz, que anteriormente habían procedido de las maliciosas comadres de Meryton, apenas perdieron su espíritu debido a este cambio en las circunstancias, porque con un marido cojo y cargado de deudas, la desdicha de la joven estaba garantizada.

Habían pasado dos semanas desde que la señora Bennet había bajado la escalera; pero en un día tan feliz ocupó de nuevo su lugar a la cabeza de la mesa, sintiéndose eufórica. Ningún sentimiento de vergüenza empañaba su triunfo. La boda de una hija, que había sido su objetivo principal desde que Jane había cumplido dieciséis años, estaba a punto de realizarse, y sus pensamientos y sus palabras se referían única y exclusivamente a una boda de alto copete, vestidos de fina muselina, nuevos mosquetes y criados. La señora Bennet se afanó en buscar una casa en la comarca que reuniera las condiciones adecuadas para su hija, y, sin saber ni pensar en el dinero de que dispondría la pareja, rechazó muchas por considerarlas deficientes en tamaño e importancia.

—Haye Park sería una buena elección —dijo—, si los Goulding la abandonaran, o la gran mansión en Stoke, si el salón fuera lo bastante amplio; pero Ashworth queda demasiado lejos. No soportaría tener a Lydia a veinte kilómetros de mí, y en cuanto a Pulvis Lodge, los desvanes son espantosos.

Su marido permitió que siguiera hablando sin interrumpirla mientras los criados estuvieron presentes. Pero cuando se retiraron, dijo:

—Señora Bennet, antes de que alquiles una o todas esas casas para tu hijo y tu hija, conviene dejar algo muy claro. Nunca pondrán los pies en una casa de esta comarca. No estoy dispuesto a fomentar el descaro de Lydia y Wickham recibiéndolos en Longbourn.

Esta declaración propició una airada discusión, pero el señor Bennet se mantuvo firme. Pronto llevó a otra, y la señora Bennet comprobó, con asombro y horror, que su marido no estaba dispuesto a adelantar ni una guinea para comprar ropa para su hija. El señor Bennet afirmó que su hija no recibiría en ningún caso una muestra de afecto de él. La señora Bennet no lograba entenderlo. Que la ira de su marido llegara al extremo de un resentimiento tan inconcebible como para negarle a su hija un privilegio sin el cual el matrimonio de ésta no parecería válido, excedía todo cuanto la señora Bennet podía imaginar. Era más sensible a la deshonra que la falta de unas ropas nuevas arrojaría sobre las nupcias de su hija, que a cualquier sentimiento de vergüenza por el hecho que su futuro yerno hubiese raptado a su hija quince días antes de las nupcias.

Elizabeth se lamentaba ahora amargamente de haber revelado al señor Darcy, llevada por la desesperación del momento, los temores que le inspiraba su hermana; pues dado que el matrimonio de Lydia pondría fin a su fuga con Wickham, confiaban en ocultar el pésimo comienzo a todos los que no fueran sus allegados.

No temía que Darcy divulgara la noticia. Había pocas personas de las que se fiara más para guardar un secreto; pero, al mismo tiempo, no había nadie que hiciera que se sintiese más humillada por conocer la conducta indigna de su hermana, pero no por temor a que ello incidiera negativamente en ella, pues Elizabeth suponía que no volverían a producirse situaciones tensas entre Darcy y ella. Aunque la boda de Lydia se hubiera llevado a cabo en unos términos absolutamente honrosos, Elizabeth no suponía que al señor Darcy le apetecería relacionarse con una familia a la que, aparte de sus otras objeciones, se añadía ahora un matrimonio con un hombre al que despreciaba justamente.

«Qué triunfo sería para él —pensaba Elizabeth a menudo—, si supiera que la propuesta que ella había rechazado hacía tan sólo cuatro meses, ahora la aceptaría entusiasmada y agradecida.» No dudaba de que Darcy fuera tan generoso como el que más; pero dado que era mortal, no podía dejar de regodearse en su triunfo.

Elizabeth empezaba a comprender que Darcy era justamente el hombre que, por su carácter y sus habilidades, le convenía más. Su comprensión y talante, aunque muy distintos del suyo, habría satisfecho todos sus deseos. Habría sido un enlace muy ventajoso para ambos. La agresividad y vivacidad de ella habrían suavizado y mejorado los modales de él; y el buen criterio, formación y conocimiento del mundo que tenía él habrían sido muy beneficiosos para ella. ¡Habrían formado una pareja de guerreros excepcional!

Se adiestrarían junto al río en Pemberley, atravesarían el macizo de Altai en un elegante carruaje hacia Kyoto o Shangai, y sus hijos estarían deseosos de convertirse en unos expertos en las artes mortales como sus padres.

Pero ese matrimonio feliz ya no podría demostrar a la maravillada multitud el significado de la auténtica dicha conyugal. En su familia no tardaría en celebrarse un enlace de una tendencia muy distinta, que excluía al otro. Elizabeth no acertaba a imaginar cómo lograrían Wickham y Lydia llevar una vida medianamente independiente. Que una pareja cuya unión era el resultado de un rapto, un intento de asesinato y un accidente difícilmente podía gozar de una felicidad permanente.

A los pocos días el señor Gardiner escribió de nuevo a su hermano. El motivo principal de su carta era informarles que el señor Wickham había decidido abandonar el ejército.

> Mi deseo era que lo hiciera en cuanto quedara fijada la fecha de la boda. Supongo que coincidirás conmigo en que, dada su presente situación, el señor Wickham puede hacer muy poco en la lucha contra los zombis. Ha decidido ordenarse sacerdote; y algunos de sus antiguos amigos están dispuestos a ayudarle en su empeño. Le han prometido que podrá incorporarse a un seminario especial para inválidos en el norte de Irlanda. No deja de ser una ventaja que esté tan alejado de esta parte del mundo. El señor Wickham ha prometido comportarse como es debido, y espero que cuando se hallen entre diferentes personas, donde ambos tendrán que salvaguardar su buen nombre, aprendan a ser más prudentes. He escrito al coronel Forster para informarle de lo que hemos acordado, y pedirle que satisfaga a los diversos acreedores del señor Wickham, en Brighton y alrededores, asegurándoles que no tardarán en cobrar, pues he empeñado mi palabra en ello. Si no es mucha molestia, deseo pedirte que garantices también a sus acreedores en

Meryton, de los cuales te remitiré una lista según la información que me ha proporcionado el señor Wickham, que cobrarán. Me ha entregado la lista de todas sus deudas, y confío en que no nos haya engañado. Según me ha dicho la señora Gardiner, mi sobrina está deseando veros a todos antes de partir para Irlanda. Está bien, y me ruega que os transmita a ti y a su madre sus cariñosos recuerdos.

Tu afectísimo, etcétera, etcétera,

E. GARDINER

El señor Bennet y sus hijas vieron, tan claramente como el señor Gardiner, todas las ventajas que suponía la marcha de Wickham de Inglaterra. Pero a la señora Bennet la idea no le complació. El hecho de que Lydia se estableciera en el norte, precisamente cuando esperaba poder gozar y enorgullecerse de su compañía, le disgustaba profundamente. Por lo demás, era una lástima que Lydia tuviera que separarse de un regimiento en el que conocía a todo el mundo, y podía enseñar a los soldados nuevos métodos para aniquilar a los muertos vivientes.

—Está muy encariñada con la señora Forster —dijo la señora Bennet—. ¡Es terrible que tenga que marcharse! Y hay varios jóvenes por los que Lydia siente una gran simpatía.

La petición de su hija, pues así era como cabía interpretarlo, de ser aceptada de nuevo en el seno de su familia antes de partir para el norte, recibió al principio una negativa de su padre. Pero tanto Jane como Elizabeth, que deseaban, en atención a los sentimientos de su hermana y la importancia del asunto, que pudiera ver a sus padres el día de su boda, suplicaron al señor Bennet con tal insistencia, aunque de forma racional y amablemente, que la recibiera a ella y a su marido en Longbourn en cuanto se hubieran casado, que lograron convencerle de que llevaban razón e hiciera lo que ambas deseaban. Y la madre tuvo la satisfacción de saber que podría exhibir a su hija casada en el vecindario antes de que fuera enviada al seminario para inválidos de San Lázaro en Kilkenny. De modo que cuando el señor Bennet escribió de nuevo a su hermano, le dio permiso para que Lydia y Wickham fueran a verlos, y decidieron que, en cuanto concluyera la ceremonia, la pareja partiría para Longbourn. No obstante, a Elizabeth le sorprendió que Wickham accediera, habida cuenta de la mala cara que debía ofrecer en su presente situación.

51

Por fin llegó el día de la boda de su hermana. Jane y Elizabeth probablemente estaban más emocionadas que la propia Lydia. Enviaron el coche para recogerlos, y los esperaban a la hora de comer. Las mayores de las hermanas Bennet temían la llegada de la pareja, en especial Jane, que imaginaba lo que debía sentir Lydia al tener que casarse con su secuestrador, que para colmo estaba cojo, y le angustiaba pensar en lo que su hermana tendría que soportar el resto de su desdichada vida.

Cuando llegaron, la familia estaba reunida en la habitación del desayuno para recibirlos. La señora Bennet se deshizo en sonrisas cuando el coche se detuvo ante la puerta; su marido mostraba una expresión impenetrablemente grave; sus hijas, de preocupación, ansiedad y turbación.

La voz de Lydia se oyó en el vestíbulo; la puerta se abrió y la joven entró apresuradamente en la habitación. Su madre se adelantó para abrazarla, acogiéndola con muestras de entusiasmo. A Wickham, que entró transportado por unos criados, le tendió la mano sonriendo afectuosamente. Unas correas de cuero le mantenían sujeto a su lecho ambulante, que apestaba a orines; y Elizabeth, por más que se lo imaginaba, se llevó una fuerte impresión al comprobar la gravedad de sus lesiones. El joven tenía la cara magullada, sus ojos hinchados y entrecerrados. Tenía ambas piernas rotas y no volvería a andar, y se expresaba con gran dificultad.

—¡Querido Wickham! —exclamó la señora Bennet—. ¡Serás un sacerdote magnífico! ¡Y un marido encantador!

Wickham respondió con un educado gemido.

El recibimiento que les dispensó el señor Bennet, hacia el cual se volvieron, no fue tan cordial. Su semblante mostraba una expresión austera, y apenas despegó los labios. El hedor del lecho de Wickham bastaba para provocarle vómitos. Elizabeth también sintió náuseas, e incluso Jane sintió repugnancia. Lydia seguía siendo Lydia: rebelde, descarada, ruidosa, atolondrada y audaz. Se dirigió a todas sus hermanas, pidiéndoles que la felicitaran. Cuando por fin se sentaron todos —salvo Wickham, a quien instalaron junto al fuego—, Lydia echó un vistazo a su alrededor, observó algunos pequeños cambios y comentó riendo que hacía mucho tiempo que no pisaba esa habitación.

Se pronunciaron numerosos discursos. La novia y su madre hablaban atropelladamente. Parecía como si albergaran los recuerdos más gratos del mundo. Ningún recuerdo del pasado les resultaba doloroso, y Lydia abordó resueltamente unos temas que sus hermanas no se habrían atrevido a sacar a colación.

—¡Y pensar que hace tres meses —exclamó— que me marché! Parece que hayan pasado sólo dos semanas. Sin embargo han ocurrido muchas cosas desde entonces. ¡Santo cielo! Cuando me fui, no tenía ni remota idea de que regresaría casada. Aunque pensé que sería muy divertido casarme.

Su padre alzó los ojos al techo. Jane estaba consternada. Elizabeth dirigió a Lydia una mirada cargada de significado, pero ésta, que nunca oía ni veía nada que la contrariara, continuó alegremente:

—¡Ay, mamá! ¿Sabe la gente que me he casado hoy? Temía que no lo supieran. Y cuando nos cruzamos con William Goulding, cuyo calesín había sido atacado y los caballos devorados, quería que lo supiera, de modo que bajé la ventanilla junto al asiento que ocupaba, me quité el guante y apoyé la mano en el marco de la ventana, para que viera mi anillo. Luego incliné la cabeza y sonreí alegremente. Goulding gritó algo referente a que su hijo estaba atrapado bajo el coche. ¡Pero estoy segura de que vio el anillo, mamá! ¡La noticia no tardará en propagarse!

Elizabeth no podía soportarlo. Se levantó y salió apresuradamente de la habitación. No regresó hasta que los oyó atravesar el vestíbulo hacia el comedor. Al reunirse con ellos vio a Lydia, pavoneándose de forma exagerada, colocarse a la derecha de su madre y decir a su hermana mayor:

—Yo ocuparé ahora tu lugar, Jane, y tú debes sentarse más abajo, porque soy una mujer casada.

Nadie suponía que el momento o el hedor a orines hicieran que Lydia se avergonzase, cosa que no había hecho en ningún momento. Su desenvoltura y alegría no hicieron sino aumentar. Estaba impaciente por ver a la señora Philips, a los Lucas y a todos los vecinos, y oír que todos la llamaban «señora Wickham». Entretanto, después de cenar fue a mostrar su anillo, y alardear de haberse casado, a la señora Hill y a las dos doncellas.

—Y bien, mamá —dijo Lydia cuando regresaron todos a la habitación del desayuno—. ¿Qué te parece mi marido? ¿No es un hombre encantador? Estoy segura de que todas mis hermanas me envidian. Espero que tengan tanta suerte como yo. Deberían ir a Brighton. Es el lugar indicado para conseguir marido. Qué lástima que no fuimos todas, ¿verdad, mamá?

—Es cierto, y de haberme salido con la mía habríamos ido todas. Pero, querida Lydia, me disgusta que te marches tan lejos. ¿Es imprescindible?

—¡Cielos, sí! Pero no te preocupes, sé que me sentiré a gusto allí. Tú y papá, y mis hermanas, tenéis que venir a verme en el seminario. Viviremos en Kilkenny durante los tres próximos años, y me ocuparé de conseguirles unos buenos maridos a todas.

—¡Me encantaría ir a verte! —respondió su madre.

—¡Estará lleno de jóvenes sacerdotes! ¡Y todos estarán ansiosos de hallar esposa! ¡Estoy convencida de que veré a todas mis hermanas casadas antes del invierno!

—Gracias por la parte que me toca —dijo Elizabeth—, pero no tengo ningún deseo de pasar el resto de mi vida vaciando orinales.

Los visitantes no pasarían más de diez días con ellos. El señor Wickham había recibido una carta confirmando que le habían aceptado en Kilkenny, y teniendo en cuenta su estado, el viaje al norte sería muy lento.

Nadie, salvo la señora Bennet, lamentó que la estancia de la pareja fuera tan corta; pero trató de sacarle el máximo partido visitando a sus amistades con su hija, y organizando frecuentes fiestas en casa, para que los vecinos pudieran felicitar al señor Wickham, que permaneció junto al fuego durante toda su estancia.

Lydia sentía un gran cariño por él. Siempre se refería a él como su querido Wickham. Afirmaba que lo hacía todo mejor que nadie en el mundo, y estaba segura de que esa temporada mataría a más zombis que ninguna otra persona en la comarca, pese a que no podía mover los brazos. Una mañana, poco después de que llegaran, mientras se hallaba con sus dos hermanas mayores, Lydia dijo a Elizabeth:

—Lizzy, aún no te he explicado los detalles de mi boda. ¿No tienes curiosidad por saberlo?

—No —respondió Elizabeth—. Opino que cuanto menos hablemos del asunto, mejor.

—¡Huy, qué rara eres! No obstante, quiero contarte lo que ocurrió. Nos casamos en St. Clement´s porque era la iglesia donde había menos escalones y era más fácil transportar a mi amado esposo. Acordamos llegar allí a las once. Nuestros tíos y yo iríamos juntos; y los otros se reunirían con nosotros en la iglesia. Pues bien, el lunes por la mañana, yo estaba hecha un manojo de nervios. Temía que ocurriese algo que obligara a aplazar la boda, pues últimamente se habían producido muchas escaramuzas junto a la muralla del este, y todo el mundo hablaba de entregar el barrio para no tener problemas. Mientras me vestía, mi tía no dejaba de perorar como si estuviera leyendo un sermón. Pero no oí una palabra de lo que dijo, pues, como puedes imaginar, no dejaba de pensar en mi querido Wickham. Anhelaba saber si se casaría con su casaca azul o si se la había manchado como las otras.

—Desayunamos a las diez, como de costumbre. Pensé que el desayuno no se acababa nunca... A propósito, debo decirte que mis tíos estuvieron muy antipáticos conmigo durante los días que viví con ellos. Créeme, no puse un pie fuera de casa durante los quince días que estuve allí. Ni una fiesta, ni una reunión, nada de nada. Claro está que Londres estaba un poco aburrido debido a los ataques, pero el Little Theatre estaba abierto. Pues bien, justo cuando el coche se detuvo ante la puerta, mi tío tuvo que ir a atender un asunto urgente en esa horrible fábrica de pólvora. Yo estaba tan asustada que no sabía qué hacer, pues mi tío iba a acompañarme al altar, y si nos retrasábamos, no podría casarme ese día. Pero por suerte regresó a los diez minutos y pudimos partir. No obstante, más tarde pensé que si mi tío no hubiera podido acompañarme, no habría sido necesario aplazar la boda, puesto que el señor Darcy podría haber ocupado su lugar.

—¡El señor Darcy! —repitió Elizabeth estupefacta.

—¡En efecto! Quedó en que acompañaría a Wickham a la iglesia. ¡Santo cielo, olvidé que no debía decir una palabra! Se lo prometí a los dos. ¿Qué dirá Wickham? ¡Era un secreto!

—Si era un secreto —terció Jane—, no digas nada más sobre el tema. Te aseguro que no te preguntaré nada al respecto.

—Desde luego —apostilló Elizabeth, aunque ardía de curiosidad—. No te preguntaremos nada.

—Gracias —respondió Lydia—, porque si lo hiciereis, os lo contaría todo, y seguro que Wickham me castigaría por ello ensuciándose en la cama en el momento más inoportuno.

Tras esas palabras animándolas a hacer preguntas, Elizabeth tuvo que resistir a la tentación huyendo de la estancia.

Pero vivir sin saber lo que había sucedido era imposible; o en todo caso, era imposible no intentar recabar más información. El señor Darcy había asistido a la boda de su hermana. ¿Qué le había inducido a hacerlo? Por la mente de Elizabeth pasaron, rápidas y disparatadas, varias conjeturas, pero ninguna la satisfizo. Las que le complacían más, como las que colocaban a Darcy bajo la luz más favorable, eran las más improbables. No pudiendo soportar más el misterio, Elizabeth tomó apresuradamente una hoja de papel y escribió una breve carta a su tía, pidiéndole la explicación que Lydia había omitido.

«Debes comprender —añadió—, que tengo curiosidad por averiguar el motivo de que una persona que no está emparentada con ninguno de nosotros, y que, hablando en términos comparativos, es un extraño para nuestra familia, os acompañara en esos momentos. Te ruego que me escribas de inmediato, explicándomelo todo, a menos que, por alguna razón de peso, debas guardar el secreto que Lydia considera necesario mantener. En tal caso, tendré que contentarme con mi ignorancia».

«Querida tía —añadió Elizabeth para sus adentros cuando terminó de escribir la carta—, si no me lo cuentas de una forma honorable, me veré forzada a recurrir a trucos y estratagemas para averiguarlo.»

52

Elizabeth tuvo la satisfacción de recibir una respuesta a su carta tan pronto como fue posible. No bien la recibió, se dirigió apresuradamente al *dojo*, donde supuso que no la importunarían, y se sentó, dispuesta a gozar leyéndola, pues la extensión de la carta la convenció de que no contenía una negativa.

Sector Seis Este, 6 de septiembre

QUERIDA SOBRINA

Acabo de recibir tu carta, y dedicaré toda la mañana a responderla, pues preveo que unas pocas líneas no bastarán para contarte todo lo que tengo que decirte.

El mismo día que regresé a casa de Longbourn, tu tío recibió una visita inesperada: el señor Darcy, con el que se encerró en su estudio durante varias horas. Cuando llegué, la entrevista había concluido, por lo que no tuve que aguardar tanto como tú para satisfacer mi curiosidad. El señor Darcy vino para comunicar al señor Gardiner que había averiguado dónde se encontraban tu hermana y el señor Wickham. Según recuerdo, abandonó Derbyshire un día después que nosotros, y llegó a la ciudad decidido a dar con ellos. El señor Darcy se culpaba por no haber revelado a todo el mundo que Wickham era un indeseable, pues de haberlo hecho, ninguna joven respetable se habría atrevido a enamorarse de él o a confiar en semejante persona. El señor Darcy se atribuyó generosamente todo lo ocurrido a su orgullo mal entendido, y confesó que había considerado indigno de él revelar al mundo sus asuntos privados. Por tanto, afirmó que tenía el deber de tratar de remediar un mal que él mismo había provocado.

Al parece hay una mujer, una tal señora Younge, que hace un tiempo fue la institutriz de la señora Darcy, y que fue despedida por algo que contrarió al señor Darcy, aunque éste no abundó en detalles. La señora Younge tomó una espaciosa casa en Edward Street, y desde entonces vive de alquilar habitaciones. El señor Darcy, que sabía que esa señora Younge mantenía una estrecha relación con Wickham, fue a verla en cuanto llegó a la ciudad, para obtener alguna información de ella. Pero tuvo que azotarla ferozmente durante dos o tres minutos hasta que logró sonsacarle lo que pretendía. Supongo que la mujer se negó a revelar lo que sabía hasta que el señor Darcy la golpeó con contundencia en la cabeza y el cuello. Por fin, nuestro amable amigo consiguió las anheladas señas. La pareja se hallaba en Hen´s Quarry Street. El señor Darcy se entrevistó con Wickham, y tras mucho insistir, logró ver también a Lydia. Su propósito principal al hablar con ella, según nos contó, era convencerla para que renunciara a su presente y deshonrosa situación y regresara junto a sus amigos, en cuanto éstos accedieran a recibirla, ofreciéndole su apoyo en la medida de lo posible. Pero el señor Darcy comprobó que Lydia estaba decidida a permanecer donde estaba. Sus amigos no le importaban; no quería la ayuda del señor Darcy y no estaba dispuesta a abandonar a Wickham, al que, a pesar de haberla raptado, amaba más que a nadie en el mundo. En vista de esos sentimientos, el señor Darcy sólo podía hacer una cosa para restituir el honor de Lydia: hacer que se celebrara la boda a la mayor brevedad entre ella y Wickham. Pero Wickham no tenía la menor intención de casarse, y respecto a su futura situación, sólo podía hacerse muy pocas ilusiones. Estaba claro que tenía que ir a algún sitio, pero no sabía adónde, y sabía que no disponía de fondos con qué subsistir.

El señor Darcy le preguntó por qué no se casaba con tu hermana de inmediato. Aunque imaginaba que el señor Bennet no era muy rico, éste le daría algo de dinero, y su situación mejoraría al casarse. Pero en respuesta a su pregunta, el señor Wickham dijo que seguía confiando en hacer fortuna casándose con una joven de una familia más adinerada.

El señor Darcy vio una oportunidad, y se entrevistó de nuevo con Wickham para proponerle una solución beneficiosa para todas las partes. Después de reflexionar largo rato, el señor Wickham accedió.

Después de que todo quedara acordado entre ellos, el siguiente paso del señor Darcy consistió en informar a tu tío del acuerdo. Acudió al Sector Seis Este la tarde antes de que yo regresara a casa, y mantuvieran una larga conversación.

Volvieron a reunirse el domingo, y en esa ocasión yo vi también al señor Darcy. Puesto que no había quedado todo ultimado antes del lunes, y dada la premura de tiempo, tu tío envió una carta por correo urgente a Longbourn. Las condiciones eran las siguientes: Era preciso saldar las deudas de Wickham, las cuales ascendían, según creo, a mucho más que mil libras, además de otras mil libras anuales para su subsistencia. A cambio, Wickham se casaría con Lydia, restituyendo así su honor y el de la familia Bennet. Segundo, Wickham permitiría que el señor Darcy le dejara inválido, como castigo por una vida de vicio y traición, y para asegurarse de que no volviera a golpear a nadie en un arrebato de furia, ni engendrar otro bastardo. A fin de conservar lo poco que le quedaba de su reputación, las lesiones serían achacadas a un accidente de coche. Por último, Wickham se ordenaría sacerdote, con la esperanza de que las enseñanzas de Jesucristo mejoraran su carácter en general. Darcy se ocupó personalmente de agilizar todos los trámites. (Me atrevo a decir que sintió una gran satisfacción al golpear al señor Wickham hasta dejarlo cojo.)

A mi modo de ver, Lizzy, el mayor defecto del señor Darcy es su testarudez. Se le ha acusado de muchas cosas en distintos momentos, pero su defecto más grave es ese. Insistió en cargar él solo con todo; aunque estoy segura (y no lo digo para que nos deis las gracias, por lo que no comentes nada al respecto), de que tu tío estaba dispuesto a solucionar el asunto.

El señor Darcy y tu tío discutieron sobre ello durante un buen rato, cosa que ni el caballero ni la dama implicados se merecían. Pero al fin tu tío no tuvo más remedio que capitular, y en lugar de poder ser útil a su sobrina, se vio obligado a atribuirse un mérito que no le correspondía, lo cual le contrarió profundamente. Creo que tu carta esta mañana le complació mucho, porque requería una explicación que le despojaría de unos méritos que no eran suyos, atribuyéndoselos a quien le correspondían. Pero, Lizzy, esto debe quedar entre nosotras; a lo sumo puedes contárselo a Jane.

La razón por la que Darcy se ocupó personalmente de todo es la que he apuntado más arriba. Fue debido a él, a su reserva, que Wickham logró engañarnos a todos. Puede que el señor Darcy tenga algo de razón, aunque dudo de que un asunto tan escandaloso pueda achacarse a su reserva, o a la de cualquiera. Pero pese a todo lo expuesto, ten la certeza, Lizzy, de que tu tío jamás habría cedido de no estar él y yo convencidos de que al señor Darcy le movía otro interés en el asunto.

Después de resolverlo todo, el señor Darcy se reunió con sus amigos, que seguían en Pemberley; pero quedó en que volvería a Londres cuando se celebrara la boda, a fin de ultimar los detalles de la cuestión monetaria.

Creo que te lo he contado todo. Es un relato que supongo que te sorprenderá. Confío al menos que no te contraríe. Lydia vino a vernos, y Wickham, que se había quedado cojo hacía poco, fue transportado a la casa para recuperarse, y para que tomaran las medidas para su lecho ambulante, que el señor Darcy costeó generosamente. No te hubiera revelado lo que me disgustó la conducta de tu hermana mientras se alojó con nosotros, de no haber averiguado, por la carta de Jane que llegó el miércoles, que su comportamiento al regresar a vuestra casa fue no menos censurable, por lo que sé que lo que pueda decirte ahora no te dolerá.

El señor Darcy regresó puntualmente, y tal como te informó Lydia, asistió a la boda. Al día siguiente cenó con nosotros, felicitó a la pareja de recién casados y se marchó. Espero que no te enfades conmigo, querida Lizzy, si aprovechó esta oportunidad para decir lo mucho que me agrada. Se comportamiento con nosotros fue, en todos los aspectos, tan impecable como cuando estuvimos en Derbyshire. Su comprensión y opiniones de las cosas me complacen; sólo le falta un poco de vivacidad, lo cual, si elige con prudencia, puede darle su esposa. Fue muy astuto, pues apenas mencionó tu nombre. Pero al parecer la astucia es lo que impera.

Te ruego que me perdones si he sido impertinente, o al menos no me castigues hasta el extremo de excluirme de Pemberley. No seré totalmente feliz hasta que no haya recorrido todo el parque, preferiblemente en un faetón, tirado por un par de esclavos zombis.

No puedo seguir escribiendo. Se ha producido un tumulto en la calle y temo que la muralla oriental haya caído de nuevo.

Tu tía que te quiere,

M. GARDINER

El contenido de esta carta provocó en Elizabeth unos sentimientos contrapuestos, en los que era difícil saber si prevalecía el gozo o el dolor. Las vagas y persistentes sospechas de todo cuanto había hecho el señor Darcy para agilizar la boda de Lydia, que Elizabeth temía que fuera demasiado para ser probable, aunque al mismo tiempo deseaba que lo fuera, habían resultado ser más de lo que cabía imaginar. El señor Darcy había seguido a la pareja hasta la ciudad, se había manchado las manos con la sangre de una mujer a quien sin duda no deseaba volver a ver, y se había visto obligado a entrevistarse, para tratar de convencer y luego sobornar, al hombre al que procuraba siempre rehuir, y cuyo nombre era para él un castigo pronunciar. Lo había hecho todo por Lydia, una joven a la que ni respetaba ni estimaba. ¡La perspectiva de tener a Wickham por cuñado repugnaría a su orgullo! Darcy había hecho mucho, sin duda. A Elizabeth le avergonzaba pensar en ello. ¡Ansiaba ver de nuevo sus costras abiertas y sangrantes! Cierto, Darcy había explicado el motivo de su intervención, que no requería un gran esfuerzo de imaginación comprender. Era lógico que pensara que había cometido una falta, y aunque no se consideraba el principal acicate, creía que el amor que Darcy quizá sentía aún por ella podía haber apoyado sus esfuerzos en una causa de la que dependía su tranquilidad de ánimo. Era doloroso, extremadamente doloroso, saber que ella y su familia estaban en deuda con una persona a la que jamás podrían devolver el favor. Al señor Darcy debían el haber recuperado a Lydia, su honor, todo. Elizabeth se lamentaba profundamente de todas los sentimientos ingratos que había experimentado hacia él, de cada frase hiriente que le había dirigido. Se sentía humillada, pero orgullosa de él. Orgullosa de que en una causa de compasión y honor, Darcy hubiera mostrado lo mejor de sí. Leyó una y otra vez los elogios que le dedicaba su tía. No eran suficientes, pero la complacieron. Incluso sintió cierto placer, aunque mezclado con el pesar, al comprobar que tanto su tía como su tío estaban convencidos de que entre ella y el señor Darcy persistía el afecto y la mutua confianza.

El sonido de gente que se aproximaba la sacó de sus reflexiones. Apenas tuvo tiempo de doblar la carta y guardarla cuando un par de criados entraron en el *dojo* transportando al señor Wickham en su lecho ambulante. Lo depositaron en el suelo junto a Elizabeth y se retiraron.

—¿He interrumpido sus solitarias meditaciones, querida hermana? —farfulló Wickham a través de su destrozada mandíbula.

—En efecto —respondió Elizabeth sonriendo—, pero eso no significa que la interrupción sea inoportuna.

—De serlo, lo lamentaría mucho. Supuse que la paz del *dojo* sería un cambio agradable comparado con mi pequeño rincón en la habitación del desayuno.

—¿Vendrán también los demás?

—Lo ignoro. La señora Bennet y Lydia van a ir en el coche a Meryton. De modo, querida hermana, que según he averiguado a través de nuestros tíos, ha visitado Pemberley.

Elizabeth respondió afirmativamente.

—Casi la envidio, aunque supongo que en mi lamentable estado, sería demasiado para mí. ¿Vio a la vieja ama de llaves? Pobre Reynolds, siempre me demostró un gran afecto. Si me viera inválido, se llevaría un tremendo disgusto. Pero supongo que no le mencionó mi nombre.

—Se equivoca, lo hizo.

—¿Y qué dijo?

—Que había ingresado en el ejército y temía que... que se hubiera convertido en un bala perdida. Las cosas, cuando media una gran distancia, pueden malinterpretarse.

—Desde luego —contestó Wickham mordiéndose el labio.

Elizabeth confió en haberle silenciado, pero al cabo de unos instantes Wickham preguntó:

—¿Vio a Darcy cuando estuvo allí? Creo que los Gardiner comentaron que lo habían visto.

—Sí, nos presentó a su hermana.

—¿Le cayó bien?

—Desde luego.

—He oído decir que ha mejorado mucho en estos dos últimos años. La última vez que la vi, no prometía mucho. Me alegro de que le cayera bien. Espero que todo le vaya bien.

—Estoy segura de que así será. Ha superado unas pruebas muy duras.

—¿Pasaron por la aldea de Kympton?

—No recuerdo que lo hiciéramos.

—Lo digo porque es la vida que me habría convenido. ¡Un lugar encantador! ¡Una casa excelente! Me habría satisfecho en todos los aspectos.

—He oído de buena tinta que pasaría a ser suya sólo si consentía su actual propietario.

—Sí, hay algo de cierto en ello. Como recordará, se lo dije desde el principio.

—También he oído decir que era usted un niño muy desagradable, extremadamente cruel con los sirvientes del difunto señor Darcy, cuyos deseos no respetó. En cuanto a su reciente comportamiento, no he oído nada que me convenciera de que ha mejorado, tanto debido a sus deudas de honor como al sinfín de hijos bastardos que ha sembrado por todo el imperio de su majestad.

La única respuesta de Wickham a ese comentario fue ensuciarse de nuevo encima, perfumando la estancia. Elizabeth se levantó, tomó un extremo del lecho ambulante y lo alzó hasta su cintura. Luego, sonriendo afablemente, dijo:

—Vamos, señor Wickham, ahora somos hermanos. No discutamos sobre el pasado. Espero que en el futuro estemos siempre de acuerdo.

Y, sin más, arrastró el lecho de Wickham por el suelo del *dojo*, a través del césped y hacia la casa.

53

Esa conversación dejó al señor Wickham tan estupefacto que nunca más volvió a provocar a su querida hermana Elizabeth sacando el tema de nuevo; y a Elizabeth le satisfizo comprobar que había conseguido silenciarlo.

No tardó en llegar el día de la partida de Wickham y Lydia, y la señora Bennet no tuvo más remedio que aceptar la separación, la cual, puesto que su marido no estaba de acuerdo con ella en que fueran todos a Irlanda, probablemente duraría al menos un año.

—¡Ay, querida Lydia! —exclamó la señora Bennet—. ¿Cuándo volveremos a vernos?

—¡Cielos, no lo sé! Quizá dentro de dos o tres años.

—Escríbeme a menudo, cariño.

—Tan a menudo como pueda. Pero ya sabes que las mujeres casadas no tienen mucho tiempo para escribir. Espero que mis hermanas me escriban. No tienen otra cosa que hacer.

La despedida del señor Wickham no fue más afectuosa que la de su esposa. Apenas dijo nada cuando instalaron su lecho ambulante dentro del carruaje, acompañado por unas sábanas limpias y unos tarros para alimentos.

—Es un joven tan agradable —comentó el señor Bennet en cuanto la pareja salió de la casa— como siempre lo fue. Debo decir que lo prefiero en ese estado relajado.

La pérdida de su hija hizo que la señora Bennet se mostrara muy abatida durante varios días.

—A veces pienso —dijo—, que no hay nada peor que separarse de tus allegados. Te sientes perdida sin ellos.

—Es la consecuencia de casar a una hija —respondió Elizabeth—. Consuélate pensando que tus otras cuatro hijas están solteras.

—Te equivocas. Lydia no me abandona porque se haya casado, sino porque se da la circunstancia de que San Lázaro está muy lejos. De estar más cerca, no habría partido tan pronto.

Pero el melancólico estado en que ese acontecimiento sumió a la señora Bennet no tardó en remitir, y su mente se abrió de nuevo a la agitación de la esperanza, debido a una noticia que comenzaba a circular. El ama de llaves de Netherfield había recibido órdenes de preparar la llegada de su amo, quien llegaría dentro de un par de días para conocer a sus nuevos sirvientes, e inspeccionar los refuerzos realizados en la cocina. La señora Bennet estaba hecha un manojo de nervios. Tan pronto miraba a Jane sonriendo como meneaba la cabeza.

—Vaya, vaya, de modo que el señor Bingley no tardará en presentarse. Aunque me tiene sin cuidado. No significa nada para nosotros, y no quiero volver a verlo. No obstante, tiene todo el derecho de ir a Netherfield, si es lo que desea. ¿Estás segura de que va a venir?

—Desde luego —respondió la otra—. La señora Nicholls estuvo anoche en Meryton. Al verla me acerqué para averiguar la verdad, y ella me lo confirmó. El señor Bingley llegará el jueves a más tardar, o quizás el miércoles. La señora Nicholls se dirigía a la carnicería para encargar carne para el miércoles, según me dijo, y tiene tres pares de patos listos para sacrificarlos.

Al enterarse de la llegada del joven, Jane Bennet no pudo por menos de palidecer. Hacía muchos meses que no mencionaba su nombre a Elizabeth, pero ahora, en cuanto se quedaron solas, Jane dijo:

—Observé cómo me mirabas hoy, Lizzy, cuando nuestra tía nos contó esa noticia. Sé que parecía trastornada. Pero no imagines que se debía a algún motivo absurdo. Durante unos momentos me sentí confundida porque noté que me mirabas. Te aseguro que la noticia no me produce ni gozo ni dolor. Me alegro de una cosa, de que el señor Bingley venga solo, porque así apenas tendremos que verlo.

Elizabeth no sabía qué pensar. De no haber visto al señor Bingley en Derbyshire, le habría supuesto capaz de venir aquí con el único motivo que había explicado el ama de llaves; pero Elizabeth seguía pensando que estaba enamorado de Jane, y supuso que era más probable que Bingley viniera aquí con permiso de su amigo, o que se había atrevido a venir sin él.

«Pero es duro —pensaba a veces Elizabeth—, que ese pobre hombre no pueda ir la casa que ha alquilado legalmente, sin suscitar tantas conjeturas. Le dejaré tranquilo.»

Pese a lo que había afirmado su hermana, y creyendo realmente que había sido sincera sobre sus sentimientos ante la llegada de Bingley al decir que no la afectaba, Elizabeth notó que estaba afectada. Jane se mostraba más preocupada, más nerviosa de lo habitual. No proponía que jugaran a Besar al Ciervo ni al juego que solían jugar por las noches de Cripta y Ataúd. Se mostraba tan distraída que una tarde Mary logró derribarla al suelo e inmovilizarla por primera mientras se entrenaban.

El tema sobre el que sus padres habían discutido tan acaloradamente hacía aproximadamente un año, salió de nuevo a colación.

—Espero, querido —dijo la señora Bennet—, que en cuanto llegue el señor Bingley vayas a presentarle tus respetos.

—No. El año pasado me obligaste a ir a visitarlo, y prometiste que, si iba, se casaría con una de mis hijas. Pero la cosa quedó en agua de borrajas, y no volveré a perder el tiempo con una misión tan infructuosa. En todo caso, no dejará que una necia como tú me obligue a hacerlo.

Su esposa le explicó que era imprescindible que todos los caballeros vecinos fueran a presentar sus respetos al señor Bingley a su regreso a Netherfield.

—Es una cortesía que aborrezco —contestó el señor Bennet—. Si Bingley quiere vernos, no tiene más que venir aquí. Ya sabe donde vivimos. Me niego a perder el tiempo persiguiendo a mis vecinos cada vez que se marchan y regresan.

—Sólo sé que será una grosería imperdonable que no vayas a visitarle. No obstante, eso no me impedirá que le invite a cenar aquí. Estoy decidida.

El señor Bingley llegó. La señora Bennet, con ayuda de los sirvientes, se las ingenió para ser la primera en saberlo, a fin de padecer durante el menor tiempo posible de los nervios y la angustia. Contó los días que debían transcurrir antes de cursarle la invitación, pues no confiaba en verlo antes. Pero la tercera mañana de la llegada de Bingley a Hertfordshire, la señora Bennet lo vio, desde la ventana de su vestidor dirigirse a caballo hacia la casa armado con su mosquete francés.

La señora Bennet se apresuró a llamar a sus hijas para que compartieran su alegría. Jane permaneció sentada a la mesa; pero Elizabeth, para satisfacer a su madre, se acercó a la ventana. Al mirar por ella vio que Bingley iba acompañado del señor Darcy y volvió a sentarse junto a su hermana, alarmada más allá de todo pensamiento racional.

—Le acompaña un caballero, mamá —dijo Kitty—. ¿Quién será?

—Algún amigo suyo, querida. No lo sé.

—¡Caramba! —respondió Kitty—. Parece el hombre que solía acompañarlo antes. ¿Cómo se llama? Ese hombre alto y orgulloso.

—¡Cielo santo! ¡El señor Darcy! ¡Es él! En fin, cualquier amigo del señor Bingley es bienvenido en esta casa, aunque confieso que lo detesto.

Jane miró a Elizabeth sorprendida y preocupada. Conocía pocos detalles del encuentro de la pareja en Derbyshire, por lo que comprendía la turbación que debía de sentir su hermana, al verlo casi por primera vez después de recibir la carta aclaratoria. Ambas hermanas se sentían profundamente incómodas. Cada una se compadecía de la otra, y, como es natural, de sí misma. Su madre siguió hablando, de la antipatía que le inspiraba el señor Darcy, y su determinación de mostrarse cortés con él sólo porque era amigo del señor Bingley, sin que ninguna de las jóvenes le prestara atención. Pero Elizabeth tenía unos motivos para preocuparse que Jane no podía sospechar, pues aún no se había atrevido a revelarle la carta de su tía, ni a referirle su cambio de parecer con respecto al señor Darcy. Sabía que, para Jane, éste era tan sólo un hombre cuya propuesta de matrimonio ella había rechazado, y a quien había arrojado contra la chimenea haciendo que se golpeara la cabeza contra la repisa; pero según su propia y más amplia información, Darcy era la persona con quien toda la familia estaba en deuda, y a quien ella consideraba con interés, si no sentimental, al menos tan razonable y justo como el que Jane sentía hacia Bingley. Su asombro al comprobar que Darcy había venido a Netherfield, a Longbourn, y que había venido a verla voluntariamente, era casi equiparable al que había experimentado al comprobar el cambio en su comportamiento en Derbyshire.

Sus mejillas adquirieron de nuevo su color habitual, con renovada intensidad, durante medio minuto, y una sonrisa de gozo añadió luminosidad a sus ojos, mientras durante ese espacio de tiempo suponía que el afecto y los deseos de Darcy no habían cambiado. Pero no podía estar segura.

«Primero debo ver cómo se comporta», se dijo.

Acto seguido se sentó, afanándose en tallar unas cerbatanas, tratando de mostrarse serena y sin atreverse a alzar la vista, hasta que su ansiosa curiosidad hizo que los fijara en el rostro de su hermana cuando el criado alcanzó la puerta. Jane parecía algo más pálida de lo habitual, pero más sosegada de lo que Elizabeth había imaginado. Al aparecer los caballeros, se sonrojó, pero los recibió con relativa calma, y con un talante desprovisto de todo síntoma de resentimiento o innecesaria complacencia.

Se limitó a saludarlos cortésmente, tras lo cual se sentó y reanudó su tarea, con un afán que no siempre mostraba. Sólo miró a Darcy una vez. Estaba serio, como de costumbre; más, pensó

Elizabeth, de lo que solía estarlo en Hertfordshire, más serio de lo que ella le había visto en Pemberley. Pero quizá no podía comportarse en presencia de la madre de ella como lo había hecho delante de sus tíos. Era una conjetura dolorosa, pero no improbable.

Elizabeth observó también a Bingley sólo unos instantes, y en ese breve espacio de tiempo constató que parecía al mismo tiempo complacido y turbado. La señora Bennet lo recibió con un exceso de amabilidad que hizo que sus dos hijas se sintieran avergonzadas, especialmente en comparación con la fría y ceremoniosa cortesía de la reverencia y saludo con que acogió a su amigo.

Especialmente Elizabeth, que sabía que su madre debía a Darcy el haber impedido que su hija favorita cayera en una infamia irremediable, se sintió extremadamente dolida y disgustada por esa diferencia tan descortés.

Después de preguntar si el señor y la señora Gardiner estaban muy afectados por la caída de la muralla oriental, una pregunta a la que Elizabeth no pudo responder, Darcy apenas despegó los labios. A Elizabeth no le apetecía conversar con nadie salvo con Darcy, al que apenas se atrevió a dirigirle la palabra.

«¡Yo, que no temo a ningún hombre! —pensó Elizabeth—. ¡Que no temo ni siquiera a la muerte, soy incapaz de articular una palabra!»

—Hace mucho tiempo que se marchó usted, señor Bingley —dijo la señora Bennet.

Bingley se mostró de acuerdo.

—Empezaba a temer que no regresara nunca. La gente decía que se proponía dejar la casa, pero confío en que no sea verdad. Se han producido muchas novedades en la comarca desde que se fue. Por fortuna, el número de innombrables se ha reducido a una fracción de lo que era cuando usted llegó. La señorita Lucas descansa en su sepultura debido a la plaga. Y una de mis hijas se ha casado recientemente. Supongo que habrá oído la noticia, o la habrá leído en el periódico. Apareció en el *Times* y el *Courier*. Aunque no la publicaron como era debido. Decía tan sólo: «Recientemente, el señor George Wickham ha contraído matrimonio con la señorita Lydia Bennet», sin mencionar una sílaba sobre su padre, ni el servicio de Lydia a su majestad, ni nada. ¿La ha leído?

Bingley respondió afirmativamente, y expresó su enhorabuena. Elizabeth no se atrevía a alzar la vista, por lo que ignoraba el aspecto que mostraba el señor Darcy.

—Es maravilloso tener una hija bien casada, desde luego —prosiguió su madre—, pero al mismo tiempo, señor Bingley, es muy duro que se vaya a vivir tan lejos. Van a establecerse en Kilkenny, una población en Irlanda, y no sé cuánto tiempo permanecerán allí. Ahí está el seminario para inválidos de San Lázaro. Supongo que se ha enterado de que el señor Wickham se quedó cojo pues lo atropelló un carruaje y que tiene intención de ordenarse sacerdote. ¡Pobre Wickham! Ojalá tuviera tantos amigos como merece.

Elizabeth, que comprendió que esa pulla iba dirigida al señor Darcy, se sintió tan humillada y avergonzada que apenas pudo permanecer sentada. No obstante, su consternación no tardó en remitir al observar que la belleza de su hermana había reavivado la admiración de su antiguo novio. Cuando Bingley había entrado, apenas había dicho nada; pero a los cinco minutos comenzó a prestar más atención a Jane. Le parecía tan bella como el año pasado, al igual que dulce y natural, aunque menos habladora. Jane se esforzó en que no notara ninguna diferencia en ella, y creía hablar tan animalmente como de costumbre. Pero en su mente bullían tantos pensamientos, que a veces no se percataba de que se había sumido en el mutismo.

Cuando los caballeros se levantaron para marcharse, la señora Bennet, haciendo gala de su educación, los invitó a comer en Longbourn dentro de unos días.

—Me debe una visita, señor Bingley —añadió—, pues cuando se marchó el invierno pasado prometió venir a comer un día con nosotros, en cuanto regresara. No he olvidado su promesa, y le aseguro que me sentí muy decepcionada de que no cumpliera su palabra.

Bingley parecía un tanto confundido ante ese comentario, y manifestó su pesar de que unos asuntos en la ciudad le hubieran impedido venir. Luego se marcharon.

La señora Bennet había estado tentada de pedirles que se quedaran a comer con ellos ese día; pero aunque en su mesa no faltaba nunca de nada, creía que dos platos nos serían suficientes para un hombre en el que tenía depositadas tantas esperanzas, ni satisfacerían el apetito y orgullo de un caballero que disponía de diez mil libras anuales.

54

En cuanto se fueron, Elizabeth salió para levantar su ánimo. La conducta del señor Darcy la había sorprendido y contrariado.

«¿Por qué se ha molestado en venir, para guardar silencio con aspecto serio e indiferente?», se preguntó.

Pero no dio con ninguna respuesta que la satisficiera.

«Si pudo mostrarse amable y complaciente con mis tíos cuando estuvo en la ciudad, ¿por qué no podía comportarse así conmigo? Si me teme, ¿por qué ha venido? Si ya no le importo, ¿por qué encerrarse en ese mutismo? ¡Es un hombre imposible! No quiero pensar más en él. A fin de cuentas, soy la novia de la Muerte. He jurado honrar y obedecer sólo el código guerrero y a mi amado maestro Liu.»

Mantuvo su determinación involuntariamente durante un breve espacio de tiempo, hasta que apareció su hermana, que estaba muy alegre.

—Ahora que la primera entrevista ha terminado —dijo—, me siento muy tranquila. Conozco mis fuerzas, y no volverá a sentirme turbada cuando el señor Bingley vuelva por aquí. Me alegro de que venga a comer con nosotros el martes. Así quedará demostrado que mantenemos tan sólo una amistad indiferente, sin más.

—Sí, muy indiferente —respondió Elizabeth riendo—. Ten cuidado, Jane.

—Querida Lizzy, no me creas tan débil.

—¿Débil? En absoluto. Te considero más poderosa que nunca al hacer que Bingley se enamore perdidamente de ti.

No volvieron a ver a los caballeros hasta el martes. Entretanto, la señora Bennet se afanó en idear todo género de planes, que el buen humor y la educación de Bingley habían reavivado durante la media hora que había durado su visita.

El martes se congregó un nutrido grupo de gente en Longbourn; y las dos personas cuya llegada era esperada con más impaciencia se presentaron puntuales. Cuando se dirigieron al comedor, Elizabeth observó con curiosidad si Bingley ocuparía el lugar que, en anteriores ocasiones, había ocupado, junto a Jane. Su prudente madre, pensando en lo mismo, se abstuvo de invitarlo a sentarse junto a ella. Al entrar en la habitación, Bingley pareció dudar, pero en esos momentos Jane se volvió y sonrió. El asunto quedó decidido. Bingley se sentó junto a ella.

Con una sensación de triunfo, Elizabeth miró al señor Darcy, que reaccionó ante la elección de asiento por parte de su amigo con noble indiferencia. De no haber visto a Bingley mirar también al señor Darcy con una expresión entre divertida y alarmada, Elizabeth habría pensado que éste le había dado permiso para cortejar a Jane.

Durante la comida, Bingley demostró sentir tal admiración hacia su hermana, que Elizabeth estaba convencida de que, si dependiera de Bingley, Jane, y él mismo, no tardarían en alcanzar la felicidad. Aunque no se atrevía a pensar en el resultado, le complacía observar el comportamiento de Bingley. La hacía sentirse tan satisfecha como era posible, pues no estaba de muy buen humor. El señor Darcy estaba casi tan alejado de ella como permitía la mesa. Estaba sentado a un lado de la señora Bennet. Elizabeth sabía que esa situación no podía complacer a ninguno de los dos. No estaba lo bastante cerca para oír su conversación, pero observó que rara vez se dirigían la palabra y que, cuando lo hacían, era con un talante frío y protocolario. La descortesía de su madre hacía que fuera más doloroso para Elizabeth pensar en la deuda que tenían contraída con el señor Darcy. En ocasiones habría dado cualquier cosa por poder levantarse de la mesa e infligirse los siete cortes de vergüenza frente al señor Darcy, para ver cómo su sangre chorreaba sobre el plato de éste, en un gesto de expiación por los numerosos prejuicios que había albergado contra él.

Elizabeth confiaba que la velada les permitiera hacer un aparte, que la visita no discurriera sin que pudieran conversar de algo más interesante que los simples y ceremoniosos saludos que habían cambiado cuando llegaron. Preocupada y nerviosa como estaba, el rato que pasó en el salón, antes de que llegaran los caballeros, fue tan agobiante y aburrido que estuvo a punto de perder la compostura. Esperaba con mucha ilusión el momento en que entraran, como si de ello dependiera su única posibilidad de placer.

«Si no se acerca a mí —se dijo Elizabeth—, renunciaré a él para siempre, y no volveré a apartar la vista del filo de mi espada.»

Por fin llegaron los caballeros, y Elizabeth tuvo la impresión de que Darcy satisfaría sus esperanzas, pero se equivocaba. Las damas se arremolinaron alrededor de la mesa, donde Jane estaba preparando el té y Elizabeth sirviendo el café, de forma que no había espacio para colocar una silla junto a Elizabeth.

Darcy se dirigió hacia otra parte de la habitación. Elizabeth le siguió con la mirada, envidiando a todos los que charlaban con él, sin apenas paciencia para servir a nadie el café, furiosa consigo misma por ser tan tonta.

«¡Un hombre al que he rechazado a patadas y puñetazos! ¿Cómo puedo ser tan necia de imaginar que siga enamorado de mí? ¿Existe algún hombre que no protestara contra tamaña debilidad como una segunda propuesta de matrimonio a la misma mujer? ¡Antes se casaría con un zombi!»

Con todo, Elizabeth se animó un poco al servir al señor Darcy una taza de café y aprovechar la oportunidad de preguntarle:

—¿Su hermana sigue en Pemberley?

—Sí, se quedará hasta Navidades.

—¿Está sola? ¿Se han marchado todos sus amigos?

—Todos, salvo sus sirvientes y su guardia personal.

A Elizabeth no se le ocurrió nada más que decir; pero si Darcy deseaba conversar con ella, quizá tuviese más éxito. No obstante, éste permaneció junto a ella durante unos minutos en silencio, y por fin se alejó.

Cuando retiraron el servicio de té e instalaron las mesas de juego, las damas se levantaron. Elizabeth confiaba en que el señor Darcy se acercara a ella, pero sus esperanzas no tardaron en irse al traste al ver que éste era víctima de la voracidad con que su madre reclutaba a los participantes para el juego de Cripta y Ataúd. Perdió, entonces, toda esperanza de divertirse esa velada. Se sentaron en mesas distintas, y comprendió que no tenía la menor esperanza, pero Darcy dirigió con tanta frecuencia la vista hacia donde estaba sentada, que tuvo tan escaso éxito en el juego como Elizabeth.

La señora Bennet se había propuesto hacer que los dos caballeros se quedaran a cenar, pero lamentablemente éstos pidieron que les trajeran su coche antes de que lo hicieran los demás, por lo que la señora Bennet no pudo detenerlos.

—Bien, niñas —dijo cuando se quedaron solas—. ¿Qué os ha parecido la jornada? Opino que todo ha salido a pedir de boca. La comida fue excelente. El asado de venado estaba perfecto, y todos dijeron que nunca habían visto una pierna tan suculenta. Gracias, Lizzy, por atrapar un venado tan magnífico. La sopa era cincuenta veces más exquisita que la que tomamos la semana pasada en casa de los Lucas; y hasta el señor Darcy reconoció que los pichones estaban muy bien preparados, y supongo que él tendrá como mínimo dos o tres cocineras francesas. Y a ti, querida Jane, nunca te he visto tan guapa.

En resumidas cuentas, la señora Bennet estaba encantada. Por lo que había observado del comportamiento de Bingley hacia Jane, estaba convencida de que ésta lo atraparía. Cuando la señora Bennet estaba de buen humor, sus esperanzas respecto a los beneficios que obtendría la familia eran tan fantásticas, que al día siguiente se llevó un chasco cuando el señor Bingley no vino a proponer matrimonio a Jane.

—Ha sido un día muy agradable —dijo Jane a Elizabeth—.

Los invitados estaban bien elegidos, pues se llevan bien entre sí. Espero que volvamos a reunirnos.

Elizabeth sonrió.

—No seas así, Lizzy. No debes sospechar de mí. Me disgusta. Te aseguro que he aprendido a disfrutar de la conversación del señor Bingley por tratarse de un joven amable y sensato, sin desear nada más. Estoy segura, por su forma de comportarse, que nunca tuvo la intención de cortejarme. Es sólo que posee un mayor encanto personal y deseo de agradar que ningún otro hombre.

—Eres muy cruel —respondió su hermana—. No me permites que sonría, pero no dejas de provocarme continuamente. Estoy tentada a obligarte a declarar tu amor.

—¡Qué difícil es a veces lograr que te crean!

—¡Y otras imposible!

—¿Pero por qué te empeñas en convencerme de que siento más de lo que te he dicho?

—¡Eres más terca que una mula de Hunan! Si persistes en mostrar esa indiferencia, no pretendas que sea tu confidente.

55

Unos días después de esa visita, el señor Bingley fue de nuevo a verlos, en esta ocasión solo. Su amigo había partido esa mañana para Londres, pero regresaría al cabo de diez días. El señor Bingley permaneció con ellos una hora, y estaba de tan buen humor, que la señora Bennet le invitó a quedarse a comer, pero Bingley confesó que tenía otro compromiso.

—La próxima vez que venga a vernos —dijo la señor Bennet—, espero que tengamos más suerte.

El señor Bingley le aseguró que estaría encantado, etcétera, etcétera. Y si la señora Bennet se lo permitía, aprovecharía la primera oportunidad para venir a presentarles sus respetos.

—¿Puede venir mañana?

Sí, no tenía ningún compromiso mañana, por lo que se apresuró a aceptar la invitación.

Al día siguiente llegó, y lo hizo con tanta antelación que las damas llevaban aún sus trajes de adiestramiento y tenían la frente perlada de sudor debido al ejercicio. La señora Bennet entró corriendo en la habitación de sus hijas, vestida con una bata, a medio peinar, exclamando:

—Apresúrate, querida Jane. Ya está aquí... Ha venido el señor Bingley. Anda, corre. Sarah, ven a echar una mano a la señorita Bennet, lávale la cara, que está sudorosa del ejercicio, y ayúdala a vestirse en lugar de peinar a Lizzy.

—Bajaremos en cuanto podamos —dijo Jane—, pero imagino que Kitty ya debe de estar arreglada, pues subió hace media hora.

—¡Olvídate de Kitty! ¿Qué tiene que ver en esto? ¡Anda, apresúrate! ¿Dónde está tu faja, querida?

Pero Jane se negó a bajar sin una de sus hermanas.

El mismo afán de conseguir que la pareja se quedara a solas fue patente por la tarde. Después de tomar el té, el señor Bennet se retiró a la biblioteca, como tenía por costumbre, y Mary subió a practicar con sus pesas. Dos de los cinco obstáculos habían sido eliminados. La señora Bennet pasó un buen rato guiñando el ojo a Elizabeth y Kitty, sin éxito. Elizabeth no la miró; y cuando Kitty la miró por fin, preguntó con aire inocente:

—¿Qué te ocurre, mamá? ¿Por qué me guiñas el ojo? ¿Qué quieres que haga?

—Nada, querida, nada. No te quiñaba el ojo. —La señora Bennet se estuvo quieta durante cinco minutos, pero incapaz de desaprovechar esa ocasión de oro, se levantó de pronto y diciendo a Kitty: «Ven, cariño, quiero hablar contigo», la condujo fuera de la habitación. Jane miró al instante a Elizabeth con una expresión que indicaba su disgusto ante semejante premeditación, implorando que no cediera a los deseos de su madre. Al cabo de unos minutos la señora Bennet entreabrió la puerta y dijo:

—Lizzy, querida, quiero hablar contigo.

Elizabeth no tuvo más remedio que obedecer.

—Es mejor que los dejemos solos —dijo su madre en cuanto salieron al vestíbulo—. Kitty yo estaremos en mi vestidor.

Elizabeth no trató de razonar con su madre, sino que se quedó en el vestíbulo sin decir nada hasta que Kitty y ella desaparecieron, tras lo cual regresó al salón.

Los planes de la señora Bennet para ese día no tuvieron éxito. Bingley se mostró tan encantador como de costumbre, pero se abstuvo de declarar a su hija su amor. Su desenvoltura y jovialidad complació a todos. Soportó los inoportunos cumplidos de la madre y escuchó sus ridículos comentarios con una paciencia y compostura especialmente gratas para la hija.

Casi no fue necesario que le invitaran a cenar, y antes de marcharse, la señora Bennet y él quedaron en que iría a la mañana siguiente para salir a cazar con su marido los primeros zombis de la temporada.

A partir de ese momento, Jane no volvió a hablar de su indiferencia. Las hermanas no hicieron el menor comentario sobre Bingley; pero Elizabeth se acostó feliz pensando que todo se resolvería rápidamente, a menos que el señor Darcy regresara en la fecha acordada. No obstante, estaba casi convencida de que las atenciones de Bingley hacia Jane contaban con la aprobación del caballero.

Bingley acudió puntualmente, y él y el señor Bennet dedicaron la mañana a cazar a los primeros innombrables que habían venido al sur en busca de una tierra mullida. El señor Bennet condujo a su acompañante hasta el prado situado en el norte de Longbourn, donde pasaron más de una hora colocando varias trampas de mano (ideadas por el señor Bennet), que cebaron con cabezas de coliflor. De vez en cuando, un zombi salía trastabillando del bosque y se adentraba en el prado, donde el señor Bennet y el señor Bingley estaban ocultos debajo de unas ramas. Los seres vivos observaban a los muertos dar con las coliflores, y, pensando que se trataba de unos tiernos y suculentos sesos, se inclinaban para cogerlas. En ese instante la trampa se cerraba sobre su brazo, los caballeros se acercaban y golpeaban al monstruo con las culatas de sus mosquetes, lo abatían de un tiro y le prendían fuego.

Bingley era mucho más agradable de lo que había imaginado el señor Bennet. No había nada engreído o superficial en el joven que provocara su menosprecio, o disgusto, hasta el extremo de hacer que se encerrara en un mutismo. Por su parte, el señor Bennet se mostró más comunicativo y menos excéntrico de lo que el señor Bingley había supuesto. Como es natural, Bingley regresó con el señor Bennet para almorzar con ellos; y por la tarde la señora Bennet se las ingenió de nuevo para alejar a todo el mundo del señor Bingley y su hija. Elizabeth, que tenía que escribir una carta, se dirigió con ese propósito a la habitación del desayuno después del té.

Al regresar al salón, después de escribir la carta, Elizabeth vio a su hermana y a Bingley de pie junto al hogar, charlando animadamente. De no bastar eso para hacer sospechar a Elizabeth, los rostros de los dos jóvenes, cuando se volvieron rápidamente y se apartaron uno de otro, habrían sido harto elocuentes. Ambos estaban turbados, pero Elizabeth mucho más. Ninguno pronunció una sílaba, y cuando Elizabeth se disponía a abandonar de nuevo la habitación, Bingley, que se había sentado al igual que Jane, se levantó de pronto y, tras murmurar unas palabras a su hermana, salió apresuradamente del salón.

Jane no podía ocultar nada a Elizabeth, cuando se trataba de confiarle una noticia grata. La abrazó de inmediato y, con intensa emoción, le dijo que se sentía la persona más feliz del mundo.

—¡Es demasiado! —añadió—. ¡Demasiado! No lo merezco. ¡Deseo que todo el mundo sea feliz!

Elizabeth le dio la enhorabuena con una sinceridad que las palabras apenas podían expresar. Cada frase de afecto incrementaba la dicha que sentía Jane. Pero no podía permanecer con su hermana, ni contarle la mitad de lo que aún quedaba por contar.

—Debo ir de inmediato a hablar con mamá —dijo—. No quiero que se entere a través de nadie excepto yo misma. Bingley ha ido a hablar con papá. ¡Ay, Lizzy, saber que lo que tengo que contar complacerá a toda mi familia! ¡Me siento abrumada por tanta felicidad!

A continuación corrió a ver a su madre, que estaba arriba con Kitty.

Al quedarse sola, Elizabeth sonrió ante la rapidez y facilidad con que se había resuelto un asunto que durante meses los había tenido sobre ascuas y les había causado un serio disgusto.

En esos momentos a Elizabeth no le importaba pensar que iba a perder a su compañera más fiel en el campo de batalla, a su confidente más íntima, a su única hermana de la que nunca temía que se comportara de forma estúpida y caprichosa. Se sentía abrumada por una sensación de victoria; pues, pese a la preocupación y las objeciones de Darcy, pese a todas las mentiras y artimañas de la señorita Bingley, el asunto se había resuelto del modo más feliz, prudente y razonable.

Al cabo de unos minutos entró Bingley, cuya conferencia con el señor Bennet había sido breve y concisa.

—¿Dónde está su hermana? —preguntó.

—Arriba, con mi madre. Supongo que bajará dentro de unos momentos.

El señor Bingley cerró la puerta y, acercándose a Elizabeth, le pidió que le felicitara con el afecto de una hermana. Elizabeth expresó sincera y calurosamente su alegría por el compromiso de Bingley y Jane. Se estrecharon la mano con gran cordialidad y, hasta que apareció su hermana, Elizabeth escuchó todo cuanto Bingley le dijo sobre su felicidad y lo maravillosa que era Jane. Pese al escaso adiestramiento de Bingley en las artes mortales, Elizabeth estaba convencida de que sus expectativas de felicidad eran fundadas porque, aparte de eso, él y Jane eran muy parecidos.

Fue una velada de gran alegría para todos; la satisfacción interior de la señorita Bennet confería una deliciosa animación a su rostro, haciendo que pareciera más bella que nunca. Kitty sonrió con afectación, confiando que pronto le tocara a ella el turno. La señora Bennet no podía dar su consentimiento o expresar su aprobación en unos términos lo suficientemente cálidos para satisfacer sus sentimientos; y cuando el señor Bennet se reunió con ellos para cenar, su voz y su talante indicaban claramente lo feliz que se sentía.

No obstante, no hizo la menor alusión al tema, hasta que el visitante se marchó, pero en cuanto se quedaron solos, se volvió hacia su hija y murmuró:

—Enhorabuena, Jane. Serás una mujer muy feliz.

Jane se arrojó enseguida en sus brazos, le besó y le dio las gracias por su bondad.

—Eres una buena chica —respondió el señor Bennet—, y me complace profundamente saber que serás tan feliz. No tengo la menor duda de que os compenetráis perfectamente. Tenéis un temperamento muy semejante. Ambos sois tan complacientes, que nunca llegaréis a ningún acuerdo; tenéis un carácter tan fácil, que todos vuestros sirvientes os estafarán; y sois tan generosos, que siempre gastaréis más de la cuenta.

—Espero que no. La imprudencia o la imprevisión en materia de dinero sería imperdonable en mí.

—¿Que gastarán más de la cuenta? ¡Querido señor Bennet! —exclamó su esposa—. ¡No digas tonterías! Bingley dispone de cuatro o cinco mil libras al año, probablemente más. —Luego, dirigiéndose a su hija, añadió—: ¡Querida Jane, qué feliz soy! ¡Estaba segura de que no serías una belleza para nada! Recuerdo que la primera vez que vi a Bingley, cuando vino a Hertfordshire el año pasado, pensé en la posibilidad de que os comprometierais. ¡Es el joven más apuesto que jamás habíamos visto!

Wickham, Lydia, la señora Bennet se había olvidado de ellos. Jane era sin duda su hija predilecta. En esos momentos, sólo le importaba ella. Sus hermanas menores no tardarían en convertirse en destinatarias de una felicidad que la señora Bennet quizá les dispensara en el futuro.

Mary solicitó el uso de la biblioteca en Netherfield, y Kitty rogó que la invitasen a unos cuantos bailes allí en invierno.

Desde ese momento, Bingley se convirtió, como es natural, en un visitante asiduo en Longbourn. Solía presentarse antes de desayunar, y se quedaba siempre hasta después de cenar; excepto cuando un vecino indeseable, al que detestaban profundamente, le enviaba una invitación a comer que Bingley se sentía obligado a aceptar.

Conforme los días se hicieron más cortos, el número de zombis que pululaban en Hertfordshire aumentó. Aparecían en legiones, atraídos hacia el sur por la tierra endurecida y los mosquetes de su majestad. Elizabeth apenas tenía tiempo de conversar con su hermana; pues tanto ella como Kitty y Mary se dedicaban a resolver cada día uno u otro problema; y Jane no prestaba atención a nadie cuando Bingley estaba presente. En ausencia de Jane, Bingley siempre se acercaba a Elizabeth, por el placer de charlar con ella; y cuando Bingley se marchaba, Jane se consolaba también con ella.

—¡Me ha hecho muy feliz —le confió una noche—, asegurándome que la primavera pasada ignoraba que yo estaba en la ciudad! Yo creía que era imposible.

—Yo lo sospechaba —respondió Elizabeth—. ¿Pero qué explicación te dio?

—Supongo que fue cosa de sus hermanas. No les gustaba que Bingley tuviera tratos conmigo, lo cual no me extraña, ya que podría haber hecho una elección más ventajosa en muchos aspectos. Pero cuando comprueben que su hermano es feliz conmigo, como confío que hagan, se alegrarán y volveremos a tener una relación amistosa, aunque no tan estrecha como antes.

—Es el discurso más implacable que te he oído pronunciar en mi vida —dijo Elizabeth—. ¡Bravo! Me disgustaría mucho ver que vuelves a dejarte engañar por el fingido afecto de la señorita Bingley.

—Imagina, Lizzy, cuando Bingley fue a la ciudad en noviembre, ya me amaba, y sólo el hecho de pensar que me era indiferente o la perspectiva de otro asedio de Londres le impidió regresar al campo.

Elizabeth se alegró de saber que Bingley no había traicionado la intervención de su amigo; pues, aunque Jane tenía el corazón más generoso y compasivo del mundo, Elizabeth sabía que era una circunstancia que podía indisponerla contra el señor Darcy.

—¡Soy la mujer más feliz que jamás ha existido! —exclamó Jane—. ¡Ay, Lizzy!, ¿qué he hecho para ser más dichosa que nadie en mi familia? ¡Ojalá fueras tan feliz como yo! ¡Ojalá hallaras a un hombre tan maravilloso como él!

—Aunque conociera a cuarenta hombres como él, jamás podría ser tan feliz como tú. No tengo tu carácter, tu bondad. Deja que me contente con exterminar a innombrables; y quizá, con suerte, dentro de un tiempo conozca a otro señor Collins.

La novedad en la familia de Longbourn no podía permanecer mucho tiempo en secreto. A la señora Bennet le cupo el privilegio de contárselo en voz baja a la señora Philips, y ésta, sin autorización, se lo contó a todos sus vecinos en Meryton.

Los Bennet no tardaron en ser considerados la familia más afortunada del mundo, aunque pocas semanas antes, cuando Lydia se había fugado, todos habían pensado que estaban condenados al infortunio.

56

Una mañana, aproximadamente una semana después de formalizarse el compromiso de Bingley con Jane, cuando éste y las mujeres de la familia se hallaban en el comedor, oyeron de pronto el sonido de un carruaje que hizo que se acercaran a la ventana. Al asomarse vieron una calesa de cuatro ruedas aproximarse a través del prado. Los caballos eran de posta; y ni el coche ni la librea del criado que lo precedía les resultaban familiares. No obstante, como era evidente que se acercaba alguien, Bingley se apresuró a rogar a Jane que le evitara ser víctima de esa intromisión, y que le acompañara al jardín, donde la joven le había prometido enseñarle a pelear con un ciervo. Ambos salieron, y las tres personas que quedaban continuaron con sus conjeturas, aunque poco satisfactorias, hasta que se abrió la puerta y entró la visitante, acompañada por un par de ninjas.

Era lady Catherine de Bourgh.

Por supuesto, pretendía que su visita fuera una sorpresa, pero el asombro de las damas era inenarrable.

Lady Catherine entró en la habitación con un aire más desagradable que nunca, respondió al saludo de Elizabeth con una simple inclinación de cabeza, ordenó a su guardia personal que se retirara y se sentó sin decir palabra. Al aparecer lady Catherine, Elizabeth había mencionado su nombre a su madre, aunque su señoría no le pidió que se la presentara.

La señora Bennet, que no salía de su estupor, aunque halagada de recibir una visita tan importante, la recibió con extrema educación. Después de guardar silencio unos momentos, lady Catherine dijo secamente a Elizabeth:

—Confío en que esté bien, señorita Elizabeth. Supongo que esta señora es su madre.

Elizabeth respondió escuetamente que sí.

—Y supongo que esta es una de sus hermanas.

—Sí, señora —dijo la señora Bennet, encantada de hablar con lady Catherine—. Es la segunda de mis hijas menores. La menor de mis hijas se casó hace poco, y mi hija mayor está en el jardín, paseando con un joven que, según creo, se convertirá pronto en un miembro de la familia.

—Tienen un jardín muy pequeño —comentó lady Catherine tras un breve silencio.

—Sin duda no puede compararse con Rosings, señora.

Elizabeth supuso que su señoría les expresaría sus condolencias por la muerte de Charlotte y el señor Collins, puesto que parecía el único motivo probable de su visita. Pero no fue así, y Elizabeth se quedó muy extrañada.

La señora Bennet rogó a su señoría, de forma muy cortés, que tomara un refrigerio, pero lady Catherine declinó con firmeza y escasa educación el ofrecimiento, tras lo cual se levantó y dijo a Elizabeth:

—Señorita Bennet, al parecer tienen un *dojo* con todas las de ley en ese lado del prado. Me gustaría examinarlo, si hace el favor de acompañarme.

—Ve, querida —dijo su madre—, y muéstraselo a su señoría. Creo que le complacerán los artefactos.

Elizabeth obedeció y, dirigiéndose apresuradamente a su habitación en busca de su sombrilla, condujo a su noble visitante escaleras abajo. Cuando atravesaron el vestíbulo, lady Catherine abrió las puertas del comedor y el salón, diciendo, después de echarles una ojeada, que eran unas estancias pasables, y continuó adelante.

Su coche estaba ante la puerta, y Elizabeth vio que su doncella-geisha aguardaba en su interior. Se dirigieron en silencio al *dojo*. Elizabeth estaba decidida a no esforzarse en entablar conversación con una mujer que se mostraba más insolente y desagradable que nunca.

«¿Cómo puedo sentir por ella la misma estima que por su sobrino?», se preguntó al observar su rostro.

Tan pronto como entraron, lady Catherine dijo:

—No creo que ignore, señora Bennet, el motivo de mi visita. Su corazón, su conciencia, deben de decirle por qué he venido.

Elizabeth la miró con evidente asombro.

—Se equivoca, señora. No alcanzo a comprender a qué se debe el honor de su visita.

—Señorita Bennet —respondió su señoría con tono enojado—. Le advierto que no consentiré que juegue conmigo. Por más que pretenda disimular, no me andaré por las ramas. Mi carácter es conocido por su sinceridad y franqueza, al igual que mis habilidades mortales son conocidas por no tener rival. Hace dos días llegó a mis oídos una noticia que me alarmó profundamente. Me informaron de que su hermana no sólo estaba a punto de contraer un matrimonio muy ventajoso, sino que usted, señorita Elizabeth Bennet, no tardaría en casarse con mi sobrino, el señor Darcy. Aunque sé que debe de ser una burda mentira, y aunque me resulta imposible imaginar que mi sobrino se interesase por una joven de baja alcurnia como usted, decidí de inmediato venir para decirle lo que opino.

—Si le pareció inverosímil —dijo Elizabeth sonrojándose de asombro y desprecio—, ¿por qué se ha tomado la molestia de venir? ¿Qué se proponía su señoría?

—Insistir para conseguir que esa noticia quede desmentida de una vez por todas.

—El hecho de que haya venido a Longbourn para hablar con mi familia y conmigo —dijo Elizabeth fríamente—, constituye más bien una confirmación, suponiendo que exista esa noticia.

—¡Suponiendo! ¿Acaso pretende que no la conoce? ¿Acaso no han se han ocupado ustedes mismos de hacerle circular? ¿No sabe que esa noticia se ha propagado incluso fuera de aquí?

—No, no lo sabía.

—¿Y puede afirmar que no tiene el menor fundamento?

—No pretendo poseer tanta franqueza como su señoría. Tiene derecho a hacer las preguntas que desee, y yo negarme a responderlas.

—Eso no se lo consiento, señorita Bennet, insisto en que me responda. ¿Le ha hecho mi sobrino una propuesta de matrimonio?

—Usted misma ha afirmado que era imposible.

—Debería serlo, si mi sobrino no ha perdido el juicio. Pero en un momento de encaprichamiento, las artes y los encantos empleados por usted pueden haberle hecho olvidar lo que se debe a sí mismo y a toda su familia. Es posible que usted haya logrado atraerle con sus trucos chinos baratos.

—En tal caso, usted sería la última persona a quien se lo confesaría.

—¿Sabe usted quién soy, señorita Bennet? ¿No ha oído las canciones de mis victorias contra las legiones de esclavos de Satanás? ¿No ha leído sobre mi destreza sin igual? Soy prácticamente la pariente más cercana que tiene el señor Darcy en el mundo, por lo que tengo derecho a saber todo cuanto le concierne.

—¡Sus grandes habilidades! ¡Una exterminadora de zombis sin igual! Pero tuvo a uno en su propia casa y fue incapaz de reconocerlo.

—¿Es tan tonta de suponer que no reparé en la transformación de Charlotte? ¿Es incapaz de comprender mis generosos motivos? ¿Que lo hice para que mi nuevo sacerdote conociera cierto grado de felicidad? Dígame, ¿por qué supone que Charlotee cambió tan lentamente? ¿Por qué la invité tan a menudo a tomar el té? ¿Por el placer de su compañía? ¡No! Fue mi suero lo que la mantuvo viva durante unos pocos meses felices. Le echaba unas cuantas gotas en su taza, sin que ella se diera cuenta.

—No creo que ese experimento pueda considerarse «generoso». No hizo sino prolongar su sufrimiento.

—Dejemos claro una cosa. Esa unión, a la que usted tiene la arrogancia de aspirar, jamás tendrá lugar. ¡Jamás! El señor Darcy está comprometido con mi hija. ¿Qué tiene que decir a eso?

—Sólo esto: si es cierto que está comprometido, no tiene motivos para suponer que me proponga matrimonio.

Lady Catherine dudó unos instantes, tras lo cual respondió:

—El compromiso entre ellos tiene un carácter singular. Desde que eran niños, están destinados a casarse. Era el mayor deseo de la madre de mi sobrino, y el mío. Cuando los dos estaban aún en la cuna, ambas planeamos la unión. ¡Y ahora, justo cuando los deseos de ambas hermanas pueden concretarse en el matrimonio entre ambos jóvenes, una mujer de baja alcurnia, sin la menor importancia en el mundo, y para colmo adiestrada en China, pretende impedirlo! ¿Es que ha perdido toda noción de decoro y delicadeza? ¿No me ha oído decir que desde que el señor Darcy era un niño estaba destinado a casarse con su prima?

—Sí, lo he oído varias veces. ¿Pero qué tiene eso que ver conmigo? Si no existe otra objeción a que yo me case con su sobrino, el hecho de saber que su madre y su tía deseban que se casara con la señora De Bourgh no me impedirá alcanzar que logre mi propósito. Si el señor Darcy no está obligado ni por su honor ni porque la ama a casarse con su prima, ¿por qué no puede hacer otra elección? Y si esa elección soy yo, ¿por qué no voy a aceptarlo?

—Porque el honor, el decoro, la prudencia y el interés lo impiden. Sí, señorita Bennet, el interés. Si decide proceder obstinadamente contra todo lo que desaconseja esa unión, no espere que la familia o los amigos del señor Darcy la acepten. Será censurada, desdeñada y menospreciada por todas las personas relacionadas con él. Su matrimonio será una deshonra, su nombre jamás será mencionado entre nosotros.

—Sería una gran desgracia —replicó Elizabeth—. Pero la esposa del señor Darcy gozará de tantas fuentes de felicidad al casarse con él, que, en general, no creo que tenga motivos de lamentarse.

—¡Es usted una joven testaruda y obstinada! ¡Me avergüenzo de usted! ¿Así demuestra su gratitud por las atenciones que le dispensé la primavera pasada? ¿No merezco su agradecimiento por ello? ¡No estoy acostumbrada a que me rechacen!

—¡Ni yo a que traten de intimidarme!

—¡No me interrumpa! ¡Escúcheme en silencio! Mi hija y mi sobrino está hechos el uno para el otro. Ambos poseen una espléndida fortuna. Están destinados a casarse por la voz de cada miembro de sus respectivas familias, ¿y qué los separa? ¡Las interesadas pretensiones de una joven cuya hermana estuvo hace poco envuelta en una escandalosa fuga con el hijo del pulidor de mosquetes del difunto Darcy! ¡Una mujer sin familia, amistades ni fortuna!

—Su hija posee ciertamente una fortuna espléndida. Pero, dígame, ¿qué otras cualidades posee? ¿Es atractiva? ¿Está instruida en las artes mortales? ¿Tiene siquiera suficiente fuerza para empuñar una katana?

—¡Cómo se atreve! De una vez por todas, ¿está comprometida con mi sobrino?

Aunque Elizabeth no estaba dispuesta a responder a esa pregunta, simplemente para satisfacer a lady Catherine, tras reflexionar unos instantes no pudo por menos de contestar:

—No.

Lady Catherine parecía complacida.

—¿Y me promete no comprometerse nunca con él?

—Prefiero morir antes que mancillar mi honor de esa forma.

—En ese caso, señorita Bennet —dijo lady Catherine dejando su sombrilla y quitándose el abrigo—, morirá. —Tras estas palabras, adoptó una postura de combate.

—¿Pretende desafiarme a un duelo, señoría? ¿Aquí, en el *dojo* de mi familia?

—Tan sólo pretendo eliminar del mundo a una joven insolente y preservar la dignidad de un hombre noble, evitar que su hedor contamine Pemberley para siempre.

¡Es usted una joven débil y estúpida! ¡Mientras quede un hálito de vida en este viejo cuerpo, no volverá a ver a mi sobrino!

—En tal caso —respondió Elizabeth dejando también su sombrilla—, esta será nuestra primera y última batalla. —Y se colocó también en una postura de combate.

Ambas damas —separadas por más de cincuenta años, pero no diferentes en materia de destreza— permanecieron inmóviles unos momentos, hasta que lady Catherine, tras formular mentalmente su plan de ataque, dio un salto con una fuerza increíble para una mujer de avanzada edad. Se elevó por el aire, pasó sobre la cabeza de Elizabeth, y le asestó un golpe en la coronilla cuyo impacto hizo que la joven cayera de rodillas. De no haber estado Elizabeth en perfecta forma, el golpe le habría partido la columna vertebral.

Lady Catherine aterrizó de pie y al ver que su rival pretendía levantarse, le asestó una patada tremenda en la espalda que la envió volando a través del *dojo.* Incapaz de recobrar el resuello, Elizabeth trató de incorporarse cuando la anciana guerrera se aproximó a ella.

—¡No siente el menor respeto por el honor y prestigio de mi sobrino! ¡Es una joven cruel y egoísta! ¿No comprende que una relación con usted le deshonra ante los ojos de todos?

Su señoría agarró a Elizabeth por el vestido y la obligó a levantarse.

—¿Y bien? ¿No tiene nada que decir antes de que la envíe junto a Satanás?

—Sólo... una cosa, señoría...

Lady Catherine abrió los ojos como platos al sentir un agudo dolor en el vientre. Soltó a Elizabeth y retrocedió trastabillando, con la daga de ésta clavado en la barriga hasta el mango. Aprovechando el momento de confusión, la joven asestó a su señoría una serie de golpes contundentes en la cabeza, el cuello y el pecho, rematados por una patada cuya fuerza la hizo elevarse hasta el techo y partir dos vigas.

Fuera, los dos ninjas de lady Catherine se volvieron hacia el *dojo,* alarmados por el tumulto.

Dentro, lady Catherine yacía inmóvil en el suelo. Elizabeth se acercó a ella, para observar si había algún signo de vida, pero no vio ninguno. «Cielo santo —pensó—. ¿Qué he hecho? ¿Cómo podrá perdonarme Darcy por haber matado a su estimada tía?»

No bien se le ocurrió ese pensamiento, cayó al suelo, derribada por el golpe que lady Catherine le había propinado con las piernas. Ésta se levantó de un salto y soltando una estruendosa risotada, se arrancó la daga del vientre y la clavó en la mano de Elizabeth, inmovilizándola contra el suelo.

—Se requiere una destreza muy superior a la suya para extraer una gota de sudor de mi piel. ¡Es usted una joven débil y estúpida! ¡Mientras quede un hálito de vida en este viejo cuerpo, no volverá a ver a mi sobrino!

Los ninjas de lady Catherine irrumpieron en el *dojo*, lanzando estrellas a diestro y siniestro, pero su ama, que era quien controlaba el duelo, se apresuró a tranquilizarlos.

—¡Quietos, queridos ninjas! Cuando haya decapitado a esta joven, podéis hacer con su cuerpo lo que gustéis.

Mientras Elizabeth trataba de liberarse, su señoría tomó una de las espadas de la pared. Después de desenfundarla y examinar su reluciente hoja, comentó:

—Extraordinaria. Una katana tan magnífica como las que he visto en Kyoto. Lástima que haya permanecido tanto tiempo a cargo de una familia tan indigna.

Lady Catherine alzó la vista de la espada, suponiendo que vería a su rival. Pero no vio nada, es decir, nada más que el *dojo* desierto y un par de ninjas postrados en el suelo, sin vida. Su señoría reaccionó emitiendo otra sonora carcajada.

¡Cómo me estoy divirtiendo! Debo reconocer que si hubiera sido usted vencida con tan poco esfuerzo, me habría sentido muy disgustada.

Avanzó hacia el centro del *dojo*, espada en mano. Se volvió, esperando un ataque, pero no ocurrió nada.

—¡Qué cobardía! —exclamó—. ¿Es que no tiene el valor de enfrentarse a mí? ¿No le enseñó su maestro otra cosa que batirse en retirada?

—Mi maestro —respondió Elizabeth— me enseñó que el camino más corto hacia la muerte es subestimar a tu contrincante.

Lady Catherine alzó la vista y vio a Elizabeth encaramada en una viga, espada en mano. La joven se arrojó al suelo mientras la anciana se elevaba hacia el techo. Sus espadas se cruzaron en el aire que las separaba. En el *dojo* reverberó el estruendo de las hojas de acero al chocar, al tiempo que las dos mujeres libraban un combate feroz. Ambas rivalizaban en destreza, pero la juventud de Elizabeth le proporcionaba la ventaja del vigor, haciendo que se cansara menos que su señoría.

Al cabo de varios minutos en que ambas volaron de un extremo al otro del *dojo*, atacándose una a otra con una fuerza que habría enviado a legiones de guerreros menos avezados a sus tumbas, Elizabeth obligó a lady Catherine a soltar la espada con una certera patada de mariposa. Desarmada, su señoría retrocedió hacia la pared donde colgaban las armas, haciéndose apresuradamente con un par de *nunchakus*, pero Elizabeth los partió rápidamente en dos con su katana.

Luego acorraló a lady Catherine contra la pared, sosteniendo el extremo de su espada contra su arrugado cuello.

—¿Y bien? —preguntó lady Catherine—. Córteme la cabeza, pero hágalo de una vez.

Elizabeth depuso su espada y con una voz afectada por el esfuerzo, respondió:

—¿Para qué, señoría? ¿Para ganarme la condena de un hombre al que estimo tanto? No, señoría. Ignoro si vivirá para verlo casado con su hija o conmigo. Pero vivirá. Y durante el resto de sus días, sabrá que ha sido derrotada por una joven por la que no siente el menor respeto, y cuya familia y amo la han ofendido de la peor forma posible. Y ahora le ruego que se vaya.

Después de que Elizabeth la acompañara hasta el carruaje, lady Catherine se volvió apresuradamente y añadió:

—Mi opinión sigue siendo la misma. No es necesario que salude a su madre de mi parte. Ustedes no merecen esas atenciones. Estoy profundamente disgustada.

—Aconsejo a su señoría que se monte en el carruaje, no sea que cambie de opinión y le corte la cabeza.

Con un aire de profunda displicencia, la anciana obedeció. Sin ofrecerle siquiera una pequeña reverencia, Elizabeth dio media vuelta y echó a andar hacia la casa.

Al subir los escalones, procurando ocultar sus heridas, Elizabeth oyó alejarse el coche. Su madre la siguió impaciente, preguntando por qué lady Catherine no había vuelto para descansar un rato.

—No deseaba hacerlo —respondió su hija.

—¡Es una mujer muy elegante! ¡Y qué amable de haber venido a visitarnos! Supongo que vino para ofrecernos sus condolencias por la muerte del señor Collins y su esposa. Imagino que iba camino de algún sitio y, al pasar por Meryton, decidió venir a verte. Supongo que no tenía nada de particular que decirte, Lizzy, ¿me equivoco?

Elizabeth tuvo que decir una pequeña mentira, pues era imposible contar a su madre lo que había ocurrido entre su señoría y ella.

57

Elizabeth no consiguió superar con facilidad la profunda agitación en que la sumió esa extraordinaria visita; ni consiguió, después de enterrar a los ninjas, dejar de pensar en ella constantemente. Al parecer, lady Catherine se había tomado la molestia de emprender ese viaje desde Rosings, con el único propósito de romper el supuesto compromiso matrimonial de Elizabeth con el señor Darcy. Pero Elizabeth no se explicaba de dónde había salido la noticia de ese compromiso, hasta que recordó que el señor Darcy era íntimo amigo de Bingley, y que el hecho de que ella fuera hermana de Jane bastaba, en unos momentos en que la expectativa de una boda hacía que todo el mundo esperara otra con impaciencia, para fomentar esa idea. La propia Elizabeth pensaba que el matrimonio de su hermana haría que se vieran con más frecuencia.

No obstante, no podía por menos de sentir cierta preocupación ante la posible consecuencia de su duelo con lady Catherine. Por lo que ésta había dicho sobre su empeño en impedir esa boda, Elizabeth supuso que su señoría referiría todo el asunto a su sobrino, consiguiendo convencerlo fácilmente con sus razonamientos, más aún debido al lógico afecto del señor Darcy por su tía.

Si Darcy había vacilado con anterioridad respecto a lo que le convenía hacer, cosa que parecía probable, los consejos y súplicas de un pariente tan cercano como su tía podían resolver sus dudas, induciéndole a tomar la decisión de vivir tan feliz como una dignidad sin tacha le permitiera. En tal caso, no regresaría más a Longbourn. Es posible que lady Catherine fuera a visitarlo al pasar por la ciudad, y ver a su tía cubierta de sangre podía provocar en él múltiples sentimientos, entre ellos un intenso resentimiento hacia la persona responsable de haber causado las lesiones a lady Catherine.

La sorpresa del resto de la familia, al averiguar la identidad de la visitante, fue enorme, pero dedujeron que el motivo era el mismo con que la señora Bennet había satisfecho su curiosidad, por lo que no asediaron a Elizabeth a preguntas.

A la mañana siguiente, cuando Elizabeth se disponía a bajar, se encontró con su padre, que salió de la biblioteca sosteniendo una carta.

—Lizzy —dijo el señor Bennet—, quiero hablar contigo; ven a mi habitación.

Elizabeth siguió a su padre. Su curiosidad por averiguar qué quería decirle estaba incrementada por la suposición de que tenía algo que ver con la carta que sostenía en la mano. A Elizabeth se le ocurrió de pronto que quizá fuera de lady Catherine, e imaginó angustiada las explicaciones que tendría que dar al respecto.

Ambos se acercaron a la chimenea y se sentaron. A continuación su padre dijo:

—Esta mañana he recibido una carta que me ha causado gran estupor. Puesto que te concierne principalmente a ti, es justo que conozcas su contenido. Ignoraba que tenía dos hijas que estaban a punto de casarse. Permite que te felicite por esa importante conquista.

Elizabeth se sonrojó al comprender al instante que se trataba de una carta del sobrino, en lugar de la tía; y mientras no sabía si sentirse complacida de que el señor Darcy hubiese revelado sus intenciones, u ofendida de que su carta no estuviera dirigida a ella, su padre continuó:

—Pareces turbada. Las jóvenes tenéis una gran perspicacia en estos asuntos; pero creo que ni tu sagacidad te llevará a adivinar el nombre de tu admirador. La carta es de un tal coronel Fitzwilliam, un hombre del cual, antes de recibir esta misiva, jamás había oído hablar.

—¡Del coronel Fitzwilliam! ¿Qué te dice en ella?

—Algo muy parecido a lo que acabo de comentar, por supuesto. Empieza expresando su enhorabuena por las próximas nupcias de Jane, sobre las que al parecer le ha hablado un amable caballero. No jugaré con tu impaciencia leyendo lo que dice al respecto. Sobre lo que te concierne a ti, dice lo siguiente:

> Tras felicitarle sinceramente por el feliz acontecimiento, permítame añadir un breve comentario sobre otro, del que me he enterado a través de la misma persona. Al parecer, su hija Elizabeth no llevará durante mucho tiempo el apellido Bennet, después de que su hermana mayor haya renunciado a él, y el hombre destinado a compartir su suerte puede considerarse uno de los personajes más ilustres de este país.

—¿Eres capaz de adivinar de quién se trata, Lizzy?

> Este joven tiene la fortuna, en cierto aspecto, de poseer todo cuanto pueda desear un mortal: una propiedad espléndida, una familia noble, y numerosas e influyentes amistades. No obstante, pese a todas esas tentaciones, debo advertirle del riesgo al que se expone si se precipita en tomar una decisión referente a las propuestas de ese caballero, de las que, como es natural, querrá aprovecharse de inmediato.

—¿Tienes idea, Lizzy, de quién puede ser ese caballero? No tardarás en averiguarlo.

> Mi advertencia se debe al siguiente motivo. Tenemos razones fundadas para creer que lady Catherine de Bourgh, tía de él y mía, no contempla esa unión con simpatía.

—¡Ese hombre es el señor Darcy! Supongo, Lizzy, que te he dejado estupefacta. ¡No podría el coronel haber elegido a otro hombre perteneciente a nuestro círculo de amistades, cuyo nombre preste menos crédito a esta burda mentira! El señor Darcy nunca mira a una mujer sino para sacarle algún defecto, y probablemente jamás se ha fijado en ti. ¡Cómo va a ser tu admirador!

Elizabeth trató de adoptar el tono jocoso de su padre, pero sólo consiguió esbozar una sonrisa forzada. Nunca le había complacido menos su sentido del humor como en esos momentos.

—¿Estás sorprendida?

—¡Desde luego! Por favor, sigue.

> Anoche, después de mencionarle la posibilidad de que su sobrino se case con la hija de usted, lady Catherine expresó inmediatamente lo que opinaba sobre el asunto. Cuando comprendí que, debido a unas objeciones familiares con respecto a su hija, mi tía jamás daría su consentimiento a un enlace que considera deshonroso, pensé que era mi deber advertirle lo antes posible, para que Elizabeth y su noble admirador supieran a qué atenerse, y no se precipitaran en contraer un matrimonio que no cuenta con la aprobación de su señoría.

—El resto de su carta trata de cuánto lamentó enterarse de la decapitación de Charlotte y el suicidio del señor Collins. Pero parece que no te ha complacido, Lizzy. Espero que no finjas sentirse ofendida por esa ridícula noticia.

—¡Al contrario, me divierte mucho! —contestó Elizabeth—. Aunque es muy extraña.

—Sí, por eso resulta tan divertida. De tratarse de otro hombre, no tendría la menor importancia; pero la total indiferencia del señor Darcy y tu clara antipatía hacia él hace que sea deliciosamente absurdo. A propósito, Lizzy, ¿qué te dijo lady Catherine sobre esa noticia? ¿Vino para decirte que no consentiría en esa boda?

La hija del señor Bennet respondió a esa pregunta con una carcajada; y puesto que su padre la había formulado sin la menor suspicacia, Elizabeth no sabía cómo disimular sus sentimientos. La joven tenía que reírse cuando prefería llorar. Su padre la había herido cruelmente al mencionar la indiferencia del señor Darcy, y Elizabeth no pudo por menos de sorprenderse por su falta de perspicacia, o temer que quizá le había malinterpretado y su padre sabía más de lo que daba a entender.

58

Para sorpresa de Elizabeth, pocos días después de la visita de lady Catherine, el señor Bingley trajo a Darcy a Longbourn. Los caballeros llegaron temprano por la mañana, y antes de que la señora Bennet tuviera tiempo de decirle que había visto a su tía, lo cual su hija temía con toda su alma, Bingley, que deseaba estar a solas con Jane, les propuso salir a dar un paseo. Su propuesta fue bien acogida. La señora Bennet no tenía costumbre de caminar; Mary no tenía nunca tiempo; pero los otros cinco salieron a pasear. No obstante, al cabo de unos minutos Bingley y Jane dejaron que los demás se adelantaran. Se quedaron rezagados, mientras Elizabeth, Kitty y Darcy proseguían. Ninguno dijo gran cosa; Kitty se sentía intimidada por Darcy; Elizabeth trataba desesperadamente de tomar una decisión; y es posible que Darcy hiciera lo mismo.

Echaron a andar hacia la casa de los Lucas, porque Kitty quería visitar a María; y dado que Elizabeth no tenía motivos para acompañarla, cuando Kitty se separó de ellos, Elizabeth prosiguió con el señor Darcy. Había llegado el momento de poner en práctica su decisión, ahora que se sentía con ánimos para hacerlo, por lo que se apresuró a decir:

—Señor Darcy, soy una persona muy egoísta; y, a fin de satisfacer mis sentimientos, no me importa herir los suyos. No puedo por menos de darle las gracias por su inesperada bondad hacia mi pobre hermana. Desde que me enteré, estaba impaciente por expresarle lo agradecida que le estoy. De saberlo el resto de mi familia, no le expresaría tan sólo mi propia gratitud.

—Lamento profundamente —respondió Darcy con tono de sorpresa y emoción— que le hayan informado de algo que, de haberlo malinterpretado, podría haberle causado una gran contrariedad. No sospeché que la señora Gardiner era tan poco de fiar.

—No debe culpar a mi tía. Fue Lydia quien, en un descuido, me reveló su participación en el asunto; y, como es natural, no cejé hasta averiguar todos los pormenores. Permita que le dé las gracias una y otra vez, en nombre de toda mi familia, por la generosa compasión que le indujo a tomarse tantas molestias. Si lo desea me arrodillaré ante usted y me administraré los siete cortes, para que se complazca pisoteando mi sangre.

—Si desea darme las gracias —respondió Darcy—, hágalo sólo en su nombre. No trataré de negar que mi deseo de complacerla reforzó los otros motivos que me indujeron a intervenir. Pero su familia no me debe nada. Aunque los respeto, sólo pensé en usted.

Elizabeth se sentía demasiado turbada para articular palabra. Después de una breve pausa, su acompañante añadió:

—Es usted demasiado generosa para jugar conmigo. Si sus sentimientos son los mismos que en abril, dígamelo de inmediato. Mi afecto por usted y mis deseos no han cambiado, pero una palabra suya me silenciará sobre este tema para siempre.

Elizabeth se esforzó en hablar, y de inmediato, aunque con escasa fluidez, le explicó que sus sentimientos habían experimentado un cambio tan radical, desde la época a la que se había referido Darcy, que en estos momentos acogía con gratitud y complacencia su promesa de que seguía amándola. Esa respuesta causó a Darcy una felicidad como jamás había sentido, y se expresó con la sensibilidad y el ardor de cualquier hombre perdidamente enamorado. De haber sido Elizabeth capaz de mirarle a los ojos, habría observado cuánto le favorecía esa expresión de sincera dicha que traslucía su rostro; pero, aunque fue incapaz de mirarle, le escuchó con atención mientras Darcy le hablaba de sus sentimientos, y al demostrar a Elizabeth lo importante que ésta era para él, hizo que su amor por ella adquiriera renovado valor.

Siguieron caminando, aunque sin rumbo fijo. Tenían demasiado en qué pensar y sentir para atender a otros asuntos. Elizabeth no tardó en averiguar que el presente entendimiento entre ambos lo debían a los intentos de la tía de Darcy, quien había ido a verlo al pasar de nuevo por Londres, para referirle su visita a Longbourn, sus motivos y su duelo con Elizabeth, haciendo hincapié en que la joven no la había matado pese a tener la oportunidad de hacerlo, suponiendo que esa muestra de debilidad disgustaría a Darcy y haría que dejara de pensar en la joven. Pero, lamentablemente para su señoría, había tenido justamente el efecto contrario.

—Eso me dio esperanzas —dijo Darcy tuteándola—, unas esperanzas que jamás me había atrevido a albergar. Te conozco lo bastante para saber que de no haber querido saber absoluta e irrevocablemente nada de mí, no habrías vacilado en decapitar a lady Catherine.

Elizabeth se sonrojó y contestó riendo devolviéndole el tuteo:

—Sí, ya conoces mi mal genio y sabes de lo que soy capaz. Después de todas las cosas abominables que te eché en cara, no habría tenido ningún escrúpulo en decapitar a cualquier pariente tuyo.

—¿Qué has dicho de mí que yo no mereciera? Aunque tus acusaciones eran infundadas, formuladas sobre unas premisas falsas, mi conducta hacia ti en aquel entonces merecía la más severa reprobación. Fue imperdonable. Cuando pienso en ello me horroriza.

—No discutamos sobre quién tuvo más culpa esa noche —dijo Elizabeth—. Si lo analizamos, ninguno de los nos comportamos de forma irreprochable, pero confío en que desde entonces ambos somos unas personas más educadas.

—Yo no puedo perdonarme tan fácilmente. El recuerdo de lo que dijiste entonces, de mi conducta, de mis modales, de mis expresiones, me resulta desde hace meses indescriptiblemente doloroso. Jamás olvidaré tus palabras de censura, por lo demás justificadas: «De haberse comportado de forma más caballerosa». Eso fue lo que dijiste. No imaginas hasta qué punto me han atormentado, aunque confieso que tardé un tiempo en comprender que eran más que justas.

—No supuse que te hubieran afectado tanto. No tenía la menor idea de que fueran a causarte una impresión tan grande.

Darcy mencionó su carta.

—¿Hizo que tuvieras una mejor opinión de mí?

Elizabeth le explicó el efecto que le había causado, y que poco a poco había logrado borrar sus anteriores prejuicios.

—Sabía que al escribirla te causaría dolor —dijo Darcy—, pero era necesario. Espero que hayas destruido esa carta. Había especialmente un pasaje, al principio, que no deseo que vuelvas a leer. Recuerdo algunas expresiones que bastarían para que me odiaras.

—No pienses más en esa carta. Los sentimientos de la persona que la escribió, y de la persona que la recibió, son ahora tan distintos, que debemos olvidar las ingratas circunstancias en que fue escrita. Debes imitar mi filosofía. Piensa sólo en las cosas del pasado que te procuran placer.

—Ese no es mi caso. No consigo repeler los recuerdos dolorosos. En la práctica, aunque no en principio, he sido siempre un ser egoísta. De niño me enseñaron lo que era justo, pero no a controlar mi genio. Recibí el mejor adiestramiento, pero para utilizarlo según me dictara mi orgullo y vanidad. Lamentablemente, puesto que era el único hijo varón (durante muchos años hijo único), mis padres me lo consentían todo, y, aunque eran intachables (mi padre, en particular, era todo bondad y amabilidad), me permitieron, incluso me indujeron a ser egoísta y engreído; a pensar sólo en defender mi propiedad; a despreciar al resto del mundo. Así me comporté desde los veintiocho años, y así habría seguido siendo de no haberte conocido a ti, mi querida y hermosa Elizabeth. ¡Te lo debo todo! Tú me enseñaste una lección, al principio dura, pero muy beneficiosa. Me humillaste y con razón. Cuando te conocí, no tenía la menor duda de que lograría conquistarte. Tú me enseñaste lo insuficientes que eran mis pretensiones de complacer a una mujer digna de que la complazcan.

Después de pasear tranquilamente durante unos kilómetros, y demasiado ocupados para pensar en ello, por fin comprobaron, al observar la posición exacta del sol, que había llegado el momento de regresar a casa.

«¿Cómo les irá a Bingley y a Jane?», se preguntaron, lo cual dio paso a unos comentarios sobre la relación entre ambos jóvenes. Darcy estaba encantado de que estuvieran comprometidos; su amigo se lo había comunicado antes que a nadie.

—¿Te sorprendió? —inquirió Elizabeth.

—En absoluto. Cuando me marché, supuse que no tardaría en ocurrir.

—Es decir, que diste tu permiso. Ya lo supuse.

Y por más que Darcy protestó por el término empleado por Elizabeth, ésta comprobó que no se había equivocado.

—La noche antes de que yo partiera para Londres —dijo Darcy—, confesé algo a Bingley que debía haber hecho hacía tiempo. Le conté todo lo que había ocurrido para hacer que mi intromisión en sus asuntos resultara absurda e impertinente. Bingley se mostró muy sorprendido. No sospechaba nada. Asimismo, le dije que me había equivocado al suponer, como suponía, que tu hermana sólo sentía indiferencia hacia él; y puesto que me había dado cuenta de que su amor por ella no había remitido, estaba convencido de que serían muy felices juntos.

Elizabeth no pudo por menos de sonreír ante la facilidad con que Darcy manipulaba a su amigo.

—¿Hablaste ateniéndote a lo que habías observado —preguntó Elizabeth—, al decirle que mi hermana le amaba, o por lo que yo te revelé en primavera?

—Lo primero. Yo había observado a tu hermana estrechamente durante las dos visitas que hice últimamente aquí; y me convencí de su amor por Bingley.

—Y supongo que al asegurarle del amor de Jane, lograste convencer a Bingley de inmediato.

—En efecto. Bingley es extremadamente modesto. Su timidez le impedía confiar en su propio criterio en una cuestión tan importante, pero el hecho de confiar en el mío lo facilitó todo. Le

Los monstruos se arrastraban a cuatro patas, devorando las cabezas maduras de coliflor, que confundían con unos sesos que hubieran quedado abandonados.

confesé una cosa, que durante un tiempo, aunque no injustificadamente, le había ofendido. No podía ocultarle que el invierno pasado tu hermana había pasado tres meses en la ciudad, que yo lo sabía y no le había dicho nada. Bingley se indignó conmigo. Pero me consta que su indignación no duró más allá del tiempo que dudó de los sentimientos de tu hermana. Sé que ha me ha perdonado sinceramente.

Cuando echaron a andar hacia la casa, Elizabeth y Darcy se toparon con un grupo de innombrables, no más de una docena, que se habían instalado en un jardín a unos diez metros de la carretera. Los monstruos se arrastraban a cuatro patas, devorando las cabezas maduras de coliflor, que confundían con unos sesos que hubieran quedado abandonados. Elizabeth y Darcy se echaron a reír, y durante unos momentos decidieron seguir adelante, mientras los zombis estaban tan ocupados que no se habían percatado de su presencia. Pero al mirarse y sonreír, la pareja comprendió que se les había presentado la primera oportunidad de luchar juntos.

Y eso fue justamente lo que hicieron.

59

—Querida Lizzy, ¿adónde habéis ido? —fue la pregunta que hizo Jane a Elizabeth en cuando ésta entró en la habitación que compartían ambas hermanas, y todos los demás cuando se sentaron a comer.

Elizabeth se limitó a responder que Darcy y ella habían dado un largo paseo, pero no sabía hasta dónde habían llegado. Al hablar se sonrojó, pero ni eso, ni otra cosa, hizo que los otros sospecharan la verdad.

La velada transcurrió tranquilamente. Los novios oficiales charlaron y rieron, los no oficiales guardaron silencio. Darcy no era el tipo de persona que deja que el sentimiento de felicidad dé paso a una desbordante alegría; y Elizabeth, nerviosa y confundida, imaginaba la reacción de su familia cuando conocieran su situación.

Por la noche Elizabeth abrió su corazón a Jane. Aunque la sospecha no formaba parte del temperamento de Jane, la joven se mostró incrédula.

—Estás bromeando, Lizzy. ¡Es imposible! ¡Comprometida con el señor Darcy! No, no me engañarás. Sé que eso es imposible.

—¡Qué comienzo más nefasto! Yo dependía de ti, pues estaba segura de que nadie más me creería. Te estoy hablando en serio. Es la verdad. Darcy todavía me ama, y estamos comprometidos.

Jane la miró indecisa.

—¡Ay, Lizzy! Es imposible. Sé lo mucho que te desagrada el señor Darcy.

—No sabes nada sobre el asunto. Eso está olvidado. Puede que antes no le amara como ahora. Pero en estos casos, una buena memoria es imperdonable. Estoy decidida a no recordar lo pasado.

Jane no salía de su asombro. Elizabeth le aseguró de nuevo, más seria, que era verdad.

—¡Cielo santo! ¿Pero es posible? Sé que debería creerte —exclamó Jane—. Querida Lizzy, deseo... te doy la enhorabuena, pero... ¿estás segura? Disculpa la pregunta... ¿Estás segura de que serás feliz con él?

—No tengo la menor duda. Ya lo hemos decidido, seremos la pareja más feliz del mundo. ¿Estás contenta, Jane? ¿Te gustará tener a Darcy por hermano?

—Muchísimo. Nada podría complacernos más a Bingley y a mí. Hemos hablado de ello, pero nos parecía imposible. ¿Le amas profundamente? ¡Ay, Lizzy! Ante todo, no te cases si no estás enamorada. ¿Estás segura de que sabes lo que te conviene?

—¡Desde luego! Cuando te lo cuente todo, pensarás que me dejo llevar demasiado por mis sentimientos.

—¿A qué te refieres?

—Debo confesarte que le amo más que a nuestros juegos de Besar al Ciervo. Temo que te enfades conmigo.

—Querida hermana, esto es serio. Debemos hablar muy en serio. Cuéntame enseguida todo lo que deba saber. ¿Cuánto hace que le amas?

—Ha sucedido tan progresivamente, que no sé cuándo comenzó. Pero creo que se remonta a la primra vez que observé la forma en que su pantalón se adhería a sus partes íntimas.

Un nuevo ruego por parte de Jane a Elizabeth de que hablara en serio produjo el efecto deseado. Al cabo de un rato, Jane se convenció de que su hermana y Darcy estaban efectivamente comprometidos. Una vez convencida, Jane se sintió plenamente satisfecha.

—Ahora me siento feliz —dijo—, pues sé que serás tan dichosa como yo. Siempre sentí respeto por Darcy. Aunque sólo fuera por el amor que siente por ti, siempre le habría estimado, pero ahora, como amigo de Bingley y esposo tuyo, le quiero casi tanto como a Bingley y a ti. Pero Lizzy, te has mostrado muy cauta, muy reservada conmigo. ¡Apenas me has contado nada de lo que ocurrió en Pemberley y Lambton!

Elizabeth le explicó el motivo de su discreción. Pero ya no podía ocultarle la participación de Darcy en la boda de Lydia. Tras explicárselo todo, las hermanas pasaran buena parte de la noche conversando.

—¡Santo cielo! —exclamó la señora Bennet a la mañana siguiente al mirar a través de la ventana—. ¡El desagradable del señor Darcy ha venido de nuevo con nuestro querido Bingley! ¿Qué pretende presentándose aquí cada dos por tres? Que yo sepa, Darcy no había quedado en venir a cazar, o algo así, para no importunarnos con su compañía. ¿Qué vamos a hacer con él? Lizzy, debes ir a pasear de nuevo con él, para que deje tranquilo a Bingley.

Elizabeth no pudo evitar reírse ante una propuesta tan oportuna, pero le enojaba que su madre dedicara siempre a Darcy el epíteto de desagradable.

En cuanto entraron, Bingley dirigió a Elizabeth una mirada tan cargada de significado, al tiempo que le estrechaba la mano afectuosamente, que no había duda de que estaba informado de todo. Poco después dijo en voz alta:

—Señora Bennet, ¿no hay otros senderos aquí por los que Lizzy pueda volver a perderse hoy?

—Aconsejo al señor Darcy, a Lizzy y a Kitty que se acerquen esta mañana a Oakham Mount, la zona donde queman cadáveres —respondió la señora Bennet—. Es un largo y agradable paseo, y el señor Darcy no ha visto las llamas.

—Quizá les guste a los otros —dijo el señor Bingley—, pero creo que será demasiado para Kitty. ¿No es así, Kitty?

Kitty confesó que prefería quedarse en casa. Darcy expresó una gran curiosidad por contemplar las llamas en el monte, y Elizabeth consintió en silencio. Cuando subió para arreglarse, la señora Bennet la siguió diciendo:

—Lamento mucho, Lizzy, que tengas que ocuparte de ese

hombre tan desagradable. Pero espero que no importe. Es por Jane, ¿comprendes? No tienes que conversar con él más que de vez en cuando. De modo que no tienes que esforzarte.

Durante el paseo, decidieron solicitar esa noche al señor Bennet que diera su consentimiento. Elizabeth se reservó la tarea de solicitárselo a su madre. No sabía cómo reaccionaría; a veces dudaba de que toda la riqueza y prestigio de Darcy bastaran para hacer que su madre venciera la inquina que le tenía.

Por la noche, poco después de que el señor Bennet se retiró a la biblioteca, Elizabeth observó que el señor Darcy se levantaba y le seguía. Al verlo, Elizabeth se puso muy nerviosa. No temía la oposición de su padre, pero sabía que le entristecería. El hecho de que fuera ella, su mejor hija guerrera, quien le disgustara, haciendo que el señor Bennet temiera perderla, era terrible para Elizabeth, quien aguardó angustiada hasta que el señor Darcy apareció de nuevo. Al verlo, se sintió un tanto aliviada al comprobar que sonreía. Al cabo de unos minutos el señor Darcy se acercó a la mesa donde Elizabeth estaba sentada con Kitty y, mientras fingía admirar su labor, murmuró:

—Ve a ver a tu padre, te espera en la biblioteca.

Elizabeth obedeció al instante.

Su padre se paseaba por la habitación, con aire grave y nervioso.

—Lizzy —dijo—, ¿qué vas a hacer? ¿Has perdido el juicio al aceptar a ese hombre? ¿Acaso no le has detestado siempre?

En esos momentos Elizabeth deseó de todo corazón que sus opiniones anteriores hubiesen sido más razonables, sus expresiones más comedidas. Le habría ahorrado unas explicaciones y declaraciones que la incomodaban, pero que eran necesarias, por lo que aseguró a su padre, no sin cierta confusión, de su amor por el señor Darcy.

—No cabe duda de que es muy rico, y tendrás mejores ropas y carruajes que Jane. ¿Pero te hará eso feliz?

—¿No tienes más objeción —preguntó Elizabeth— que tu

convencimiento de mi indiferencia hacia Darcy, o la pérdida de mi espada?

—No. Todos sabemos que es un hombre orgulloso y desagradable; y Longbourn, mejor dicho, todo Hertfordshire, lamentará perderte. Pero eso no tendría importancia si le quisieras.

—Pues claro que le quiero —respondió Elizabeth con lágrimas en los ojos—. Le amo. Su orgullo es justificado. Es un hombre amable. No le conoces, por lo que no me hieras hablando de él de esa forma.

—Lizzy —dijo su padre—, he dado mi consentimiento. Darcy es el tipo de hombre al que no me atrevería a negarle nada que me pidiera. Estoy dispuesto a cederle tu mano, si estás decidida a casarte con él. Pero te aconsejo que recapacites. Te conozco, Lizzy. Sé que no te sentirías feliz ni respetable si no estimaras a tu marido, si no le consideraras superior a ti. Tu extraordinaria destreza en las artes mortales te colocaría en un grave peligro en un matrimonio desigual. No podrías escapar al descrédito y a la tristeza. Hija mía, no me des el disgusto de comprobar que no respetas a tu compañero en la vida.

Elizabeth, profundamente afectada, se apresuró a responderle con aire serio y solemne. Por fin, tras asegurarle reiteradamente que el señor Darcy era el hombre que había elegido como esposo, explicándole el cambio progresivo que habían experimentado sus sentimientos hacia él, manifestándole su total convencimiento de que el amor que éste le profesaba no era flor de un día, sino que había pasado la prueba que indicaba que la amaba desde hacía meses, y enumerando con firmeza todas sus excelentes cualidades, Elizabeth logró vencer la incredulidad de su padre y hacer que aceptara su matrimonio con Darcy.

—Bien, hija mía —dijo el señor Bennet cuando Elizabeth dejó de hablar—, no tengo más que decir. Si es tal como me has dicho, es digno de ti. No soportaría separarme de ti, mi adorada Lizzy, para que te casaras con un hombre indigno.

Para completar la impresión favorable, Elizabeth refirió a su padre lo que el señor Darcy había hecho por Lydia. El señor Bennet la escuchó atónito.

—¡Esta noche las sorpresas no cesan! De modo que Darcy lo hizo todo: puso el dinero, pagó las deudas de ese tipo ¡y lo dejó cojo! Mejor que mejor. Me ahorrará muchos problemas y dinero. De haber sido cosa de tu tío, tendría que devolverle el dinero; pero esos jóvenes violentamente enamorados hacen las cosas a su modo. Mañana propondré al señor Darcy pagarle lo que le debo. Él protestará airadamente, manifestando su amor por ti, y el tema quedará zanjado.

El señor Bennet recordó entonces la turbación de Elizabeth cuando, hacía unos días, le había leído la carta del coronel Fitzwilliam; y después de burlarse de ella durante un rato, por fin dejó que se fuera, diciendo cuando Elizabeth abandonó la habitación:

—Si se presenta algún joven para pedir la mano de Mary o Kitty, hazle pasar, pues no tengo nada que hacer.

Elizabeth se sintió muy aliviada por haberse librado de ese peso, y después de media hora de meditación en su cuarto, se reunió con los demás tras recuperar la compostura. Todo era demasiado reciente para el jolgorio; pero la velada transcurrió con tranquilidad. No había nada material que temer, y el confort de la comodidad y familiaridad llegaría en el momento oportuno.

Cuando su madre se retiró esa noche a su vestidor, Elizabeth la siguió para comunicarle la importante noticia. El efecto que le causó fue extraordinario. Al principio, la señora Bennet permaneció inmóvil, incapaz de articular palabra. Tardó varios minutos en comprender lo que había oído, hasta que por fin empezó a recobrarse de la impresión, rebulléndose en la silla, levantándose, sentándose de nuevo, manifestando su asombro y bendiciéndose.

—¡Cielo santo! ¡Dios me bendiga! ¡Ay, Señor! ¡Es extraordinario! ¡El señor Darcy! ¿Quién lo habría adivinado? ¿Pero es verdad? ¡Dios mío! ¡Mi dulce Lizzy! ¡Serás una mujer muy rica y distinguida! ¡Tendrás dinero, joyas y carruajes! Jane no podrá compararse contigo. ¡Estoy tan contenta, tan feliz! ¡Es un hombre encantador! ¡Y tan apuesto! ¡Tal alto! ¡Querida Lizzy! Te ruego que me perdones por la antipatía que le tenía. Espero que el señor Darcy no lo tenga en cuenta. Mi querida Lizzy. ¡Una casa en la ciudad! ¡Todo cuanto puedas desear! ¡Tres hijas casadas! ¡Diez mil libras anuales, y probablemente más! ¡Es como si te casaras con un lord! Y una licencia especial. Te casarás con una licencia especial. Pero cariño, debes decirme qué plato le gusta más al señor Darcy para que se lo prepare mañana.

Era un mal presagio de cómo iba a comportarse su madre con el caballero; y Elizabeth pensó que, aunque estaba convencida del amor que Darcy le profesaba, y segura del consentimiento de su familia, la situación aún dejaba mucho que desear: la paz en Inglaterra, la aprobación de los parientes del señor Darcy y una madre con quien Elizabeth no tenía absolutamente nada en común. Pero la mañana transcurrió mejor de lo que había supuesto; pues por fortuna la señora Bennet se sentía tan impresionada por su futuro yerno, que no se atrevió a dirigirle la palabra, salvo para ofrecerle más té, o quitarle las migas del pantalón.

A Elizabeth le complació observar los esfuerzos de su padre por intimar con el señor Darcy; y el señor Bennet se apresuró a asegurar a su hija que su estima por el caballero aumentaba cada hora.

—Admiro mucho a mis tres yernos —dijo—. Aunque quizá mi favorito sea Wickham —añadió con una sonrisa irónica—, porque es el que menos se mueve.

60

Elizabeth no tardó en recuperar su temperamento guasón, y pidió al señor Darcy que le explicara cómo se había enamorado de ella.

—¿Cómo ocurrió? —le preguntó—. Comprendo que procedieras de modo encantador cuando te diste cuenta de que te sentías atraído, ¿pero qué te indujo a enamorarte de mí?

—No puedo precisar la hora, ni el lugar, ni la expresión, ni las palabras que colocaron los cimientos. Ocurrió hace demasiado tiempo. Sólo sé que antes de percatarme de que me sentía atraído, ya estaba profundamente enamorado de ti.

—No creo que fuera mi belleza, ni mis habilidades en las artes mortales, puesto que son equiparables a las tuyas. En cuanto a mis modales, mi trato hacia ti siempre rayaba en la grosería, y nunca me dirigía a ti sin desear herirte. Sé sincero, ¿me admirabas por mi impertinencia?

—Admiraba la vivacidad de tu mente.

—Que es lo mismo que decir mi impertinencia. No creo que fuera otra cosa. Lo cierto es que estabas cansado de la cortesía, la deferencia, la atención obsequiosa. Estabas harto de mujeres que se expresaban, se atildaban y comportaban persiguiendo tan sólo tu aprobación. Te sentiste atraído e interesado por mí porque era distinta de ellas. Yo conocía la alegría que se siente al derrotar a un enemigo, al untarme el rostro y los brazos con su sangre, aún caliente, y gritar al cielo, suplicando, no, desafiando a Dios para que me enviara más enemigos que matar. Las refinadas damas que te cortejaban asiduamente no conocían esa alegría, por lo que no podían ofrecerte una felicidad auténtica. Ya está, te he ahorrado la molestia de explicarlo. Bien pensado, empiezo a creer que es absolutamente razonable. Lo cierto es que aún no habías descubierto nada bueno en mí, pero nadie piensa en eso cuando se enamora.

—¿No había bondad en el afecto que dispensaste a Jane cuando estuvo enferma en Netherfield?

—¡Mi adorada Jane! ¡Era lo menos que podía hacer por ella! Pero si quieres convertirlo en una virtud, adelante. Mis buenas cualidades están bajo tu protección, y puedes exagerarlas cuanto quieras. A cambio, yo buscaré todas las ocasiones de tomarte el pelo y pelearme contigo que me apetezca, y empezaré ahora mismo preguntándote por qué tardaste tanto en demostrarme que te sentías atraído por mí. ¿Por qué te mostraste tan tímido conmigo cuando viniste por primera vez y luego comiste aquí? Y ante todo, ¿por qué fingiste, al venir aquí, que yo no te importaba nada?

—Porque tú te mostraste seria y callada, y no me animaste a hacerlo.

—Era porque me sentía turbada.

—Yo también me sentía turbado.

—Pudiste haber conversado más conmigo cuando viniste a comer.

—Lo habría hecho, de no haber estado tan enamorado de ti.

—Qué mala suerte que siempre tengas una respuesta razonable, ¡y que yo sea tan razonable que la acepte! Me pregunto cuánto tiempo habrías seguido así, de no haberte espoleado yo. ¡Me pregunto cuándo me habrías declarado tus sentimientos de no habértelo preguntado yo!

—El intento injustificable de lady Catherine de separarnos, y el hecho de que se te bajaran los humos, fue lo que eliminó todas mis dudas. El que no la mataras pudiendo hacerlo me hizo concebir esperanzas, y decidí averiguar de inmediato todo cuanto deseaba saber.

—Lady Catherine nos ha sido muy útil, lo cual debería complacerla, pues le encanta ser útil. Pero dime, ¿por qué fuiste a Netherfield? ¿Simplemente para venir a Longbourn y llevarte un chasco? ¿O por un motivo más serio?

—Mi verdadero propósito era verte y juzgar, en la medida de lo posible, si podría lograr que me amaras. El propósito que alegué, al menos a mí mismo, era comprobar si Jane seguía enamorada de Bingley, y en caso afirmativo, confesarle a éste lo que te he explicado.

—¿Tendrás el valor de anunciar a lady Catherine lo que ha ocurrido aquí?

—Al igual que tú, no me falta valor; pero no dispongo de tiempo, de modo que si me das una hoja de papel, le escribiré ahora mismo.

—Si yo no tuviera que escribir también una carta, me sentaría a tu lado y admiraría tu hermosa caligrafía, como hizo en cierta ocasión otra joven. Pero yo también tengo una tía, a la que debo escribir de inmediato.

Como no estaba dispuesta a confesar a su tía que sus expectativas con respecto al señor Darcy eran muy exageradas, Elizabeth no había respondido a la larga carta de la señora Gardiner. Pero ahora que tenía una noticia que sabía que su tía recibiría con alegría, casi le avergonzaba pensar que había hurtado a sus tíos tres días de felicidad, por lo que escribió de inmediato una carta que decía lo siguiente:

> Sé que debí escribirte antes para darte las gracias, querida tía, por tu larga, amable y pormenorizada carta; pero a decir verdad, estaba demasiado enojada para escribirte. Tus suposiciones excedían la realidad. Pero ahora puedes suponer lo que quieras, dar rienda suelta a tu imaginación y hacer cuantas conjeturas permita el tema, y salvo que creas que ya estoy casada, no te equivocarás. Vuelve a escribir muy pronto elogiando al señor Darcy más de lo que hiciste en tu última carta. Os doy las gracias, una y otra vez, por no llevarme a los lagos. ¿Cómo pude ser tan tonta de querer ir allí? Tu idea del faetón y los zombis es deliciosa. El señor Darcy y yo nos pasearemos por el parque todos los

> días, azotándolos hasta arrancarles las extremidades. Soy la persona más feliz del mundo. Puede que otras personas lo hayan dicho antes, pero ninguna tan justificadamente. Soy incluso más feliz que Jane, pues ella sólo sonríe, mientras que yo me río. El señor Darcy te envía todo el cariño que le sobra. Espero veros en Pemberley por Navidad.
>
> TU SOBRINA QUE TE QUIERE, ETCÉTERA

La alegría que expresó la señorita Darcy al recibir una misiva semejante, era tan sincera como su hermano al escribirla. Dos folios por ambos lados fueron insuficientes para contener todo su gozo y sincero deseo de que su hermana la quisiera y adiestrara.

61

El día en que la señora Bennet casó a sus dos hijas más meritorias colmó todos sus instintos maternales. Cabe imaginar con qué satisfacción y orgullo visitó posteriormente a la flamante señora Bingley, y charló con la flamante señora Darcy. Me gustaría decir, por el bien de su familia, que el hecho de ver a tantas de sus hijas felizmente casadas hizo que se convirtiera en una mujer sensata, amable y bien informada durante el resto de su vida; pero quizá fue una suerte para su marido, que gozaba tomándole el pelo, que la señora Bennet siquiera mostrándose de vez en cuando tan nerviosa y estúpida como siempre.

El señor Bennet echaba mucho de menos a su segunda hija; su afecto por ella le hacía salir de casa con frecuencia. Le gustaba ir a Pemberley, especialmente cuando no le esperaban.

Tal como el señor Bennet había pronosticado, en Hertfordshire también echaron de menos a sus dos protectoras más aguerridas. Durante los días y meses sucesivos en que sólo estaban las dos hermanas Bennet más jóvenes para ahuyentarlos, los zombis cayeron sobre la población en tropel, hasta que el coronel Forster regresó con los soldados y comenzó de nuevo a quemar cadáveres en la zona reservada a tal efecto.

El señor Bingley y Jane permanecieron en Netherfield sólo un año. Jane no soportaba vivir tan cerca de Longbourn de casada, pues cada ataque de los innombrables la hacía desear empuñar de nuevo la espada. El deseo largamente acariciado de las hermanas del señor Bingley se vio satisfecho; el señor Bingley adquirió una propiedad en un condado vecino a Derbyshire, y Jane y Elizabeth, aparte de todo cuanto tenían para sentirse felices, vivían a cincuenta kilómetros una de otra. Decididos a que las jóvenes no perdieran su destreza en combate, aunque su majestad ya no requería sus servicios, sus maridos les construyeron una casa entre ambas propiedades para que se adiestraran, en la que ambas hermanas se encontraban a menudo con alegría.

Por suerte para la ambiciosa Kitty, ésta pasaba buena parte de su tiempo con sus hermanas mayores. En un ambiente tan superior al que había conocido, Kitty mejoró mucho. No tenía un temperamento tan ingobernable como Lydia, y, lejos de la influencia del ejemplo de ésta, se convirtió, con la debida atención y control, en una joven menos irritable, menos ignorante y menos insípida. Cuando manifestó su deseo de regresar al templo de Shaolin, para pasar allí dos o tres años, con la esperanza de convertirse en una guerrera tan avezada como Elizabeth, el señor Darcy se mostró encantado de sufragar todos los gastos.

Mary era la única hija que seguía en casa, tanto por la necesidad de que hubiera al menos una guerrera que protegiera Hertfordshire como por el hecho de que la señora Bennet era incapaz de estar sola. Puesto que ya no se sentía humillada por las comparaciones entre la belleza de sus hermanas y la suya, Mary empezó a mezclarse más con la gente, entablando frecuentes relaciones de carácter íntimo con varios de los soldados que habían regresado a Longbourn.

En cuanto a Wickham y Lydia, sus caracteres no experimentaron ninguna revolución debida al matrimonio de sus hermanas. No obstante, confiaban en que Darcy ofreciera a Wickham el medio de ganarse holgadamente la vida. La carta de enhorabuena que Elizabeth recibió de Lydia con motivo de su boda, explicaba, al menos por parte de su esposa, si no de Wickham, que no había perdido la esperanza. La carta decía así:

QUERIDA LIZZY:
Mi más sincera enhorabuena. Si amas al señor Darcy la mitad de lo que yo amo a mi querido Wickham, que está

cojo, debes de ser muy feliz. Es un gran alivio saber que eres tan rica, y cuando no tengas otra cosa que hacer, espero que te acuerdes de nosotros. Me consta que a Wickham le complacería que le concediesen una parroquia cuando termine en el seminario, y no creo que tengamos el dinero suficiente para subsistir sin ayuda de alguien. Nos conformaríamos con cualquier parroquia, que nos rindiera unas trescientas o cuatrocientas libras al año. Pero si prefieres no hacerlo, no le digas nada al señor Darcy. Debo dejarte, pues mi amado esposo acaba de ensuciarse de nuevo.

TU HERMANA QUE TE QUIERE, ETCÉTERA

En su respuesta, Elizabeth trató de poner fin a todas esas peticiones y expectativas. No obstante, procuraba ayudarles en la medida en que podía, enviándoles con frecuencia ropa de cama y carne salada. Siempre había comprendido que con la renta de que disponían, controlada por dos personas tan manirrotas como Lydia y Wickham, los cuales no pensaban en el futuro, apenas debían poder subsistir; y cuando los estudios de Wickham requerían la adquisición de un nuevo himnario para cojos, o un facistol para inválidos, o un altar para lisiados, Lydia se apresuraba a pedir a Jane o a Elizabeth que les ayudaran a pagar las facturas.

Aunque Darcy siempre se negó a recibir a Wickham en Pemberley, para complacer a Elizabeth le ayudaba en su profesión. Lydia iba a verlos de vez en cuando, cuando su marido iba a prestar sus servicios en los asilos de Londres. Ambos solían visitar a los Bingley y alojarse en su casa con tanta frecuencia, que hasta el buen humor de Bingley era duramente puesto a prueba y pedía a Jane que les insinuara que debían marcharse.

La señorita Bingley se sintió profundamente humillada por la boda de Darcy; pero como creyó oportuno conservar el derecho de visitarlos en Pemberley, dejó de lado su resentimiento. Manifestaba un gran cariño por Georgiana, se mostraba tan atenta con

Darcy como de costumbre, y se comportaba con Elizabeth con extremada cortesía.

Pemberley era ahora el hogar de Georgiana; y el cariño de las dos hermanas era tal como había confiado Darcy. Se querían tanto como se habían propuesto. Georgiana tenía el más alto concepto de Elizabeth; aunque al principio escuchaba con un asombro rayano en la turbación la forma espontánea y vivaz con que se dirigía a su hermano, horrorizada al oírla hablar de haber arrancado los corazones de un sinfín de enemigos. Gracias a la instrucción de Elizabeth, Georgiana se convirtió en una magnífica guerrera, pues aparte de perfeccionar su manejo del mosquete y la espada, empezó también a comprender que una mujer puede tomarse ciertas libertades con su marido que un hermano no siempre tolerará en una hermana diez años menor que él.

Lady Catherine se mostró profundamente indignada por la boda de su sobrino, y su respuesta a la carta comunicándole los esponsales no fue en forma de una nota, sino de un ataque contra Pemberley a manos de quince de los ninjas de su señoría. Durante algún tiempo, a raíz de ese episodio, toda relación entre ellos cesó. Por fin, Elizabeth logró convencer a Darcy de que se reconciliara con su tía; y al cabo de un tiempo, ésta dejó de resistirse a lo inevitable y su rencor dio paso bien al afecto que sentía por su sobrino, bien a su curiosidad por ver cómo se comportaba su esposa. El caso es que accedió a ir a verlos a Pemberley, pese a la contaminación que invadía el bosque, no sólo por la presencia de su nueva ama y señora, sino por las visitas de los tíos de Elizabeth, con quienes ésta y Darcy mantenían una estrecha amistad.

Como tantos otros pretendidos remedios, el suero de su señoría demostró ser ineficaz, pues aunque minimizaba los efectos de la extraña plaga, era incapaz de curarlos. Inglaterra seguía a la sombra de Satanás. Los muertos seguían saliendo de las criptas y los ataúdes, para devorar los sesos de los ingleses. Las victorias eran celebradas; las derrotas, lamentadas. Y tres de las hermanas

Bennet —servidoras de su majestad, protectoras de Hertfordshire, garantes de los secretos del templo de Shaolin y novias de la muerte—, estaban casadas con unos hombres de carne y hueso, habiendo depuesto sus espadas en aras de esa fuerza más potente que cualquier guerrero.

Guía de debate para los lectores de *Orgullo y prejuicio y zombis*

Orgullo y prejuicio y zombis es un suculento estudio compuesto por numerosos estratos sobre el amor, la guerra y lo sobrenatural. Confiamos en que estas preguntas les permitan apreciar y disfrutar más de esta monumental obra clásica de la literatura sobre zombis.

1. Muchos críticos han analizado la doble personalidad de Elizabeth. Por un lado, es una asesina feroz e implacable, como la vemos al derrotar a los ninjas de lady Catherine. Por otro, puede ser tierna y compasiva, como en su relación con Jane, Charlotte y los jóvenes ciervos que rondan por la propiedad de la familia. En su opinión, ¿cuál de esas «mitades» representa mejor a la verdadera Elizabeth, al principio y al final de la novela?

2. ¿Es el señor Collins demasiado gordo y estúpido para darse cuenta de la progresiva transformación de su esposa en un zombi, o existe otro motivo que explique que no se percate del problema? En este caso, ¿cuál sería la explicación? ¿Hay una relación entre su trabajo (de pastor de almas) y su negación de lo obvio, o su decisión de colgarse?

3. Una extraña plaga viene asolando Inglaterra desde hace cincuenta y cinco años. ¿Por qué los ingleses se quedan en su país y le plantan batalla, en lugar de buscar refugio en Europa oriental o África?

4. ¿Quién corre una suerte más trágica? ¿Wickham, confinado en un seminario para inválidos, ensuciándose encima y estudiando montones de libros de historia sagrada? ¿O Lydia, alejada de su familia, casada con un inválido, sin hijos y dedicándose a cambiar pañales sucios?

5. Debido a su feroz independencia, su pasión por el ejercicio y su afición por las botas, algunos críticos han calificado a Elizabeth Bennet como «la primera lesbiana en la literatura.» ¿Cree usted que los autores pretendían describirla como una persona *gay*? En tal caso, ¿cómo explicaría su tendencia lésbica sus relaciones con Darcy, Jane, Charlotte, lady Catherine y Wickham?

6. Algunos críticos han sugerido que los zombis representan la opinión de los autores sobre el matrimonio, una maldición eterna que te succiona la vida pero no te provoca la muerte. ¿Está usted de acuerdo, o tiene otro criterio sobre el simbolismo de los innombrables?

7. ¿Posee la señora Bennet alguna cualidad?

8. Los vómitos juegan un importante papel en *Orgullo y prejuicio y zombis*. La señora Bennet vomita cuando está nerviosa, los cocheros vomitan al contemplar cómo unos zombis devoran unos cadáveres, incluso Elizabeth, que no suele perder la compostura, vomita al ver a Charlotte chupar su pus sanguinolenta.

9. ¿La negativa de lady Catherine a Elizabeth (como esposa para su sobrino) se basa simplemente en el hecho de que la joven no posee fortuna y pertenece a una clase social inferior a ellos? ¿O existe otra explicación? ¿Se siente quizás intimidada por la destreza de Elizabeth como guerrera? ¿Está secretamente

enamorada de Darcy? ¿O bien amargada por las deficiencias de su hija?

10. Algunos estudiosos creen que los zombis son un elemento añadido a última hora a la novela, exigido por el editor en un vergonzoso intento de promover las ventas. Otros sostienen que las legiones de muertos vivientes forman parte integral de la trama y el comentario social de Jane Austen. ¿Usted qué opina? ¿Imagina cómo sería esta novela sin el violento caos provocado por los zombis?